Fire Dragon Castle

STURMREITERIN

EVERLY SHEEHAN

1. Auflage, Februar 2024

Umschlaggestaltung © Everly Sheehan Design
Foto © unter Verwendung von Shutterstock
Lektorat/Korrektorat: Julia Rothermann

Autorenservice Sheehan
Osterfeldstr. 27
33803 Steinhagen

E-Mail: everlysheehan@gmail.com

Informationen über die Autorin finden Sie hier:
www.everlysheehan.com

Für Marcel
Gemeinsam bestehen wir alle Stürme des Lebens

Vorwort

Wer Wind sät, wird Sturm ernten

Liebe Leserin, lieber Leser,

»FIRE DRAGON CASTLE« ist ein spannender Drachen-Fantasyroman, in dem erbitterte Kämpfe, Blut, Gewalt, Tod, sterbende Tiere, Verbrennungen und sexuelle Handlungen vorkommen. Solltest du diesen Elementen gegenüber empfindlich sein, nimm diese Warnung bitte zur Kenntnis und wappne dich vor den gefürchteten und unwiderstehlichen Drachenlords, den Sturmreitern und ihren magischen Drachen.

Eure Everly

Eins

Täglich spüre ich, wie mein Herz darum kämpft, mich am Leben zu halten. In einer Stadt wie *Favara*, in der die Sturmsaison gerade erst begonnen hat und die die magischen Stürme anzieht wie ein Kadaver die Krähen, pumpt mein Herz jedes Mal schneller, wenn die Sirenen losheulen. Der Wind peitscht mir kupferfarbene Haarsträhnen ins Gesicht, und ich stelle den Kragen des Filzmantels auf. Mein Blick gleitet Richtung Osten, wo sich der Himmel bereits verdunkelt. Dieser Sturm ist keines der üblichen Gewitter, sondern könnte zu einem magischen Unwetter heranwachsen, dem die Mauern der Stadt womöglich nicht standhalten werden. Das, was sich dort zusammenbraut, riecht nach Finsternis, Tod und Eis.

Meine Finger, die in Stulpen stecken, sehen bläulich aus, da die Temperaturen in Windeseile bedenklich fallen. Der Wind findet jedes Loch in meiner Kleidung und kriecht zwischen Nähte und in die Ärmel hinein. Doch darum mache ich mir jetzt keine Gedanken – denn ich habe einen Job zu erledigen, obwohl mich jeder meiner Instinkte warnt, sofort Schutz aufzusuchen.

Wenn ich eines gelernt habe, dann dass Sicherheit eine Illusion ist. In dieser Welt existiert kein Ort mehr, an dem man wahrhaftig vor den Stürmen und ihrer Zerstörungswut geschützt ist.

Ich marschiere weiter den finsteren Wolken entgegen durch die engen, verworrenen Häuserschluchten zu der Bar *Golden Wings*. Mich wundert, dass die Stadt noch voller Menschen ist, obwohl die Sturmsaison angekündigt wurde. Aber wo sollten sie auch hin? Favara befindet sich an der Grenze zur roten Zone, in der die magischen Stürme am heftigsten wüten. Jeder, der nicht lebensmüde ist, verlässt normalerweise das Gebiet, aber manche hängen an ihrem Hab und Gut, an ihren Erinnerungen und nehmen in Kauf, in Angst und Ungewissheit zu leben, obwohl ihnen beim nächsten Sturm alles entrissen werden könnte – sogar ihr Leben. Manche bleiben, weil sie keine andere Wahl haben, weil sie ihre Liebsten nicht zurücklassen können, die Kranken und die Schwachen, die ohne Hilfe bei der Überquerung der weiten Ebenen vermutlich so oder so sterben würden.

Mit jedem Schritt laufe ich ein bisschen schneller, denn meine Beklemmung wächst und ich hoffe, meinen Bruder Ezra noch vor Anbruch des Gewitters wieder in die Arme schließen zu können.

Die wüsten Konstruktionen aus Lehm und Holz neigen sich bedrohlich, doch bisher hielten sie den Winden stand. Eine riesige Mauer umschließt die Stadt, in dessen Steine Magie eingewebt worden sein soll, was sie unempfindlicher gegen die Stürme macht. Genauso verhält es sich auch mit den Neubauten in den meisten Städten der *Drae-*

lands. Zu viele Städte wurden zerstört, etliche Male neu errichtet, nur um beim nächsten Sturmtief wieder in sich zusammenzufallen. Manche Provinzen und Dörfer wurden deswegen komplett aufgegeben und ihre Bewohner siedelten in die Randgebiete um, die weitaus seltener von Stürmen heimgesucht werden. Zahllose Ruinen befinden sich in der roten Zone. Eine davon ist meine Heimatstadt West Aurora. Sie wurde jedoch nicht von einem Sturm zerstört, sondern von Drachenfeuer.

Seit jener Nacht hasse ich enge Räume ohne Fluchtmöglichkeit. Manche verharren vor Angst, wenn sie einem Drachen ins Auge blicken, doch viele versuchen sich noch rechtzeitig in Sicherheit zu bringen, sobald die flammenspuckenden Kreaturen auftauchen.

Schon von Weitem höre ich das Quietschen des Schilds, das in den verrosteten Angeln im Wind schaukelt. Der Besitzer ist nicht anspruchsvoll bei der Wahl seines Personals, denn die Zahl der Flüchtigen steigt in diesen Monaten und so ist es mir nicht schwergefallen, einen Job als Kellnerin zu ergattern.

Gespräche und Gelächter dringen an mein Ohr, als ich den Hauptraum betrete und Richtung Tresen laufe. Auf jedem Tisch stehen Kerzen und volle Gläser mit süßem Rotwein. Die Luft ist verbraucht, riecht nach verbranntem Holz und nach etwas Süßlichem – Magie. Kaum jemand bemerkt mein Erscheinen, weil die Gäste in ihre Getränke und Gespräche vertieft sind.

Mein Blick wird jedoch unwillkürlich von dem Plakat angezogen, auf dem ein schillernder Drache abgebildet ist, der für die heutige Show angekündigt wurde. In *Golden Wings* darf fast jedes Tabu gebrochen werden. Die Shows, die dort jede Nacht veranstaltet werden, zeigen die schrecklichsten aller Kreaturen in ihrer ganzen Schönheit und Wildheit.

Ich öffne eine weitere Tür und betrete einen Korridor, der in den großen runden Saal führt, der ähnlich wie eine Arena aufgebaut ist und in dem einige Zuschauer bereits ihre Plätze eingenommen haben. In der Privatlounge sitzen vier Männer an einem dunklen Tisch in vier rot gepolsterten Sesseln. Mir fallen eine Menge Wörter für dieses Ambiente ein – schick gehört nicht dazu – eher verrucht. Von der Decke baumeln mehrere Eisenketten, mit denen der Drache angekettet wird. Zwei Seile sind von einer Seite des Raumes auf die andere gespannt und ein Ring und ein Tuch für akrobatische Einlagen wurden ebenfalls an der Decke angebracht.

In mehreren Säulen aus Glas kräuseln sich blaue Flammen und Rauchfäden, die von Drachen stammen und kaum mehr Helligkeit spenden, als es eine gewöhnliche Öllampe könnte. Man sagt, dass das magische Drachenfeuer, wenn es richtig aufbewahrt wird, niemals verglüht.

Wie immer ist auch an diesem Abend die Hölle los und die Bar platzt aus allen Nähten. Ich habe alle Hände voll zu tun, säubere die Tische, bediene die Gäste und mixe Drinks. Schon nach kurzer Zeit klebt das schimmernde dunkelblaue Seidentop an meinem Rücken und am liebsten würde ich mir das zerstampfte Eis in das Oberteil kippen. Stattdessen schütte ich es zu dem Limonensaft ins Glas und gebe frische Minze und Rohrzucker hinzu. Manche Gäste wünschen sich unter der Hand stärkere Substanzen in ihren Drinks, die sie in den kalten Nächten wärmen.

Alizeé – eine talentierte Drachenakrobatin, Tänzern

und Sängerin – kommt mit schwingenden Hüften vor ihrem großen Auftritt zu mir an die Bar. Ihre Haut und ihre Augen besitzen faszinierenderweise denselben braunen Ton wie ihr Haar, während ihr Kleid aus blassgoldener Seide besteht und sich eng an ihre Kurven schmiegt. Mein Blick wird unwillkürlich von den kleinen Edelsteinen angezogen, die ihre Ohren schmücken und um ihren Hals baumeln. Drachen lieben alles, was glänzt und funkelt. Es beruhigt und lockt sie gleichermaßen.

Ein Schmunzeln erscheint auf ihrem Gesicht, vertieft sich langsam und verwandelt sich schließlich in ein breites Lächeln. »Lavea! Schön, dass du heute die Nachtschicht übernimmst«, sagt sie zu mir, beugt sich über den Tresen und haucht mir zwei Küsse zur Begrüßung auf die Wange. »Man sollte meinen, man gewöhnt sich an den Trubel, aber ich bin vor jedem Auftritt so nervös wie vor dem ersten.«

»Das merkt man dir nicht an. Ich bewundere deinen Mut und deine Art zu tanzen.« Mein Blick huscht kurz zu dem Vorhang, hinter dem die Bühne aufgebaut wird. »Ich würde mich niemals trauen, mich einem Drachen zu nähern. Da bleibe ich lieber an der Bar!«

Sie winkt ab. »Du bist hübsch, athletisch und hältst Stress stand. Vielleicht täuschst du dich und du wärst die perfekte Drachentänzerin, wenn du es versuchen würdest.«

»Du bist der Star von uns beiden.« Ich zucke mit den Schultern. »Im Rampenlicht fühle ich mich unwohl.«

Und ich bin nicht so schön wie du.

Ich schenke ihr ein unsicheres Lächeln und lenke vom Thema ab. »Was brauchst du?«

»Einen kleinen Shot für die Nerven«, antwortet sie augenzwinkernd.

»Alles klar, bekommst du.«

Ich mische ihr einen aufputschenden Drink, der ihr mehr Energie für die Show verleiht und sie kippt ihn mit wenigen Schlucken hinunter. Da der Lärmpegel vor dem Beginn der Vorführung steigt, gebe ich ihr ein Zeichen, dass der Drink auf mich geht. Anschließend werfe ich ihr eine Kusshand zu, um ihr viel Glück bei ihrem Auftritt zu wünschen.

Die Gäste jubeln, als der Vorhang fällt, und Alizeé stimmt mit ihrer lieblichen Stimme ein Lied an. Sie hat eine schöne Stimme, weich und klar, die jedes Herz zum Flattern bringt. Sie hängt in einem Ring von der Decke und schwebt fünf Meter über dem Boden. Sie ist umwerfend. Ihre Figur ist schlank und grazil. Und ihr Haar fällt in einer Kaskade weicher Wellen über ihre Schultern, als sie die goldene Haarspange löst. Ein wenig beneide ich sie um ihre makellose Haut und ihren Mut, sich in dem kurzen Kleid zu zeigen. Doch mehr als ihre Schönheit beneide ich sie um den Ausdruck von Glück in ihrem zarten Gesicht, wenn sie tanzt.

Dann öffnet sich ein zweiter Vorhang und ein Drache mit lilafarbenen Schuppen, die glitzern wie Kristall in der Sonne, betritt die Bühne. Nicht nur seine Beine und Arme wurden gefesselt, außerdem hat man ihm eine Art Maulkorb aus Metall, der mit Magie belegt wurde, umgelegt, damit er mit seinem Feuer nicht das Gebäude abfackeln kann. Einerseits tun mir alle Geschöpfe leid, die nicht in Freiheit leben, andererseits haben Drachen noch nie Rücksicht auf uns genommen.

Mein Herz klopft schneller und ich beobachte jede

Regung, jedes Zucken des Drachens. Meine Kehle fühlt sich plötzlich an wie zugeschnürt. Ich bin mir nicht sicher, ob der Drache Gefallen an seinem Auftritt findet oder ob Zorn oder Gleichgültigkeit oder etwas ganz anderes in seinen Augen schimmert. Eigentlich will ich es auch gar nicht wissen. Schließlich ist es nicht meine Aufgabe, diese Kreatur zu zähmen. Ich atme tief durch und konzentriere mich auf meinen Dienst.

In den Augen der Zuschauer glimmen Faszination und Ehrfurcht auf – in manchen sogar ein Hauch von Abscheu für diese schaurig schöne Kreatur.

Sein Schuppenpanzer schimmert in den schönsten Farben des Regenbogens. Zugegeben, dieser Drache ist der glanzvollste, den ich je gesehen habe. Seine Augen erinnern an den nächtlichen Nebel, der über den Feldern schwebt und blicken unergründlich drein. Egal wie sanft und hilflos er von Weitem erscheinen mag, Drachen sind alles andere als wehrlose Geschöpfe. Sie besitzen diese ganz spezielle Ausstrahlung, die mich erzittern lässt und mich mit einem unheilvollen Gefühl flutet. Jedes Mal, wenn ich einen Drachen ansehe, habe ich den Eindruck, meinem eigenen Ende ins Gesicht zu sehen.

Man könnte glauben, dass sie bloß die Handlanger der Lords sind, aber letztlich dienen diese Geschöpfe des Himmels niemandem außer sich selbst. Der Hauch des Todes glitzert in ihren Augen, schwingt in jedem kräftigen Flügelschlag mit.

Ein paar Mal habe ich beobachtet, wie ein Schwarm Drachen einen reißenden Sturm gezähmt hat. Sie jagten durch die Winde, als würden sie mit dem Tod selbst verschmelzen und sich von der Magie des Sturms nähren. Manchmal sieht es aber auch so aus, als würden die

Schwärme Kunststücke vollführen, während sie den Stürmen Einhalt gebieten.

Auch wenn ich es will, kann ich mich der Wirkung, die ein Drache auf mich ausübt, nicht entziehen. Dennoch bin ich jede Nacht erleichtert, wenn ich nach meiner Schicht die Bar verlassen kann – und das in einem Stück.

Mich beeindruckt am meisten, dass Alizeé dem glitzernden Drachen unter sich vertraut. Wenn der Maulkorb lose sitzen würde, könnte er das komplette Gebäude mit seinen Flammen innerhalb weniger Sekunden abfackeln oder wenn er sich von den Eisenketten losreißen würde, weil sie falsch befestigt wurden, könnte er ihren Körper mit seinen Krallen aufschlitzen. Ein winziger Fehler könnte ihren Tod bedeuten. Doch in Alizeés Nähe wirkt der Drache auffallend sanftmütig. Er stößt keinen Dampf aus seinen Nüstern aus und wirkt nicht gewalttätig, fast erweckt er den Eindruck, dass er die Musik und Alizeés Stimme genauso liebt wie das Publikum.

Alizeé hält sich an dem Ring fest und vollführt einen Spagat in der Luft, bevor sie sich auf den Rücken des Drachens gleiten lässt. Ein geheimnisvolles Lächeln liegt auf ihren Lippen. Ihre Bewegungen sind sinnlich und so anmutig, dass es nicht nur mir die Sprache verschlägt. Sie tanzt, als würde ihr Leben davon abhängen und als würde sie sich bereitwillig für dieses Geschöpf opfern, nur um tanzen zu können. Leichtfüßig und ohne Scheu tänzelt sie über das stachelige Rückgrat des Drachens, der es sich gefallen lässt, dass auf ihm herumgetrampelt wird. Ihre Griffe an dem Akrobatiktuch, das ebenfalls von der Decke hängt, sind schnell und sicher, als hätte sie das schon unzählige Male gemacht. Alizeé biegt ihre Wirbelsäule durch wie eine sich windende Schlange und vollführt verschiedenste Figuren in der Luft und auf dem Körper des Drachens.

Der gefesselte Drache begleitet ihre Akrobatiknummer, soweit es ihm mit den Ketten möglich ist. Er bewegt seinen Hals, seine Flügel und seinen gefiederten Schwanz zum Takt der Musik. Auf Außenstehende wirkt es, als ob die beiden miteinander kommunizieren würden. Sie sind ein ungleiches Paar und agieren trotzdem wie Tanzpartner. Alizeé rutscht geschmeidig über seinen schuppigen Rücken und gleitet in einer anmutigen Position an seinem Schwanz hinunter, bis sie den Tanz mit einem weiteren Spagat auf der Bühne beendet.

Der Drache bewegt seinen Kopf und schaut von einem Zuschauer zum nächsten. Dann blicken seine silbrigen Augen mich an – oder täusche ich mich? Er mustert mich eindringlich.

Ich beiße die Zähne zusammen, um nicht zu erschauern. Ruckartig schaue ich auf das Glas in meinen Händen und rede mir ein, dass ich es mir nur eingebildet habe.

Seine Krallen schaben über den Boden und die Fesseln um seine Beine klirren, was von der Melodie und Alizeés lieblicher Stimme übertönt wird. Aber mein Gehör ist außerordentlich gut. Manchmal nehme ich schon das Geräusch des kleinsten Luftzugs wahr, der durch die Ritzen eines Gebäudes kriecht. Meine Sinne schärfen sich und ich blinzele mehrmals. Meine Nerven sind angespannt und meine Hände fühlen sich plötzlich eiskalt an. In Wellen fegt das Unbehagen über mich hinweg, verebbt und setzt unvermittelt wieder ein.

Und als wäre das nicht schon genug, stellen sich mir die Nackenhaare auf. Mein Puls steigt und mein Fluchtinstinkt setzt mit voller Wucht ein – alles in mir schreit, dass von einem Drachen Gefahr ausgeht. Kann er meine Angst wittern?

Jedes Mal, wenn er mich fixiert, muss ich aufs Neue den Reflex unterdrücken, den Kopf zu heben. Ich konzentriere mich verbissen darauf, die Gläser zu polieren und die Tische freizuräumen.

Die Neuankömmlinge, die durch die Tür hereinschneien, klopfen den Dreck von ihren Schuhen ab. Aus den Augenwinkeln beobachte ich ihre Silhouetten. Keiner von ihnen ist Ezra.

Enttäuscht lasse ich die Schultern sinken. Wo zur Hölle treibt sich mein Bruder herum?

»Hallo Schönheit.« Dieser tiefe, raue Unterton – ich kenne ihn. Diese Stimme besitzt das Potenzial, mir weiche Knie zu bescheren.

Ich hebe erneut den Blick und schaue in sanfte braune Augen. Corentin ist ein bildhübscher Kerl und leider auch ein guter Freund meines Bruders.

Seit wann ist er wieder in der Stadt? Und wieso hat Ezra das nicht erwähnt?

Eine Welle der Erleichterung erfasst mich, weil ich merke, wie sehr er mir gefehlt hat und welche Sorgen ich mir gemacht habe – auch wenn ich kein Recht dazu habe, weil wir nur befreundet sind. Ganz egal, was zwischen uns im Frühjahr gewesen ist. Für ihn scheint es zumindest nicht genug bedeutet zu haben, um zu bleiben. »Ich habe dich eine halbe Ewigkeit nicht in der Stadt gesehen. Ich hatte schon Sorge, dass dich ein Sturm oder ein Drache geholt hätte.«

»So schnell verspeist mich kein Drache. Ich bin hart im Nehmen, das weißt du doch.« Er kratzt sich verlegen am Kopf. »Nein, die Wahrheit ist … ich musste etwas erledigen und die Stadt dafür kurzfristig verlassen.«

Offenbar will er nicht näher darauf eingehen, worum es sich dabei handelte. Bei näherer Betrachtung fallen mir die Veränderungen an seiner Statur deutlich auf. Er ist größer und kräftiger geworden. Die Hosen spannen um seine muskulösen Oberschenkel und sein Kreuz scheint doppelt so breit geworden zu sein. Der dunkle Bartschatten an seinen Wangen ist ausgeprägter ebenso wie seine Kieferpartie. Ich blinzele heftiger vor plötzlicher Nervosität oder verschwimmt bloß meine Sicht wegen seines unglaublich selbstbewussten Auftretens und seiner durch und durch männlichen Erscheinung? Sein hübsches, unbeschwertes Lächeln hat er zwar nicht eingebüßt, aber in seinen dunklen Augen entdecke ich eine Kälte, die zuvor nicht dort gewesen ist. Corentin hat in vielen, viel zu vielen Fantasien die Hauptrolle gespielt und wenn ich ehrlich bin, hatte ich mich im Frühjahr ein wenig in ihn verliebt, bevor er spurlos und ohne ein Wort verschwunden ist.

»Was ist? Habe ich was im Bart hängen?«, fragt Corentin und wischt sich über die Mundwinkel.

Peinlich berührt, weil ich ihn so angestarrt habe, löse ich mich aus meiner Erstarrung. »Nein, nein, ich habe nur deine neue Uniform bewundert. Der kantige, raue Look steht dir gut.«

Corentin zwinkert. »Wenn es nur das ist.« Er schaut an sich hinunter. »Ist mir gar nicht aufgefallen.«

»Wir haben uns lange nicht mehr gesehen.«

Er runzelt die Stirn. »Zwei, drei Monate …«

»Fünf Monate und drei Tage, um genau zu sein«, antworte ich zu schnell. »Aber wer zählt schon mit.« Meine

Wangen glühen und ich schaue rasch weg und beiße mir auf die Zunge. Er soll nicht denken, dass er mir so wichtig gewesen wäre, dass ich die Tage seiner Abwesenheit zähle.

»Oh, doch so lange ...« Corentin mustert mich so intensiv, dass es sich ein paar Sekunden lang so anfühlt, als wären wir vollkommen allein in der Bar. Alles andere verschwimmt, und das Klatschen und Raunen der Besucher im Hintergrund werden zu einem undeutlichen Rauschen.

Ich kann den Ausdruck in seinen Augen nicht deuten, bin mir nicht sicher, ob es Interesse oder Gleichgültigkeit ist.

»Und wo hast du dich rumgetrieben?«, frage ich und versuche meine Stimme teilnahmslos klingen zu lassen.

»Ich war auf der Dracheninsel bei einem der Lords.« Jede Freude verschwindet von seinen Gesichtszügen. Er lehnt sich in dem Sessel zurück und durchbohrt mich mit seinen Blicken. »Bei meiner ersten Begegnung mit den Lords und ihren Drachen hätte ich mir fast vor Angst in die Hosen gemacht. Man wandelt auf einem sehr schmalen Grat, wenn man in ihren Kreisen überleben will.«

»Du meinst in den Kreisen der Drae, der Sturmreiter?«

Er nickt. »Die Reiter sind wie ihre Raubtiere. Wenn du zu schwach wirkst, sehen sie dich als ihre Beute an.« Er beugt sich leicht vor und senkt seine Stimme. »Und wenn du zu stark wirkst, wirst du automatisch zu ihrer Bedrohung und sie wollen dich aus dem Weg räumen – zumindest dann, wenn sie dich nicht zu einem der ihren machen.«

Ich gebe mir wenig Mühe, zu verbergen, was ich von den Lords und den Drachen halte. Sie widern mich mit ihrer Machtgier und ihrer Arroganz an. »Dann kannst du ja froh sein, dass sie dich akzeptiert haben.«

»Du weißt, wie sehr mich Drachen faszinieren.« Er zwinkert mir zu. »In mir steckt ein Drae.«

Ich kann ihn nur mit etwas zu weit geöffneten Augen anstarren, weil ich sonst auf seine schwachsinnige Entscheidung übermütig reagieren würde.

Atme, Lavea! Atme und zähle bis zehn …

»Wenn du meinst.«

»Nicht alle Drachen sind schlecht, Lavea. Das wirst du früher oder später auch noch begreifen.«

»Ein Mensch kann nur ein bestimmtes Maß an Tod im Laufe seines Lebens verkraften und ich habe mein verdammtes Limit erreicht. Mit Reitern dieser feuerspeienden Kröten will ich nichts zu tun haben«, verteidige ich meinen Standpunkt.

Corentin sieht mich mitleidig, fast schuldig an. Also rufe ich mir ins Gedächtnis, dass er nichts dafür kann, dass ich meine Familie im Drachenfeuer verloren habe und dass er nur ein Opfer seiner Begeisterung für Drachen ist. Dass Drachen eine Faszination durch ihre Kraft, ihre Magie, ihre riesigen Schwingen und ihren wunderschönen, mit Schuppen gepanzerten Körper ausüben, ist unvermeidlich. Manche betrachten sie einfach nur gerne, andere wollen sie gar besitzen – was im wahrsten Sinne des Wortes brandgefährlich werden kann.

»Corentin«, schnurrt Alizeé mit einer Stimme, die umschmeichelnd klingt. »Wo bist du abgeblieben? Ich war ein wenig beleidigt, dass du meine letzten Shows verpasst hast.«

»Es tut mir furchtbar leid, Alizeé. Ich hatte etwas zu

erledigen. Dein Auftritt war wie immer bezaubernd.« Er haucht ihr einen Kuss auf die Wange.

»Corentin gehört jetzt zu den Drae.« Leider gelingt es mir nicht, den Sarkasmus aus meiner Stimme zu verbannen.

»Oh ein Drae«, wiederholt Alizeé voller Bewunderung.

»Nicht so laut«, zischt Corentin und blickt sich um. Anscheinend soll nicht jeder wissen für *wen* er arbeitet. Nicht alle Bewohner sehen in den Drae die Beschützer unseres Reiches vor den Stürmen. Manche sind der Ansicht, dass die Drachen schuld daran sind, dass die magischen Stürme zu uns gekommen sind.

»Ich würde gerne mal auf einem Drachen fliegen.« Sie deutet über ihre Schulter. »Dieser lässt mich leider nicht«, sagt Alizeé und schiebt ihre Unterlippe vor.

Endlich habe ich meine aufwallenden Gefühle wieder unter Kontrolle.

Alizeé setzt sich zu uns an den Tresen. »Was führt dich her, Corentin? Und wo ist dein Drache?«

»Er ist nicht immer bei mir«, antwortet Corentin und sieht mich dann an. »Eigentlich darf niemand wissen, dass ich in die Stadt gekommen bin. Ich bin hier, um dir etwas von Ezra zu geben.«

»Und das sagst du mir erst jetzt? Ich warte seit Stunden auf Ezra. Wir wollten uns hier treffen, aber er taucht einfach nicht auf.«

»Weil ... er es nicht kann.« Corentin greift in seine Hosentasche. »Ezra hat mir das für dich gegeben. Er sagte, es sei wichtig, dass du es erhältst.«

In seiner Hand hält er einen Beutel. Das Pulver.

Warum ist Ezra nicht hier und überbringt es mir?

Warum schickt er ausgerechnet Corentin? Einen Drachenreiter?

Ich nehme den Beutel an mich, der verdammt leicht ist, öffne das Lederband und werfe einen Blick hinein. Der Inhalt wird kaum für einen Monat reichen ...

»Das ist alles, was er dir gegeben hat?« Hat Corentin womöglich etwas von dem magischen Pulver für sich abgezwackt?

Er hebt überrascht über meine Reaktion die Augenbrauen und nickt. Corentin muss wissen, wie wertvoll der Inhalt ist.

»Was ist mit dem ganzen Gold, das ich Ezra gegeben habe? Mit meinem Verdienst der letzten Wochen?«

»Er sagte, das wäre für die Medikamente draufgegangen, fürs Essen und die Reise ...«

Ich schnaube und ärgere mich über meinen Bruder, weil er mein hart verdientes Geld auf den Kopf gehauen hat. »Gib zu, dass er es versoffen hat!«

»Mehr hat er mir nicht gegeben, ich schwöre es, Lavea. Den Rest des Geldes benötigte er für Waffen, soweit ich weiß.«

»Welche Waffen?«

»Waffen, die sein Überleben sichern«, sagt er mit gedämpfter Stimme.

Ich weiß, dass Ezra heimlich die schützenden Mauern der Stadt verlässt, um im angrenzenden Wald zu trainieren – wofür auch immer. Aber dass er unser ganzes Erspartes für ein paar jämmerliche Dolche und Pfeile verprasst, treibt mich zur Weißglut. Ich habe mir die Finger für das Geld in der Küche wundgeschrubbt. Jeden Job angenommen, den ich kurzfristig bekommen konnte, um unsere Kasse aufzubessern. Der letzte Sturm hat unsere Gemüsebeete zerstört und uns unseren Vorrat für den kommenden Winter zunichtegemacht. Die Menschen in der Stadt werden schon bald Hunger leiden, wenn die nahen Provinzen keine Ersatzwaren liefern.

Ich weiß, was es heißt, mit leerem Magen ins Bett zu gehen, zu frieren und wochenlang eingesperrt zu sein, weil draußen ein Sturm tobt, der es einem unmöglich macht, das Haus zu verlassen.

»Wofür brauchst du das Pulver?«, hakt Corentin neugierig nach.

Rasch stecke ich den Beutel in meine Hosentasche. »Das ist meine Sache«, weiche ich aus. Corentin hat meine Brandnarben nie zu Gesicht bekommen, dafür habe ich immer gesorgt – und das soll auch so bleiben. Niemand soll sehen, wie ich *wirklich* aussehe.

»Und wo ist Ezra? Traut er sich etwa nicht, mir nach allem unter die Augen zu treten?«

»Zuletzt habe ich ihn bei den Lords gesehen. Er steckte in der Klemme, weil er sich etwas zuschulden kommen lassen hat.«

Es fühlt sich an, als hätte mir jemand einen heftigen Schlag verpasst. Sämtliche Luft weicht mir aus den Lungen. Mein Herz überschlägt sich viel zu schnell und ich spüre, wie mir das Blut aus dem Gesicht weicht.

Ezra, was hast du nur getan?

Meine Hände zittern und ich stelle das Glas, das ich in der Hand habe, ab. Ich wusste, dass Ezra irgendwelche komischen Deals dreht – aber nicht mit einem Drachenlord. Er wollte mir nie so genau sagen, wie er an das Pulver für die Paste gekommen ist, jetzt weiß ich auch, warum. Man sollte niemals in der Schuld eines Drachenlords stehen.

Ich spüre, wie eine ungewöhnliche Hitze in mir aufsteigt. Das Blut rauscht mir in den Ohren, und vor meinen Augen tanzen silbrige Sterne, bis ich mich wieder daran erinnere, wie man atmet.

»Lavea?«, reißt mich Corentin mit seiner rauen Stimme aus meinen Gedanken.

»Er hat Schulden bei den Lords?«

Corentin nickt.

Ich beuge mich zu Corentin vor und packe ihn am Kragen. »Halten sie ihn gefangen? Haben sie ihm etwas angetan? Du musst mir alles sagen, was du weißt.«

Sein Mund öffnet sich und dann schließt er ihn wieder.

»Rede!«, knurre ich.

»Als ich ihn das letzte Mal gesprochen habe, war er wohlauf, Lavea. Er hat mich angefleht, dir das Tütchen zu bringen. Nur Lord Zander vom Hof der Walddrachen wird dir deine Fragen beantworten können.«

»Dann bring mich zu ihm.«

»Wie bitte?« Seine Augenbrauen zucken nach oben.

»Du hast mich richtig verstanden.«

»Lavea, dieser Ort wird dich umbringen.«

»Die Dracheninsel ist voll von Drachen, ich weiß«, fauche ich drauf los. Wut wallt in mir auf und ich starre ihn mit zusammengekniffenen Augen an. Es ist nicht Ezras Art, mich lange allein zu lassen. Wir haben nur einander. Er ist meine einzige Familie und wenn er in der Patsche steckt, dann muss ich ihn da rausholen. »Ich weiß sehr genau, wie gefährlich die Reise zur Dracheninsel ist, vor allem in stürmischen Zeiten. Ohne deine Hilfe wird es mich mehr Anstrengung kosten, den Weg zu finden. Entweder führst du mich dort hin oder ich schlage mich auf eigene Faust durch. So oder so werde ich Ezra suchen. Du kannst also argumentieren, wie du willst, du wirst mich nicht von meinem Vorhaben abbringen können.«

Corentin könnte recht haben, dass die Reise mich alles kosten könnte, und allein bei dem Gedanken, einem Drachen zu begegnen, schlingert mir der Magen, aber das heißt nicht, dass ich es hören will …

Corentin weicht zurück und setzt einen nachdenklichen Ausdruck auf. »Ich stelle deine Entschlossenheit nicht infrage, Lavea. Aber wenn du einem Drachen mit dieser Feindseligkeit begegnest …«

»… wird er mich in Flammen setzen. Das willst du doch sagen.«

Sein Kiefer zuckt vor Anspannung und er streicht sich das Haar aus der Stirn. »Verdammt ja.«

»Es gibt keine Garantie, dass ich die Drachen oder die Stürme überleben werde, aber mit dir an meiner Seite wird es wahrscheinlicher.« Der Schraubstock um meine Brust zieht sich fester zusammen. Neben Ezra und Alizeé ist Corentin die einzige Person, die mich richtig kennt und weiß, dass ich von meinem Vorhaben nicht abrücken werde.

»Sei kein Arsch, Corentin, und hilf ihr!«, mischt sich Alizeé ein.

»Einverstanden. Nur weil du es bist«, er schaut zwischen Alizeé und mir hin und her, »obwohl mir dein Vorhaben nicht gefällt.« Er verringert den Abstand zwischen uns, doch seine angespannte Haltung verrät seine Zweifel. »Ich kann dir nichts versprechen.«

»Darum habe ich dich auch nicht gebeten.«

»Okay.« Ich kann förmlich sehen, wie sich in ihm ein

Schalter umlegt. »Wir treffen uns morgen früh bei Sonnenaufgang am Südtor.«

»Lavea, ich bezahle dich nicht dafür, dass du dir die Beine in den Bauch stehst. Die Gäste warten auf ihre Getränke! Los, an die Arbeit. Sofort!«, beschwert sich der Wirt.

Einige Gesichter drehen sich in meine Richtung und ich ziehe peinlich berührt den Kopf ein. »Ja, einen Moment noch«, piepse ich und wende mich wieder Corentin zu. »Dann treffen wir uns morgen früh. Bis dann … und danke.«

Nachdem Corentin das Lokal verlassen hat und Alizeé untergetaucht ist, wende ich mich wieder meiner Arbeit und den Gästen zu, die auf ihre Bestellungen warten. Ab und zu kratze ich mich am Hals, weil die Stelle juckt und brennt. Zum Glück habe ich das Pulver, um eine Paste anzurühren, die die Symptome schnell lindern wird.

Es dauert einen Moment, bis ich Alizeé nach Ende der Schicht in der Menge entdecke. Nach ihrem Auftritt übt sie oft noch ein paar Stunden, unterrichtet andere angehende Akrobatikschülerinnen und wickelt die Gäste um den Finger, damit der Laden weiterhin gut läuft und Gewinn abwirft. Außerdem kümmert sie sich um den schimmernden Drachen, der sein Dasein in Ketten verbringen muss.

Alizeé schenkt mir zum Abschied ein aufrichtiges Lächeln. »Ich wünschte, ich könnte dich begleiten.«

»Pass auf dich auf, während ich fort bin«, sage ich, »und wenn ein Sturm aufzieht, dann flieh! Versprich es mir.«

»Natürlich, ich bin ja nicht lebensmüde und bleibe in dieser vermaledeiten Stadt mit diesen brüchigen Mauern.«

Ein letztes Mal drücke ich sie fest an mich. »Leb wohl«, murmele ich in ihr Haar, so leise, dass sie es nicht versteht.

»Bis bald«, sagt sie offenbar überzeugt davon, dass wir uns früher oder später wiedersehen werden.

Ich hoffe inständig, dass sie recht behalten wird.

Zwei

Jeder Schritt hallt in den leeren Straßen wider, bis ich schließlich in den Hinterhof des heruntergekommenen Gebäudes abbiege, in dem Ezra und ich uns vor Kurzem erst eingemietet haben. Binnen Sekunden bringe ich das Treppenhaus hinter mich und drehe den Schlüssel im Schloss um, bis die Tür aufschwingt. Das Apartment ist spärlich eingerichtet und beherbergt nur das Nötigste. Ich zünde das Licht an und fahre mir mit den Fingern durchs Haar. Meine Gedanken fliegen wild umher wie ein Sturm und machen es mir unmöglich, einen von ihnen zu fassen.

Ezra. Was hast du nur angestellt?

Wenn ich jetzt zusammenbreche, bevor ich mich auf den Weg begeben habe, wäre alles umsonst gewesen: die ständige Flucht, der Tod meiner Eltern und meiner Halbschwester Selina, die letzten harten Jahre, einfach alles. Für Ezra muss ich einen kühlen Kopf bewahren. Ich befehle mir, mich zusammenzureißen und balle die Hände zu Fäusten.

Schon am ersten Tag habe ich gewusst, dass ich mich in dieser Wohnung in dieser Stadt nie heimisch fühlen würde. Von daher stört es mich auch nicht, die Stadt Hals über Kopf zu verlassen. Außer Alizeé, die ich ins Herz geschlossen habe, gibt es niemanden hier, der mir etwas bedeutet, der auf mich wartet.

Nachdem ich mich für fünf Stunden ausgeruht habe, ziehe ich mich schnell um und packe das Nötigste für eine Reise zusammen. Ich besitze ohnehin nicht viel, als dass mir irgendetwas fehlen würde. Ich habe gelernt, mein Herz nicht an irgendwelche Dinge zu hängen, denn ein Sturm kann zu schnell heraufziehen und alles, was dann zählt, ist, zu überleben.

In einem Rucksack verstaue ich Proviant, warme Kleidung, einen Dolch, der aus einem besonderen Stahl hergestellt wurde und mir schon so manches Mal das Leben gerettet hat, da er so hart wie ein Schuppenpanzer eines Drachens sein soll. Dann greife ich zu den übrigen versteckten Silberlingen, die ich noch besitze, und verschnüre den Rucksack. Perfekt. Mein ganzes Leben passt in einen kleinen Rucksack.

Vor dem Spiegel halte ich inne, spüre das Brennen und unangenehme Ziepen am Hals und schiebe den Stoff des Oberteils zur Seite und entblöße meine Schulterpartie.

Ich schaue in mein Spiegelbild. Und ich hasse es.

Meine Hand bewegt sich wie von selbst, meine Fingerspitzen berühren meine linke Wange, fahren über meinen Kiefer hinunter zu meinem Schlüsselbein und stoppen knapp über dem Brustansatz. Manchmal will ich meine Augen schließen und vergessen, dass dieser Teil meines Körpers existiert.

Leuchtend rot wie lodernde Flammen zeichnet sich das Brandmal von meiner hellen Porzellanhaut ab.

Ich bin hässlich!

Ich bin das Monster!

Die Albträume, in denen ich im Drachenfeuer verbrenne, lassen mich bis heute nicht los. Manche Dinge im Leben kann man nicht ändern und diese Erkenntnis trifft mich jedes Mal aufs Neue, wenn der Zauber nachlässt und das Brandmal sichtbar wird.

Aber ich kann und will nicht damit leben. Deswegen brauche ich die Paste, die die Zeichen des Feuers verschwinden lässt, wenn auch nur für kurze Zeit.

Ich würde gerne daran glauben, dass es einen Grund dafür gibt, warum mich dieses Schicksal ereilt hat, warum ich bin, wie ich bin.

Mein rotes Haar diente mir lange als Schutzschild. Ich ließ es wachsen, um die Narben zu verstecken, doch das reichte mir nicht. Ich suchte lange nach Heilverfahren für diesen Makel, doch es gab sie nicht. Eines Tages brachte mir Ezra ein Mittel, das Wunder versprach und Brandmale überdecken sollte.

Mittlerweile verlasse ich das Haus nicht mehr ohne diese Paste. Auf meine Handfläche verteile ich etwas von der Creme und reibe damit sorgsam meinen Hals und meine Schulterpartie ein. Ich leere das Döschen und greife anschließend zu einem neuen Behälter, in dem ich die Paste mit dem Pulver, das mir Corentin gebracht hat, anmische. Es ist zu wenig. Wenn ich sparsam bin und einen Teil der Verbrennungen, die meistens sowieso von Kleidung verdeckt wird, ausspare, wird der Inhalt höchstens für eine Woche reichen, aber das ist besser als nichts.

Nach und nach verschwinden die roten Flecken und

die Haut wird ebenmäßiger, als hätte ich mit einem Pinsel Farbe darübergestrichen. Nachdem die Paste eingewirkt ist, blicke ich erneut in den Spiegel. Perfekt. Nichts schimmert durch. Meine Haut ist makellos. Doch es handelt sich dabei um ein Trugbild. Es ist nicht echt.

Ich reiße mich von dem neuen Anblick meines Körpers im Spiegel los. Die dünne Stofftunika ersetze ich durch ein eng anliegendes schwarzes Hemd mit langen Ärmeln und die luftige Hose wird gegen eine aus Leder eingetauscht, denn es ist bitterkalt draußen. Zusätzlich werfe ich mir einen langen Fellmantel über die Schultern. Frost kriecht durch den Spalt zwischen Fenstersims und Rahmen und malt Eisblumen auf die Innenseite der Glasscheiben. Auf den Straßen herrscht in den frühen Morgenstunden trotz des scharfen Windes ein reges Treiben. Die scharfen Windböen rütteln bereits an den Fensterläden und versuchen sich Einlass zu verschaffen.

Ich schultere den Rucksack, werfe einen letzten Blick in das kleine Zimmer. Drei friedliche Atemzüge gönne ich mir noch, bevor ich die Tür hinter mir schließe.

Ich habe schon Schlimmeres erlebt und überlebt. Diese Reise werde ich auch überstehen.

Ich erinnere mich an die Worte meines Bruders, die er mir immer wieder bei unseren Reisen durchs Land eingetrichtert hat. *Sei schnell, bleib auf den Straßen und suche in der Nacht Schutz – und wenn ein Sturm kommt, lauf um dein Leben!*

Rauch kringelt sich aus den Schornsteinen in den grauen Himmel. Die Bewohner der Stadt verriegeln bereits die Fensterläden, sammeln ihr Hab und Gut ein und lassen nichts zurück, was nicht niet- und nagelfest ist. Weder Blumentöpfe noch andere lose Gegenstände stehen auf den Fensterbänken oder in den Gassen vor den Häusern, da sie zu tödlichen Geschossen werden könnten. Im Umkreis von einem Kilometer um die Stadt herum wurde jeder Baum gefällt, damit die Stürme sie nicht herausreißen und Schaden anrichten können.

Mein Blick fliegt zu dem schmalen Streifen Himmel zwischen den schiefen Hausdächern, die es beim letzten Sturm erwischt haben muss. Tiefgraue Wolkenberge ringen miteinander, verschlingen sich gegenseitig und werden dunkler und dunkler. Bis zum nächsten Sturm wird es nicht mehr lange dauern. Der eisige Wind reißt mir ein paar Strähnen aus dem Zopf.

Plötzlich packt mich jemand von hinten und zieht mich an sich in einen abgedunkelten Hauseingang. Ich habe meinen Dolch stets griffbereit, denn aus Verzweiflung tun die Menschen hier so einiges und Überfälle gehören leider dazu.

In wenigen Sekunden fällt der Dolch aus meinem Ärmel in meine Hand, als ich die kastanienbraunen Locken von Corentin und seinen unverkennbaren Geruch von Seife, Leder und Erde wahrnehme.

Mein Herzschlag beschleunigt sich. Seine Nähe versetzt mein Blut in Schwingung und macht es mir schwer, die Reaktionen meines Körpers zu kontrollieren. Die Luft zwischen uns beginnt zu knistern.

»Bei allen heiligen Drachen! Musst du mich so erschrecken?«

»Ich wusste nicht, dass du so schreckhaft geworden bist«, erwidert er schelmisch grinsend.

Ich schiebe den Dolch zurück in den Ärmel. »Wenn du dich das nächste Mal an mich heranschleichst, kann ich für nichts garantieren.«

Bevor ich weitersprechen kann, liegen Corentins Lippen auf meinen und ich lasse es geschehen. Seine warmen, weichen Lippen verschließen meinen Mund, während mich seine kräftige Statur gegen die kalte, rissige Steinwand eines Wohnhauses drückt. Oh Mann, ich habe vergessen, wie gut sich das anfühlt – okay, eigentlich habe ich gar nichts vergessen. Weder seinen Geruch, das Timbre seiner Stimme, das Gefühl seines Haars zwischen meinen Fingern, noch seine berauschenden Küsse.

Er schließt die Augen und seine Lippen bewegen sich auf meinen. Als sich der Kuss vertieft, schreit etwas in meinem Kopf, dass ich schleunigst die Reißleine ziehen sollte. Corentins Arme umfassen mich und seine Hand wandert an meinem Hals entlang bis zu meinem Nacken, zieht eine Linie aus Feuer über meine Haut. Meine Anspannung bezüglich unserer bevorstehenden Reise lässt nach, doch es gibt keinen Grund, sich in Corentins Arme fallen lassen zu wollen. Es wäre eine Lüge, wenn ich sagen würde, dass ich den Kuss nicht genieße und sich seine Nähe angenehm anfühlt.

»Hast du wirklich gedacht, ich hätte vergessen, was zwischen uns gewesen ist?«, murmelt er vor meinen Lippen, bevor er auf Abstand geht. In dieser Sekunde erfasst mich die Kälte des heraufziehenden Sturms. Sein fragender Blick liegt eindringlich auf mir, dass ich am liebsten wegschauen oder abhauen würde – zweiteres wäre keine Option, weil ich seine Hilfe brauche.

Sein Duft, seine Hitze und sein Geschmack hängen noch an mir. Ich atme schnell, während ich ihm in die Augen sehe und frage mich, was er wohl denkt. »Nun ja, ich habe angenommen, ich wäre eine deiner vielen Bekanntschaften, die dir das Bett in stürmischen Nächten wärmt. Wir hatten schließlich eine Abmachung, nicht wahr?«

Wir haben uns nur die wenigen Nächte versprochen, in denen wir nicht wussten, ob wir jemals das Tageslicht wieder sehen würden. Es gab keinen Platz für Verbindlichkeit. Oder für eine gemeinsame Zukunft.

»Man kann nicht alles haben«, weicht er aus.

Als er beginnt, sich an den Knöpfen meines Mantels zu schaffen zu machen, schiebe ich seine Hand weg. »Wie du schon sagtest, man kann nicht alles haben.«

»Du bist sauer.«

»Nein, das bin ich nicht.« *Ich bin nur enttäuscht, weil ich dachte, dass ich ihm mehr bedeuten würde, als es der Fall gewesen ist.*

Diesen Fehler werde ich nicht noch einmal machen! Er ist mir nichts schuldig und hat mir nichts versprochen. Ich sollte aufhören, Hirngespinsten nachzulaufen.

Er nimmt mein Kinn zwischen Daumen und Zeigefinger und begutachtet mich. »Ich habe dich vermisst, Lavea.«

»Hm.«

Meine Brust zieht sich zusammen, als er mich mit seinen warmen braunen Augen fixiert. Das Verlangen beruht auf Gegenseitigkeit, aber ich bin nicht mehr als eine Freundin – und nun ein Auftrag – für ihn. Auch wenn die Aussicht darauf den Tag in einem weichen Bett an Corentin geschmiegt, verlockender erscheint als ein langer Marsch durch einen aufkommenden Sturm, so hat die Sicherheit meines Bruders Vorrang.

»Und ich hatte schon befürchtet, du hättest dich in mich verliebt.« Er grinst, lehnt sich gegen die Wand und kreuzt die Beine am Knöchel.

»Ich werde mich niemals in einen Drachenreiter verlieben!«

Seine Augenbrauen zucken. »Ich weiß, dass du Reitern nicht vertraust.«

»Du bist einer der ältesten Freunde meines Bruders«, sage ich. »Das reicht mir für diese Reise.«

Die Anspannung zwischen uns löst sich auf.

»Wir müssen los, bevor der Sturm losbricht und die Straßen unpassierbar macht«, entgegne ich.

Corentin nickt und lässt von mir ab. Unbeholfen streicht er sich durch die Locken und schenkt mir ein schiefes Lächeln. »Du kannst dich auf mich verlassen«, sagt er. »Ich bringe dich sicher durch den Sturm nach Drae Castle.« Dann schiebt er sich die Kapuze über den Kopf und geht voran. Schweren Herzens folge ich ihm durch den wabernden Nebel.

Als wir das Südtor erreichen, erhasche ich einen Blick auf eine Ansammlung von dick eingemummelten Menschen, die mit ihren Pferden und Karren hinein in die Stadt wollen. Offensichtlich sind Corentin und ich die einzigen, die bei diesem Wetter die Stadt verlassen wollen. Ein sichtlich verängstigtes Mädchen mit einer Wollmütze klammert sich an seine Mutter und ich schenke ihr ein ermutigendes Lächeln.

Missmutig unterdrücke ich den Impuls umzukehren. Jeder Tag, den Ezra bei den Lords verbringt, könnte sein letzter sein. Mir bleibt nicht die Zeit, um den Sturm abzuwarten.

Ein kompletter Händlerzug mit mehreren Lastkarren wird durch das Tor gewunken. Eine Gruppe von jungen Männern, die Dolche und Armbrüste bei sich tragen, schieben einen riesigen Käfig aus schwarzem Eisen durch das Tor. Die Gegenwart der flackernden schwarzen Schemen, die sich um die Gitter winden, nehme ich so intensiv wahr wie den Sturm, der sich vor den Toren zusammenbraut.

»Gütige Götter …«, hauche ich. »Was haben sie damit vor?«

»Ich nehme an, dass sie einen schwarzen Drachen fangen wollen«, antwortet Corentin leise.

Einen der Männer erkenne ich auf Anhieb wieder. Er ist ein guter Freund von Ezra, mit dem ich bisher kaum ein Wort gewechselt habe, weil er mir irgendwie unheimlich ist. In dem dicken Pelzmantel, der eindeutig von einem Bären stammt, sieht er selbst aus wie ein Raubtier. Um seinen Hals liegt eine Kette, an der mehrere Krallen baumeln und sein Gesicht ziert eine rötliche Kriegsbemalung.

Ich erhasche einen weiteren Blick auf den Käfig, als ich mich an einer Traube von Schaulustigen vorbeidrängele. Diese Käfige kenne ich nur aus Erzählungen. In ihnen wurden schon früher furchterregende Kreaturen gefangen genommen.

»Man sagt, dass schwarze Drachen schwer einzufangen sind. Die meisten lassen ihr Leben bei dem Versuch«, sage ich zu Corentin, der an meine Seite tritt und sein Drae Abzeichen verbirgt.

»Schwarze Drachen gelten als seelenlos. Sie bewegen sich blitzschnell fort, sodass du sie meist nur als schwarze Schemen siehst. Sie ermorden Menschen brutal, besitzen grausame Fratzen, spitze Zähne, die länger als meine Finger sind, und einen stahlharten Panzer.«

Ich reiße die Augen auf. »Bist du schon mal einem von ihnen begegnet?«

»Ja«, antwortet er, ohne mit der Wimper zu zucken.

Mein Körper beginnt zu zittern, und mein Herz pocht schneller. Andere Regionen sollen von den fürchterlichen Monstern geradezu überrannt worden sein. Doch es war kein schwarzer Drache gewesen, der meine Heimatstadt in Schutt und Asche legte.

Abgesehen davon, dass es Gruppen gibt, die die Drachen tot sehen wollen, handeln einige auch mit ihren Klauen, ihren Reißzähnen, ihren Knochen, ihrem Blut und den magischen Schuppen, die zu einem Pulver verarbeitet eine heilende Wirkung innehaben sollen oder für Zauber genutzt werden. Dafür verlangen sie etliche Goldmünzen auf den Schwarzmärkten.

Wir überqueren eine Brücke mit einem seichten Bachlauf, die auf das hügelige Land führt. Ich erlaube mir kaum aufzuatmen und folge Corentin schnellen Schrittes einen Hügel hinauf. Dort angekommen werfe ich einen Blick über die Schulter auf die Stadt. Die idyllischen Hügel, die sonst von Bauern bestellt werden, werden jetzt von grauen Sturmwolken überzogen.

»Der Eissturm kommt näher«, murmele ich und hole meine Lederhandschuhe aus dem Rucksack.

»Woher weißt du, dass es sich um einen Eissturm handelt?«, fragt Corentin interessiert.

Ich habe die Stürme studiert, sie mir genau angesehen und mir ihre Details eingeprägt. Außerdem hat mich mein Vater die Aufzeichnungen in der großen Bibliothek über die Arten der Stürme lesen lassen – was eigentlich verboten war, da ich damals ein kleines Mädchen war. »Erfahrung. Diese Region wird häufig von reinen Windstürmen oder Eisstürmen heimgesucht, da kalte Luft aus dem Norden zu uns herüberweht.«

»Keine Sorge, Lavea. Der Sturm wird knapp an der Stadt vorbeiziehen und wird nicht viel Schaden anrichten.«

Skeptisch runzele ich die Stirn. »Und das erkennst du woran?«

»Ich bin ein Sturmreiter. Ich sehe so etwas.«

Vereinzelnd schweben Schneeflocken herum, die sich nach und nach in ein dichtes Schneegestöber verwandeln und den Weg binnen kürzester Zeit unter einer dünnen weißen Decke begraben. Vielleicht täuscht sich Corentin und wir laufen direkt in das Unwetter hinein. Noch dazu dreht sich der Wind und wird so schneidend, dass ich friere. Anfangs kommen wir gut voran, doch mit jedem Schritt gewinnt der Sturm an Stärke. Er peitscht mir harte Eiskristalle ins Gesicht, sodass meine Haut brennt vor Kälte. Irgendwann spüre ich meine Nase, meine Lippen und meine Ohren kaum noch.

»Wir sollten uns bald einen Unterschlupf für die Nacht suchen«, schreit Corentin gegen den Wind.

»Hier in der Nähe befindet sich ein Höhlensystem.«

Die umliegenden Wälder kenne ich wie meine Westentasche, denn Ezra und ich waren jahrelang auf der Flucht vor den Stürmen und haben uns nur kurz in den Städten und Dörfern niedergelassen, bevor wir weitergezogen sind. Nirgends fühle ich mich mehr zu Hause. Ezra ist mein Zuhause.

Ich sollte Ezra dankbar sein, dass er diesen beschwerlichen Weg zur Dracheninsel mehr als einmal beschritten hat, um mir die Zutaten für die Paste zu besorgen. Erst jetzt begreife ich, wie oft ich ihn beinahe in den Tod hätte schicken können, auch wenn er diese Bürde freiwillig auf sich genommen hat, weil er mich liebt. Ich stehe auf ewig in seiner Schuld.

Vor uns breitet sich ein spektakuläres Feuerwerk aus Herbstfarben aus, denn die Blätter der Bäume erstrahlen in allen Farben. Doch selbst die Laubkronen bieten keinen Schutz vor dem herannahenden Sturm. Der Waldboden wird nach und nach von einer knarzenden Eisschicht bedeckt, während der Wind durch die Blätter und um die uralten Stämme fegt, die bisher durch ihr dichtes Wurzelgeflecht jeden Sturm überstanden haben. Eine dünne Eisschicht glitzert bereits auf den herabgefallenen Blättern.

Trotz aller Vorsicht strauchele ich mehrmals, weil der Wind an mir reißt. Ich bete, dass kein Ast nachgibt und mich erschlägt. Die Kälte presst mir die Luft aus den Lungen und ich verfluche den heutigen Tag. Aber so leicht werde ich mich nicht unterkriegen lassen. Ich werde meinen Bruder nicht im Stich lassen.

Mein Magen krampft sich zusammen, als ich an meine Eltern denke. Meine Mutter war eine bekannte Biologin und Naturforscherin der alten Welt. Sie untersuchte das Artensterben von Pflanzen und Tierwesen in der Zeit, in der die Drachen auftauchten. Mein Vater arbeitete in der Bibliothek von Drakonia und war ein wissbegieriger Schriftgelehrter, der die Forschungsergebnisse meiner Mutter niederschrieb und die alten heiligen Schriften über die Götter studierte. Ich habe es geliebt, Zeit mit meiner Mutter in der Natur zu verbringen und abends die sagenumwobenen Geschichten von Vater vorgelesen zu bekommen. Jede Pflanze konnte sie beim Namen nennen – viele von ihnen habe ich seit Jahren nicht mehr in der Wildnis entdeckt. Vermutlich sind sie wie so viele andere vom Artensterben betroffen. In den letzten Monaten vor dem

Angriff des Drachen auf unser Dorf blitzte häufiger Kummer in ihren Augen auf. Sie sagte, sie fühle sich machtlos bei all dem Sterben um sie herum. Immer wenn ich ihre Anwesenheit spüren will, verlasse ich die Stadt und durchstreife die Wälder auf der Suche nach ihrer Lieblingsblume.

Ich schüttele die trüben Gedanken ab. In einer Höhle suchen wir für ein paar Stunden Schutz, um zu Kräften zu kommen. Corentin entfacht ein kleines Feuer und wärmt eine Suppe auf, die er am Vorabend zubereitet hat, um uns warm zu halten. Wir werden auf die Jagd gehen müssen, um Vorräte anzusammeln, falls wir an keinem Gasthaus vorbeikommen.

»Du musst zugeben, dass sehr viel mehr Menschen gestorben wären, wenn es die Drae und die Drachenlords nicht geben würde. Sie sind unsere Beschützer, Lavea.«

»Ich habe ebenso wie du geschworen, die Gesetze der Lords zu achten, doch der Schutz von Unschuldigen kommt mir wichtiger vor, und ich bezweifle, dass es den Lords allein darum geht, diese zu verteidigen. Außerdem kenne ich die Geschichte ein wenig anders ...« Ich kann immer noch die Stimme meines Vaters hören, als er mir die Geschichten über die Entstehung der magischen Stürme erzählt hat.

Corentin hebt eine Augenbraue. »Und welche Version wäre das?«

»Einst war das heilige Land, das zwischen zwei großen Ozeanen liegt, ein Ort, an dem die wundersamsten Tiere lebten und die schönsten Pflanzen wuchsen. Die Menschen lebten im Einklang mit der Natur, bis die Herrscher gieriger und machthungriger wurden. Mein Vater sagte immer, dass wir von den Elementen abhängig seien – Feuer, Wasser, Erde, Luft. Von der Erde kommt unsere Nahrung, dorthin kehren wir zurück, wenn wir sterben. In ihr liegt die ganze Magie. Die ursprünglichen Lords und ihr Gefolge beraubten die Erde ihrer Ressourcen, ihrer Magie, um sich gottgleicher zu fühlen. Sie töteten die ersten Drachenwesen, beuteten die Erde und Flüsse aus und bedienten sich an ihrem Reichtum. All das Leid, das sie erschufen, sickerte mit dem Blut und den Tränen in den Boden. Die Magie verschwand nach und nach ebenso wie die Tiere und Pflanzen. Doch die Erde vergaß nicht und die ersten Stürme zogen auf, um ihre Bewohner zu bestrafen.« Mein Blick gleitet zu Corentin, der mir gebannt zuhört. »Und dann kamen die Drachen in großer Zahl.« Meine Fingernägel bohren sich schmerzhaft in die Handflächen, als ich fortfahre. »Mein Vater respektierte die Drachen und sah den Tod durch ihre Flammen als gerechtfertigte Strafe an.«

»Aber die Drachen zähmen mit ihrer Magie die Stürme«, erwidert er vehement und besteht auf seiner Meinung, dass die Drachen nicht die Monster sind, zu denen ich sie machen will.

»Die Lords machten sich diese Wesen natürlich untertan und versuchten die Elemente mit ihrer Magie zu kontrollieren.«

Corentin seufzt schwer. »Die magische Welt war damals in vielen Belangen komplexer und komplizierter, als du dir vorstellen kannst, und doch gab es keine willkürlichen Gesetze.«

»Es ging ums Gleichgewicht. Heute geht es nur noch ums Überleben.«

»Die Dracheninsel ist Teil dieser alten Welt. Du wirst

sehen, Lavea. Es ist nicht alles, wie es scheint. Dort kann man Wunder bestaunen.«

»Aber dort existiert auch der Albtraum in Form von Drachen, die auf einen lauern und bereit sind, einen umzubringen.«

»Ich versteh schon, mit Worten allein kann ich dich nicht überzeugen.«

Ich muss an die Worte meines Vaters denken, denen er niemals zu müde wurde, sie mir einzubläuen. *Du bist eine wahre Naturgewalt und nichts wird dich aufhalten können, Lavea. Vergiss das nie!*

Auch er hat es nicht geschafft, mich mit seinen Worten zu erreichen. Ich habe mich nie wie eine Naturgewalt gefühlt, obwohl ich in mir eine stetige Anspannung und ein Knistern spüre, als wären meine Emotionen kurz davor überzukochen. Ezra nennt mich oft liebevoll kleines Nervenbündel, weil es mir schwerfällt, ruhig an Ort und Stelle zu stehen und auf etwas zu warten. Manchmal kaue ich nervös an meinen Fingernägeln, um diese Unruhe in mir zu kompensieren, obwohl ich weiß, dass meine Hände dadurch schrecklich aussehen.

Ich werfe einen Blick in den Nachthimmel und gelange zu dem Schluss, dass sich die Wolken nicht verziehen werden. Wenigstens lassen die stürmischen Böen und die Kälte nach.

»Ich verfluche die verdammten Gewitterwolken«, sagt Corentin. »Wir sollten ein Gasthaus aufsuchen.«

Ich zwinge mich, ruhig und gleichmäßig zu atmen. Es gibt keinen Grund, jetzt schon in Panik auszubrechen. Trotzdem will diese innere Unruhe nicht verschwinden. Liegt das an Corentins Gegenwart? Meine Lippen prickeln noch immer von seinem Kuss, als hätten sich seine Lippen unwiderruflich in meine eingebrannt. Hastig verdränge ich die Gedanken an den Kuss von Corentin, an seine intensiven Blicke und seine Stimme. Ich habe eine Mission, auf die ich mich konzentrieren sollte.

»Ich wollte dich nicht in dieses Schlamassel hineinziehen, wenn du Besseres zu tun hast, als meinen Fremdenführer zu spielen.« Ich war schon immer der Meinung, dass mein eigenes Leben meine Sache ist. Aber ich will nicht für das Elend anderer verantwortlich sein.

»Ich wollte sowieso zurück an den Hof des Lords. Und was glaubst du eigentlich würde mich erwarten, wenn Ezra herausfindet, dass ich dich allein durch die Drachenhöfe habe streifen lassen?«

Stimmt. Die beiden haben sich in der Vergangenheit nicht nur einmal geprügelt und ich musste ihre Streitereien schlichten oder die Platzwunden versorgen.

»Ehrlich gesagt war ich mir nicht sicher, ob du nicht uns beiden zuerst den Kopf abreißt, wenn du erfährst, wo wir uns rumtreiben«, fügt Corentin hinzu.

Ich schmunzele. »Ich hätte nicht wenig Lust dazu.« Meine Anspannung verflüchtigt sich beim Klang seines Lachens.

Die Sorgen, die mich gerade noch plagten, lösen sich in Luft auf. Wenn ich allein bin, kann ich mich ihnen wieder widmen. Aber für den Moment konzentriere ich mich nur auf Corentins Gelächter und den Weg, der vor uns liegt.

Zum Glück treffen wir wenig später auf ein Gasthaus und ergattern ein Zimmer mit zwei Einzelbetten. Wortlos führt uns die Wirtin zum Zimmer, das mit schlichten Holzmöbeln ausgestattet ist. Sie überreicht uns eine warme Mahlzeit für zwei Silberlinge und schüttelt ein Handtuch aus, das sie über den Rand einer Wanne hängt. Die Badewanne steht mitten im Raum auf vier Löwenfüßen, und obwohl sich meine halbgefrorenen Glieder nach der wohltuenden Wärme eines Bads sehnen, bin ich nicht bereit, meine Privatsphäre aufzugeben. Das Risiko, dass die Paste ihren Zauber vor Corentin verliert, kann ich nicht eingehen.

Corentin entledigt sich wortlos seiner Kleidung, als Dampf aus der Wanne steigt. Kurz erhasche ich einen Blick auf seine muskulöse Gestalt und die neuen Narben auf seinem Rücken, die von der Ausbildung als Drae stammen müssen.

»Bist du dir sicher, dass du kein Bad nehmen willst?«, hakt Corentin nach, als er es sich bereits in der Wanne bequem gemacht hat.

»Danke, ich verzichte.« Mit voller Montur mache ich es mir unter den dünnen Laken bequem und versuche zu ignorieren, dass Corentin nackt nur drei Meter von mir entfernt ist. Ich verdränge das Kribbeln, das mich bei diesem Gedanken erfasst. Vor Frust will ich am liebsten schreien, aber ich bringe keinen Ton hervor. Oh Götter, lasst mich nicht schwach werden!

Corentin und ich reden die Nacht über kaum miteinander und er sucht auch nicht meine Nähe. Andererseits ist das vielleicht besser so für uns beide.

Drei

»Was denkst du, wie lange wir noch bis zur Dracheninsel brauchen?«, frage ich am nächsten Morgen beim Frühstück.

»Du meinst, wenn wir aufs Fliegen verzichten?«

Beim Gedanken daran winde ich mich unwohl auf dem Stuhl. »Ja. Du müsstest mich schon gegen meinen Willen knebeln, damit ich auf dein Echsenvieh steige.«

»Guter Einwand!« Corentin zwinkert. »Das erscheint mir eine vielversprechende Methode zu sein.«

Ich rolle mit den Augen.

»Ich schätze, wir brauchen mindestens drei Tage zu Fuß«, antwortet Corentin und löffelt seinen Haferbrei. »Vermutlich ist es besser, wenn wir so wenig Aufmerksamkeit wie möglich auf uns lenken, bis wir am Schloss sind und du deine Audienz bei Lord Zander erhalten hast.«

Ich murmele eine Zustimmung.

Gleich nach dem Frühstück brechen wir auf. Kein Lichtstrahl durchbricht das dichte Blätterdach der verwunschenen Bäume, die rechts und links des Pfades wachsen. Sie verzweigen sich über unseren Köpfen zu einem undurchdringlichen Gewirr. Nebelschwaden steigen zwischen den Baumstämmen auf, sodass meine Sicht nach wenigen Metern endet. Trotzdem bilde ich mir ein, zwischen den Bäumen eine Bewegung zu erkennen – und Flügel. Sie verschmelzen geradezu mit ihrer Umgebung, doch die scharfen goldenen Augen des Drachens funkeln durch das Blätterdach. Ich versuche, mir meine Unsicherheit nicht anmerken zu lassen. Schließlich weiß Corentin um meine Angst vor Drachen. Vermutlich ruft er seinen Gefährten deswegen nicht zu sich.

Ab und zu bleibt Corentin stehen, um einen Blick auf eine Karte zu werfen, die das Festland und die Dracheninsel mit kleineren Inselgruppen abbildet. Ganz Drae Isle ist durchzogen mit Bachläufen, die in Seen münden. Weshalb es so aussieht, als würde die Insel Schuppen tragen.

»Es ist nicht mehr weit, bis wir das Land der Drachen erreichen«, bestätigt Corentin. Zwar leben die Drachen auch auf dem Festland und bezwingen die dortigen Stürme, aber sie werden auf der Insel geboren und ausgebildet. Auch die Lords verfügen dort über ihre eigenen Territorien und Herrschaftssitze. Der Hof der Flammen ist das südlichste der vier Reiche, über das die vier Lords gemeinsam herrschen. Anders als die Drachenwälder, die im Westen liegen und deren dichte Wälder uns das Fortkommen erschweren, sind die Südlande mit ihren trockenen Steppen nahezu unbewaldet und flach. Am tiefsten Punkt sollen sich meterhohe Sanddünen türmen und von den Vulkaninseln soll ein beständiges Brodeln ausgehen, das Kilometer weit über das Meer zu hören ist.

»Ich bin schon durch viele Reiche der Lords gereist«, sage ich. »Ich weiß, was mich erwartet.«

»Deine Heimat liegt auf der Insel. Aber du warst noch nie in den Blutlanden, richtig?«

Nachdem der Drache das Dorf zerstört hatte, wanderten Ezra und ich Richtung Westen auf das Festland und von dort aus von Stadt zu Stadt, je nachdem, wann uns die Stürme einholten.

»Nein, Ezra hat die Durchquerung der fiery Craves bis zum Hafen Shadow Ford zu unserem Schutz gemieden. Wenn ich gewusst hätte, dass er nach Drae Castle reist, nur um mir einen Gefallen zu tun ...« Ich seufze schwer.

»Du warst also auch noch nie auf den umliegenden Inselgruppen?«

Ich schüttele den Kopf. »Das Meer bei Stürmen zu überqueren ist ein Ding der Unmöglichkeit.«

»Nicht auf dem Rücken eines Drachens.«

»Ich wüsste auch nicht, was mich dorthin verschlagen sollte. Die Inselgruppen sind vom Rest der Welt abgeschnitten. Dort zu überleben ist vermutlich noch schwieriger als am Festland.«

»Die Inselgruppen erhalten Unterstützung durch die Truppen der Lords und werden mit allem, was sie nicht anbauen können, versorgt. Und du irrst dich, es gibt eine Menge Gründe, an der Küste zu leben. Ich liebe den Geruch nach Salz und Fisch, der in der Luft hängt.«

Je südlicher wir kommen, desto mehr Dörfer passieren wir, die an Seen oder Bachläufen liegen. Die niedrigen Hütten aus weißem Kalkstein verströmen zu meiner Überraschung keinen Hauch von Armut oder Hunger – was womöglich daran liegt, dass wir der Grenze zu Drae Isle immer näher kommen.

»Man nennt diese Landzunge Dracheninsel, obwohl sie genau genommen keine Insel ist«, erklärt Corentin, der nach einem Stock greift und einen Umriss, der Ähnlichkeit mit einem Drachen hat, der seine Flügel ausgebreitet hat, in den frostigen Waldboden zeichnet.

»Mein Vater hat von einem fünften Reich gesprochen, von einem Reich, in dem die Magie erhalten geblieben ist, das von den Stürmen und den Drachen verschont geblieben ist.«

Corentin runzelt die Stirn, und der Ausdruck in seinem Gesicht nimmt an Ernsthaftigkeit zu. »Ich habe weder von einem solchen Reich gehört noch eines gesehen«, sagt er, bevor sein Tonfall weicher wird. »Vermutlich wollte er seiner Tochter ein schönes Märchen erzählen, um ihr die Angst zu nehmen.«

»Vielleicht.« Trotzdem lässt mich irgendwas an dieser Geschichte festhalten. Hoffnung. *Solange du Hoffnung im Herzen trägst, bist du auf dem richtigen Weg, Lavea,* dringt die sanfte Stimme meines Vaters in mein Gedächtnis.

Nach einer Weile ragen die Berge auf, die das Meer und die Dracheninsel vom westlichen Festland trennen. Der Schnee auf ihren Spitzen glänzt in der Sonne wie fein geschliffene Kristalle, sodass ich den Blick kaum von ihnen losreißen kann.

Der Anblick verschlägt mir den Atem. »Dort sollen wir hinauf?«

»Ja«, antwortet Corentin tonlos und reicht mir seine Hand für den Aufstieg.

Ein steiler Weg führt von Ebene zu Ebene. Rechts und links fällt das Felsplateau steil ab. Die Gipfel scheinen bis in die Wolkendecke zu reichen.

Unablässig spüre ich Corentins Blicke in meinem

Rücken, während ich an dem felsigen Bergkamm entlanglaufe.

Corentin schließt zu mir auf. »Man nennt diese Stelle auch den Todesrücken, weil viele Wanderer ohne Hilfe in die Tiefe stürzen.«

Er meint damit gewiss ohne die Hilfe eines Drachens.

Tatsächlich hat diese schroffe Landschaft etwas Faszinierendes an sich. Meine Haare wehen im Wind und ich betrachte das gefährlich gezackte Felsenmeer, das wir überwinden müssen.

Corentin bemüht sich nicht, das Tempo langsam zu steigern, sondern läuft mit voller Geschwindigkeit voraus. Ich grummele und stürme ihm nach. Er rennt, als wäre ein Schwarm Drachen hinter ihm her, als würde die Welt von einem Sturm verschlungen werden und jedes Verlangsamen der Schritte oder jeder Blick zurück würde das eigene Ende bedeuten. Ich bin mir sicher, dass er mir zeigen will, was es bedeutet, zu den Drae zu gehören. Jeder Muskel meines Körpers tut weh, aber ich kämpfe nicht dagegen an – nicht so kurz vorm Ziel.

Ich überlasse mich dem Schmerz in meinen Sehnen, denn ich habe mich noch nie zuvor so deutlich gespürt. Gespürt, dass ich lebendig und frei bin. Irgendwann blende ich die Gedanken komplett aus – fühle keine Wut, keinen Schmerz, keine Traurigkeit, keine Sorge –, um mich auf den steinigen Weg zu konzentrieren. Nur ein falscher Schritt und ich könnte in den Abgrund stürzen.

Langsam wird es zu dunkel, um den Weg vor mir weiter als ein paar Schritte zu erkennen. Ich merke nicht einmal, dass Corentin stehen geblieben ist, bis ich fast in ihn hineinlaufe.

»Falls du glaubst, ich kehre um, wenn du mich unter Druck setzt, dann täuschst du dich«, stelle ich klar.

Seine Furchen auf der Stirn werden noch tiefer. »Daran zweifele ich nicht. Es wird der Tag kommen, an dem du schnell sein musst. An dem du entscheiden musst, ob du gegen einen Sturm kämpfst oder wegläufst.«

»Das soll also eine Lektion sein? Du meinst wohl eher, ob ich gegen einen Drachen kämpfe oder vor ihm fliehe.«

»Stürme sind in diesen Gefilden die gefährlicheren Raubtiere«, sagt Corentin mit ernster Miene. »Sie können dich mit ihrer schrecklichen Schönheit verzaubern oder dich aber mit ihrer Kraft töten.«

Ein Windstoß bläst mir entgegen, und ich zwinge meinen Atem zur Ruhe und zügele mein galoppierendes Herz. Zum Glück finde ich mein Gleichgewicht wieder, als der Pfad vor uns schmaler wird, und ich zurre die Riemen des Rucksacks fester.

»Unter uns befindet sich ein achtzig Meter tiefer Abgrund, Lavea. Achte darauf, wohin du trittst.«

Hunderte von scharfen Spitzen ragen wie Klingen in den zwielichtigen Himmel. Sterne, die wie Lichter aussehen, die uns den Weg weisen, glitzern über dem Gebirge.

»Deswegen heißt diese Bergkette der Todesrücken«, murmele ich, konzentriere mich auf den Pfad und schaue möglichst nicht auf meine Stiefel. Die Steine unter meinen Schuhen sind uneben, sodass man schnell ins Stolpern geraten kann, wenn man nicht aufpasst.

»Brauchst du einen kleinen Motivationsschub? Wir können immer noch Altair rufen …«

»Deinen Drachen? Das ist sein Name?«

Corentin nickt.

»Danke, ich verzichte.«

Mein Herz schlägt so kräftig, dass es in meinen Ohren wie ein Trommelfeuer klingt. Zentimeter für Zentimeter schiebe ich mich vorwärts. Die Ratschläge meines Bruders hallen in meinem Kopf wider, die er mir erteilt hat, während wir durch die Wildnis zur nächsten Stadt gewandert sind. *Jeder Schritt könnte dein letzter sein, wenn du nicht aufpasst.*

»Konzentrier dich auf mich und tritt in meine Fußstapfen«, befiehlt Corentin, der bemerkt, dass ich zurückfalle und langsamer gehe. »Deine Angst darf dich niemals lähmen.«

Ich gehorche und meine Atmung wird ruhiger, das Schwindelgefühl lässt nach.

»Wir befinden uns fast am höchsten Punkt«, schreit Corentin gegen den Wind. »Wir sollten uns einen Unterschlupf für die Nacht suchen. Das Wetter ändert sich und-«

Seine letzten Worte verstehe ich nicht mehr.

Wind peitscht auf und ich rudere mit den Armen. Ich schwanke von rechts nach links und greife nach den scharfkantigen Felsen. Schmerz durchzuckt meine Hand und ich spüre warme Flüssigkeit über meine Handfläche laufen. *Mist, ich habe mich geschnitten.*

Mit dem nächsten Schritt bröckelt der Weg unter mir ein Stück weg und Steine rieseln in die schwarze Tiefe hinab. Kurz verharre ich mit rudernden Armen, bis ich mich wieder sicher fühle. Ich wische mir die feinen Tröpfchen, die der heraufziehende Nebel in dieser Höhe auf meinem Gesicht hinterlässt, mit einer Hand weg.

Corentin ist hinter einer dichten Nebelwand verschwunden.

Panik droht mich zu überrollen, während der Wind

von allen Seiten an mir zerrt. Und dann höre ich es ... das Schlagen von Flügeln und das tiefe Grollen, das nur aus der Kehle eines Drachens stammen kann.

Ich blicke hinauf und mir gefriert das Blut in den Adern beim Anblick des riesigen, grüngeschuppten Drachen. Er fliegt über den Todesrücken hinweg und taucht in dem Nebel ab. Mein ganzer Körper ist steif vor Schock. Das letzte Mal, als ich einem Drachen ohne Ketten so nah war, war der Tag, an dem ich fast verbrannt bin.

Ich spanne die Muskeln in meinen Beinen an, löse mich von dem schützenden Felsen, um zu fliehen.

Er wird mich nicht angreifen. Nein, ich werde kein zweites Mal im Drachenfeuer stehen.

Der Nebel lichtet sich ein wenig und Corentins kräftige Gestalt zeichnet sich ab. Er regt sich nicht. Er flieht nicht.

Und er scheint dem Wind zu trotzen, als könne dieser seinem Gleichgewicht nichts anhaben.

Wenn er es schafft, dann schaffe ich es auch. Ich setze einen Fuß vor den anderen, ignoriere, dass der Drache über mir vermutlich seine Bahnen zieht, um Beute zu jagen. Drachen, die von Reitern gezähmt wurden, verweigern in den meisten Fällen angeblich das Fressen von Menschenfleisch, aber wilde Drachen ... In einer Region wie dieser, wo frei lebende Drachen existieren, die bisher von keinem Reiter gebunden wurden und wo wenig Beute vorhanden ist, wäre es kein Wunder, wenn wir ihre nächsten Leckerbissen werden.

Ich kann nicht einfach auf der Stelle hocken bleiben und warten, bis der Morgen anbricht. Die Angst darf mich nicht lähmen. Der Schnitt in der Handfläche brennt noch immer und ich wische das Blut am Ärmel meiner Jacke ab.

Vielleicht lockt mein Blut den Drachen an?

Ich reiße den Blick von der Schlucht los und konzentriere mich auf Corentins Gestalt. Schritt für Schritt wage ich mich vorwärts, während mir der Wind um die Ohren pfeift und meine Rufe von ihm verschluckt werden. Wenn ich in die Schlucht falle, dann ist es mein Fehler, aber ich werde nicht zulassen, dass die fliegende Eidechse mich verschlingt! Ich greife in die Seitentasche meines Mantels und zücke den Dolch.

Mein rechter Stiefel rutscht beim Auftreten weg, weil der Stein glatt und rutschig ist. Eine weitere Böe erwischt mich. Mir stockt das Herz, als ich das Gleichgewicht verliere.

Im nächsten Moment sehe ich, wie der Drache aus dem Nebel schießt und auf mich zuhält. Seine Flügelschläge fressen die Entfernung mit erschreckender Geschwindigkeit zwischen uns auf. Schreiend rudere ich mit den Armen und versuche mich zu fangen, taste nach einem Felsen, aber finde keinen Halt.

Bevor ich rücklings in die Tiefe fallen kann, greifen die Krallenfüße des Drachens nach mir. Sie umfassen mich so fest, dass mir kurzzeitig die Luft aus dem Brustkorb gedrückt wird und ich völlig bewegungsunfähig bin.

Nur Sekunden später verlassen meine Füße auch schon den Boden und der Drache erhebt sich mit mir in den Himmel. Seine Zehen, die mit schwarzen spitzen Krallen ausgestattet sind, umklammert mich und er trägt mein ganzes Gewicht, während ich in der Waagerechten liege und versuche, den Arm mit dem Dolch zu befreien.

Dann mache ich den Fehler nach unten in die Schlucht zu schauen und mein Magen dreht sich um.

Ach, du Scheiße.

Mir schwirrt der Kopf und mein Puls schießt in die Höhe. Ich baumele sprichwörtlich an den Krallen des Drachens über dem Abgrund. Ich mag mir gar nicht ausmalen, was geschieht, wenn der Drache beschließt, mich fallen zu lassen. Entweder würde ich von dem spitzen Gestein, das gezackt in die Höhe ragt, aufgespießt werden oder ich würde durch den Aufprall am Boden augenblicklich sterben. Ich schlucke gegen den größer werdenden Kloß in meinem Hals an. Wenn ich ihn mit dem Dolch attackiere, riskiere ich, dass er mich loslässt …

»Hab keine Angst, Lavea!«, höre ich unerwartet Corentins Stimme von oben. »Altair ist im Dunkeln ein guter Flieger.«

Sitzt er etwa auf dem Rücken des grünen Drachens? Ich unterdrücke einen Schluchzer der Erleichterung.

Haarscharf verfehlt Altair kurz darauf mit seinen Füßen einen Felsen. Wenige Zentimeter weiter rechts und ich wäre einen Kopf kürzer.

»Von wegen guter Flieger …«, murmele ich.

Ich höre ein tiefes Schnauben. *»Wäre es barmherziger gewesen, wenn ich dich hopsgehen lassen hätte?«*

Was …? Meint Corentin mich? Das würde er nicht tun? Warum klingt seine Stimme so tief?

»Schon gut, ich will mich nicht beschweren«, erwidere ich laut. Auch wenn es angenehmere Positionen zum Fliegen gibt.

Altair lockert seinen Griff um meinen Oberkörper, sodass ich den Dolch in den Hosenbund stecken kann. Ich blicke dem dunklen Horizont entgegen und warte darauf, dass eine mächtige Festung aus dem Berghang ragt, obwohl ich keine Ahnung habe, wie Drae Castle aussieht. Langsam beruhigt sich mein Herzschlag, und das gleichmäßige

Schlagen der Flügel sorgt dafür, dass ich müde und träge werde. Trotzdem kralle ich die Finger in die Drachenzehen – nur für den Fall, dass Altair auf die Idee kommen sollte, mich fallen zu lassen.

Es wäre schön, ohne die ständig schwelenden Konflikte der Lords, den verdammten Drachen und den unberechenbaren Stürmen zu leben. Aber das sind nur Wünsche einer jungen Frau, die genug von Leid, Hunger, Tod und Katastrophen hat.

Vier

Die felsige Landschaft verwandelt sich in grüne Hügel, nachdem wir den Todesrücken hinter uns gelassen haben. Manche nennen diesen Abschnitt auch den Greenring, weil hier Leben in Hülle und Fülle existiert und alles blüht. Ein Vogel fliegt über meinen Kopf hinweg und ich erstarre bei jedem faszinierenden Tier, dem wir uns nähern, bevor es das Weite sucht. In vielen Teilen der Sturmregionen leben kaum noch Tiere. Ganze Arten wurden von den Stürmen ausgelöscht. Ich habe erwartet, dass die Drachen die Tiere verscheuchen, da sie ihre Beute sind, aber sie scheinen an diesem Ort friedlich zu koexistieren. Unter den Baumkronen ist es düster, und Insekten erfüllen mit ihrem Sirren und Summen die Luft.

In dem immer dichter werdenden Blätterdach verweben sich die Baumwurzeln und werden höher und höher, bis wir durch einen Tunnel aus knorrigem Holz segeln. Die Blätter der Bäume glühen förmlich grünlich und vereinzelnd ziehen Nebelschwaden vorbei. Sosehr ich mich auch danach gesehnt habe, an einem Ort zu leben, der von der ständigen Bedrohung der Stürme verschont bleibt, ich habe mir nie erlaubt, mir vorzustellen, wie es auf der Dracheninsel sein würde.

Die Drae Isle ist eine kleine Welt für sich. Von den Bergen plätschert kristallklares Wasser hinunter in einen Flusslauf, der im Meer mündet. Es fließt über moosbedeckte Steine unter eine Brücke hindurch.

»Das ist Drae Castle«, brüllt Corentin gegen den Wind und ich blicke auf den Drachenpalast hinab, der sich an einer Klippe erhebt und von einem hohen Zaun umsäumt wird. »Der Sitz des Drachenlords Zander, der über die Wald- und Gebirgsdrachen gebietet und die Sturmreiter ausbildet. Auf der flachen Ebene finden Trainingsflüge und -kämpfe statt und dahinter an dem Felsen befindet sich die Kaserne der Drae. Zudem gibt es zahlreiche Landebahnen für die Drachen, damit sie sich bei Start und Landung möglichst nicht in die Quere kommen. Die meisten Drachen nisten im Gebirge und ziehen sich dorthin zurück, wenn sie nicht gebraucht werden. Obwohl es ganzjährig relativ warm auf diesem Teil der Dracheninsel ist, suchen einige Drachenarten in den Wintermonaten Schutz in den Höhlengängen auf, die in den Stein gehauen wurden.«

Im Meer entdecke ich dunkle Schatten, die sich wie Schlangen im Wasser fortbewegen. Überall sehe ich unterschiedlich farbige Drachen, die sich auf der grünen Wiese sonnen oder auf dessen Rücken Reiter Platz nehmen. Auf einem abgelegenen Gelände, auf dem ein Parkour aufgebaut wurde und dessen Erde aufgewühlt ist, speit ein Drache Feuer in Richtung einer Zielscheibe. Schwindel breitet sich in mir aus. Der Gedanke, unter feuerspeienden

Echsen sein zu müssen, behagt mir nicht. Bisher habe ich meine Angst unter Kontrolle gehabt, doch als Altair zum Sinkflug ansetzt, schlottern mir die Knie.

Der Boden kommt näher und näher und das in einem so rasanten Tempo, dass ich eine Bruchlandung befürchte, bei der ich mir sämtliche Knochen brechen könnte. Ich öffne den Mund, um zu schreien, aber es kommt kein Ton heraus.

Mindestens fünf Drachen befinden sich auf dem Landeplatz, den Altair anvisiert. Ihre Schuppenpanzer glitzern in unterschiedlichen Grüntönen. Auf ihren Köpfen ragen geschwungene Hörner empor, die verschiedene Längen und Formen aufweisen, ebenso wie ihre Krallen, Schwänze und der Kranz aus Stacheln, den sie um Hälse und auf ihren Wirbelsäulen tragen. Sie sind gigantisch groß und werfen lange Schatten über das Feld. Manche recken den Kopf in die Lüfte und fixieren uns mit ihren goldgelben Augen. Ich vermag nicht zu sagen, welcher Drachenart die einzelnen Drachen angehören und ob sie über verschiedene Fähigkeiten verfügen. Doch eines ist klar: sie können alle todbringend sein.

Einen halben Meter, bevor meine Füße den Boden berühren, lässt mich Altair überraschend los. Unsanft rolle ich mich auf dem Gras ab und stütze mich auf allen vieren ab.

Mein Magen schlägt Purzelbäume nach dieser galanten Bruchlandung.

Oh Götter, bitte lasst mich nicht vor aller Augen auf meine Stiefel kotzen.

Ich starre auf den Boden und zwinge mich, den Inhalt meines Magens an Ort und Stelle zu behalten.

Altair landet ein paar Meter weiter und stößt einen

Laut aus, der wie ein Lachen klingt. Ich höre, wie Corentin seinen Drachen rügt und beobachte aus dem Augenwinkel, wie er vom Rücken des Drachens springt. Corentin stürmt auf mich zu, während ich es schaffe, mich auf die Beine zu hieven.

»Alles in Ordnung, Lavea?«, fragt er gehetzt, weil er von Altairs Flügel gesprungen ist, und packt mich am Arm, um mich zu stützen. Corentin legt eine Hand auf meinen Rücken und die andere an meinen Ellenbogen, bevor ich von ihm abrücke, da wir von anderen Drachen und Reitern neugierig beobachtet werden. Sein Blick huscht über meinen Körper hinweg, als müsste er jeden Zentimeter mit seinen eigenen Augen inspizieren, um sich zu vergewissern, dass ich unverletzt geblieben bin.

»Bis auf die Übelkeit und die Schmerzen in den Knien geht es mir gut. Die Landung sollte dein geflügelter Freund noch üben«, erwidere ich spöttisch und entferne lose Grashalme von meiner Kleidung.

Altair gibt ein Schnauben von sich, wobei er dunklen Rauch aus seinen Nüstern ausstößt und gleich bedrohlicher wirkt. Hat er mich etwa verstanden?

Ich frage mich, wie intelligent die Drachen sind und ob sie in der Lage sind, nicht nur kurze Befehle zu erfassen und zu befolgen, sondern unsere Sprache bis ins kleinste Detail zu begreifen.

Ich versuche ein Lächeln aufzusetzen, um dem Drachen zu zeigen, dass ich ihm nicht feindlich gesinnt bin.

Corentin kratzt sich verlegen am Hinterkopf. »Altair ist daran gewöhnt, dass er Menschen nur auf dem Rücken befördert und nicht mit seinen Klauen.«

Er verteidigt seinen Drachen wie einen Freund, was

mich überrascht. Ich werde die Bindung zwischen Drachen und ihren Reitern wohl nie verstehen – und ich will es auch gar nicht.

»Brauchst du noch einen Moment?«, fragt Corentin besorgt, woraufhin ich nicke.

Er schickt Altair fort und führt mich zu einer Bank an einem schattigen Plätzchen unter einem Baum. Ich schnalle den Rucksack ab und bemerke erst jetzt, dass er vollkommen zerfetzt ist und ich mein halbes Hab und Gut auf dem Flug verloren haben muss.

Oh nein, nein, nein ...

Ich greife in das Seitenfach, in das ich die Dose mit der Paste für meine Haut verstaut habe ... sie ist weg. Wie soll ich ohne die Paste auskommen? In kürzester Zeit werde ich aussehen wie ein Monster ... Corentin wird es sehen ... einfach jeder ...

Verzweiflung bricht sich in mir Bahn und ich blinzele die Tränen, die in meinen Augen stechen, fort.

»Es ist weg«, murmele ich.

»Was denn?«, hakt Corentin nach. »Wir können dir das Nötigste wie Kleidung besorgen. Das ist kein Problem.«

»Ich ... danke, aber es war etwas Persönliches.« Ich kann ihm schlecht sagen, dass es sich um das teure Pulver handelt, das er mir überbracht hat.

Wenigstens habe ich noch den Dolch bei mir. Ich blicke auf meine blutverschmierte Handfläche, die ich mir im Gebirge aufschlitzt habe.

»Zeig mal her«, sagt Corentin und begutachtet meine Hand. »Wir sollten die Wunde säubern, damit sie sich nicht entzündet.«

Ich nicke. »Es ist halb so wild.«

Meine Brust zieht sich zusammen, als er mich mit einem weichen Blick ansieht. Sorgt er sich wirklich um mich?

»Mich kannst du vielleicht anlügen, aber sei nicht so dumm, einen Drachen anzulügen«, rät er mir. »Mit ihren feinen Sinnen vermögen sie es, jedes noch so kleine Stolpern deines Herzschlages und jede Veränderung deines Körpergeruchs wahrzunehmen. Wenn du also nicht die beste Lügnerin dieser Welt bist oder die Drachen mit Magie täuschen kannst, solltest du dich mit Lügen besser zurückhalten.« Corentin reicht mir helfend die Hand und ich ergreife sie. Mit der freien Hand schnappt er sich meinen zerfetzten Rucksack. »Komm, lass uns gehen. Ich bringe dich zu dem Drachenlord. Er wird wissen, wo dein Bruder ist.«

Corentin führt mich über einen Kiesweg am Feld vorbei. Ein roter Drache schaut mich mit seitlich geneigtem Kopf an. Seine blauen Augen sind zu schmalen Schlitzen zusammengezogen, als würde er meine Angst riechen können. Wenn er mich angreifen würde, wäre ich so oder so im Nachteil. Er reißt sein riesiges Maul auf und entblößt seine Zähne, die mindestens so groß sind wie ich. Corentin bleibt entspannt und achtet nicht auf den Drachen. Trotzig recke ich das Kinn vor und gehe aufrecht, woraufhin er abrupt blinzelt und sich von mir abwendet.

Das Zittern lässt nach und die Übelkeit flaut allmählich ab. Vor dem geschlossenen Tor, das von einem Gardisten bewacht wird, bleiben wir stehen. Corentin spricht leise mit dem bewaffneten jungen Mann, der mich skeptisch mustert und uns dann den Zutritt zu Drae Castle gewährt.

»Ich habe dir doch versprochen, dass ich dich sicher nach Drae Castle bringe«, flüstert mir Corentin zu.

Die goldenen Tore von Drae Castle sind prächtig und das Licht bricht sich in den Gravuren, welche Szenen von fliegenden Drachen, die Stürme bändigen, zeigen. Gerade mag die Dragon Castle vielleicht zauberhaft und wundersam erscheinen, aber ich weiß es besser. Ich weiß, welche Monster hinter dem alten Gemäuer lauern.

Das Hauptgebäude wirkt wie aus einem anderen Jahrhundert entsprungen, ein hoch aufragendes Bauwerk aus grauem Stein, mit kunstvollen Erkerfenstern. Die Zinnen ragen wie Dolche in den Himmel.

Ich atme tief durch und spüre, wie sich mein Magen verkrampft, als ich das Tor passiere. Scheppernd schließt sich das Tor hinter uns. Niemand darf die Drae Castle ohne die Erlaubnis des Lords betreten. Während wir dem gepflasterten Pfad zu der mächtigen Eingangstür folgen, schnürt sich mir die Brust zu.

Wie hat sich Ezra gefühlt, als er hierhergekommen ist? Mein Bruder hasste Drachen mit Leib und Seele und in den vergangenen Jahren ist er völlig dem Wahn des Drachentötens verfallen.

Über der mit Messing beschlagenen Tür ist auf einem steinernen Basrelief der Name des Schlosses zu lesen: *Drae Castle*.

Nun gibt es kein Zurück mehr. Hier bin ich, und nichts wird mich davon abhalten, herauszufinden, was mit meinem Bruder geschehen ist.

Gelegentlich wirft Corentin nervöse Blicke in die Runde, als würde er nach etwas Ausschau halten. Corentin führt mich in ein großzügiges Foyer mit Parkettfußboden und aufwendig geschnitzten Wandvertäfelungen aus Mahagoni, die von Kristallleuchtern angestrahlt werden. Mehrere Marmorsäulen, die mit Blumenschalen gekrönt sind, umrahmen die Türen, die zu beiden Seiten abführen. Burgunderrote Vorhänge ergießen sich an den Fenstern bis auf den Boden. Wunderschöne bogenförmige Durchgänge führen aus dem Vorraum hinaus. An dessen Ende befindet sich eine breite Treppe mit verschnörkeltem Geländer und Goldakzenten, die in die nächste Ebene führt. In den Tiefen des Schlosses existieren mit Sicherheit Geheimgänge, wenn nicht sogar furchterregende Kerker.

Eine Gruppe von Sturmreitern, die ich an ihrer Uniform erkenne, versammelt sich an der Treppe und beäugt uns neugierig. Corentin nickt ihnen im Vorbeigehen zu. Sie betrachten mich mit einer absoluten Gelassenheit, die ich an den Sturmreitern immer wieder bewundere.

Abgesehen von den Reitern ist nirgends eine Spur von anderen Angestellten zu sehen. Eine Reiterin, etwa in meinem Alter mit einem elfenbeinfarbenen Teint, starrt mich mit einem eiskalten Ausdruck an. Sie trägt eine olivgrüne Lederkluft, die eng an ihren Kurven liegt. Ein Diamantanhänger schmiegt sich in die Mulde an ihrer Kehle. Ein beeindruckendes Schmuckstück, das die natürliche Gier der Drachen entfachen könnte. In einem Gürtel um ihre Taille steckt ein gezacktes Messer, das die Form einer Flamme besitzt, und ihr langes blondes Haar hängt in einem kerzengeraden Schwall über ihrem Rücken. Es glänzt so stark, dass es aussieht wie geölt. Sie lässt den Blick über uns schweifen wie eine Königin.

»Mareva ist die Trainerin der Neuzugänge«, flüstert mir Corentin zu, nachdem wir die Gruppe hinter uns gelassen haben. »Sie kennt jeden Reiter und jeden Drachen auf Drae Castle. Sie ist dafür bekannt, einen bis an seine Grenzen und darüber hinaus zu treiben und kein Erbarmen zu zeigen.«

Dann kann ich wohl froh sein, nicht von ihr ausgebildet zu werden.

Corentin öffnet die Flügeltür und schiebt mich behutsam in den Saal. Ich habe nicht erwartet, dass er mir bei der Audienz beisteht, aber ich bin froh, dass er es tut.

»Lord Zander.« Corentin deutet zur Begrüßung eine Verbeugung an. »Lavea Zacaster ist hier, weil sie mit Euch über ihren Bruder sprechen möchte.«

Der Lord zuckt nicht einmal mit der Wimper.

Unzählige Gedanken rasen durch meinen Kopf, und ich frage mich, ob ich einen Fehler gemacht habe, indem ich hergekommen bin. Der Drachenlord mustert mich kritisch und in diesem Moment wünschte ich, dass ich mehr über ihn wüsste als nur die Tatsache, dass er über die Drachen und die Stürme in dieser Region gebietet, um ihm etwas entgegensetzen zu können. Denn so würde ich mich in dieser Situation, wo er von oben auf mich herabblickt, vielleicht sicherer fühlen.

Ich kann nicht bestreiten, dass Lord Zander auf eine raue, wilde Art schön ist, mit seinen in Stein gemeißelten Gesichtszügen, den dunklen Haaren und den goldglänzenden Augen. In den Geschichten, die über die Lords erzählt werden, gab es immer wieder Gerüchte darüber, dass sie sich dem Sog der Macht nicht entziehen können und der Magie der Drachen verfallen. Ganz bestimmt ist es nicht leicht, über so viel Macht zu verfügen und diese nicht kaltblütig gegen das Volk zu richten, um es zu kontrollieren.

Der Lord sieht an mir herab, wobei sein Blick eine Sekunde zu lange an meinem roten Haar hängen bleibt. Sein Mundwinkel zuckt kaum merklich, und in dieser Regung erkenne ich puren Spott. Für ihn bin ich eine gewöhnliche Frau vom Land ohne besondere Kräfte.

Ich trete wagemutig vor. »Mein Bruder Ezra ist nicht wieder aufgetaucht, nachdem er bei Euch im Schloss gewesen sein soll. Ich bin hergekommen, um ihn zu suchen. Man sagte mir, er hätte einen Handel mit Euch geschlossen.«

Der Blick des Lords huscht zu Corentin. »Musstest du sie herführen?«

Corentin räuspert sich. »Sie befürchtet, dass ihrem Bruder etwas zugestoßen sein könnte.«

»Sprich aus, was du zu sagen hast«, sagt Zander hart und kommt langsam auf mich zu.

Als Lord mag er sich diese Großkotzigkeit leisten können. Wie ich sie hasse.

Seine Präsenz und die Art seiner Bewegung lassen erahnen, dass er mit der Kraft, die unter seiner Haut schlummert, bestens umgehen kann. Wozu die Lords fähig sind, weiß niemand so genau. Aber die Tatsache, dass sie sich die mächtigsten Kreaturen dieses Kontinents untertan gemacht haben und die Stürme beherrschen, sagt einiges aus.

Jede Faser seines Körpers dient einem Zweck. Er besitzt die Stärke, Schnelligkeit und Wendigkeit eines Drachens. Sogar seine bestechend attraktiven Gesichtszüge nutzt er mit Sicherheit zu seinem Vorteil. Die Gerüchte über die außergewöhnlich attraktiven und skrupellosen Drachenlords halte ich in diesem Augenblick für wahr. Doch die Verachtung in seinen goldenen Augen entgeht mir nicht, sodass ich instinktiv zurückweiche.

Wut kocht in mir hoch, weil er mein Anliegen nicht ernst zu nehmen scheint. »Wo ist Ezra? Was ist mit ihm passiert?« Als ich spüre, wie sich meine Fingernägel in die Handflächen bohren, muss ich mich zum Durchatmen zwingen. Ausgerechnet jetzt kann ich mein aufbrausendes Temperament so gar nicht gebrauchen.

Zander lässt den Abstand zwischen uns weiter schmelzen, fixiert mich wie ein Drache seine Beute. Als er kaum mehr als eine Armlänge von mir entfernt ist, huscht mein Blick zur Tür. Nur für einen winzigen Moment, aber das bleibt nicht unbemerkt.

»Nur zu, wenn du die Flucht ergreifen willst.«

»Ohne meinen Bruder gehe ich nirgendwo hin«, beharre ich.

Der Lord rührt sich nicht, aber ich bin mir seiner Macht plötzlich sehr bewusst, weil sie sich beinahe spürbar in Wellen über meinen Körper ergießt und mich erzittern lässt. Ich kann seine Antwort nicht einfach so hinnehmen und ohne Ezra verschwinden.

Corentin legt eine Hand auf meine Schulter und ich kann die Kraft seiner Finger spüren, doch ich schiebe sie von mir weg. Womöglich ist er meine einzige Chance, falls mich der Zorn des Drachenlords ereilt, aber würde er mich gegen seinen Lord verteidigen? Wohl kaum.

Das Blut pulsiert mir in den Ohren und meine Brust ist so zugeschnürt, dass mir das Atmen schwerfällt. »Bitte, sagt mir die Wahrheit. Ich nehme jede Schuld auf mich.«

Die ausdruckslose Maske des Lords bekommt kleine Risse und Mitgefühl blitzt in seinen Augen auf.

Tränen brennen in meinen Augen, die Wut hämmert in mir und das Adrenalin fühlt sich an wie ein Knoten, der sich gegen meine Brust presst. Mein Herz macht einen Satz, als mein Blick seinem begegnet und etwas Dunkles in seinen Augen aufflammt.

Verdammt, was habe ich ihm da bloß angeboten?

»Jede Schuld?«, fragt er.

Als sein Blick weiter an mir herabwandert, schießt Hitze in meine Wangen. Plötzlich wirkt es so, als würde er mich lieber komplett entblößt sehen wollen. Aber ich bemühe mich darum, gleichmäßig zu atmen.

»Ich stehe zu meinen Worten.«

»Da dein Bruder die Drachen nicht geehrt hat, wirst du diese Aufgabe übernehmen. Wenn du die Prüfung zur Drae Sturmreiterin bestehst und sich ein Drache gnädig erweist, dich auf sich fliegen zu lassen, werde ich dir bei deinem Anliegen helfen.«

»Ihr habt mir nicht geantwortet. Wo ist er?«, hake ich hartnäckig nach.

Zander breitet die Arme aus. »Nicht hier, wie du siehst«, lautet seine ausweichende Antwort.

Ich habe Augen im Kopf. Arroganter Lord!

»Also wirst du die Ausbildung bestreiten oder fürchtest du dich etwa vor Drachen?«, fragt er mit einem provokanten Unterton.

Ich muss herausfinden, welche Art von Deal Ezra mit dem Lord geschlossen hat und was ihm widerfahren ist. »Ich stimme zu, Mylord.«

»Sehr schön.« Ein winziges Lächeln taucht auf Zanders Lippen auf, das ich nicht deuten kann. Die

Ausbilderin wird in den Saal gerufen, während Corentin freundlich hinausgeführt wird. »Mareva wird dich über die allgemein geltenden Regeln informieren. Ich bin nicht gut auf jene zu sprechen, die sich über diese hinwegsetzen.«

Marevas Lächeln hingegen ist kalt wie der Winter.

»Aber ich bin mir sicher, dass du dich während der Ausbildung in Drae Castle wohlfühlen wirst«, fügt er hinzu und schenkt auch Mareva einen eindeutig warnenden Blick.

Marevas blassblaue Augen wandern über mich hinweg und ihr Blick bleibt einen Moment lang an meinem Gesicht und meinem feuerroten Haar hängen. Ihre Miene verrät nicht, was sie über mich denkt. Sie scheint diesen distanziert geheimnisvollen Ausdruck perfektioniert zu haben. Dennoch entgeht mir nicht diese durchbohrende Intensität in ihrem Blick, die mir das Gefühl gibt, sie würde in mein Innerstes sehen.

Ihr Gesicht wird einen Hauch weicher, als sie den Lord ansieht, und ich frage mich, ob zwischen den beiden eine intime Verbindung besteht.

Mir kann es egal sein. Es spielt keine Rolle, wie faszinierend oder anziehend der Lord ist. Ich bin aus einem bestimmten Grund hier und wenn ich die Schuld meines Bruders beglichen habe, werde ich die Dracheninsel wieder verlassen und ihn nie wiedersehen.

Ich habe viel Zeit damit verbracht, eine Mauer um mein Herz zu errichten, weil ich weiß, dass in dieser Welt die wenigsten Dinge Bestand haben, und niemand wird an dieser vorbeikommen, ganz sicher auch kein Lord.

Fünf

Mareva führt mich durch das Schloss und zeigt mir meine neue Unterkunft. Das Zimmer ist großzügig geschnitten und besitzt einen eigenen Balkon, von dem ich aufs Meer hinaussehen kann. Die Wände ziert eine Samttapete in einem hellen Goldton und der cremeweiße Teppich ist so dick, dass ich darauf schlafen könnte. Mit nackten Füßen darüber zu laufen, fühlt sich bestimmt so an, als würde ich auf Wolken gehen. Die Vorhänge sind in dunkelgrün gehalten und säumen bodentiefe Fenster, die einen Blick auf die Klippen bieten. Das Bett ist mit kunstvoll geschnitzten Mahagonikopfteilen und prächtigen Satinüberwürfen, auf denen das Zeichen der Drae prangt, bestückt. Daneben steht eine bronzefarbene Statue eines Drachen, der seine Flügel ausbreitet. Eine offene Tür bietet einen ersten Blick auf das schwarzgold geflieste Bad, in dem ebenfalls ein Kronleuchter hängt. Der zarte Duft von Vanille und Rosen weht mir in die Nase vermischt mit Meersalz. Eine Wand wird von einem Kleiderschrank dominiert, in dem viele

Kleider und Lederkluften hängen, die andere von einer langen Frisierkommode mit einem goldumrahmten Spiegel. Ich vermeide es, einen Blick hineinzuwerfen.

Mareva beobachtet meine Reaktion. »Wir werden deine Maße nehmen müssen, um die Kleidung anzupassen. Du bist kleiner als der Durchschnitt der Reiterinnen.«

Ich greife in dem Schrank nach dem Ärmel einer weichen roten Lederjacke, die vermutlich mehrere Goldstücke wert ist. Neue Kleider sind ein Luxus, den ich nie gekannt habe. Ich habe mich darüber gefreut, als Ezra auf dem Markt günstig ein Kleid aus feinstem Stoff für mich ergattert hat. Doch bei unseren vielen Reisen sind Kleider zu unvorteilhaft und oft genug mussten wir unser gesamtes Hab und Gut zurücklassen.

Ich nicke abwesend, weil mich der Anblick des Zimmers in den Bann schlägt. Ich kann mich nicht daran erinnern, wann ich jemals in einem weichen Federbett wie diesem genächtigt hätte. Ezra und ich waren wie viele andere Bewohner heimatlos und lebten wie Nomaden. Wanderten von einer Stadt zur nächsten, um den Stürmen zu entgehen. »Wohnen alle Reiter so ... so luxuriös?«

Mareva bricht in Gelächter aus. »Schön wär's. Der Lord bevorzugt dich anscheinend oder will dich im Auge behalten. Die Reiterunterkünfte befinden sich in einem Nebengebäude nahe der Flugbahnen. Bei Gelegenheit zeige ich dir, wie wir wohnen.«

»Verstehe. Ich habe den Lord nicht darum gebeten«, erwidere ich, weil ich einen neidischen Unterton aus ihrer Stimme heraushöre. »Meine Familie besaß nie viel Geld und diese Dekadenz bin ich nicht gewohnt. Dieses Leben liegt unendlich weit von dem entfernt, was ich kenne.«

»Du kannst dich glücklich schätzen, dass der Lord

dich an diesem Ort duldet. Wir sehen uns dann morgen im Trainingslager. Richte dich besser nicht auf einen langen Aufenthalt ein, du wärst nicht die erste, die die Insel vorzeitig wieder verlässt.« Die Absätze ihrer Stiefel klappern auf dem Marmorboden, als sie den Raum verlässt.

Ich schaue mich weiter in dem Zimmer um und trete an das Fenster heran, das mir einen Blick über das offene Meer gewährt. Wenn es einen Ort gibt, an dem ich sicher vor den Stürmen bin, dann ist es die Dracheninsel. Auf keinem Flecken Erde leben mehr Drachen als auf dieser Insel. Sie würden ihre Heimat verteidigen und sie sind zahlreich, sollte sich dennoch ein Sturm zusammenbrauen.

Die glamouröse Satinbettwäsche gehört zu den Dingen, die ich absolut nicht leiden kann. Nachts schwitze ich unerträglich, weil ich mich an das Klima noch nicht gewöhnt habe, sodass die Bettwäsche an meiner Haut klebt. Ich sehne mich nach den kühlen Nächten und einer kuscheligen Decke aus Schafswolle. Dieses Bett ist zu groß, die Laken zu glatt, die Matratze zu weich und der Mond scheint so hell am Nachthimmel, dass ich selbst im Dunkeln die Umrisse der Möbel erkennen kann. Dass der Himmel sternenklar zur großen Sturmzeit ist, überrascht mich. Zunächst tausche ich das langärmelige Satinnachthemd gegen ein kürzeres aus Spitze, das mehr Haut zeigt als verhüllt. Normalerweise trage ich diese Art von Kleidung selten, weil ich mich unwohl darin fühle. Aber selbst das kurze Spitzennachthemd hält die Hitze nicht von mir fern.

Hinzu kommt, dass mich das Kreischen von Drachen, an das ich mich noch gewöhnen muss, ständig aus dem Schlaf reißt. Also beschließe ich, die Küche aufzusuchen, um mir einen Krug Wasser zu holen – und um herauszufinden, welche Geheimnisse das Schloss verbirgt. Ich schwinge die Beine aus dem Bett und der Teppich verschluckt gefühlt meine Zehen, die darin einsinken, dann stecke ich sie in samtweiche Pantoffeln. Leise schleiche ich mich aus dem Zimmer.

Drae Castle liegt in tiefster Dunkelheit. Schatten verdüstern die Wände und lassen die Teppiche und die Marmorböden komplett schwarz erscheinen. Ich laufe an einigen Statuen und Gemälden vorbei, die Schlachten zwischen Drachen und Stürmen abbilden. Manche Drachen scheinen mich misstrauisch zu beobachten, obwohl ich weiß, dass sie aus Stein und Edelmetallen bestehen und alles andere als lebendig sind.

Als ich mich der Haupttreppe nähere, schält sich eine dunkle Gestalt aus den Schatten und ich spanne mich unwillkürlich an. Ohne eine Waffe bei Nacht durch dieses Gemäuer zu schleichen, ist leichtsinnig von mir.

Die dunkle Gestalt kommt näher. Durch das Fenster scheint sanftes Mondlicht und fällt auf den Lord herab. Mir bleibt die Luft im Hals stecken, als ich sein dunkles Haar und seine goldenen Augen wiedererkenne.

Zander starrt auf mich herab. »Was tust du um diese Uhrzeit noch in diesem Gang?«

»Dasselbe könnte ich Euch fragen.«

Plötzlich wird mir bewusst, dass ich nur das dünne Spitzennachthemd trage, als sein Blick über meinen

Körper wandert. Instinktiv verschränke ich die Arme vor der Brust, obwohl ihn das selbstverständlich kein bisschen daran hindert, mich zu betrachten.

Sein Mundwinkel zuckt.

»Darf ich mich hier draußen etwa nicht aufhalten? Ich kann mich an keine Regel erinnern, die dies verbietet.«

»Nicht, wenn du dich wie eine kleine Spionin herumtreibst«, entgegnet er. »Die meisten ziehen es vor, tagsüber durch das Schloss zu wandern.«

»Ich bin fast am Verdursten und suche die Küche«, sage ich leicht gereizt.

Im Dunkeln sieht er beinahe überirdisch schön aus, seine Augen glitzern hart wie Edelmetall, und im Licht des Mondes scheint seine Haut golden zu schimmern. Zwar empfinde ich ihn nicht direkt als einschüchternd, trotzdem macht sich in mir ein unbehagliches Stechen breit.

»Dann lasse ich einen Diener mit einer Karaffe Wasser schicken«, sagt er entschieden.

Ich spüre, wie sich meine Haut erhitzt und die Weichheit seiner Stimme verstärkt das Glühen nur. »Danke, Mylord.«

»Genug Aufgeregtheit für einen Tag. Geh ins Bett, Lavea. Du wirst den Schlaf brauchen.«

Unter seinen misstrauischen Blicken suche ich mein Zimmer wieder auf. Kurz darauf wird mir von einem Dienstmädchen eine Karaffe frisches Wasser gebracht. Doch selbst das kühle Wasser vermag die seltsame Hitze, die in meinem Körper tobt, kaum zu lindern.

Am nächsten Morgen werde ich von dem Brüllen eines Drachens geweckt und schrecke im Bett hoch. Goldoranges Licht durchflutet das Schlafgemach und ich reibe mir über die Augen. Nachdem ich mich angekleidet habe, warte ich auf Corentin, dem einzigen Reiter, dem ich in diesem Schloss vertraue. Doch an seiner Stelle taucht Mareva auf, die sogleich eine ganze Liste an Regeln herunterbetet. Ich verstehe nur die Hälfte, während ich versuche mit ihr Schritt zu halten.

Das Trainingsgelände ist sehr weitläufig und Mareva so verflixt schnell, dass ich sie aus den Augen verliere. Ich habe keinen Schimmer, wohin sie verschwunden ist, aber das schnaubende Geräusch der Drachen veranlasst mich dazu, darüber nachzudenken, ob sie mich mit Absicht abgehängt hat und mich an die Drachen verfüttern will. Ich eile völlig unbekannte Flure hinauf und hinunter und bleibe schließlich stehen, um mich zu orientieren. Der Teppichboden ist aschgrau und an den Wänden hängen Portraits von Sturmreitern, denen Abzeichen verliehen wurden.

Ich wende mich von ihren starren, seelenlosen Augen ab, als eine seidige Stimme ertönt und sich mein Magen zusammenkrampft.

»Es scheint zur Gewohnheit zu werden, dass wir einander begegnen.«

Langsam drehe ich mich um und sehe den Lord höchstpersönlich vor mir stehen. Er ist verboten gutaussehend wie die Sünde selbst. Die schwarzen Lederhosen schmiegen sich an seine muskulösen Oberschenkel und das dunkelblaue Hemd ist am Hals aufgeknöpft und enthüllt seine Brust. Stets habe ich den Eindruck, als würde in seinen Glutaugen eine Flamme leuchten, wenn er mich mustert. Ich lecke mir über die Lippen und rede mir selbst ein, dass die plötzliche Trockenheit in meinem Mund nichts mit seiner Erscheinung zu tun hat, sondern von der salzhaltigen Luft herrührt. »Ich versichere Euch, dass es sich um reinen Zufall handelt, Mylord.«

»Zufall?« Eine seiner Brauen schnellt hoch. »Was ist diesmal deine Ausrede?«

»Ich habe mich verlaufen, Mylord.« Die Nervosität kribbelt auf meiner Haut. Warum bin ich in seiner Gegenwart derart nervös?

»Folge mir!« Der Lord duldet keinen Widerspruch, und ich setze mich in Bewegung.

Sein Blick gleitet über die Portraits der Reiter und Reiterinnen, die sein Reich verteidigt haben und vermutlich für ihre besondere Tapferkeit und ihren Einsatz ausgezeichnet wurden. »Wenn du dir Mühe gibst, könnte auch dein Bild eines Tages hier hängen.« Mir entgeht der spöttische Unterton in seiner Stimme nicht.

Hoffentlich nicht!

»Ich bin nicht hier, um irgendwelche Trophäen zu gewinnen«, sage ich wagemutig.

Er betrachtet mich für einen langen Moment, ein Hauch von Neugier flammt in seinen Augen auf. Seine Miene verrät nichts.

Trotzdem lehne ich mich ein Stück zurück angesichts der schieren Macht seiner bloßen Anwesenheit.

Die Lords sind keine gewöhnlichen Menschen laut meinem Vater. Durch ihre Verbindung zu den Drachen fließt durch ihre Adern eine alte Magie – aber wie viel wissen wir tatsächlich über die Lords, wenn sie nur bei herannahenden Stürmen ihre Mächte entfesseln und uns nur das zeigen, was sie uns sehen lassen wollen?

Vermutlich ist Lord Zander stark genug, um mir mit einem Handgriff das Genick zu brechen oder mit einem Pfiff seine geflügelten Bestien auf mich zu hetzen – oder noch Schlimmeres. Ich kenne den Lord nicht und weiß nicht, wozu er wirklich fähig ist – und das darf ich niemals vergessen, ganz gleich, wie heiß er sein mag.

Zu meiner Überraschung weicht auch er zurück und es strömt wieder Luft in meine Lungen. Er wirkt nicht verärgert, doch das Gefühl des Unbehagens kann ich trotzdem nicht abschütteln.

»Nun gut«, sagt er schließlich. »Ich zeige dir den Weg zur Trainingshalle.«

Durch eine offene Flügeltür treten wir hinaus ins Freie, folgen einem gewundenen Weg durch die Grünanlage und erklimmen einen sanften Hügel.

Der Lord deutet auf eine Reihe Gebäude, die mit den Felsen zu verschmelzen scheinen. »Die Reiter und Reiterinnen übernachten in einem externen Gebäude, das für ihre Bedürfnisse errichtet wurde. Daran grenzen die Trainings- und Ausbildungsräume. Außerdem befinden sich in jeder Himmelsrichtung Messtürme, um Wetterveränderungen zu beobachten.« Einige Frauen und Männer in unterschiedlich farbiger Lederkleidung kommen aus dem Gebäude. »Die Uniformen sind an die Wetterverhältnisse angepasst, bei denen die Reiter eingesetzt werden. Manche Uniformen halten extrem warm, andere schützen vor Wasser, Blitzen oder Feuer, insbesondere Drachenfeuer. Es kann immer mal wieder zu Unfällen kommen, in denen

Drachen übermütig werden und ihre Reiter angreifen, wenn die Bindung noch nicht genug gefestigt wurde.« Er blickt an mir herab. »Wie ich sehe, trägst du die übliche Uniform für die Einführungskämpfe.«

Meine Finger gleiten über den dunklen, feingewebten Stoff, der angenehm und kaum spürbar auf der Haut sitzt und Schweiß wie einen Schwamm zu absorbieren scheint.

»Für das erste Kennenlernen mit Drachen ist dieser Stoff, in den Schuppenfasern eingewebt wurden, perfekt, denn er schützt vor Drachenfeuer«, erklärt er, ohne dass ich ihn nach all diesen Informationen gefragt hätte.

Allein der Gedanke, mich einem Drachen bis auf wenige Meter nähern zu müssen, lässt mich am ganzen Leib zittern. Zum Glück weichen die wenigen Drachen, die sich auf dem Gelände herumtreiben, dem Lord aus und senken ergeben ihre Köpfe, sodass ich mich in seiner Gegenwart nicht vor ihnen fürchten muss.

Vom Hügel aus habe ich einen grandiosen Rundumblick über das Trainingsgelände. Ich halte mir die Hand vor die Augen, blicke nach oben und beobachte, wie einige Drachen auf den Felsen landen.

»Die Drachen nisten hauptsächlich im Felsengebirge rundherum, manche nutzen aber auch die Stallungen oder Höhlengänge, um dort Schutz bei wechselndem Wetter oder Rangkabbeleien zu suchen«, erläutert Lord Zander, der meinem Blick gefolgt ist. »Ohne ihre ausdrückliche Einladung solltest du dich ihren Nistplätzen jedoch nicht nähern. Sie reagieren empfindlich, wenn sie eine Bedrohung für ihre Jungen erahnen. Was zum Teil daran liegt, dass von Jahrzehnt zu Jahrzehnt immer weniger Dracheneier abgelegt werden und Drachenbabys überleben. Viele Junge verausgaben sich bei ihren ersten Versuchen, Stürme zu bändigen. Sie halten es für ihre Pflicht, uns zu schützen und setzen dabei ihr Leben aufs Spiel.«

»Und woher weiß ich, ob sie mich akzeptieren und mich in ihr Revier einladen?«

Sein Blick funkelt dunkel. »Du wirst es merken. Aber ich rate dir, den Felsen niemals ohne Begleitung zu erklimmen.«

Lord Zander bringt mich bis vor die Tür der Trainingshalle, verabschiedet sich von mir und wünscht mir für den ersten Tag viel Glück. Mareva wartet mit verschränkten Armen bereits auf mich und wirft mir einen finsteren Blick zu. Ich bezweifle, dass wir jemals Freundinnen werden.

Sechs

Nach dem ersten Tag falle ich todmüde ins Bett, weil mir der Kopf von all den Eindrücken schwirrt. Zu meiner Überraschung steht Corentin am nächsten Morgen in seiner Lederkluft und einer stolzen Haltung vor meinem Zimmer und begleitet mich zur ersten Ausbildungsstunde auf dem freien Flugplatz.

Er steigt zwei Stufen hinunter und wirft mir einen ernsten Blick zu. »Noch ein Ratschlag von mir: Wenn dich jemand nach deinem Namen fragt, nenn ihm nur deinen Vornamen und sag nicht, warum du an der Ausbildung teilnimmst.«

Verwundert hebe ich die Augenbrauen. »Warum?«

»Dein Bruder war nicht gerade beliebt unter den Reitern. Ich will nicht, dass sie dich seinetwegen verurteilen und dir das Leben schwer machen.«

Er will also nicht, dass sie mich schikanieren und im schlimmsten Fall den Drachen zum Fraß vorwerfen.

Na, das sind super Aussichten – ich soll mich in eine

Gruppe einfügen, die mich wegen meines Bruders hasst. Letztendlich bin ich nicht hier, um Freundschaften zu schließen. Ich trage lediglich die Schulden meines Bruders ab und dann verschwinde ich wieder von der Dracheninsel. Das ist der Plan!

»Sie werden es nicht gerne sehen, wenn du dich mit mir abgibst, oder?«

»Ich bin ihr Kommandant und für dich als Neuling zuständig. Mir ist egal, was sie denken. Aber ja, wir sollten unsere Beziehung zueinander für uns behalten. Zumindest vorerst.«

Beziehung? Hat er wirklich Beziehung gesagt? Ich versuche, mir nichts auf seine Wortwahl einzubilden.

»Verstehe.«

Corentin drückt meine Hand und lässt sie los, als wir das Flugfeld betreten. In diesem Moment reißt die Wolkendecke auf und ich sehe mehrere Punkte am Himmel kreisen. Das Gras ist feucht vom Nieselregen, sodass ich aufpasse, nicht auszurutschen, während ich auf eine Schar von Sturmreitern zugehe, die sich in einem Kreis versammelt haben.

Ein Horn ertönt und einige Drachen, die über unseren Köpfen ihre Runden drehen, setzen zum Sinkflug an. Das Schlagen der Drachenflügel weht bis zu mir herüber und ich schaue aus dem Augenwinkel zu Corentin, der die Himmelswesen studiert.

»Das ist Musik in meinen Ohren«, murmelt er.

Während er dem Geräusch andächtig lauscht, steigt in mir Panik hoch. Ich lege den Kopf in den Nacken, um bloß keinem Drachen bei seiner Landung im Weg zu stehen. Die majestätischen Tiere landen hundert Meter von mir entfernt auf dem Gras. Sie wirken beeindruckend und zugleich furchteinflößend mit ihren fünf scharfen Krallen an jeder Pfote, den spitzen Zähnen und dem Dampf, der sich aus ihren Nüstern kräuselt. Die Drachen formieren sich in einem Dreieck um die Reiter herum.

»Altair kennst du ja schon. Er ist einer der größten Bullen«, sagt Corentin beim Gehen.

Ich bin höllisch nervös, als sich die Drachen nähern und wir Altair, Corentins imposanten grünen Drachen erreichen, der unter einer Reihe von Bäumen im Schutz des Blätterdachs steht. Altair knurrt mich an, bleckt die Reißzähne und macht einen bedrohlichen Schritt auf mich zu, die Krallen seiner Klauen voll ausgefahren.

»Hey! Sie gehört zu uns«, warnt ihn Corentin und hebt die Hand. »Benimm dich.«

»Er kann mich nicht leiden, oder?«

»Er spielt sich gerne auf, das ist alles. Nimm's nicht persönlich. Wenn du ihm erst einmal ans Herz gewachsen bist, ist er zahmer als die anderen.«

Skeptisch blicke ich ihn an. *Wer's glaubt …*

In dem Moment schwingt sein Kopf zu mir herum. Altairs dunkelgrüne Schuppen glänzen in der Morgensonne. Vier Hörner recken sich auf seiner Stirn etwa dreißig Zentimeter in die Höhe. Mit den eindrucksvollen Hörnern gewinnt er vermutlich viele Zweikämpfe und hat sich so seine Position im Schwarm gesichert. »Sein Schuppenpanzer ist perfekt an Waldgebiete angepasst und er herrscht über Erdstürme«, erklärt Corentin.

»Ist jeder Drache in der Lage, einen Sturm zu bändigen?«

»Grundsätzlich, ja. Kleine Windböen können sogar Schlüpflinge beeinflussen. Die Drachen verfügen allerdings über unterschiedlich ausgeprägte Talente und Gaben, die bei bestimmten Stürmen besser wirken als bei anderen. Deswegen werden sie in den Schwärmen kategorisiert und in den Gebieten eingesetzt, wo bestimmte Arten von Stürmen häufiger auftreten. So nutzen wir ihre Gaben effizienter und verhindern, dass zu viele Drachen ihr Leben durch Stürme verlieren, für die sie nicht geschaffen sind.«

»Verstehe, das macht Sinn.«

»Übrigens besitzen Reiter auch unterschiedliche Talente, die die Drachen instinktiv erkennen. Sie wählen dementsprechend ihre Reiter aus. Trotzdem entscheiden die Lords, welche Drachen sie in ihre Schwärme aufnehmen. Deshalb finden regelmäßig Wettkämpfe statt, in denen sich Drae beweisen müssen.«

»Welcher Drache gehört dem Lord?«, will ich neugierig wissen und schaue mich um.

»Sein gebundener Drache zeigt sich selten. Vermutlich meidet er die Rangkämpfe der jungen Drachen und zieht sich in die umliegenden Berge zurück, um seine Ruhe zu haben. Lord Zander reitet deshalb oft auf unterschiedlichen Drachen. Die rote Drachendame Neyla gehört zu seinen Favoritinnen. Sie ist dennoch ungebunden und wird dieses Jahr vermutlich den Anfängern zugeteilt«, erklärt er. »Sie ist sehr störrisch und wählerisch, wenn es um ihren Reiter geht. Außerdem ist ihre Rasse extrem selten, denn sie gehört zu den Lavadrachen, die vornehmlich die Feuerstürme in den trockenen Gebieten des Kontinents bändigen. Ihr Panzer hält der größten Hitze stand, selbst glühend heißer Vulkanschutt kann ihr wenig anhaben, und sie benötigt extrem wenig Wasser, um zu überleben.«

Einige Drachen sehen tatsächlich filigran und anmutig, fast sanftmütig aus, während andere wirken, als würden sie einen gleich zum Frühstück verspeisen oder zu Staub zermalmen wollen.

»Die meisten Rassen sind friedlich, solange man sie nicht reizt«, warnt mich Corentin.

Die meisten Reiter sind groß, schlank und durchtrainiert, was der Wahrscheinlichkeit einen Ritt auf einem Drachen zu überleben, zugutekommt. Nicht jeder kann ein Drae werden und eignet sich als Sturmreiter. Sie tragen unterschiedlich farbige Lederkleidung, die an die jeweiligen Wetterverhältnisse, durch die ihr Schwarm zieht, angepasst ist. Außerdem hängen an manchen Hüften ein Waffengurt und einige tragen Abzeichen, die darauf schließen lassen, dass sie Mut bewiesen haben und für ihren Einsatz geehrt wurden. Viele besitzen dunkles Haar, das kurz geschoren ist, was in der luftigen Höhe von Vorteil ist. Einige wenige Männer tragen ihr Haar wiederum so lang, dass es zu auffälligen Zöpfen geflochten werden kann. An den Seiten ihrer Schädel sind Symbole wie Flammen oder ganze Drachenmotive anrasiert oder auf die Kopfhaut tätowiert. Die Reiter ähneln mit ihrem rebellischen Äußeren den furchteinflößenden Drachen. Aber irgendwie sehen sie dadurch auch verdammt sexy aus. Ich kann die Faszination von jungen Frauen für die Reiter durchaus nachvollziehen. Sie strotzen vor Selbstbewusstsein und verkörpern die Helden unserer Welt.

Die Frauen hingegen flechten ihre Haare oder tragen es zu einem Dutt geformt auf dem Kopf. Die enge Lederkleidung betont an den richtigen Stellen ihre Rundungen und definiert ihre schlanke, athletische Statur. Sie wirken wie Kriegerinnen des Himmels, sind frei und unabhängig und scheren sich nicht um ihre Makel. Sie sind stolz, durchsetzungsfähig und besitzen Selbstachtung, etwas, worum ich sie beneide.

Mein Blick fällt auf einen Typen, der mich mit einem verachtenden Blick straft. Seine Haltung ist straff und er wirkt auf mich, als würde er mich jeden Moment angreifen wollen. Er besitzt ein markantes Kinn, symmetrische Gesichtszüge und eine Narbe verläuft von seinem rechten Mundwinkel vier Zentimeter über seine Wange. Hat er sie von einem Kampf davongetragen? Sie lässt ihn noch viel düsterer aussehen und gefährlicher erscheinen. Und sein Blick ist so gruselig dunkel, dass ich schnell wegschaue.

»Wer ist das? Warum sieht er mich so an?«, frage ich leise an Corentin gewandt.

»Das ist Raven«, flüstert er mir zu. »Er beginnt seine Grundausbildung zum zweiten Mal, weil er seinen letzten Drachen ... verloren hat. Halte dich besser von ihm fern. Er ist kein angenehmer Zeitgenosse.« In seinen Augen glimmt ein flehender Ausdruck auf.

Als Mareva als Kommandantin an den Drachen vorbeigeht und die Hand hebt, parieren diese augenblicklich. Sie setzen sich gerade auf ihre Hinterbeine, heben den Kopf und legen die Flügel eng an ihren Körper an. Ganz offensichtlich respektieren sie die Drae-Anführerin.

Alle anderen Reiter neigen den Kopf vor den mächtigen Geschöpfen des Himmels, bevor sie es wagen, an ihren Flanken hinauf zu klettern. Die Reiter wollen die Drachen zwar für ihre Zwecke nutzen und sie kontrollieren, aber sie verehren diese sagenumwobenen Wesen auch und respektieren ihre Unzähmbarkeit bis zu einem gewissen Punkt.

Marevas Drache Aurel ist weiblich und kleiner als die anderen, dafür scheint sie aber sehr wendig zu sein und einen ausgeprägten Beschützerinstinkt zu besitzen, denn sie weicht kaum von der Seite ihrer Reiterin. Auf dem Kopf trägt sie eine gewaltige Hornplatte, die sich von den Schläfen über die Stirn bis zur anderen Seite zieht. Vermutlich kann sie damit andere Drachen wegstoßen. Am Hals sprießt eine Art Zackenkamm hervor, der bis zu ihren Schulterblättern reicht.

Stocksteif stehe ich da und traue mich nicht näher als sechs Meter an diese Biester heran. In mir baut sich instinktiv eine Sperre auf, auch wenn ich versuche, mich nicht von der Angst beherrschen zu lassen.

»Du absolvierst wie alle anderen Anfänger die Grundausbildung und zeigst, ob du geeignet dazu bist, eine Drae zu werden«, erklärt Mareva, als sie vor mich tritt und mich bittet, ihr über den Platz zu folgen. »Die Ausbildung beinhaltet die Theorie über die Stürme, den Einsatz von Waffen, die Magie der Drachen und natürlich das Bändigen und Reiten der Drachen.«

Aus dem Augenwinkel nehme ich rotorange Schuppen wahr. Panisch drehe ich den Kopf, blicke in glutrote Augen und ein aufgerissenes Maul. Mir stockt der Atem und ich laufe einen Schritt schneller, dabei schaue ich nicht, wohin ich trete. Unerwartet stolpere ich über einen Drachenschwanz, verliere das Gleichgewicht und lande vorwärts im Matsch.

Gelächter von anderen Reitern ertönt. »Anfängerin! Wie soll sie auf einem Drachen reiten, wenn sie nicht einmal schnell genug reagieren kann und über ihre Füße stolpert.«

Ich stemme mich aus der schlammigen Pfütze auf.

»Genug! Habt ihr nichts Besseres zu tun? Oder wollt ihr die Stallungen der Drachen sauber machen?«, schnauzt

Corentin die Reiter an, die schlagartig aufhören zu lachen und das Weite suchen.

Corentin packt mich am Arm und hilft mir auf. »Alles in Ordnung, Lavea?«

»Abgesehen davon, dass ich ein Bad brauche, ja, ich denke schon.«

Schadenfreude glimmt in den roten Augen der Drachendame auf. Der Drache verzieht seine Lefzen und stößt einen Schwall Dampf aus. Es sieht aus, als würde der Drache mich auslachen!

Ich wische den Schlamm von meiner Kleidung ab und fahre mit den Fingern durch mein versifftes Haar. »Sie hat mich mit Absicht stolpern lassen!«

»Vielleicht. Das ist Neyla«, sagt Corentin. »Sie gehört zur ersten Riege der Drachen des Lords. Momentan hat sie keinen eigenen Reiter und macht sich mit ihrem Verhalten auch keinen.«

»Ich habe das Gefühl, nicht willkommen zu sein«, äußere ich und nehme zu dem roten Drachen Abstand.

»Es gefällt ihr nicht, wenn sie ihren Willen nicht bekommt. Man muss selbstbewusst mit ihr umspringen, damit man nicht zu ihrem Ziel wird und sie sich Späße mit einem erlaubt.«

»Spaß, aha«, presse ich hervor. Wie kann Corentin bloß in der Nähe eines Drachens, der ihn jeden Augenblick abfackeln könnte, derart gelassen bleiben?

Frustriert schüttele ich den Kopf, rücke den Rucksack, den ich bei mir trage, zurecht und gehe auf die Treppen zu. Ich hole tief Luft und konzentriere mich auf die Schritte, um kein weiteres Mal vor aller Augen zu stolpern.

Schon jetzt weiß ich: Die Ausbildung zur Sturmreiterin wird die Hölle werden!

Die Glocken läuten eine Viertelstunde später und Mareva führt uns Anfänger in die Unterrichtsräume, die sich in dem Gebäude nahe der Drachenfelsen befinden, in dem die angehenden Reiter untergebracht werden.

Ich nehme neben einer Reiterin Platz, die eine braune Robe trägt und in etwa so alt aussieht wie ich. Sie könnte ebenfalls zu den Anfängern gehören. Und wenn ich Verbündete suche, sollte ich am ehesten bei ihnen fündig werden.

Sie hat eine gerade Nase, volle Lippen und eine schlanke Statur. Ihr glänzendes helles Haar steht kaum im Kontrast zu ihrer blassen Haut, was mich schließen lässt, dass sie aus dem Norden stammt. Den einfach geflochtenen Zopf trägt sie über der rechten Schulter und zwei lose Strähnen umrahmen ihre hohen Wangenknochen. Sie ist auf eine Art schön, wie es normalerweise nur Frauen von Königshöfen sind, und sie zieht eindeutig die Aufmerksamkeit der Kadetten auf sich. Ein unmissverständliches Verlangen schwelt in ihren Blicken.

Mareva kommt an unseren Tisch und stemmt die Hände in die Hüften. »Lavea ist die neuste Anwärterin in unserer Gruppe«, verkündet sie in die Runde und alle Blicke richten sich auf mich. »Stürme sind nicht gleich Stürme. Du kennst vermutlich unterschiedliche Ausprägungen von ihnen?«

Ich nicke. »Ich habe sowohl Eisstürme als auch Wind- und Erdstürme überstanden.«

Mareva nickt. »Die tödlichsten von ihnen besitzen

einen zentralen Punkt, in den man hineinfliegen muss, um sie aufzulösen.«

Ich runzele die Stirn. »Also direkt in das Auge des Sturms?«

»Viele Reiter verlassen sich auf die magischen Kräfte ihrer Drachen und kämpfen aus der Entfernung heraus, um ihr Leben nicht zu lassen. Jeder Drache kann mit seiner Magie einen Sturm auflösen.«

»Aber nah herankommen und lange genug im Auge bleiben, um ihn zu bezwingen, können nur die besten und mutigsten«, ruft Gavin rein.

»Oder die, die ein bisschen Todessehnsucht besitzen«, kommentiert Raven.

»Mehr als nur ein bisschen«, gibt Corentin zu.

Mareva blickt in die Runde. »Um zu wissen, wie du einen Sturm bezwingen kannst, musst du lernen, ihn zu verstehen und voraussehen, wie er sich verhält. Deswegen achten wir auf seine Bewegungsabläufe. Wer kann mir mehr dazu sagen?«

Die Reiterin neben mir hebt die Hand. »Außer rotierende Stürme gibt es noch welche, die vertikal verlaufen – das ist bei Regenstürmen, Schneestürmen und Stürmen, die hauptsächlich Blitze abschießen, der Fall.«

»Gut, Kiana, es handelt sich um Stürme, die sich Richtung Boden bewegen. Die letzte Kategorie umfasst Stürme, die horizontal verlaufen. Sie bewegen sich wie eine Welle über den Boden. Welche sind das zum Beispiel?«

Gavin hebt blitzschnell die Hand. »Sandstürme oder Staub- und Erdstürme.«

»Richtig! Welche Art von Sturm fällt euch noch ein?«

»Nebel«, murmele ich.

Marevas Kopf dreht sich in meine Richtung. »Lavea, etwas lauter, damit es die anderen auch hören können.«

»Nebelstürme bewegen sich horizontal. Sie kriechen über den Boden und fangen einen, bis man verloren umherirrt und schließlich verdurstet oder verhungert und stirbt.«

»Mit Feuerstürmen verhält es sich ähnlich«, fügt die Ausbilderin hinzu. »Aber diese existieren nur in den Südlanden und abgelegeneren Teilen der Insel und des Festlandes.«

»Wenigstens machen sie kurzen Prozess mit einem«, sagt Gavin.

Mir bleibt der Mund offen stehen angesichts der Gelassenheit, mit der er diese Tatsache ausspricht.

Nach der Theoriestunde führt uns Mareva auf das Startfeld, auf dem mehrere Drachen, die bereits gesattelt sind, auf ihre Reiter warten. Wir halten zunächst Abstand zu ihnen.

»Sie haben unseren Himmel in Flammen gesetzt, die Wellen der Meere zu ihren Waffen gemacht«, brüllt Mareva, und ein Raunen geht durch die Truppe der Drae. »Sie lassen Winde wehen, so stark, dass sie alle Mauern nieder reißen. Sie schicken uns Wirbelstürme, die wie Regen auf uns niederprasseln. Sie bringen Zorn und Zerstörung über den gesamten Kontinent – und es ist ihnen nie genug.« Marevas Stimme erhebt sich. »Aber jetzt kommt unsere Zeit, die Zeit der Drachenreiter.«

Ihre Worte klingen, als würden wir in den Krieg gegen grausame Ungeheuer ziehen, die nach Tod und Verzweiflung lechzen.

»Wir bezwingen jeden Sturm, wir entreißen ihnen ihr

Herz.« Die Drae wiederholen ihre Sätze wie eine Hymne und ein kalter Schauer läuft mir über den Rücken.

Ich mag mir gar nicht ausmalen, wie viele Drae bei dem Versuch, einen Sturm unter Kontrolle zu bekommen, bereits ihr Leben verloren haben. »Haben sie keine Angst, in die Tiefe zu stürzen?«, richte ich das Wort an Corentin.

»Merk dir eines: Sturmreiter haben keine Angst, weil sie sonst den Sturm mit ihrer Emotion nähren. Im Gegenteil, sie genießen das Gefühl der Freiheit auf den Drachen und sie wollen den Sturm um jeden Preis bezwingen«, sagt Corentin mit tiefer, dunkler Stimme.

Ich schlucke hart. »Und dir geht es genauso?«

»Es gibt nichts Großartigeres, als in einen Sturm einzutauchen und seine Kräfte zu spüren. Du wirst das auch noch erleben, Lavea.«

Werde ich jemals so viel Freude dabei empfinden, dem Sturm ins Auge zu blicken – und das auf dem Rücken eines Drachens? Das bezweifle ich noch.

Am Nachmittag führt mich Corentin auf einen der vier Türme, in denen die Wetterstationen untergebracht sind. Wir klettern mehrere steile Leitern hinauf, bis wir den höchsten Punkt des Turms erreicht und das gesamte Gelände um Drae Castle im Blick haben.

»Wir fertigen über alle Wetterveränderungen im Land Aufzeichnungen an, um sie zu studieren. Zwar spüren die Drachen kleinste Veränderungen, wenn sich Natur und Magie vereinen, aber wir wollen auf sie nicht angewiesen sein. Wir vertreten die These, dass Stürme leichter entstehen, wenn zwei Wettersysteme aufeinanderprallen und der Luftdruck sich ändert oder aber wenn alte Magie kollidiert.« Corentin erklärt mir ein paar Messinstrumente, mit denen Luftdruck und Temperatur gemessen werden. »Die Aufgabe von einigen Drae, die nicht direkt an der Front kämpfen, ist es, die Messwerte in Listen einzutragen. Das wird in den kommenden zwei Tagen deine Aufgabe sein.«

»Klingt aufregend«, erwidere ich sarkastisch und tippe einen Kompass aus Eisen an.

Corentin zwinkert mir zu. »Jeder fängt mal klein an.«

»Sollten sich Stürme zusammenbrauen, trägst du ihre Position und ihren Richtungsverlauf auf einer Karte ein, so erkennen wir die Gebiete, die von Stürmen bevorzugt werden und geografische Räume, die Unwetter unwahrscheinlicher machen. Außerdem listen wir Informationen zu Schäden und die Opferzahl auf, die von unseren ausgesandten Truppen überbracht werden.«

Meine Kehle schnürt sich zu angesichts der hohen Zahlen, die auf der vorherigen Liste stehen.

»Ein weiterer Vorteil der Dokumentation ist, dass wir unsere Kundschafter und die Anfänger über sichere Flugrouten lotsen können«, erklärt Corentin und tippt mit dem Finger auf einen dunkelrot markierten Bereich auf einer Karte. »Diesen Bereich hier nennen wir die Schlucht der tausend Stürme. Niemand von uns würde diese Schlucht freiwillig überfliegen, dort herrscht fast nie Ruhe und das akzeptieren wir, zumindest für den Augenblick. Wir schicken unsere Reiter nicht in den Tod, um eine unbewohnte Schlucht sturmfrei zu bekommen.«

»Ich verstehe.« Mein Blick fällt auf eine andere Aufzeichnung. »Und was bedeuten diese Zahlen hier?«

»Es gibt Landabschnitte, die erschreckend unregelmäßig von Stürmen heimgesucht werden, sodass es uns fast unmöglich ist, einen Zeitpunkt zu berechnen. In dem Fall vertrauen wir auf das Geschick der Drachen und hoffen, dass sie die Bedrohung rechtzeitig erkennen und einschätzen können.«

Ich seufze schwer. Ich habe angenommen, dass das Fliegen und das Bezwingen von Stürmen schon kompliziert genug wäre. Jetzt muss ich auch noch lernen, Karten und Messwerte richtig zu interpretieren, um zu überleben.

»Als Drachenreiter ist es unerlässlich, die Situation im Gesamten einzuschätzen und danach seine Route zu planen, vor allem wenn man allein unterwegs ist. Hier in dem nördlichen Tal zum Beispiel können wir ein paar Tage lagern, um Verletzte zu versorgen oder Vorräte aufzufüllen. An anderen Stellen wäre es zu riskant, mit geschwächten Reitern und Anfängern zu kampieren.«

Corentin prüft die Messwerte und macht sich einige Notizen. »Irgendetwas stimmt seit Tagen nicht mit den Messwerten«, meint er. »Mein Bauchgefühl sagt mir, dass da etwas Großes heranrollen könnte.«

»Ein einziger Fehler reicht, um eine ganze Sturmlegion aus Reitern auszulöschen«, warnt ihn Zander, der zu uns auf den Turm spaziert. »Es wäre besser, wenn du die Werte richtig interpretierst.«

»Mir ist das Gerücht zu Ohren gekommen, dass schwarze Drachen am Rande des Todesrücken gesehen wurden«, spricht Corentin den Lord an.

Lord Zander setzt eine ausdruckslose Miene auf. »Ein Gerücht, so so …«

»Ich muss mich korrigieren, es ist nicht nur ein Gerücht. Mehrere Späher haben bei ihren Patrouillen unbekannte Drachen über der riesigen Bergkette erspäht. Allerdings sind sie so schnell wieder verschwunden, dass niemand mit Gewissheit sagen konnte, um welche Drachenart es sich handelte.«

»Womöglich waren es wilde Drachen, die noch keiner Legion angehören, weil sie zu jung sind, oder sie wurden einem der Schwärme eines anderen Lords zugeordnet. Keiner weiß, wie viele von ihnen dort draußen herumfliegen. Wie auch immer, benachrichtige mich, wenn du mehr als nur Hörensagen vorzuweisen hast«, sagt Zander und schmettert Corentins Bedenken ab.

»Ich bin der Meinung, dass wir die Reiter warnen sollten. In der Vergangenheit kam es häufiger zu unangenehmen Begegnungen mit wilden Drachen, ganz zu schweigen von seelenlosen Geschöpfen.«

Zander hebt die Augenbrauen. »Machst du hier die Regeln oder ich? Sie verteidigen ihre Reviere, das ist vollkommen normal. Auch wenn sie uns dienen und wir einen bindenden Vertrag mit den Geschöpfen haben, sollten wir ihnen ihre Freiheiten lassen. Und wenn es sich wirklich um seelenlose Drachen handelte, dann ... wirst du mir einen Beweis dafür liefern müssen. Die Mauern sind gut bewacht, sie haben sich noch nie so weit in den Westen vor gewagt.«

Corentin ballt die Hände zu Fäusten und nickt ergeben.

»Er lässt den Drachen zu viele Freiheiten und tut so, als ob sie seine Freunde wären«, schimpft Corentin, sobald Zander außer Hörweite ist. »Dabei sollte er sie kontrollieren, sie dienen uns, sie sind uns untertan und für den Zweck erschaffen worden, die Stürme zu bezwingen. Irgendwann werden sie dem Lord auf der Nase herumtanzen, insbesondere, weil sich sein Drache furchtbar rarmacht.«

»Ich kann deinen Ärger nachvollziehen. Der Gedanke, dass wilde Drachen dort draußen rumfliegen und tun und lassen, was sie wollen, behagt mir auch nicht.« Schließlich hat einer mein Dorf vor vielen Jahren zerstört …

Sieben

Die Drae-Anfänger und ihre Trainingsbegleiter versammeln sich am Nachmittag auf dem Flugplatz. Ich beobachte Corentin, der rasch eine ausdruckslose Miene aufsetzt wie die anderen Kadetten, während Mareva die neuen Sturmreiter einführt.

»Wenn ihr einem Sturm ins Auge blickt, habt ihr nur die Wahl zwischen fliehen und kämpfen. Und ihr werdet kämpfen.« Ihre Worte klingen so eindringlich wie ein Schwur. »Es ist unsere Pflicht, das Land vor den Stürmen zu schützen. Ihr werdet lernen, eine Verbindung zu einem Drachen aufzubauen. Lernen, sie zu fliegen. Lernen, ihre Magie zu gebrauchen und dann werdet ihr einen Sturm bezwingen. Entweder besiegt ihr sie und bringt unserem Land Ruhe und Frieden oder ... ihr werdet euer Leben lassen, in dem Wissen, dass ihr eure Pflicht erfüllt habt.«

Plötzlich wird mir eiskalt und ich bekomme eine Gänsehaut. Corentin tritt näher an mich heran und lässt seine warmen Hände über meine Arme gleiten. Schlagartig vertreiben sie die Kälte. Er beugt sich so nah vor, dass ich seinen Atem auf meiner Wange spüre. »Wenn ich es schaffe, wirst du es auch schaffen«, flüstert er mir ermutigend ins Ohr. Meine Haut fängt an zu glühen, dort, wo er mich berührt. »Du musst dich nur von deiner Vergangenheit befreien.«

Das sagt sich so leicht …

Von dieser Ebene aus habe ich einen Blick über das Tal, die Schlucht, die Berghänge und das gesamte Trainingsgelände. Der Anblick so vieler Drachen lässt mir leicht die Knie zittern. Entlang der felsigen Schluchten liegen hunderte Drachen und sonnen sich. Manche landen auf dem Trainingsfeld, wo ihre Reiter aufsatteln und sich in die Lüfte erheben. Die Drae trainieren täglich Flugmanöver mit ihren Drachen, sodass der Himmel übersät ist mit bunten Sprenkeln, die von den schillernden Farben der Drachen, ihrem Feuer und ihrer Magie stammen.

Nachdem wir auf die einzelnen Schutzmaßnahmen wie die feuerfeste Kleidung und die Sitzhalterungen für die Drachen eingegangen sind, werden Rucksäcke verteilt.

»Vor einem Flugeinsatz packen wir unsere Taschen mit dem Nötigsten: Verbandszeug, Proviant, Schutzkleidung, Fliegerbrillen, Waffen«, erklärt Corentin und öffnet einen Rucksack, um die genannten Dinge darin zu verstauen. »Bei einem Absturz oder unerwarteten Turbulenzen können dir diese Dinge das Leben retten. Solltest du abstürzen und dein Drache ist tot oder schwer verletzt und nicht bei Bewusstsein, um nach Hilfe zu rufen, bist du auf dich allein gestellt. In aller Regel senden wir Suchtruppen und Heilkundige aus, aber oft kommt die Hilfe zu spät.«

»Das sind ganz schön viele Informationen, die ich mir merken muss.«

»Mit der Zeit wirst du eine gewisse Routine entwickeln, sodass dir die Abläufe leicht von der Hand gehen.«

Die ersten Drae aus den höheren Jahrgängen schwingen sich kurzerhand auf ihre Drachen – und das elegant und selbstsicher. Es sieht gar nicht so schwer aus, obwohl einige Vorsicht bei den Stacheln walten lassen müssen, um sich selbst nicht an ihnen aufzuschlitzen. Manche Reiter satteln ihre Drachen extra, doch so etwas wie Zügel existieren nicht, stattdessen halten sie sich an den Stacheln und Schuppen fest.

Mareva kommt auf mich zu und grinst breit. »Ich habe den perfekten Drachen für deine erste Flugstunde. Keine Angst, er zeigt wenig Aggression und ist Menschen sehr zugetan.«

Ein kleiner grüner Drache trottet von der Landebahn herüber, stolpert beinahe über seine eigenen Schwingen und gähnt genüsslich. Hat er etwa gerade seinen Mittagsschlaf hinter sich gebracht? Kann er überhaupt schon fliegen? Er wirkt so … zierlich.

»Willst du sie etwa bei ihrem ersten Flug umbringen?«, knurrt Zander, der das Geschehen beobachtet, und Mareva zuckt zusammen. »Sie ist ein Jungdrache und hat mit ihren langen Schwingen zu kämpfen. Sie kann keine unerfahrene Reiterin tragen.«

»Ich … ich habe nicht nachgedacht, Mylord«, rudert Mareva zurück und senkt ergeben den Blick.

Ich habe die leise Ahnung, dass Mareva mich tatsächlich gern vom Drachen fallen sehen würde. Sie sieht mich als Konkurrentin, die eine Extrabehandlung vom Lord bekommt.

»Lavea wird auf Neylas Rücken fliegen«, bestimmt Zander.

Neyla? Oh nein, das ist doch der rote Drache. Wir hatten keinen besonders guten Start. Der junge Drache sieht wenigstens knuddelig aus und wirkt recht unkompliziert im Gegensatz zu der bockigen Drachendame.

Ich drehe den Kopf und schreie erschrocken auf, als mich ein Schwall stinkender Atem trifft. Aus ihren Nüstern steigt bereits Rauch auf. Völlig unerwartet steht sie keine vier Meter von mir entfernt. Sie hat sich erstaunlich leise an mich herangepirscht.

»Bleib ruhig«, sagt Lord Zander zu mir, während ich stocksteif auf der Stelle verharre. »Sie reagiert auf deine Aufregung. Nimm es ihr nicht übel«, sagt er und tätschelt der orangeroten Drachendame den Kopf. »Sie ist manchmal etwas übellaunig.«

Ich schlucke hart. Ich wage nicht zu widersprechen und werfe einen hilfesuchenden Blick an Corentin.

»Lavea kann mit mir fliegen«, bietet Corentin an.

»Nein!«, widerspricht der Drachenlord. »Du hast eine andere Aufgabe. Ich brauche dich für den Unterricht.«

»Aber Lavea fürchtet sich …« Corentin verstummt, als ich ihm einen warnenden Blick zuwerfe und den Kopf schüttele.

Das hätte er besser nicht vor dem Lord sagen sollen, weil es mich schwach aussehen lässt.

»Ich diskutiere nicht!«, erwidert Zander barsch und schmettert Corentins Einwand ab.

Angst rieselt durch jede Zelle meines Körpers, als ich die mächtigen Schwingen, die Klauen und die Reißzähne von der Drachendame in Augenschein nehme.

»Steig auf!«, befiehlt Zander.

Auf dieses Monster?

Neyla stößt eine heiße Dampfwolke aus ihren Nüstern aus und bläst sie mir entgegen. Hat sie mich etwa verstanden? Drachen erkennen zwar unseren Gemütszustand anhand unserer Körpersignale, die wir unbewusst aussenden, aber irgendwie kommt es mir so vor, als würde sie meine Gedanken lesen.

Widerwillig beugt sie ihre Knie auf Zanders Befehl hin und lässt sich nieder, damit wir aufsteigen können. Das Sonnenlicht spiegelt sich in ihren Schuppen wider und lässt sie so stark funkeln, als ob sie mit Rubinen besetzt wären.

Zander dreht sich zu mir um. »Brauchst du eine Extraeinladung?«

»Ich ... ich kann nicht fliegen«, erwidere ich und stemme die Füße in den lockeren Boden. »Und ganz offensichtlich will sie mich auch nicht auf sich reiten lassen.«

Zander hebt eine Augenbraue. »Ist das so? Und woran machst du das fest?«

»Sie kann mich nicht leiden«, gebe ich offen zu.

»Sie hat dich betreffend Vorurteile, wie du ihr gegenüber welche hast.«

Trotzig verschränke ich die Arme vor der Brust. »Ich habe gute Gründe!«

»Welche das auch immer sein mögen, du musst sie hintanstellen. Dass du den Befehl verweigerst, macht es nicht besser. Steig. Auf«, grollt er. »Ich werde es dir nicht noch einmal sagen, Flammenmädchen.«

Angst schnürt mir die Kehle zu, aber ich nähere mich widerwillig dem Drachen, der mich im Blick behält. Vor mir reihen sich die glänzenden, steinharten Schuppen des Drachens auf und ich frage mich, wie ich an ihnen Halt finden soll. Ihre Schuppen sind doppelt so groß wie meine

Hände und überlappen sich dachziegelartig. Meine Hände zittern und meine Beine fühlen sich weich wie Wackelpudding an. Wie zur Hölle soll ich auf den Rücken des Drachens kommen? Neyla legt sich noch flacher auf den Boden, als sie mein Zögern bemerkt.

Ich lege eine Hand flach auf eine Schuppe und wundere mich darüber, wie warm sie sich anfühlt. Die Hornschicht ist relativ glatt, sodass die Finger leicht abrutschen können.

»Das muss schneller gehen. Wenn ein Sturm kommt, wärst du tot, bevor du mit dem Drachen vom Boden abheben kannst«, kritisiert Zander. Als ich über die Schulter schaue, bemerke ich seinen genervten Blick und wenige Sekunden später beobachte ich, wie seine Augen zu … meinem Hintern wandern – der zugegebenermaßen in dieser engen Lederhose zur Geltung kommt.

Vor Schreck bleibt mir fast das Herz stehen, als Neyla ein tiefes, aufforderndes Knurren von sich gibt. Zunächst klettere ich über ihr Vorderbein hoch und hangele mich dann zu ihrem Flügel herüber. Ich achte darauf, ihren scharfen Stacheln, die sich wie eine Perlenkette um ihren Hals aufreihen, nicht zu nahe zu kommen, als ich über ihre Schultern rutsche und mich in einer Kuhle niederlasse. Die Knie winkele ich ein wenig an und streiche über die Schuppenwulst, an der sich ein Reiter festhalten kann.

Unglaublich! Ich sitze auf einem Drachen – und das, obwohl ich diese Geschöpfe jahrelang gemieden habe.

»Mareva wird Kraftübungen in deinen Trainingsplan einbauen«, bestimmt Zander, der sich mühelos an ihr hochschwingt, als wäre es ein Leichtes, auf ihren Rücken zu klettern. »Dann wird es dir leichter fallen, auf den

Drachen zu steigen und dich auf seinem Rücken zu halten.«

Neyla richtet sich zu voller Größe auf und ich spanne die Muskeln in den Schenkeln an, um mich an sie zu klammern – und möglichst nicht gegen Zander zu prallen.

Sie holt besonders viel Schwung und hebt ab.

»Heilige Scheiße!«, keuche ich.

Rasant schießen wir in die Höhe und es kostet mich jedes Quäntchen Kraft, mich an der Drachendame festzuhalten. Mit voller Wucht werde ich nach hinten gegen Zanders Brust gedrückt, während sie haarscharf über die Wipfel der Bäume fliegt. Neyla könnte mich mühelos von ihrem Rücken abschütteln, sodass ich in die Tiefe stürzen würde – aber sie würde es nicht wagen, ihren Herrn in Gefahr zu bringen. Zander ist also meine einzige Lebensversicherung.

Ich hoffe, ich überstehe den Flug, ohne meinen Mageninhalt direkt über ihn zu ergießen.

Der Luftwiderstand und der Steigungswinkel nehmen deutlich zu und ich ahne, dass Neyla mir eine Lektion erteilen will. Als meine Finger von dem Wulst abrutschen, weil meine Hände schwitzig sind, schlingt Zander seine Arme um mich und hält uns beide fest. Mein Rücken presst sich fest gegen seine stahlharte Brust. Dass sich sein Körper so nah an meinen schmiegt, verwirrt mich irgendwie. Besser noch, mich verwirrt, dass es sich *gut* anfühlt. Ich kann die Muskeln seiner Brust spüren, seine kräftigen Schenkel an meinen. Jede Faser meines Körpers will sich weiter nach hinten lehnen, um zu erfahren, was ich noch spüren könnte. Mir ist, als hätte jemand ein Feuer unter mir entzündet. Die Hitze breitet sich in meinem Unterleib aus und überzieht meine Haut mit einem behaglichen

Kribbeln. Auf dem Rücken eines fliegenden Drachens bleibt keine Möglichkeit, auf Abstand zu gehen.

Der Wind treibt mir Tränen in die Augen, und ich bereue es, keine Flugbrille aufgesetzt zu haben. Ich habe die Haare im Nacken zusammengebunden, aber die ersten Strähnen lösen sich aus dem Zopf.

»Deine Haare kitzeln mich«, beschwert er sich.

Zanders Atem kitzelt hingegen mein Ohr, was ein Zittern in mir auslöst, das einem Erdbeben gleichkommen könnte – aber das kann ich ihm unmöglich entgegen schleudern. Stattdessen erwidere ich: »Und du erdrückst mich.«

Ich spüre die Vibration seiner Brust.

»Seltsam, ich hatte den Eindruck, dass du extra dicht an mich heranrückst, weil du dich fürchtest zu fallen.«

»Das bildest du dir ein.«

Er schmunzelt amüsiert, doch Zanders Griff bleibt eisern, sodass ich mich tatsächlich auf dem Rücken des Drachens ein wenig entspannen kann. Ich sauge Luft ein und spüre gleichzeitig das Heben und Senken seiner Brust. Wenn ich nicht lerne, die Gefühle auszublenden, die Zanders Nähe in mir hervorruft, ist mein Verderben genau das, worauf ich zusteuere.

»Neyla«, sagt Zander laut. »Zeig uns, was du kannst.«

Es handelt sich nicht um eine Bitte, sondern um einen Befehl.

Sie hört auf den Lord und legt sich unerwartet in eine steile Rechtskurve, die ich nicht kommen sehen habe. Ich drücke die Knie so stark gegen Neylas Körper, dass meine Beinmuskulatur zittert.

Wie erstarrt sitze ich auf Neylas Rücken, klammere mich an ihren Schuppen fest und bete, dass ich nicht falle.

»Du musst dich mit in die Kurven legen«, erklärt Zander. »Wenn du so steif dasitzt, wirst du früher oder später den Halt verlieren. Du bietest zu viel Luftwiderstand, was das Fliegen für sie anstrengender macht. Entspann dich.«

Wie zur Hölle soll ich mich locker machen, wenn hundert Meter unter mir nichts ist?!

Zudem kann ich mich nicht entspannen, weil ich praktisch auf seinem Schoß sitze.

Neyla schlägt kräftig mit ihren Flügeln, als würde sie seine Aussage bestätigen wollen und ich versuche, meine Glieder etwas weniger anzuspannen und mich stattdessen zurückzulehnen und den Höllenflug zu genießen. In wenigen Minuten überfliegt sie die Küste und die scharfkantigen Riffe, bevor sie eine gewagte Drehung vollführt.

Gott, mir kommt es hoch ...

»Und wie gefällt dir das Fliegen?«, fragt Zander amüsiert.

»Es ist der wohl schrecklichste und berauschendste Moment meines Lebens.« Ist das Fliegen immer so aufregend? Das Gefühl von Freiheit, von Lebendigkeit durchströmt meine Brust und gleichzeitig wird mir übel ...

Wir legen an Tempo zu, was es schwieriger macht, Details der Landschaft zu erkennen. Der Wind, der durch mein Haar weht, ist angenehm kühl auf meinem heißen Gesicht. Ich versuche, mich auf die Bewegungen des Drachens zu konzentrieren statt auf den Lord hinter mir.

Neyla genießt den Flug sichtlich und schraubt sich spiralförmig durch die Lüfte. Um keinen Drehwurm zu bekommen, schließe ich die Augen und hoffe, dass es bald vorbei ist. Als sie endlich wieder in die Waagerechte geht und so langsam fliegt, dass wir quasi in der Luft schweben, kann ich mich der unglaublichen Aussicht zuwenden.

Mein Blick fliegt Richtung Klippen zu den scharfkantigen Felsen, die wie riesige Ungetüme in den Himmel ragen. Es braucht einiges an Geschick und Wendigkeit, um zwischen den schmalen Felsspalten hindurchzufliegen. Hinter dem schwarzen Gestein färbt sich der Himmel rötlich, weil die Sonne sinkt, aber es ist noch hell genug.

»Wir sollten rechtzeitig den Rückflug antreten«, sage ich zu Zander und blicke über die Schulter. Der Drachenlord hat eine grimmige Miene aufgesetzt. Sein Blick ist zum rötlichen Himmel gerichtet, der aussieht, als würde er glühen.

»Es ist noch zu früh«, brummt er.

»Zu früh für was?«

Er mahlt mit dem Kiefer. »Zu früh für den Sonnenuntergang.«

Will er damit andeuten …?

»Ein Feuersturm«, wispere ich.

»Ja«, bestätigt er meine Annahme. »Ungewöhnlich für diese Breitengrade, aber die Stürme verteilen sich in letzter Zeit weit übers Land.«

»Warum?«

»Ich kann es dir nicht beantworten. Feuerstürme bilden sich gewöhnlich in trockenen klimatischen Verhältnissen, weil ihre Energie durch die Umwelt gespeist wird. Feuchtere Gegenden schwächen sie ab«, erklärt Zander. »Wenn du nicht auf einem Drachen fliegen würdest, dann solltest du in dieser Situation Schutz nah an einem Gewässer suchen.«

Von vorne weht eine starke Windböe, gefolgt von einem heftigen Knallen und Knistern und dem beißenden

Gestank nach Rauch. Vor unseren Augen reißt der Himmel auf, als würde er bluten und Feuerwalzen Richtung Boden schicken. Funken sprühen und wild und wuchtig senkt sich ein schmaler Trichter aus züngelnden Flammen zu Boden. Die lose Staubschicht auf der Erde verbindet sich mit dem Feuersturm. Überall ist Feuer. Das braungrüne Gras steht lichterloh in Flammen und von den Sträuchern steigen glühende Zungen bis in den Himmel.

Der Sturm reißt erste Wurzeln heraus und versengt alles, was sich ihm in den Weg stellt. Zurück bleibt nur ein schwarz verkohltes Stück Land. Lodernde Glut fällt auf die Erde hinab und die Feuerherde breiten sich rasend schnell aus. Die Luft um mich herum wird drückend heiß, jeder Atemzug kratzt in meiner Kehle und brennt in meinen Lungen. Schweiß tritt aus meinen Poren.

Mein Herz pumpt so schnell, dass ich mich darüber wundere, keinen Herzinfarkt hoch oben in der Luft zu erleiden.

»Du hast Angst«, raunt er mir ins Ohr.

»Natürlich! Nur ein lebensmüder Idiot hätte keine Angst.«

Ups. Das hätte ich besser nicht sagen sollen.

Zander zeigt sich wenig beeindruckt von dem, was sich vor unseren Augen zusammenbraut. »Solange du aufmüpfige Kommentare von dir gibst, hast du noch nicht genug Angst. Ich würde mir mehr Sorgen machen, wenn du kein Wort mehr sagst. Neyla ist es gewohnt, weit heftigeren Stürmen standzuhalten.«

»Würdest du bitte aufhören, in allem etwas hineinzudeuten?«

Ich meine aus dem Augenwinkel zu sehen, wie er den Kopf schüttelt.

Irgendwie liebe und hasse ich unsere Wortgefechte gleichermaßen.

Der Sturm braust auf uns zu, als hätte er uns ins Visier genommen. Zanders Griff um meine Taille wird fester. »Als Drae musst du deine Gefühle unter Kontrolle haben. Denn sie verstärken oder schwächen die Kraft des Drachens. Sie wirken wie ein natürlicher Schutzmechanismus. Dein innerer Schutzwall muss unerschütterlich sein.«

Das Gebrüll des Sturms schwillt an, desto näher wir ihm kommen. Trotz des reißenden Stroms fliegt Neyla sicher und schlägt kräftig mit ihren Flügeln. Sie zeigt keine Furcht vor der tödlichen Feuerwalze, stößt ein Knurren aus und fokussiert die rechte Seite des Trichters.

Ich sehe aus dem Augenwinkel, wie Zanders Lippen kaum hörbar meinen Namen formen, weil die Sturmwinde so laut sind. Seine Stimme ist kaum mehr als ein Flüstern. »Vertrau mir, dass ich dich aus dieser gefährlichen Situation bringe. In meiner Obhut wirst du nicht sterben. Das verspreche ich dir.«

Der Feuertornado ist von Weitem schon schreckenerregend gewesen, aber von Nahem scheint er jetzt düster wie der Tod. Wie ein gieriger Schlund, der alles in sich aufsaugt und zu Asche zerfallen lässt. Und je mehr dieses Monster frisst, umso größer und stärker wird es.

Mein Herz hämmert wild und ich habe das Gefühl zwischen Angst, Wut und Faszination zerrissen zu werden.

»Bis die anderen Drae uns eingeholt haben und Verstärkung schicken, dauert es zu lange«, erklärt Zander. »Wir müssen den Sturm allein auflösen.«

Ich reiße die Augen auf. »Was? Aber …«

»Wenn die erste Wand des Feuersturms nah genug ist,

dann halt die Luft an, während wir hineintauchen. Verstanden?«

Ich nicke nur.

Werde ich verbrennen? Mir bleibt keine Zeit, Zander diese Frage zu stellen.

»Achtung!«, brüllt Zander, und ich halte mich an seine genaue Anweisung.

Tief sauge ich Luft in meine Lungen, spanne die Muskeln an und schicke gedanklich ein Stoßgebet in den Himmel. Die Angst, bei lebendigem Leib zu verbrennen ist so real, dass ich zittere.

Ich muss dem Lord vertrauen. Und ich muss Neyla vertrauen.

Mit einem Ruck durchbrechen wir die erste Feuerwand. Ich schließe die Augen, während ein paar Augenblicke lang eine ohrenbetäubende Feuerwalze an uns vorüberzieht. Dann herrscht beinahe Stille. Trümmerteile fliegen um uns herum und wir fliegen durch einen leeren Korridor zwischen den Feuerwänden. Auf wundersame Weise spüre ich zwar die Hitze des Sturms, aber verbrenne mich nicht. Erst jetzt erkenne ich den Schutzschild, den Neyla um sich herum gesponnen hat. Es knistert laut, wenn Feuerfunken auf den Schild treffen. Ganz so, als bestände das Kraftfeld aus elektrischer Energie. Aber ich weiß, worum es sich dabei handelt – um uralte Magie.

Als ich endlich wieder Luft hole, weil meine Lunge zu zerbersten droht, ist die Luft stickig und von Aschekrummen erfüllt, die mir im Rachen kitzeln.

Der Sturm besitzt keinen Verstand, und doch agiert er, als würde er einen Plan verfolgen und auf Neylas Kraft reagieren.

»Er fühlt sich bedroht«, keucht Zander im nächsten

Moment, da der Sturm sich auf unser Flugmanöver fokussiert.

Die Art, wie er über den Sturm spricht, als wäre er lebendig und würde seiner Macht Respekt zollen, fasziniert mich.

Neyla fliegt in Schräglage und stemmt sich gegen die Feuerwinde, versucht den Sturm zu bändigen. Zander wirkt extrem konzentriert, und ich frage mich, inwieweit er ihre Magie wahrnimmt. Mit raschen Flügelschlägen durchbrechen wir die nächsten Wände, um immer tiefer zum Herz des Sturms vorzudringen.

»Öffne dich für Neylas Kraft«, raunt er mir zu. »Wir brauchen mehr Stärke.«

»Ich weiß nicht, wie …«, entgegne ich eine Spur verzweifelt.

»Magie ist nichts anderes als die Erweiterung deines Willens. Du musst es wollen, dann wird sie dir gehorchen.«

Ich versuche, die Anspannung in mir loszulassen und meinen Geist für die Magie zu öffnen. Und dann durchfährt mich Hitze …

In mir erwacht eine Kraft zum Leben und erfüllt meine Brust. Mein Blick schärft sich und es ist, als könnte ich die Feuerwinde singen hören.

Mit Zander zu erleben, wie ein Drache seine Magie entfaltet, sie selbst zu spüren, das elektrisierende Pulsieren an der Haut ist ganz anders als alles, was ich jemals gefühlt habe. Mir ist heiß und gleichzeitig kalt und gefühlt nehme ich jede Temperatur dazwischen wahr. Es ist, als würde ein Fluss von Empfindungen durch mich hindurch rauschen, als würde der Feuersturm in mir brennen.

Als wir die Mitte erreicht haben, hält Neyla inne und

mein Blick gleitet nach oben – zum Herz des Sturms. Das Feuerherz. Eine winzige Flamme rotiert in einem hellen Licht um sich selbst. Es sieht wunderschön aus.

»Wir setzen einen Anker, da der Sturm versuchen wird, uns loszuwerden, sobald wir sein Herz attackieren«, erklärt Zander.

Zander hebt die Hand empor, und ich beobachte, wie sich ein goldenes Leuchten um seinen Arm windet, das sich über Neylas monströsen Körper bis zu ihrem Schwanz windet und dann abfällt. Das Leuchten materialisiert sich zu einer vergoldeten Kette, an dessen Ende ein Anker hängt, der sich in den Boden bohrt.

Der Sturm wehrt sich gegen uns Eindringlinge, indem er die Wände aus Feuer näher rücken lässt. Ein verkohlter Baumstamm streift Neylas rechten Flügel und sie gerät kurz ins Schlingern, ehe sie sich wieder fängt. Zander flucht leise.

Der Anker hält Stand und Neyla zieht immer engere Kreise um das Herz des Sturms.

»Wir müssen diesen Sturm jetzt erledigen!«, keucht Zander und konzentriert sich auf das Herz aus Flammen. Sein Tonfall macht unmissverständlich klar, dass die Situation brenzlig wird und uns wenig Zeit bleibt, bevor Neyla zu geschwächt ist und der Sturm gewinnt.

Mit einem lauten Schrei feuert Neyla ihre Magie darauf ab. Gerade als eine Feuerwand näher rückt, zieht Zander hinter mir ein gebogenes Messer und schlitzt die Wand auf, sodass wir uns unbeschadet hindurch quetschen können und unversehrt bleiben. Die heulenden Winde versuchen uns aus dem Sattel zu fegen und die Kette des Ankers scheint zum Zerreißen gespannt zu sein.

Der Zauber, den Neyla um das Herz herum spinnt,

lässt die Flamme kleiner und kleiner werden. Sie versucht den Sturm zu zähmen.

Und dann ergebe ich mich der Magie. Kurz glaube ich das Bewusstsein zu verlieren bei all der Macht, die durch meinen Körper und meine Seele dringt, und Zander schlingt seinen Arm fester um mich. Ich blinzele und beobachte, wie der Schein des Feuerherzens schwächer und schwächer wird. Ein letztes Mal bäumt sich der Feuersturm auf, wirbelt orientierungslos hin und her und meine Sicht wird von den Flammen getrübt. Etwas Hartes trifft meine Schulter und ich zucke vor Schmerz zusammen. Neyla wird seitwärts geschleudert, doch der Anker hält.

Wenige Sekunden später verendet das Feuerherz und der Sturm löst sich auf. Die Wolken verblassen und der glühende Regen versiegt. Und dann existieren kein Zorn mehr, keine Furcht, kein Feuer. Und kein Tornado.

Es gibt nichts außer Frieden.

Erst jetzt begreife ich, welche Macht in den Stürmen steckt und was die Drachen auf sich nehmen, um sie zu bändigen.

»Geht es dir gut?«, fragt Zander, weil ich schlaff und kraftlos im Sattel sitze. Meine Beine und Arme zittern, weil ich mich unbewusst so sehr an Neyla festgeklammert habe, aus Angst, von ihrem Rücken zu fallen.

Ich drehe den Kopf in Zanders Richtung. »Ich fühle mich irgendwie leergebrannt und erschöpft, als hätte die Magie mich ausgesaugt«, sage ich atemlos.

»Das ist normal am Anfang«, erwidert Zander, der weitaus weniger erschöpft zu sein scheint als ich. »Mit der Zeit wird dein Geist stärker. Du hast dem Sturm gut getrotzt, einen Moment lang hatte ich den Eindruck, als würde das Feuer in dir brennen …« Zander bricht seinen Satz mit einem nachdenklichen Ausdruck im Gesicht ab.

»Ist das ungewöhnlich?«

»Vielleicht ist Feuer dein Element«, antwortet er ausweichend.

Ich fasse mir an die leicht schmerzende Schulter. Das Leder an der Stelle ist verkohlt, aber zum Glück ist der Stoff nicht bis auf meine Haut runtergebrannt.

»Du bist verletzt«, sagt Zander.

»Nur ein Kratzer. Nichts Schlimmes. Mir geht es gut«, spiele ich die Schmerzen herunter.

Ohne zu fragen, fasst mir Zander an die Schulter, fährt meine Arme entlang und tastet meine Taille ab.

»Du solltest vielleicht fragen, bevor du jemanden betatschst.«

»Deine Ausrüstung ist angekohlt und du stehst offensichtlich unter Schock«, entgegnet er scharf. Seine Stimme gleicht einem wilden, wütendem Knurren.

Ich habe seine Stimmungsschwankungen satt! In einer Sekunde ist er fürsorglich und beschützend und in der nächsten herrisch und bestimmend. »Du bist der verwirrendste Lord, der mir jemals begegnet ist.«

»Ach sind dir schon so viele von uns begegnet?«

»Ich … also … nein«, stammele ich und schnaube.

Ein sanftes und gleichzeitig männliches Lachen erklingt und jagt mir einen angenehmen Schauder über den Rücken. »Du bist die Verwirrende von uns, Lavea. Manchmal bist du erschreckend mutig und manchmal erstaunlich zurückhaltend.«

Ich weiß nicht, was ich daraufhin erwidern soll.

»Ich durchschaue dich nicht, und das macht mich verrückt«, fügt Zander hinzu.

»Wir müssen einander nicht verstehen«, erwidere ich. »Wir müssen nur miteinander fliegen.«

Es kostet mich einiges an Anstrengung, auf dem Rückflug die Augen offen zu halten. Ich spüre, dass Zander ein Lächeln unterdrückt, als mein Kopf immer wieder gegen seine Schulter sackt. Krampfhaft versuche ich mich im Sattel zu halten. Dieser Ritt hat mich an meine Grenzen gebracht und ich habe all meine Kräfte mobilisiert.

Wenn meine Gedanken nicht gerade um den attraktiven Drachenlord kreisen, habe ich mit Ängsten zu kämpfen, die mich noch nie zuvor geplagt haben. Die Angst zu fallen, die Angst zu versagen, die Angst von einem Drachen gefressen zu werden ... die Angst, die Augen nicht von dem arroganten Drachenlord lassen zu können.

Einige Drae fliegen uns entgegen und steuern dann auf die zerstörte Ebene zu, um nach Überlebenden und Verletzten zu suchen. Mein Herz verkrampft sich beim Gedanken daran, dass wir den Sturm zwar aufhalten konnten, aber es dennoch Tote gegeben haben könnte oder Menschen und Tiere, die nun an ihren Verbrennungen leiden oder je nach Schweregrad versterben werden.

Als wir endlich sicher auf dem Territorium landen, erhebt sich ein gewaltiges Jubelgebrüll unter den Drachen und ihren Reitern. Sämtliche Köpfe drehen sich in unsere Richtung. Ich bin mir sicher, dass ihre Begeisterung nicht mir gilt, sondern dem Drachenlord.

Obwohl auf Zanders Wangen und Stirn Ruß klebt und seine Haare verstrubbelt sind und ihm ins Gesicht fallen, ist er atemberaubend schön. Von Kopf bis Fuß wirkt er wie ein echter Drachenreiter, ein Abenteurer, ein Sturmbezwinger. Und dieses gefährliche Etwas steht im Kontrast zu dem vernünftigen Anführer.

Mit wackeligen Beinen steige ich von Neylas Rücken und schicke einen Dank an die Götter. Einige Anfänger aus meiner Gruppe umringen mich und wollen wissen, wie es sich angefühlt hat, einen Feuersturm zu bezwingen.

»Wow, das war ziemlich krass, Newbie«, sagt Gavin und klopft mir auf die unverletzte Schulter.

Ich kann nicht leugnen, dass ich ein bisschen stolz auf mich bin.

Acht

Während der Ausbildung lernen die Drae mit Schwertern und mit Pfeil und Bogen auf dem Rücken eines Drachens zu kämpfen. Drae, die über besonderes Talent verfügen, spezialisieren sich auf eine Waffe und werden entsprechenden Positionen in einer Flugformation zugeordnet.

Durch Corentins Tätigkeit als Schwarmführer ist er oft zu sehr eingespannt, um mir bei Trainingseinheiten helfend zur Seite zu stehen. In den Theoriestunden lerne ich alles über die Drachen und ihre Art, sich mit der Natur zu verbinden, hinzukommen Unterrichtsstunden wie Sturmbeobachtung, Infiltration und Aufklärung.

Ich gehe um eine mächtige Säule herum und betrete die Halle, in der einige Sturmreiter ihre täglichen Kraft- und Geschicklichkeitsübungen absolvieren, wenn es das Wetter draußen auf dem Platz nicht zulässt. Etwa zwei Dutzend Drae befinden sich im Lehrtrakt und ich brauche einen Moment, um mich zu orientieren.

Meine Nackenhaare sträuben sich und ich blicke hoch

zur Empore. Mit zusammengekniffenen Augen beobachtet mich Zander. Die Ärmel seiner Uniform sind hochgerollt und um seinen Hals baumelt eine Kette aus funkelnden ovalen Diamanten, die die Aufmerksamkeit jeden Drachens auf sich ziehen würde. Er legt den Kopf schief und mustert mich aus seinen strahlenden Augen, sieht mich an, als ob er überlegen würde, was ich unter meiner Uniform verberge.

»Als Drae müsst ihr euch nicht nur auf dem Rücken eines Drachens halten können, ihr solltet euch auch verteidigen können«, erklärt Mareva den Anfängern, die sich um eine Matte versammelt haben. »Wir haben geschworen, die Drachen zu schützen – auch vor unseresgleichen.«

Sie spricht von den Drachentötern. Jenen Gruppen von Menschen, die Drachen zutiefst hassen und sie auslöschen wollen, weil sie glauben, sie seien für die Stürme verantwortlich.

»Das Kraft- und Geschicklichkeitstraining wird euch helfen, euren Körper zu kontrollieren und eure Muskeln aufbauen, die unerlässlich sind, um euch im Sattel zu halten«, fährt sie fort. »Heute will ich sehen, inwieweit ihr bereits kämpfen könnt. Falls ihr einmal allein in der Wildnis landen solltet, geht es um euer Überleben.« Mareva ordnet Anfänger einander zu, damit sie auf den Matten üben können. Sie trägt ein dunkelgrünes Kampfleder, das eng an ihren Kurven anliegt und verteilt am Körper über mehrere Laschen verfügt, in die man Messer einhaken kann.

»Lavea«, sagt sie und baut sich bedrohlich vor mir auf. »Du wirst heute im Ring gegen mich antreten.«

Ich reiße die Augen auf. »Was?«, stammele ich verunsichert. »Aber ich bin eine Anfängerin und …«

»Du fürchtest dich?«, fragt sie.

»Nein.« *Mist, warum ausgerechnet sie?* Mareva ist als Schwarmführerin besser ausgebildet als ich und könnte mich wahrscheinlich mit verbundenen Augen aufschlitzen. Sie hat mich eindeutig im Visier.

Obwohl ich weiß, dass sie mich nicht töten darf, bedeutet das nicht, dass sie mich nicht verletzen und vor aller Augen demütigen wird. Auch vor Lord Zanders, der uns von der Empore aus weiterhin im Blick behält.

Vor dem Kampf bandagiere ich meine Knöchel und Handgelenke. Mein Herz galoppiert los, als ich mich widerwillig auf der Matte positioniere und in Kampfstellung gehe.

»Schaut zu und lernt«, richtet Mareva das Wort an die anderen Kadetten. Ein spöttisches Lächeln umspielt ihre Lippen, als sie mich mit den Fingern zu sich winkt.

Ohne nachzudenken, greife ich nach dem Messer in dem Gurt um meine Hüfte und schleudere es auf sie. Mareva fängt es mit einer Hand geschickt auf und schnalzt mit der Zunge. »Dass du dich traust, ein Messer auf mich zu werfen, hätte ich nicht von dir erwartet.«

Trotzdem war ich viel zu langsam und der Wurf zu unpräzise.

Mareva schmeißt das Messer aus dem Ring und ich presche mit einer Schlagkombination vor, die ich bei den anderen Anfängern abgeschaut habe. Die Schwarmführerin weicht gekonnt aus. Dann versuche ich sie zu treten, doch sie greift nach meinem Bein. Kurz dreht sich der Raum und ich falle auf die Matte. Die Wucht des Aufpralls presst mir die Luft aus der Lunge. Mareva stürzt sich auf mich und bohrt ihr Knie in meine Rippen. Anschließend verdreht sie mir die Arme, woraufhin ein glühender Schmerz durch meine Glieder jagt und ich aufschreie.

»Gibst du auf?«, zischt sie.

Ich presse die Lippen aufeinander, versuche mich aus ihrem Griff zu befreien, aber scheitere kläglich.

»Gut«, sagt sie mit einem triumphierenden Lächeln und lässt mich los.

Mein Blick gleitet zur Empore und ich sehe, wie sich Zanders Mundwinkel hebt. Die goldenen Sprenkel in seinen Augen scheinen zu tanzen. War ja klar, dass ihn meine Niederlage amüsiert.

Nachdem die Übung vorbei ist, verlieren die anderen das Interesse und widmen sich ihrem eigenen Training. Ich rappele mich auf und unterdrücke den Schmerz an meinen Rippen. »Darf ich dich etwas fragen, Mareva?«

Mareva hebt nicht den Kopf, sondern konzentriert sich darauf, ihre Bandagen zu lösen. »Nur zu.«

»Können alle Anfänger mit ihren Drachen sprechen?« Mir geht nicht aus dem Kopf, dass ich manchmal die Stimmen der Drachen höre und sie auf meine Gedanken reagieren oder ich es mir zumindest einbilde.

Verwundert hebt sie die Augenbrauen, als hätte ich sie etwas vollkommen Abwegiges gefragt. »Wie meinst du das?«

»Na ja, ich höre manchmal, was sie denken.«

Sie stockt kurz. »Das ist unmöglich. Drachen verstehen zwar Kommandos, die wir ihnen beibringen, aber Drae kommunizieren nicht wirklich mit ihren Drachen.« Ihr Blick wandert an mir hinunter. »Geht es dir gut? War der letzte Schlag doch zu hart? Du solltest dich in der Krankenstation melden, wenn du Kopfschmerzen oder Sehschwierigkeiten hast.«

Will sie mich für verrückt erklären? Ist es etwa unnatürlich, die Stimmen der Drachen zu hören?

Ich will mich nicht noch weiter von ihr bloßstellen lassen und belasse es dabei. »Vielleicht«, brumme ich. »Das werde ich.«

Ich begleite eine Gruppe von Drae mit ihren Drachen in die Wildnis. Lord Zander führt die Truppe an – jedoch ohne einen Drachen an seiner Seite.

Die Erde ist staubig und trocken, hier und da wachsen Büsche und vereinzelt finden sich ein paar Flecken mit langem braunem Gras. Die zerklüfteten Felsen und Berge des Gebirges keilen mich ein.

Es ist seltsam, dass das Land so ruhig ist. Ich traue dieser Ruhe nicht. Seit Tagen ist kein Sturm mehr aufgezogen und trotzdem habe ich den Eindruck, dass ich verfolgt werde und jemand aus dem Dickicht auf mich lauert. Der Wind weht sachte durch die Baumkronen. Unsere Messgeräte zeigen keine Auffälligkeiten an, sodass wir sicher vor Stürmen sein dürften.

»Es ist außergewöhnlich ruhig«, flüstere ich.

»Bald bricht die Sturmstille an«, entgegnet der Lord. Aufmerksam studiert er meine Gesichtszüge und mit jedem Atemzug wird er ein wenig ernster. »Manchmal warten sie viele Jahre, bis sie ihre ganze zerstörerische Kraft entfalten«, sagt er und blickt zum Himmel. »Während die kleinen Windtosen sterben, wartet der wahre Sturm ab.«

»Du redest über die Stürme, als wären sie *lebendig.*«

»Das sind sie«, bestätigt Zander. »Sie sind gebündelte Energie. Magie. Es stimmt, dass die Menschen der Erde die Magie geraubt haben – und die Stürme zahlen es uns nun heim.«

»Sie wollen sich also rächen?«

»Ja, sie bevorzugen die schnelle süße Rache. Aber sie haben nicht mit uns gerechnet – mit den Drachenreitern. Ich habe lange für die Jagd gelebt, für die ungewissen Momente, wenn der Tod so nahekam, dass er fast unausweichlich scheint.«

Die männlichen Drachen geben gurrende Laute von sich, die auffallend tief und vibrierend klingen. Sie plustern sich auf wie Vögel und stupsen die weiblichen Drachen an. Einige weibliche Drachen hingegen antworten mit einem summenden Lied. Diese Art von spielerisch neckendem Verhalten habe ich bei den Drachen bisher kaum beobachtet.

»Lassen wir die Drachen die *Wilde Jagd* absolvieren«, kündigt Zander an und ich beobachte, wie einige Drachen die Flügel ausstrecken und in den Baumkronen verschwinden.

Eine Jagd, klasse! Nachdem ich mich im Ring komplett blamiert habe, kann ich hier draußen vielleicht meine Schnelligkeit unter Beweis stellen.

»Lord Zander, nehmt Ihr nicht an der Jagd teil?«, frage ich ihn herausfordernd. »Vielleicht wollt Ihr gegen mich antreten?«

Er hebt eine Augenbraue. »Du forderst mich zu einer Jagd heraus?«

»Ich bin schnell.«

Zander schnalzt mit der Zunge. »Ich hätte dich eingeholt, bevor du das Territorium verlassen hättest.«

Man sagt den Lords zwar nach auf einer Sturmjagd unfehlbar zu sein, aber die wenigsten wissen, dass es sie Energie kostet, die Magie zu kanalisieren. Angeblich verfügen die Drachen über die Fähigkeit, die Anfänge von sich zusammenbrauenden Stürme selbst bis ans Ende der Welt zu wittern, bevor sich ein Tornado, ein Eissturm oder eine Gewitterzelle entfalten kann. Aber das bedeutet nicht, dass die Drachen ebenso gut Beute jagen können wie Stürme. Die Drachenschwärme der Lords besitzen ausgeprägte Sinne und hervorragende Instinkte und eiskalte Intelligenz, doch ich gehöre nicht zu ihrer Standardbeute.

»Ihr seid zwar gute Sturmjäger, aber das muss nicht bedeuten, dass ihr anderen Drachen ebenso gut nachjagen könnt.« Es wäre riskant, den Lord herauszufordern, jedoch nicht unmöglich, ihm zu entwischen.

Er schnaubt. »Du vergisst, wer vor dir steht.«

»Wenn Ihr so überzeugt von Euren Fähigkeiten seid, könnt Ihr es euch ja leisten, mir einen Vorsprung zu gewähren.«

Zander beginnt bei meinen Worten zu lachen. Sein Lachen klingt warm und volltönig. Ihn scheint meine Herausforderung tatsächlich zu amüsieren.

Mir läuft ein Schauer über den Rücken.

Obwohl er die meiste Zeit selbstbewusst und beherrscht agiert, schimmert nun die Wildheit seiner Natur durch. In seinen Augen brennt die Jagdlust. »Leider habe ich als Lord gerade Wichtigeres zu tun, als einer Frau über den Himmel nachzujagen. Allerdings bin ich geneigt, deine Herausforderung ein anderes Mal anzunehmen.« Zander entfernt sich von mir und lässt mich mit seiner harschen Zurückweisung dastehen wie die dämliche Anfängerin, die ich bin.

»Du willst ihn jagen?«, fragt Mareva kichernd.

Warum lacht sie?

Ich zucke mit den Schultern. »Ich will mich beweisen.«

»Dann hast du leider noch nicht begriffen, was wir unter der *Wilden Jagd* verstehen.«

Ich runzele die Stirn und verschränke die Arme vor der Brust. Warum zum Teufel lachen die beiden Reiterinnen an ihrer Seite ebenfalls über mich? »Klär mich auf!«

»Die *Wilde Jagd* ist unter anderem ein Paarungsritual für Drachen. Sagen wir so, auch ihre Reiter hat die Jagd schon füreinander entflammt.« Mareva zwinkert.

Moment mal ... Ich reiße die Augen auf und spüre, wie mir Hitze in die Wangen steigt. Bedeutet das, ich habe soeben angedeutet, dass ich mich mit dem Lord paaren will?

»Oh nein«, murmele ich und will am liebsten im Boden versinken.

»Oh doch.« Kiana schmunzelt. »Mach dir nichts draus. Der Lord hat deinen Flirt eindeutig erwidert, auch wenn er sich nicht auf die Jagd eingelassen hat.«

»Hoffentlich vergisst er, was ich gesagt habe.«

Kiana verzieht zweifelnd das Gesicht. »Der Lord vergisst *niemals* etwas. Am besten gehst du ihm während der nächsten Tage, an denen die Wilde Jagd stattfindet, aus dem Weg.«

»Das werde ich.« Aber so was von!

Neun

Verdammt, ich komme zu spät zum Unterricht. Nicht zu irgendeinem Unterricht, sondern zu meiner Flugstunde auf Neyla. Eines ist gewiss: Mareva wird mir den Kopf abreißen, wenn ich zu spät am Flugplatz auftauche!

Hastig springe ich bei Tagesanbruch aus dem Bett und ziehe mich in Rekordzeit an. Mein Schlafrhythmus ist noch immer an die späten Arbeitszeiten in der Bar angepasst, sodass ich nachts kaum ein Auge zu tun kann und morgens schwer aus dem Bett komme. Mir bleibt keine Zeit, um mir das Haar ordentlich zu flechten, also binde ich es zu einem lockeren Zopf zusammen und laufe los.

Die Gänge des Schlosses sind wie leer gefegt, da die meisten Reiter sich bereits auf dem Platz versammelt haben oder hoch oben in den Lüften schweben. Ich stürme die breite Wendeltreppe nach unten und rutsche fast auf der letzten Stufe aus. Erst als ich die Tür, die nach draußen führt, erreicht habe, verlangsame ich das Tempo und versuche zu Atem zu kommen.

Ich bin ganz schön aus der Puste, als ich den Reiterkreis erreiche und stelle mich mit gesenktem Kopf und brennenden Wangen in die hinterste Reihe. Selbstverständlich handele ich mir von Mareva einen finsteren Blick ein. Ihr entgeht einfach nichts.

»Neyla?«, rufe ich, während die anderen Reiter auf ihre Drachen aufsteigen. »Neyla, wo steckst du?«

Dieser verfluchte Drache …

Ich blicke mich um und nehme ein Fernglas zur Hand, um den Himmel nach einem rot geschuppten Drachen auszukundschaften. Fehlanzeige!

Mit zwei Fingern stoße ich einen spitzen Pfiff aus – keine Ahnung, wie die anderen Reiter ihre Drachen zu sich rufen und warum diese pünktlich erscheinen und meiner nicht. Es kommt keine Reaktion. Neyla ist wie vom Erdboden verschluckt.

Zwei, drei andere Reiter lachen laut. »Ganz offensichtlich will dein Drache nicht von dir geritten werden«, höhnt einer von ihnen. »Hast du ihn schon vergrault?«

»Ich kann nachvollziehen, dass sie lieber das Weite sucht«, kommentiert Raven, mustert mich abfällig von oben bis unten und dreht mir dann den Rücken zu. »Kommt Leute, unsere Drachen warten schon auf uns.«

Wo zum Teufel steckt sie nur? Ist es Absicht von ihr, mich vor den anderen zu blamieren?

Seufzend lasse ich mich ins weiche Gras sinken und starre in den Himmel.

Der restliche Tag zieht sich quälend lange hin. Anstatt auf einem Drachen zu fliegen, trainiere ich und laufe mehrere Runden um den Platz herum. Anschließend vergrabe ich die Nase in einem Buch über Drachenkunde und studiere ihre speziellen Verhaltensweisen.

Am nächsten Morgen begebe ich mich wieder als erstes auf den Flugplatz. Neyla erscheint wieder nicht zur Flugstunde. Auch nach mehrmaligem Rufen und Pfeifen taucht sie nicht auf. Am dritten Tag ist es dasselbe. Keine Spur eines roten Drachens.

Macht sie das aus Trotz, weil sie mich nicht als ihre Reiterin akzeptiert oder ... könnte ihr etwas zugestoßen sein?

Meine Muskeln brennen mittlerweile vom Trainingslauf extrem stark, sodass ich die freie Zeit nicht mit körperlichem Training überbrücken kann. Corentin habe ich seit drei Tagen nicht mehr gesehen, weil er als Schwarmführer andere Aufgaben zu erledigen hat.

Als der letzte Reiter der Anfängergruppe den Boden auf einem Drachen verlassen hat, wende ich mich an Mareva. »Neyla ist weg. Sie weigert sich, mit mir zu fliegen. Kann ich nicht auf einem anderen Drachen reiten?«

Sie kneift die Augen zu Schlitzen zusammen. »Nein«, lautet Marevas strenge Antwort.

»Aber ich kann nichts dafür, dass-«

»Neyla wurde dir zugeteilt. Es liegt an dir, sie zu zähmen und eine Beziehung zu ihr aufzubauen.«

Eine *Beziehung*? Wie soll ich das anstellen, wenn sie nicht einmal den Anstand hat, zu den Übungsstunden zu erscheinen? Ein hysterisches Lachen kriecht meine Kehle hinauf und ich trotte weiter. Eine ganze Staffel von höherrangigen Reitern läuft an mir vorbei, als ich an Marevas Seite eine Steinrampe hinauflaufe. Ich halte still, um einen Zusammenstoß zu vermeiden, wage nicht zu atmen, während sie an mir vorbeirennen.

»Wenn du schon nur rumstehst, dann sei wenigstens nicht im Weg«, brummt Mareva.

Tolle Hilfe!

Die Tage vergehen und Neyla taucht nicht auf. Weder Mareva noch die anderen Reiter helfen mir bei der Suche oder geben mir einen Hinweis, wo ich Neyla finden kann. Ich versuche, die Zeit anderweitig sinnvoll zu nutzen und laufe regelmäßig mehrere Runden um den Flugplatz, um meine Kondition zu verbessern – für den Fall, dass ich mal vor einem Drachen oder einem Sturm davonlaufen muss.

Ohne mich eines Blickes zu würdigen, geht eine Gruppe von Drae-Anfängern im Innenhof an mir vorbei. Als ich aufschaue, sehe ich, dass Lord Zander direkt auf mich zukommt. Seine Miene ist unlesbar. Er ist keine vier Meter von mir entfernt. Kurz stottert mein Herz, dann pocht es, doch ich zwinge mich, mich nicht von ihm abzuwenden.

Seine Augen funkeln dunkel, als er vor mir zum Stehen kommt. »Kadettin Lavea. Mareva hat mich über deine Fortschritte in Kenntnis gesetzt«, deutet er an, »und diese sind absolut unterirdisch.«

»Ich kann nichts dafür, wenn der rote Drache sich weigert-«

»Und ich kann nichts dafür, wenn du das Auswahlverfahren nicht überstehst und in der Drachenarena sterben wirst, weil dein Drache nicht an deiner Seite kämpft«, unterbricht er mich. Mit jedem Wort kommt er näher, bis unsere Gesichter so nah sind, dass ich seinen warmen Atem auf meiner Wange spüren kann.

Ich schlucke. *Wie ich diesen arroganten Lord hasse …*

Die angespannte Stille, die darauf folgt, sorgt dafür, dass mir das Herz in die Kniekehlen sackt. Dem Lord ist egal, ob ich überlebe oder nicht. Vielleicht wäre mein Tod sogar die härtere Strafe für meinen Bruder. Unschlüssig verharre ich auf der Stelle und versuche dem Drang zu widerstehen, einfach zu flüchten. Mein verletzter Stolz kann seine Worte nicht einfach so stehen lassen. Außerdem geht es hier um Ezra …

»Was würde ein Drae tun, wenn sein Drache verschwindet und er nichts von einem wissen will?«

Zanders Lippen kräuseln sich. »Triff aktiv eine Entscheidung und warte nicht darauf, dass die Antworten von selbst zu dir kommen.«

Dann dreht er mir den Rücken zu und entfernt sich von mir. Ein Zeichen, dass unser Gespräch beendet ist.

Keine Ahnung, wie das möglich ist, aber ich will dem Lord gleichzeitig eine Ohrfeige verpassen und ihn küssen.

Leise vor mich hin fluchend verlasse ich Drae Castle und überbrücke die Landebahn mit großen Schritten in Richtung des Drachenfelsen, auf dem sich die meisten Drachen niedergelassen haben. Zander hat mich zwar gewarnt, ihr Territorium ohne Erlaubnis zu betreten, weil sich auf dem steilen Gipfel die Brutstätte der Drachen befindet, aber mir bleibt nichts anderes übrig, als meinen widerspenstigen Drachen zu suchen, wenn er nicht von selbst auftauchen will.

Die Felswand ist so steil, dass es für mich ein Kraftakt ist, mich hinaufzuhangeln. Schweiß klebt mir auf der Stirn und meine Muskeln in Armen und Beinen brennen. Kein Wunder, dass die Drachen diesen Felsen als Zuhause gewählt haben. Ohne Flügel ist es verdammt schwer, ihn zu erklimmen.

Als ich endlich auf dem ersten Plateau ankomme, will ich mich am liebsten auf den Boden legen, alle viere von mir strecken und ein Nickerchen einlegen. Allerdings bin ich umgeben von mindestens sechs schuppigen Monstern, für die ich eine willkommene Mahlzeit darstellen würde.

Unbemerkt versuche ich zwischen den schlafenden Drachen, die in der Sonne faulenzen, hindurch zu kommen. Schnell husche ich von Stein zu Stein, um mich dahinter zu verstecken – falls ein Drache auf die Idee kommen sollte, mich abzufackeln.

Zwischen den hellgrün-, dunkelgrün- bis braunschuppigen Drachen suche ich nach einem leuchtenden Orange. Ab und zu begegne ich blauen Wasserdrachen, die sich auf den Felsen niedergelassen haben, um ihr Schuppenkleid zu trocknen. Sie beäugen mich neugierig, greifen mich jedoch nicht an. Ein paar Meter entfernt von der Gruppe entdecke ich schließlich den gesuchten Feuerdrachen. Hier treibt sie sich also herum und faulenzt den lieben langen Tag, anstatt mit mir zu trainieren.

Neyla neigt den Kopf entsetzlich tief in meine Richtung, als sie mich bemerkt. Ich beobachte, wie sie ihre Zunge rollt und in ihrer Kehle Flammen hinaufpeitschen.

Oh Mist!

Ich erschaudere und mein Herz pumpt heftig, als sie mich ins Visier nimmt. Unter Umständen könnte das nicht gut enden. *Denk nach, Lavea …* Ich hebe die Hände, um der Drachendame zu signalisieren, dass ich keine feindlichen Absichten hege und hoffe, dass sich ihr Gemüt beruhigt.

»Du hast heute aber schlechte Laune.«

»*Verfluchtes rothaariges Mädchen*«, zischt sie. »*Abschaum ... Drachentöterin.*«

Moment mal, ich kann auch ihre Stimme hören? Mir bleibt keine Zeit, um mir Gedanken darüber zu machen, denn sie holt tief Luft und ihre Brust dehnt sich aus. Sie sammelt ihr verdammtes Feuer.

»Ernsthaft?«, erwidere ich und stemme die Hände in die Hüfte. »So denkst du über mich? Es mag sein, dass ich euch Drachen nicht anhimmele wie es andere Reiter tun, aber ich habe keinem von euch je eine Schuppe gekrümmt.«

Der Ausdruck in ihren Augen wird minimal sanfter. Sie stockt kurz, blinzelt verwundert und schluckt ihr Feuer offensichtlich hinunter. »*Du hast hier nichts zu suchen. Verschwinde, bevor ich dich zu Asche verbrenne.*«

»Bitte, ich brauche deine Hilfe.« Wenn sie mich nicht akzeptiert, kann ich keine Drae werden – außer ich finde einen anderen Drachen, der sich an mich binden will –, und somit kann ich die Schuld meines Bruders nicht begleichen.

Sie gurrt, als würde sie mein Flehen amüsieren. »*Es war töricht von dir den Felsen hinaufzuklettern und noch törichter von mir Hilfe zu erwarten.*«

»Vielleicht mag ich töricht handeln, aber ich kämpfe für das, was mir wichtig ist. Ich bin eben nicht wie die anderen Anwärterinnen«, gebe ich zurück.

Kurz hält sie inne und scheint über meine Worte nachzudenken.

Ich luge an ihrer massigen Gestalt vorbei, weil sich hinter ihr etwas in einem Höhleneingang bewegt. Hinter Neyla befindet sich ein Nest, das aus Ästen, Steinen, getrocknetem Gras und Federn besteht. Bewacht sie etwa ein Junges?

»*Wage es nicht!*«, faucht sie.

»Ich will weder dir noch deinem Ungeborenem etwas antun.«

»*Dein Bruder hat mir meinen Gefährten genommen. Er hat ihn kaltblütig ermordet und damit gegen die oberste Regel der Sturmreiter verstoßen. Wie sollte ich dir vertrauen? Du bist von seinem Blut.*«

Bevor ich etwas erwidern kann, stößt Neyla einen Schmerzensschrei aus und ein Pfeil zischt knapp an mir vorbei. Ein weiterer Pfeil prellt an ihrem Schuppenpanzer ab und sie wirbelt herum.

Drei Männer, die unauffällig gekleidet sind und eindeutig nicht zu den Drae gehören, tauchen aus den Schatten auf und stehen direkt an Neylas Nest. Sie haben es auf ihr Ei abgesehen. Ein einziges rot glänzendes Ei liegt in dem Nest.

Neyla reißt ihr Maul auf und entblößt die spitzen Zähne, die wie die Zacken einer Krone aufgereiht sind. Feuer lodert entlang ihrer Zunge und es dauert weitere fünf Sekunden, bis eine grausig heiße Flamme aus ihrem Rachen schießt und einen Dieb verschlingt. Alles, was von ihm übrig bleibt, ist ein Häufchen Asche, der vom Wind verweht wird.

Die Hitze streift mein Gesicht, sodass ich erstarre und den Blick nach vorne richte. Ich presse die Zähne zusammen, um einen panischen Schrei zu unterdrücken, weil die Erinnerung an die Schmerzen der Verbrennung plötzlich in meine Gedanken zurückkehrt. Zwei weitere Hitzestöße, einer zu meiner Rechten und einer zu meiner Linken, streifen mich. Jeder Muskel meines Körpers spannt sich an, in der Erwartung eingeäschert zu werden, doch ich weiß, dass sie nicht mit Absicht auf mich zielen würde, aber wenn der Wind dreht, könnten die Flammen mich erwischen.

Mein Zopf wirbelt nach hinten und ich presse meine Arme an meinen Oberkörper. Dort, wo der Typ stand, breitet sich ein dunkler Fleck aus.

Während der zweite mit Pfeilen auf Neyla schießt und sie ablenkt, schnappt sich der dritte Dieb das rote Ei und rennt los. Er taucht in einem Felsspalt ab, der zu schmal für Neyla ist. Wild kratzt sie an den Steinen und versucht ihre Klauen in den Spalt zu schieben.

Neylas Jaulen klingt herzzerreißend. Sie ist außer sich, feuert blind Feuerbälle ab, sodass ich hinter einer Steinwand Schutz suchen muss.

»Neyla! Hör auf!«, brülle ich. »Ich helfe dir, dein Ei wiederzubekommen. Ich verspreche es dir.«

Zu meiner Überraschung rückt sie von dem Felsspalt ab, sodass ich mich hindurchzwängen kann, um die Verfolgung aufzunehmen. Meine Muskeln brennen, während ich die steile Klippe erklimme, und mein Puls scheint einen neuen Rekord aufstellen zu wollen.

In einer Sackgasse stelle ich den Dieb. »Leg das Ei zurück!«, verlange ich. Ein paar Sekunden lang regt sich keiner von uns.

»Ich weiß, wer du bist und ich will dir nicht wehtun. Wir stehen auf derselben Seite«, keucht er. Kennt er etwa meinen Bruder? Hatte Ezra Kontakt zu einer Gruppe von Drachentötern und Dieben? »Doch wenn du dich mir in den Weg stellst, bleibt mir keine andere Wahl. Ich bin stärker als du, Schätzchen. Wie wäre es, wenn-« Bevor er den Satz beenden kann, zerreißt das Kreischen von Drachen die Stille und er dreht den Kopf zur Seite.

»Fahr zur Hölle!« Ich nutze diesen winzigen Moment der Unaufmerksamkeit und ziele direkt auf seine Schläfe. Überrascht reißt er die Augen auf und gerät ins Straucheln, jedoch ist mein Schlag nicht kräftig genug, um ihn k. o. zu hauen. Er kommt ins Straucheln, und ich entreiße ihm das Drachenei. Rasch ziehe ich die Jacke aus und wickele es schützend darin ein. Fest umklammere ich das Ei und blicke mich rasch um, um einen Weg hinaus aus der Felsschlucht zu finden, ohne klettern zu müssen.

Unbeeindruckt kommt der Dieb auf mich zu. Vorsichtig lege ich das Ei ab und positioniere mich davor.

»Ich sag dir, wie es läuft«, brummt er. »Entweder gibst du mir das Ei freiwillig oder ich muss zu anderen Mitteln greifen.«

Lieber sterbe ich, als mit einem Drachentöter zu verhandeln. Ich presche vor, hole aus und ziele auf seinen Magen. Diesmal ist er schneller und blockt meinen Schlag ab. Der Kerl drückt meinen Arm runter und greift nach meinem Handgelenk, doch ich entwinde es ihm, bevor er es mir gewaltsam verdrehen kann. Im nächsten Moment ziele ich auf sein Gesicht und er lässt mich fluchend los, stolpert zurück und reibt sich das Kinn.

Ich nutze die Chance, hole Schwung und ramme ihm mein Knie in seine Magengrube. Er stöhnt und flucht lauthals.

Aus dem Nichts trifft mich sein nächster Schlag in den Bauch. Sein Fuß hakt sich unter meinen und zieht mir die Beine so schnell weg, dass ich den Boden schon auf mich zukommen sehe. Ich pralle auf den harten Stein, bin kurz benommen, dann drückt er seinen Arm gegen meine Kehle. Eine kleine Bewegung und es ist vorbei.

Ich sammele all meine Kräfte und versuche, den Kerl von mir runterzuwerfen. Fieberhaft überlege ich, wie ich mich befreien kann. Neylas verzweifelte Schreie treiben mich an. Sie ist zu riesig, um sich zwischen die Felsen zu zwängen. Zwar könnte sie Feuer spucken, aber dann würde sie riskieren, uns beide zu verbrennen und zu meiner Überraschung hält sie sich damit zurück.

Ich höre auf mich zu wehren und blicke dem Drachentöter fest in die Augen. Sein Blick ruht auf mir, und der Druck seiner Finger lässt nach. »Hast du nun endlich kapiert, dass wir es sind, die die Welt von den Monstern befreien?«, knurrt er.

Seine Worte machen mich innerlich rasend. Es gab eine Zeit, in der ich ihm zugestimmt hätte, in der ich mich den Drachentötern vielleicht sogar angeschlossen hätte, weil ein Drache mein Leben zerstört und mir alles genommen hat, was mir lieb ist. Aber wir sind auch auf die Magie der Drachen angewiesen, damit unsere Welt nicht komplett von den Stürmen zerstört wird. »Es tut mir leid, aber ich bin nicht wie mein Bruder ... Es muss eine andere Lösung geben, als unschuldige ungeborene Wesen zu töten.« Tränen brennen mir in den Augen, aber ich bin nicht bereit aufzugeben.

Ein Kribbeln durchfährt meinen Körper, und ich schnappe nach Luft, weil er seinen Arm fest gegen meine Kehle presst. Ich versuche ihn von mir zu nehmen und kralle meine Finger in seinen Unterarm. Plötzlich glühen meine Fingerkuppen und es sieht aus, als würden sich meine Nägel verformen und wachsen. Der Kerl brüllt, als sich meine Fingernägel in seinen Arm bohren und den Stoff aufreißen. Meine Sinne müssen mir einen Streich spielen.

Eine unbekannte Energie dringt in mich ein und ich fühle mich wie ein Blatt im Wind, das von einem kräftigen Strom erfasst wird. Ich fühle mich stärker. Irgendwie anders ...

Das Gefühl hält nur wenige Sekunden an, aber reicht aus, um mich von ihm loszureißen. Meine Handflächen kribbeln seltsam.

»Was hast du mit mir gemacht?«, brüllt er.

Mein Blick fällt auf seinen löchrigen Ärmel. Der Stoff hat sich in sein Fleisch gebrannt und ein beißender Geruch steigt mir in die Nase.

»Du bist eine von ihnen. Das wirst du büßen. Meinetwegen kannst du mit den Drachen sterben«, zischt er.

Mir ist egal, warum der Typ mich töten will. Entweder bin ich stark genug und überlebe diesen Kampf oder ... nein, es gibt kein oder. Fieberhaft versuche ich, mich an Marevas Lektionen vom Training zu erinnern. Ich darf ihm keinen Angriffsmoment lassen. Er mag fast dreißig Zentimeter größer sein als ich, aber ich bin flinker. Ich muss meine Geschwindigkeit zu meinem Vorteil einsetzen.

Ohne zu zögern, renne ich auf ihn zu und er schwingt seine Arme nach meinem Kopf, doch ich lasse mich rasch auf die Knie fallen, bevor er einen Treffer landen kann. Den furchtbaren Schmerz, der in meinen Kniescheiben aufflammt, versuche ich zu ignorieren. Den Schwung nutze ich stattdessen aus und füge ihm eine Schnittwunde am Oberschenkel mit einem spitzen Stein, den ich vom Boden gefischt habe, zu.

Ich rappele mich wieder auf, während er brüllt und

fällt. Er bekommt mein Haar zu fassen und umfasst mit der anderen meinen Hals.

»Stirb, Drachenmädchen!« Er kocht förmlich vor Wut und ich bekomme keine Luft, weil sein Griff mir die Luftröhre zuschnürt.

Er packt meinen Kopf, während ich strampele und schlägt ihn auf den Steinboden.

Glühend heiß und scharf brennt der Schmerz einen Herzschlag lang. Mein Sichtfeld verschwimmt und es klingelt in meinen Ohren. Ich schlage nach seinem Arm, aber erwische ihn nicht.

Wenn ich nicht freikomme, bin ich so was von tot. Angst flutet meinen Kopf und ich höre das Brüllen von Neyla.

»Lavea!«, schreit Zander meinen Namen.

Zander. Ich war noch nie so froh, seine Stimme zu hören.

Der Drachenlord greift sich den Dieb und stößt ohne Erbarmen einen Dolch in seinen Rücken. Der Kerl keucht auf und lässt von mir ab. Sein Blick wird glasig und Blut quillt aus seinem Mundwinkel hervor. Zander packt ihn am Nacken, hebt den Kerl hoch, als wäre er so leicht wie eine Feder, und ein ekliges Knacken ertönt.

Voller Entsetzen erstarre ich, sehe, wie Zander den Leichnam des Drachentöters zu Boden fallen lässt. Mit einem dumpfen Schlag trifft er auf, sein Kopf unnatürlich verrenkt.

Er ist tot.

»Bist du in Ordnung?« Zanders Stimme bebt, als er sich neben mich hockt.

Ich rolle mich auf Hände und Knien und verdränge die Übelkeit. Keuchend hole ich Luft, nehme weiter Atemzug um Atemzug. Kostbare Luft erfüllt meine

Brust und ich atme vorbei an dem Feuer in meiner Kehle ein.

Nein, es ist gar nichts in Ordnung. Gerade haben ein Drache und ein Drachentöter versucht mich umzubringen – und ich habe erfahren, was mein Bruder getan hat.

»Herrgott, Lavea. Ich habe nicht gemeint, dass du den verdammten Felsen hochklettern und dich in Gefahr begeben sollst, sondern dass du das Vertrauen deines Drachens gewinnen musst.«

Übelkeit überkommt mich in Wellen, wenn ich daran denke, welch kurzen Prozess Lord Zander mit dem Kerl gemacht hat – und als ich auf meine Hände blicke, frage ich mich, was *ich* mit ihm gemacht habe.

»Sag etwas, Lavea«, fleht er. »Nicke wenigstens, damit ich weiß, dass du keine schwere Kopfverletzung davongetragen hast.«

»Verflucht noch mal nein, gar nichts ist in Ordnung«, fahre ich ihn an.

Zehn

Zanders Augenpaar richtet sich auf mich. Er reicht mir die Hand, aber ich schlage sie aus und stemme mich aus eigener Kraft auf. Mir ist schwindelig, aber ich ringe den Schwindel nieder. »Neyla hat mir verraten, dass mein Bruder ihren Gefährten getötet hat.« Ich spanne mich an. »Warum hast du mir nicht die Wahrheit gesagt?«

»Ich habe dir Antworten versprochen, also sollst du sie bekommen. Aber sie werden dir nicht gefallen.«

»Das habe ich auch nicht erwartet.«

»Ich habe nicht daran geglaubt, dass du als Drac bestehen könntest. Ehrlicherweise muss ich sogar zugeben, dass ich hoffte, Neyla würde kurzen Prozess mit dir machen und dann wäre die Sache erledigt. Das ist einer der vielen Gründe, warum ich es dir nicht erzählt habe.«

Wow, das war wirklich ehrlich.

Er atmet langsam aus. »Ich habe den schwelenden Hass in deinen Augen gesehen, den du für die Drachen empfindest, und glaubte, dich als Reiterin auszubilden wäre eine gerechte Strafe. Ich dachte, du wärst wie dein Bruder. Aber ich habe mich in dir getäuscht.«

Meine Lippen öffnen sich und mein Herz verrutscht mir in der Brust. »Was die Drachen angeht ... Ich habe mich selbst überrascht.« Ich trete näher an ihn heran. »Ich habe mich bewiesen, ich habe die Wahrheit über meinen Bruder verdient. Die ganze Wahrheit.«

Zander zögert seine Antwort hinaus. »Ich will dich nicht anlügen – du bist einen bindenden Pakt eingegangen. Du kannst die Ausbildung nicht abbrechen. Du wirst die Prüfung zur Drae ablegen. So verlangen es die Regeln – ganz egal, wie schwer es ist und was es dich kostet.«

Die Regeln? Will er mich verarschen?

Mein ganzer Körper zittert vor Wut. »Was genau ist zwischen meinem Bruder und den Drachen vorgefallen? Du weißt doch mehr darüber, als du mir sagst.«

Er schüttelt den Kopf und in seinen Augen sehe ich tiefste Qualen. Mein Herz zieht sich bei seinem Blick zusammen. »Dein Bruder hat einen von *uns* getötet, einen Drachen. Und zwar vorsätzlich.«

Warum betont er dieses Wort?

»Und laut des Drae-Gesetzes erwartet ihn als Strafe«, Zanders Blick wird eiskalt, »Tod durch Drachenfeuer.«

Erschrocken weiche ich zurück. Ezra ist wegen seines Vergehens dem Tode geweiht?

Zanders Miene bleibt ungerührt. »Unter den Drachen und Menschen gelten nur wenige Gesetze, und das ist eines davon. Indem ich dir erlaubt habe, seine Schuld zu begleichen, habe ich ihren Zorn auf mich genommen. Vor allem Neylas Zorn. Aber wie es aussieht, hast du in ihren Augen Ezras Schuld beglichen, indem du ihr Junges gerettet hast.«

Ich schnaube, vollkommen sprachlos. In der Hoffnung, dass der zerreißende Schmerz in mir ausbrennt, lasse ich den Zorn in mir hochkochen. Verdammt noch mal, vielleicht hat irgendein Drache Ezra bereits getötet, vielleicht werde ich ihn nie wieder sehen und all meine Bemühungen sind umsonst, vielleicht lügt Zander mich ihn betreffend an. »Wo ist mein Bruder? Lüg mich nicht an! Ist er auf Drae Castle? In einem Folterkeller …«

»Nein, ich schwöre dir, ich weiß nicht, wo dein Bruder steckt. Nach seiner Schandtat hat er die Flucht ergriffen wie ein Feigling.« Er beugt sich vor, sein Blick wird scharf. »Er kannte die Regeln. Als Lord habe ich ihm Zutritt zur Insel gewährt, Geschäfte mit ihm gemacht und glaube mir, Lavea, ich schäme mich zutiefst, dass er durch mein Zutun einen Drachen töten konnte. Ich habe ihn falsch eingeschätzt, auch wenn ich ahnte, dass er einen Groll gegen Drachen hegt.«

»Mein Bruder ist nicht durch und durch schlecht«, verteidige ich ihn. »Er hatte sicherlich seine Gründe.«

Er fährt sich mit der Hand durchs Haar und seufzt. »Ich weiß, dass du das glauben willst, weil du ihn … liebst. Und ich respektiere und achte deine Entscheidung, dich für ihn zu opfern.«

»Wenn ich die Prüfung bestehe und ihn finde, wirst du ihn dann verschonen?«

»Ich halte meine Versprechen. Aber ich kann nur für mich sprechen, nicht für alle anderen Drachen, die nach Rache sinnen.«

»Das ist nicht, was du versprochen hast.« Ich kann mich gerade noch beherrschen, ihn nicht zu packen und durchzuschütteln. Dieser verfluchte Lord!

Zander will einen Schritt auf mich zumachen, aber ich

hebe das Kinn, fordere ihn heraus. Klug, wie er ist, bleibt er stehen. »Ich kann dir verzeihen, dass du mich den Drachen zum Fraß vorwerfen wolltest, weil du mich nicht kanntest, weil du Vorurteile gegen mich hattest, genauso wie ich gegen die Drachen.«

Überraschung flammt in seinen Augen auf.

»Gib mir wenigstens die Chance, Ezra vor dem Urteil der Drachen zu verteidigen, wenn ich ihn gefunden habe«, bitte ich ihn.

»Sonst was?«

»Sonst wird diese Insel einen Lord weniger haben.«

Meine drohenden Worte müssen so erbärmlich auf ihn wirken, dass er es wagt, den Mundwinkel zu einem Grinsen zu heben. »Viel Glück dabei!«

»*Wo ist mein Ei?*«, höre ich Neylas herzzerreißende Stimme in meinen Gedanken.

Suchend blicke ich mich um und finde das glänzende Ei zwischen schwarzem Gestein. Ich eile darauf zu. Ist es unversehrt? *Oh Götter, lass es heil sein!*

Ich begutachte das Drachenei, nehme es in beide Hände und drehe es vorsichtig. Kein Riss. Erleichtert atme ich aus.

Das Drachenei in meinen Händen wiegt mindestens fünf Kilo. Ein leichtes Pulsieren geht von seiner harten Schale aus, die im Sonnenlicht wie Kristall funkelt. Schon ein winziges Stück Dracheneischale soll kostbarer als ein halbes Dutzend Diamanten sein, da sie heilende Kräfte besitzen soll. Kein Wunder, dass Nesträuber versuchen die Eier zu stellen, um die Schale zu verkaufen und die Drachenbabys zu töten.

»*Das Ei ist in Ordnung. Ich habe es*«, schicke ich durch unsere gedankliche Verbindung.

»Danke, Flammenmädchen. Ich komme zu dir, sobald ich kann«, antwortet Neyla. *»Mein Flügel ist leicht verletzt.«*

»Es war mutig von dir, dich dem Drachentöter allein zu stellen«, sagt Zander, schiebt die Hände in die Hosentaschen und lehnt sich locker gegen eine Gesteinswand. »Und dumm.«

Ich funkele den Lord an. Er besitzt die Frechheit, mir Vorwürfe zu machen, nachdem ich mein Leben fast für einen Drachen geopfert hätte? »Die Hauptsache ist, dass das Drachenjunge leben wird, oder?«

Er nickt. »Richtig.«

»Gut, ich verspreche auch, dass es mein letzter Ausflug auf den Drachenfelsen war.« Entweder warte ich auf Neyla oder bringe das Ei zurück in ihr Nest und dann werde ich den Drachenfelsen irgendwie wieder hinunterklettern, obwohl meine Arme vor Erschöpfung zittern und mein Kopf höllisch pocht.

Tock. Tock. Tock.

Ein leises Klopfen unterbricht unsere Diskussion. Was ist das für ein Geräusch?

Zanders Blick schnellt zu dem Ei in meinen Händen. »Du hast den Schlüpfprozess aktiviert.«

Mir fällt alles aus dem Gesicht. »Ich habe was?«

»Das Drachenbaby wird schlüpfen«, verkündet er, als wäre es das Normalste der Welt. »Üblicherweise tun dies Schlüpflinge nur in der Obhut ihrer Mutter. Sie nehmen durch die Schale die Wärme ihrer Eltern wahr und reagieren auf ihr Feuer. Vielleicht hat der Schlüpfling Gefahr gewittert und deswegen entschieden, früher zu schlüpfen«, mutmaßt Zander.

Meine Augen werden groß und mein Herz hämmert in

meiner Brust. Panisch will ich das Ei zurück auf den Boden legen, aber Zander berührt meine Schulter. »Behalte es nah an deinem Körper. Es nimmt deinen Herzschlag wahr und die Wärme. Das beruhigt ihn und gibt ihm Kraft. Neyla wird nicht rechtzeitig hier sein, um dem Kleinen auf die Welt zu helfen.«

Woher weiß er so viel über das Schlüpfen von Drachen, wenn die Drachen normalerweise ihre Nester vor Fremden verteidigen? »Warst du schon öfter bei Drachengeburten dabei?«

Zander hebt eine Augenbraue und sieht mich an, als hätte ich eine dämliche Frage gestellt. Mit Sicherheit haben die Lords Privilegien inne, die gewöhnlichen Drachenreitern nicht gewährt werden.

Ich drücke das Ei enger an meine Brust und lasse mich im Schneidersitz nieder. Hoffentlich wird Neyla mich dafür, dass ich beim Schlüpfen ihres Jungen helfe, nicht rösten.

»Was passiert jetzt?«, will ich wissen.

Der Ausdruck in seinen Augen ist alles andere als Ablehnung. »Du wirst bei ihm bleiben, bis er auf der Welt ist, weil seine Mutter nicht hier sein kann. Drachen sind sehr soziale Wesen. Sie besitzen tiefe Verbindungen zueinander, die wir Menschen oft nicht begreifen können.«

Die Schale des Eis fühlt sich warm an, beginnt zu glühen und feine Risse ziehen sich vom oberen Teil nach unten. Es knirscht, und ein leises Grummeln ist aus dem Inneren zu hören. Der Drache bewegt sich in dem Ei hin und her, verlagert sein Gewicht, sodass ich mehr Kraft aufwenden muss, um das Ei zu halten. Dann hält der Schlüpfling inne, als müsse er zu Atem kommen. Die Schale will einfach nicht aufbrechen.

Er braucht ein wenig Unterstützung. Ich strecke die Hand aus, weil ich ein Stück der Schale entfernen will.

Blitzschnell umfasst Zander mein Handgelenk. »Nicht«, brummt er. »Der Schlüpfling muss es aus eigener Kraft schaffen. Das ist seine erste Aufgabe, um in dieser Welt zu bestehen.«

»Du klingst ziemlich zuversichtlich.« Und wenn er es nicht schafft? Wird er dann in dem Ei verenden?

»Wenn er einmal ein großer Sturmbezwinger werden will, braucht er Selbstvertrauen. Er muss an seine Fähigkeiten und seine Stärke glauben. Angst hemmt uns, lähmt Mensch und Drachen gleichermaßen. Es braucht Mut, um ins Auge des Sturms zu fliegen.« Zanders Stimme ist leise, ruhig.

Zu meiner Überraschung tritt eine Sanftheit in Zanders Gesicht, die mich ihn in einem anderen Licht sehen lässt. Er sieht die Drachen nicht nur als Werkzeug an, um die Stürme zu beenden. Will nicht nur Macht und Kontrolle über dieses Land haben, nein, ihm liegt *wirklich* etwas an den Drachen.

Zander erwidert meinen Blick, hält noch immer meine Hand fest. Bestimmend führt er sie auf die unversehrte Seite des Eis und drückt sie gegen die Schale. »Er spürt dich. Er will zu dir kommen«, murmelt er und legt seine Hand auf meine.

Ich spüre seine schwieligen Handflächen, die von harten Kämpfen zeugen. Die Luft zwischen uns ist geladen und mein Herz hämmert, als mein Blick zu seinem Mund wandert. Warum fällt mir das Atmen in seiner Gegenwart plötzlich so schwer?

Der Moment zwischen uns ist seltsam intim. Und großartig. Und berührend.

»Komm schon, Kleiner. Du packst das!«, murmele ich, während ich beobachte, wie der Drache Stück für Stück die Schale einreißt. Zanders Finger streichen über meine, bevor er sie zurückzieht. Eine Gänsehaut breitet sich über meine Haut aus. Dann ist der innige Moment zwischen uns verflogen.

Schließlich taucht das Köpfchen des Drachens auf, und er sieht mich mit seinen dunkelroten Augen an. Ein zarter Flaum liegt über seinen Schuppen, die die Farbe von Karmesinrot besitzen. Das halbe Ei kippt zur Seite, sodass der Drache aus den Überresten herausschlüpfen kann.

Zunächst schüttelt er sich, streckt seine Flügel aus und lässt sie sogleich wieder fallen, weil er nach vorne kippt. Der kleine Drache taumelt rückwärts und schleift seine Flügel über den Boden mit sich. Mein Lächeln wird breiter.

Ich bin gefesselt von dem Anblick, weil ich zum ersten Mal einen Babydrachen sehe. Die frisch geschlüpften Drachen tauchen nicht auf dem Übungsplatz auf, sondern werden offensichtlich von ihren Muttertieren im Geheimen großgezogen, bis sie groß und stark genug sind, um den Flug hinunter vom Drachenfelsen aus eigener Kraft zu schaffen.

Er gibt ein heiseres Brüllen von sich, das extrem hoch klingt, eher wie ein Fauchen. Dann hustet er, doch anstelle von Funken oder gar Feuer kommt nur eine graue Rauchwolke aus seinem Rachen.

»Biete ihm deine Hand an. Halte ihm die Handfläche zuerst hin. Diese Geste versteht er instinktiv«, weist mich Zander an, und ich befolge seine Anweisung.

Der kleine Schlüpfling senkt den Kopf, schnuppert an meiner Hand, leckt mir über die Finger und legt dann seinen Kopf in meiner Handfläche ab. Er *kuschelt* sich an mich. Götter, ich bin erledigt, wenn es um diesen kleinen Kerl geht.

»Er ist so süß!« Seine Schuppen fühlen sich durch den Flaum ganz weich an und nicht ledrig und hart, wie es bei den ausgewachsenen Drachen der Fall ist. Doch an einigen Stellen löst sich der zarte Flaum bereits, sobald der Drache mit seinen Klauen darüber schabt und sich kratzt.

Zander schmunzelt. »Genau genommen ist er eine sie.«

»Und das hast du auf den ersten Blick erkannt?« Eigentlich vermeide ich es, Drachen zwischen die Beine oder auf ihr Hinterteil zu sehen.

»Man erkennt das Geschlecht hauptsächlich daran, dass sie vergleichbar wenige Stacheln besitzt und ihre Hörner kürzer sind.«

Ich atme tief durch und blinzele die aufkommenden Tränen fort, weil in meiner Brust die widerstreitenden Gefühle miteinander ringen. Ich hasse Drachen ... und doch ist dieser kleine Drache der Beweis dafür, dass sie genauso unschuldig, hilfebedürftig und liebenswert sind wie wir Menschen.

»Was denkst du?«, will Zander wissen. »Ich kann viel in deinem Blick lesen, aber ich würde gerne hören, was in deinem Kopf vor sich geht.«

»Ich habe immer gedacht, dass Drachen Monster sind.«

»Nein, nicht die Drachen sind die Monster. Wir sind es.«

Anhand seines düsteren Blickes erkenne ich, dass er die Worte ernst meint.

Zander erhebt sich und wirkt auf einmal distanziert.

»Gute Arbeit, Lavea. Der Schwarm wird sich über einen weiteren Drachen freuen.« Zanders Blick richtet sich zur Klippe. »Neyla sollte jeden Augenblick auftauchen.«

Ein herzergreifender Drachenruf ertönt und hallt von den Felswänden wider, bevor Neyla auf dem Plateau landet. Ihre Augen verziehen sich zu Schlitzen, als sie mich erblickt. »*Lass sie los!*«

Sofort löse ich mich von dem Schlüpfling und ziehe mich zwei Meter zurück, wobei der Drache mir prompt folgt und erneut meine Nähe sucht. »Geh«, sage ich und schiebe ihn sachte von mir, woraufhin sie mich fragend anblickt und den Kopf zur Seite neigt. »Geh zu deiner Mutter.«

Oh, oh, nicht dass sie glaubt, dass ich ihre erste Mahlzeit werde. Was fressen Babydrachen eigentlich? Insekten? Kleintiere?

Neyla gibt einen gurrenden Laut von sich, der fast wie ein Lied klingt und der Babydrache wendet sich seiner Mutter zu. Unerwartet bläht sich Neylas Brust auf und sie speit einen Augenblick später Feuer auf einen Steinkreis, bis das schwarze Gestein glüht wie Kohle. Anschließend beugt sich Neyla über ihren Schlüpfling, packt ihn mit ihren Zähnen am Nacken und setzt den Jungdrachen in den Steinkreis. Der Babydrache gibt einen wohligen Seufzer von sich und legt sich flach auf den erhitzten Stein.

»Auf diese Art wärmen sie die Schlüpflinge«, erklärt Zander. »Sie fühlen sich so am wohlsten und machen sich mit dem Feuer vertraut.«

Neyla holt tief Luft und stößt eine Dampfwolke aus, die die flauschigen feuchten Schuppen trocknet. An einigen Stellen fällt der leichte Flaum bereits ab und tiefrote Schuppen, die noch ohne jeden Kratzer sind, kommen darunter zum Vorschein. Sie glänzen spektakulär im Licht der Sonne und ziehen den Blick von einigen älteren Drachen auf sich, die sich um den Neuankömmling versammeln. Rote Drachen kommen äußerst selten in diesen Gefilden vor, die meisten besitzen einen grünen bis bräunlichen Schuppenpanzer. Ich löse den Blick lange genug von dem Schlüpfling, um knapp die anderen Drachen zu mustern, die aus den Höhlen hervorkommen.

Drei, vier Drachen stoßen ein tiefes Grollen aus und nähern sich dem frisch geschlüpften Zuwachs. Ihre Klauen fahren über den nackten Stein, sodass das kratzige Geräusch unangenehm in meinen Ohren dröhnt. Sie fixieren den Lord und er blickt sie schweigend an. Kann er etwa auch mit Drachen kommunizieren?

Zander tritt näher an mich heran. »Einige Drachen erwarten, dass ich als Lord eine mögliche Disziplinierung in Bezug auf dich vornehme, weil du ihren Felsen ohne Zustimmung erklommen hast. Sie glauben, ich würde meine Pflichten, was ihren Schutz betrifft, vernachlässigen.«

Mein Puls beschleunigt sich, als ich von drei ausgewachsenen Drachen umringt werde. »Ich habe verhindert, dass ein Ei gestohlen wurde!«, verteidige ich mich.

»Das berücksichtige ich durchaus.«

Neyla senkt hinter mir den Kopf, legt ihn ein wenig zur Seite und knurrt tief in der Kehle. In diesem Winkel könnte sie mich und Zander in Sekundenschnelle abfackeln und es kribbelt unangenehm in meinem Rücken. Spricht sie etwa mit dem Lord?

»Sie hat dich ihr Junges berühren lassen«, sagt Zander schließlich.

»Und das bedeutet?«

In seinen dunklen Augen glitzert es. »Glückwunsch! Du hast ihr Vertrauen gewonnen und sie wird dich nicht töten. Dementsprechend wird eine Strafe von drei zusätzlichen Runden über den Platz beim morgendlichen Trainingslauf ausreichen.«

Noch mehr Runden? Jetzt ist er wieder der Lord, den ich kenne. Ich will lieber nicht wissen, welche Strafe mir geblüht hätte, wenn Neyla nicht so gnädig gewesen und meine Hilfe nicht anerkannt hätte.

Zander pfeift einen ausgewachsenen grünen Drachen heran. »Wenn du nicht am Kopf verletzt wärst, müsstest du den Felsen hinunterklettern. Aber ich halte es für das Beste, wenn wir zusammen hinunterfliegen.«

Der Lord reicht mir die Hand, doch ich schlage sie aus. Stattdessen verneige ich mich vor dem grünen Drachen, der sich niederlässt und seinen Flügel so flach auf die Erde legt, dass eine Rampe entsteht, an der ich hinaufklettern kann. An den Stacheln hangele ich mich hinauf bis zu der Kuhle zwischen seinen Schulterblättern.

»Deine Unhöflichkeit schreibe ich mal deiner Kopfverletzung zu«, brummt Zander und ich schmunzele.

»Ich wollte Euch nur demonstrieren, dass ich mittlerweile sehr gut auf einem Drachen aufsitzen kann, Mylord.«

Er schwingt sich galant auf den Rücken des Drachens und nimmt hinter mir Platz. Das ist unser zweiter gemeinsamer Flug. Ich ignoriere das Kitzeln der Energie, die über meine Haut rast und eine Gänsehaut verursacht.

Rasch werfe ich einen letzten Blick auf den geschlüpften Babydrachen, der eingerollt in dem Nest aus glühenden Steinen liegt. Mit ihren Kulleraugen beobachtet sie, wie ich auf dem Rücken des Drachens sitze und reckt neugierig den Hals. Eines fernen Tages wird sie ebenfalls einen Sturmreiter tragen – ich werde das aber nicht sein.

Am nächsten Tag bin ich höllisch nervös, als ich Neyla und ihr Junges unter dem Blätterdach an einem Bach aufsuche, wo sie sich ein neues Nest gebaut hat. Wird sie mich abfackeln, sobald ich ihrem Schlüpfling zu nahe komme oder hat sie mehr Vertrauen in mich bekommen? Mareva hat mich gewarnt, einem frisch gebackenen Mutterdrachen zu nahe zu kommen, weil sie aus einem tiefen Instinkt heraus reagieren. Mich wird sie mit Glück lediglich tolerieren. Tatsächlich beobachte ich, wie Neyla einen anderen Drachen anknurrt und die Krallen ihrer Klauen voll ausfährt, als dieser sich zu ihrem Nest schleicht. Der grüne Drache sucht daraufhin schnell das Weite. Langsam pirsche ich mich an den orangeroten Drachen heran. Ich bin unbewaffnet und trage mit Absicht keine feuerfeste Schutzkleidung, um zu signalisieren, dass ich keine Bedrohung darstelle.

Mit meinem Blick nagele ich Neyla fest, als ich nur noch gute vier Meter von ihr entfernt stehe. Ihr Kopf schwingt herum und da spüre ich, wie sich Worte in meinen Kopf drängen wollen. Aufgrund dieses Bandes, das sich zwischen uns geknüpft hat, habe ich eine ungewöhnliche Verbindung zu ihrem Geist.

»Hey«, sage ich laut und schenke ihr ein Lächeln. »Wie geht es dem kleinen Drachen?«

Neyla beobachtet mich aufmerksam und der Blick aus

ihren rotgoldenen Augen taxiert mich auf eine Weise, die mich an unsere erste Begegnung zurückdenken lässt. »*Sóley ist wohlauf und wächst und gedeiht.*« Neyla tut mir einen unerwarteten Gefallen und tritt zur Seite, um den Blick auf den Schlüpfling freizugeben.

Überrascht hebe ich die Augenbrauen. »Sóley bedeutet so viel wie Sonneninsel, richtig? Ein schöner Name.« Meine Brust wird eng. »Du vertraust sie mir an?«

Sie stößt Dampf aus ihren Nüstern aus. »*Du hast ihr Leben gerettet. Und auch wenn ich es nur ungern zugebe, vielleicht habe ich mich in dir getäuscht.*« Ihr Schwanz gleitet bedrohlich schwingend über den Boden. »*Außerdem kannst du dir denken, wie meine Rache aussehen wird, solltest du ihr auch nur eine Schuppe krümmen.*«

Neyla kann ich ihren Mutterinstinkt nicht verübeln – ich würde dasselbe an ihrer Stelle tun. »Das kann ich nur zurückgeben.« Ich sehe die Drachen nun in gewisser Weise mit anderen Augen, auch wenn ich nicht vergessen kann, was einer von ihnen meiner Familie angetan hat. »Ist sie noch in Gefahr?«

»*Drachentöter vergehen sich gerne an Schlüpflingen, solange sie wehrlos sind.*«

»Du kannst auf mich zählen, falls sich erneut Drachentöter blicken lassen und ihr etwas antun wollen.«

Sie bewegt ergeben ihren Kopf, als würde sie mir danken. »*Ich hoffe, dass es dazu nicht kommen wird. Lord Zander hat die Patrouillen nach dem Vorfall um die Brutstätte verstärkt.*«

Ich starre auf den winzigen schlafenden Drachen, der mir gerade bis zum Oberschenkel reichen dürfte. Seitdem der Drache in meinen Armen geschlüpft ist, versuche ich das, was ich im Grunde meines Herzens fühle, mit meinem Verstand in Einklang zu bringen. Corentin sagte auf unserer Reise nach Drae Castle, dass ich eines Tages verstehen würde, dass Drachen nicht von Grund auf böse sind, und ich beginne zu begreifen, wie recht er damit hat. Außerdem verwirrt mich die intensive Bindung, die ich seitdem zu Neyla und ihrem Schlüpfling habe. Ich will zu jeder Tages- und Nachtzeit wissen, ob es ihnen gut geht.

Auf dem kalten Stein lasse ich mich im Schneidersitz nieder und beobachte den kleinen Drachen beim Schlafen. Ihre roten Schuppen leuchten so intensiv wie ein Rubin und ihre Brust hebt und senkt sich rhythmisch. Die Farbe der Schuppen wird vererbt, obwohl Neylas Schuppenkleid deutlich oranger hervorsticht. Sóley besitzt eine niedliche runde Schnauze, zwei spiralförmige Hörner und eine gefiederte Schwanzspitze. Ihre Flügel wirken im Verhältnis zum Rest ihres schlanken Körpers überproportional groß. Im Schlaf legt sie ihre Flügel eng an und rollt sich in ihrem Nest halb ein. »Sie sieht so ... unschuldig aus«, sage ich leise. Ich kann den Blick kaum von ihr abwenden.

»*Noch.*« Neyla gibt ein schnaubendes Geräusch von sich. »*Sie beherrscht ihr Feuer noch nicht. Es wird eine Zeit kommen, in der sie ihre eigenen Fähigkeiten ausbilden wird und dich und alle anderen Reiter testen wird.*«

Fantastisch, dann kann ich mich ja auf was gefasst machen ...

»Wann wirst du zur Flugstunde erscheinen?«

»*Sobald ich kann*«, verspricht Neyla. »*Ich drücke mich nicht vor meiner Pflicht als Sturmbezwingerin.*«

»Aber du trägst nicht mehr nur die Verantwortung für deine Reiterin ...«

»*Es wird einige Jahre dauern, bis Sóley groß und kräftig*

genug ist, um einen Reiter zu tragen und an sich zu binden. Auch die Sturmmagie benötigt ihre Zeit, um sich in ihr zu manifestieren. Bis dahin bin ich für sie verantwortlich. Es wäre leichter, wenn du verstehen würdest, warum ich mehr Zeit für mich brauche. Üblicherweise teilen sich männliche und weibliche Drachen die Aufzucht und Erziehung des gemeinsamen Nachwuchses, aber sie hat nur noch mich.« Ein Grollen ertönt in ihrer Brust.

Seltsamerweise empfinde ich Mitleid und eine gewisse Schuld. Warum hat mein Bruder den Drachenvater getötet? Wurde Ezra von ihm angegriffen und hat sich nur verteidigt oder war es Absicht, weil er blind vor Hass war?

»Ich werde deine neue Aufgabe respektieren«, erwidere ich verständnisvoll. »Dennoch kann ich auf deine Hilfe bei den Prüfungen nicht verzichten.«

»*Ich werde mich revanchieren, Reiterin.*«

So hat sie mich noch nie genannt ... Bisher war ich in ihren Augen stets zu unwürdig, um diesem Titel gerecht zu werden.

Neyla lässt sich neben das Nest sinken und schirmt es mit einem ihrer gigantischen Flügel ab. Ich verabschiede mich und lasse den beiden die Zeit, die sie brauchen, um einander besser kennenzulernen.

Elf

Von einem Klopfen an der Tür werde ich geweckt. Ruckartig setze ich mich auf, während mir das Herz bis zum Hals schlägt. Ich habe lange nicht mehr so tief und fest geschlafen. Verwirrt sehe ich mich um. Auf dem Tisch steht eine kalte Tasse Kräutertee vom vergangenen Abend und auf einem Teller liegt ein trockenes Stück Brot.

Es klopft erneut mit Nachdruck, ich springe aus dem Bett und werfe mir einen Morgenmantel über, weil ich so schnell nicht in meine Lederkluft steigen kann. Meine Lieblingshosen sind vom letzten Training leicht angesengt und liegen nun als nasser und zerknitterter Haufen auf dem Boden neben dem Kamin.

Ein Blick in den Spiegel verrät mir, dass mein Haar ein gewelltes Durcheinander ist, das ich rasch versuche, notdürftig mit den Fingern zu bändigen. Eigentlich ist mir egal, wie ich aussehe ... aber falls Zander vor der Tür steht. Oder schlimmer noch Mareva, die mir einen Einlauf verpasst, weil ich spät dran bin. Ich hole tief Luft und ziehe die Tür auf.

Eine Sekunde später werde ich von Kianas Faust fast im Gesicht erwischt, als sie erneut anklopfen will. »Oh, tut mir leid.« Ihr Blick gleitet an meiner Gestalt hinunter. »Das Training beginnt heute früher. Unten beim Frühstück gibt es eine Besprechung und ich dachte, du willst vielleicht dabei sein.«

Ein Gefühl der Verärgerung steigt in mir auf, weil niemand außer Kiana an mich gedacht hat. »Danke, dass du mir Bescheid sagst. Gib mir eine Minute. Ich mach mich schnell frisch und ziehe mich an.«

Kiana macht keine Anstalten zu gehen, sondern tritt in mein Zimmer und wartet auf mich. Während ich kurz im Bad verschwinde, mir die Zähne putze, mich wasche und mein Haar flechte und anschließend in eine Hose und ein Lederhemd mit einer besonders auffälligen Schnürung schlüpfe, sieht sie sich im Zimmer um.

Kiana lässt sich über den letzten Vorfall mit ihrem Drachen aus, der sich ein wenig störrisch verhält. »Ich mag den Drachen, aber manchmal würde ich ihn gerne bei lebendigem Leib verbrennen. Ich habe ihr gedroht – und weißt du, was sie dann gemacht hat?«

Ich schüttele den Kopf, während ich das Haargummi festbinde.

Kiana setzt einen empörten Gesichtsausdruck auf. »Sie hat mich angefurzt. Ist das zu fassen? Weißt du, wie ekelhaft Drachenfurz stinkt?«

Ich lache und fühle mich gleich ein bisschen besser, weil ich nicht die Einzige bin, die Probleme mit ihrem Drachen hat. »Nein, zum Glück nicht.«

Ich mag Kiana, weil sie kein Blatt vor den Mund

nimmt und die witzigsten Sprüche raushaut, aber stets rücksichtsvoll und gerecht in ihren Handlungen bleibt. Im Gegensatz zu den anderen Reitern verurteilt sie mich nicht dafür, dass ich im Schloss wohne und nicht in den ungemütlichen Reiterquartieren.

»Fertig?«, hakt sie nach und springt zur Tür.

»Ja, ich bin bereit.« Ich laufe Kiana nach zum Frühstückssaal, wo sich die meisten Kadetten versammeln, bevor das Training beginnt. Jedes Mal, wenn ich durch das Gebäude der Drae schlendere, wirken die Räumlichkeiten noch verwunschener auf mich. Ich steige eine Wendeltreppe hinunter und folge Kiana durch einen Flur, an dessen Wände kupferfarbene Lampenfassungen hängen. Etliche Türen befinden sich links und rechts, in denen Seminare und Trainingseinheiten abgehalten werden. Als ich am Ende des Flurs ankomme, halte ich vor dem Frühstückssaal inne.

In dem Raum stehen vier lange Tische mit Bänken und Kiana lässt sich neben Yunus und Gavin nieder, die in ein Gespräch vertieft sind. Nervös streiche ich mir eine Haarsträhne aus dem Gesicht, die sich aus dem Zopf gelöst hat und geselle mich zu ihnen. Kiana lädt ihren Teller mit süßem Gebäck, Marmelade und Eiern voll.

»Wir wollten gerade über die nächste Trainingseinheit sprechen«, sagte Gavin an Kiana gerichtet und blickt dann zu mir. »Es wird ernst, Newbie.«

»Sie wird es schaffen«, sagt Kiana ohne Zweifel.

»Was werde ich schaffen?«

»Einen Sturm zu bezwingen, den Mareva heute heraufbeschwören wird.«

»Was? Ich soll einen Sturm bezwingen?«, frage ich entsetzt, weil ich noch längst nicht fähig dazu bin.

»Moment mal, Mareva soll einen Sturm entfachen?« Als ich den Bissen hinunterschlucke, schmeckt er wie Asche.

»Sie beschwört keinen *echten* Sturm herauf«, versichert mir Kiana. »Es handelt sich bloß um eine Art Ausläufer, der mit Magie kontrolliert wird, um ihn bei Übungsszenarien einzusetzen.«

»Davon habe ich noch nie gehört.« Da übernehme ich doch lieber den langweiligen Überwachungsdienst und bringe die Landkarten auf den neuesten Stand.

Gavin sieht mich entschuldigend an. »So ist der Ausbildungsplan. Da muss jeder durch.«

Mir wird flau im Magen und eine unangenehme Hitze kriecht mir den Hals hoch. Wäre ich bloß im Bett liegen geblieben ...

»Jetzt frühstücke erst einmal zu Ende«, sagt Kiana, die meine Reaktion beobachtet hat. »Es ist halb so schlimm, wie es sich anhört.«

»Zumindest ist bisher bei den Übungstornados noch nie einer umgekommen«, fügt Gavin hinzu.

»Wie beruhigend«, murmele ich.

Die anderen essen schnell auf und fallen in ihr übliches Geplänkel, während ich in meinem Pfannkuchen mit der Gabel herumstochere. Sie necken einander wie Geschwister, und ich vermisse Ezra für einen Moment.

Meine Augen huschen zum Himmel, als ich das Flugfeld betrete. Neyla ist bereit für den Abflug, während sich die anderen Drachen auf die scharfkantigen Felsen zurückgezogen haben und das Schauspiel lieber aus sicherer Entfernung beobachten.

»Wie ich sehe, habt ihr euch den ganzen Morgen über nicht gestritten«, sagt Mareva anerkennend.

Ich ziehe die Augenbrauen hoch. »Wie kommst du da drauf?«

Sie beäugt Neyla und mich misstrauisch. »Ich wünsche es euch zumindest. Diese Aufgabe könnt ihr nur bewältigen, wenn ihr an einem Strang zieht.« Mareva lächelt zufrieden. »Wenigstens seht ihr beide mit der neuen Ausrüstung wie ein Sturmreiterteam aus.«

Ich trage neue Stiefel, ein Oberteil, über das ich eine Lederweste angezogen habe und eine Hose, die wie angegossen sitzt. Das Oberteil besitzt einen verstärkten Rücken, um die Wirbelsäule bei einem Sturz zu schützen und robuste Schulterpolster. Um meinen Bauch hängen verschiedene Schlingen und Holster, damit ich Waffen und Equipment bei mir tragen kann. Ich habe sogar die nervigen Armschienen angelegt, obwohl sie mich ein wenig behindern, um eine echte Sturmjagd auf freier Fläche zu rekonstruieren. Eine echte Jagd kann sich über Tage hinziehen, wenn der Sturm hartnäckig ist. Fast komme ich mir so vor, als würde ich tatsächlich zu den Drae gehören.

»Was machen wir zuerst?«, will ich wissen und höre von Neyla ein Schnauben.

Das Gelände, auf dem wir uns befinden, ist flach und in der Ferne zeichnen sich große Felsformationen ab. Die Erde ist trocken und die Rinde der wenigen Bäume ist von der Sonne ausgeblichen.

Mareva geht in die Knie, berührt die Erde, fast als würde sie dem Boden lauschen. »Das ist eine gute Stelle«, befindet sie, erhebt sich wieder und klopft den Dreck von ihren Händen ab. »Bevor wir zu dem spaßigen Teil kommen, solltest du wissen, dass ich und die anderen Drae nur im äußersten Notfall eingreifen werden, falls der Sturm außer Kontrolle gerät und andere in Gefahr schweben. Ihr seid auf euch allein gestellt.«

»Ich verstehe.« Vor Aufregung schlägt mein Herz schneller.

»Dann legen wir mal los«, sagt sie und greift in die Lederumhängetasche. Sie holt eine Phiole hervor, in der eine dunkle Flüssigkeit hin und her schwappt. Es sieht aus, als wären dunkle Wolken und Platzregen in dem Glas gefangen.

»Ist es das, was ich denke?«

»Einige Drae haben mithilfe der Drachenmagie gelernt, kleine Ausläufer von Stürmen zu bannen und in Gefäße zu füllen. So erhalten wir nützliche Informationen über die Sturmarten und studieren sie. Im Grunde handelt es sich hierbei um zu wenig Magie, als dass dieser Sturm zu einer wahren Naturgewalt heranwachsen könnte, außer er holt sich überschüssige Magie aus dem Boden. Ich werde aufpassen, dass sich der Sturm nicht zu weit ausbreitet.« Mareva zwinkert mir zu. »Kleiner Tipp: Bring dich hinter einem Erdwall vor dem Gewitter in Sicherheit.«

Mareva zieht den Korken aus dem Gefäß und hält die Phiole hoch. Schwarzer Dampf steigt in die Luft empor und bildet in einer Höhe von fünfzig Metern erste Gewitterwolken. Plötzlich zersplittert das Glas in Marevas Hand, und sie zieht sie schreckhaft zurück. Eine Windböe verstreut die Scherben in alle Richtungen. Ich beobachte, wie der sandige Untergrund aufgewirbelt wird und der Wind die Körner wie eine schäumende Welle vor sich her schiebt.

»Das ist unglaublich«, murmele ich.

»*Jetzt schwing deinen Hintern auf meinen Rücken, Flammenmädchen*«, höre ich Neyla sagen. »*Wir sollten nicht warten, bis der Wirbelwind zu einem ausgeprägten Sturm herangewachsen ist.*«

»Fürchte dich nicht vor dem Sturm. Das macht es einfacher«, rät Mareva mir und entfernt sich dann. Von ihrer Hand tropft etwas Blut, weil sie sich an dem Glas geschnitten hat, und sie wischt es achtlos an ihrem Reiterleder ab.

Rasch bedecke ich meine Augen und meinen Mund mit meinem Ärmel, als eine Walze von Staub über mich hinweg rast, aber ich bin nicht schnell genug und würge Staub. Donner kracht so laut, dass der Boden zu meinen Füßen vibriert. Neyla hat recht, es ist an der Zeit, meinen Hintern in den Sattel zu schwingen und in den Himmel aufzusteigen. Sie fixiert mich für die Spanne eines Herzschlags mit leicht zusammengekniffenen Augen, bevor sie ihre Aufmerksamkeit wieder auf das Gelände richtet.

Ohne einen weiteren Augenblick zu zögern, springe ich auf Neylas Flügel, den sie flach auf den Boden gelegt hat, und klettere über ihren Schuppenpanzer auf ihren Rücken. Als ich fest im Sattel sitze, erhebt sie sich und breitet ihre Schwingen zu voller Größe aus. Ich klammere mich an den Stacheln um ihren Hals fest und verlagere entsprechend das Gewicht.

Unerwartet setzt Platzregen ein, sodass meine Kleidung und mein Haar in Sekundenschnelle an meiner Haut kleben. Die Wolkenberge dehnen sich über uns aus, als würden sie immer mehr vom Himmel an sich reißen wollen. Der Sand zu Neylas Klauen verwandelt sich in eine matschige Masse.

Als ich mich umdrehe, sehe ich Mareva seelenruhig hinter dem Schutzwall knien. Sie hat wie einige andere, die das Spektakel beobachten, dort Zuflucht gesucht. Neyla drückt sich vom Boden ab und meine Finger versinken in ihrem Schuppenpanzer. Wind und Regen schlagen mir ins Gesicht, während sich der Feuerdrache mit mir in die Lüfte erhebt.

Mein Herzschlag gerät ins Stolpern, als Neyla direkt auf den kleinen Trichter zufliegt. Sie zeigt keine Angst. Keine Unsicherheit. Der Wirbelwind ist gerade einmal so groß, dass er von einem einzigen Drachen gebändigt werden kann.

»Setz den Anker möglichst weit in das Auge des Sturms. An eine ruhige Stelle.«

»Aber wäre es dann nicht schon viel zu spät?«

»Nur, wenn du dich vorher nicht auf die Kraft der Schwingen deines Drachens verlässt. Wenn du den äußeren Ring passiert hast, sitzt der Anker fester im Boden, weil es ruhiger ist. Hab Vertrauen in deinen Drachen.«

»Im Unterricht hat man es uns anders erklärt.«

»Manches kannst du nicht wissen. Sie bringen dir nicht alles bei, weshalb andere, die mit ihren Drachen nicht kommunizieren können, sich viel mehr auf die Instinkte verlassen müssen. Und dabei passieren folgenschwere Fehler, wenn sie ihre Drachen nicht lesen und lenken können.«

»Also quatschen wir nicht lange und legen los?«

Ein Grummeln erschüttert ihren Körper. *»Darauf wollte ich hinaus.«*

Neyla legt sich im Flug auf die Seite und ich klammere mich noch fester an ihre Stacheln. Ich weiß schon jetzt, dass mich ein heftiger Muskelkater für mein zu lasches Training in den vergangenen Tagen bestrafen wird.

Als wir den äußersten Sturmring durchbrochen haben, hole ich aus meiner Tasche eine silberne Kette hervor, mit der ich den Anker setzen kann. Anfänger sind selten in der Lage, allein durch die Magie eines Drachens eine Kette zu formen und den Anker zu werfen. Gedanklich stelle ich mir vor, wie sich die Kette verlängert und in meiner Hand beginnt sie zu glühen. Ich werfe sie aus, als ich einen Punkt auf der Erde fixiere, der von der Kraft des Windes bisher verschont geblieben ist. Ohne auf mein Kommando zu warten, legt sich Neyla in Schieflage, als hätte sie meine Gedanken gelesen. Das Ende des Ankers trifft auf den Boden auf und gräbt sich tief ein, während wir den trichterförmigen Bewegungen des Stroms folgen.

Der Anker sitzt bombenfest.

»*Sehr gut!*«, lobt mich Neyla. »*Und jetzt halte Ausschau nach dem Sturmherz.*«

Der Wirbelwind wächst rasant und verschlingt plötzlich das Licht des Horizonts. Das dumpfe Knurren, das aus Neylas Brustkorb dringt, stellt eindeutig eine Warnung dar. Meine Muskeln spannen sich an und der Gurt über meinen Oberschenkeln schneidet schmerzhaft ein, als Neyla in die nächste Wolkenwand abtaucht.

Neyla wechselt die Flughöhe und passiert eine weitere Sturmwand, um dem Zentrum näher zu kommen. Meine Kehle schnürt sich zu, als ich spüre, wie die Kette kurz vibriert. Rutscht der Anker etwa über den Boden? Ich sollte mich beeilen.

Neyla muss nur lange genug durchhalten, damit ich das Herz des Sturms ergreifen kann. Als Anfängerin verfüge ich nicht über die nötige Macht, das Herz allein mit meinem Geist zu fangen. Ein dicker brauner Klumpen aus Erde rotiert in der Mitte des Wirbelwindes.

»*Wenn ich es dir sage, dann fliegst du von unten so nah dran, wie du kannst*«, weise ich sie an. Zu meiner Überraschung gibt Neyla keine Widerworte.

Wagemutig schnalle ich mich ab und halte mich an den Ratschlag, nicht hinunter zu sehen.

»Jetzt!«, brülle ich.

Sofort werden Neylas Flügelschläge kräftiger und sie versucht, sich direkt unter dem Sturmherzen zu positionieren. Mein Herzschlag beschleunigt sich zu einem wilden Stakkato. Innerhalb weniger Atemzüge stehe ich auf ihrem Rücken, strecke den Arm aus und greife mir den Klumpen Erde.

Ich spüre die Macht in meinen Händen, den Aufschrei des Wirbelwindes. Eine mir unbekannte Energie schießt meinen Unterarm hinauf – und ich weiß, dass sie von Neyla stammt, die den Sturm bändigen will. Dann zerbröselt das Herz aus Erde zwischen meinen Fingern.

Das laute Tosen lässt nach und ich verlagere das Gewicht so, dass ich mich wieder in den Sattel fallen lassen kann.

»*Ich hätte nicht gedacht, dass du den Mut hast, dich abzuschnallen und zu riskieren, zu fallen.*«

»*Ich dachte, die Lektion wäre meinem Drachen zu vertrauen?*«

»*Du hast zugehört*«, sagt sie anerkennend.

»*Wir sind ein gutes Team, würde ich sagen.*«

Neyla antwortet mir nicht direkt, weil sie es vermutlich ungern zugeben will, aber ich spüre, wie sie in der Luft einen kleinen Freudenhüpfer vollführt.

Sanft landet der Feuerdrache auf dem halb zerstörten Flugfeld und ich atme erleichtert auf. Die anderen Kadetten kommen hinter den Schutzvorrichtungen hervor. Mit lautem Klatschen und schrillen Pfiffen gratuliert uns die Staffel – sogar Mareva sieht zufrieden mit unserer Leistung aus.

Allmählich gewöhne ich mich an die neue Struktur in meinem Leben, das frühe Aufstehen, das harte körperliche Training und an die Gegenwart von Drachen. Vom Himmel aus scheint die Welt viel größer zu sein als in meiner Vorstellung. Doch jedes Mal, wenn ich etwas zuversichtlicher werde, denke ich an Ezra und mein Herz wird schwer.

Zwölf

Monatelang warten die Bewohner des Landes auf die Sturmstille. Auf die wenigen Tage, an denen die Stürme ruhen und die ständige Angst von ihnen abfällt. Dies sind Tage des Friedens, der Freude, der Leichtigkeit und der steten Hoffnung, dass niemals wieder ein Sturm heraufzieht.

Leider wurde diese Hoffnung bisher jedes Mal zerschmettert.

Dieses Jahr verbringe ich diese Tage nicht mit meinem Bruder auf dem Lande, um zu feiern. Stattdessen wurde ich zur exklusiven Party des Lords auf Drae Castle eingeladen. Und zu allem Übel ist es meine Pflicht als angehende Sturmreiterin, an diesen Feierlichkeiten teilzunehmen.

Mein Blick gleitet zu dem Kleid auf dem Bügel, das ich zu dieser besonderen Zeremonie anziehen soll und Übelkeit steigt in mir auf.

Das Kleid ist mit einem komplexen Muster aus Pailletten und Stickereien versehen. Wenn man genauer hinschaut, entdeckt man am Rücken die Abbildung eines feuerspeienden Drachens und am Saum schlängeln sich Flammen entlang. Der tiefe Rückenausschnitt ist mit transparentem Stoff versehen und der Herzausschnitt an der Brust gewagt.

Das Kleid ist wunderschön – aber ich kann es nicht anziehen. Verzweifelt durchwühle ich den gesamten Kleiderschrank mit den Kleidern und Lederkombinationen, die extra für mich angefertigt wurden. Kein einziges Kleid würde meine Brandnarben verdecken – und in der Aufmachung der Reiter kann ich bei dem Fest nicht erscheinen. Innerhalb kürzester Zeit liegt die Kleidung im Zimmer verstreut auf dem Boden und bildet einen bunten Fleckenteppich aus Seide, Tüll und edler Baumwolle.

Mir bleibt nichts anderes übrig, als ein schlichtes Leinenhemd und eine Hose anzuziehen oder das Fest sausen zu lassen. Seufzend verharre ich auf dem Bett, während mir Tränen in den Augen brennen. Mein Blick gleitet zum Spiegel. Der Bademantel ist von meiner Schulter gerutscht und enthüllt das hässliche Mal, das sich über meine Schulter hin zu meinem Schlüsselbein schlängelt.

Mein ganzer Körper ist angespannt. Am liebsten würde ich mich vor der Welt verstecken. Stattdessen richte ich den Bademantel, sodass ich diese Abartigkeit an mir nicht mehr sehen muss.

Bevor ich mich für die Feier zurechtgemacht habe, klopft es an der Tür und der Lord höchstpersönlich tritt ein.

Zander hebt überrascht die Augenbrauen. »Sieht aus, als hätte hier ein Sturm gewütet.«

Ich beiße die Zähne aufeinander. »Ich bin am Aufräumen.«

Sein Blick gleitet an mir hinunter. »Das hat Zeit. Die Party beginnt jeden Augenblick.«

»Ich muss Euch leider enttäuschen, Mylord. Ich werde nicht auf die Party kommen.«

Seine Nasenflügel heben und senken sich mit jedem kräftigen Atemzug und er versucht, eine möglichst ausdruckslose Miene aufzusetzen. »Warum nicht?«

Lass dir eine plausible Ausrede einfallen, Lavea. »Ich habe kein passendes Kleid.«

»Ich sehe mindestens fünfzehn Kleider auf dem Boden liegen und das wunderschöne Spitzenkleid dort drüben, das extra für dich angefertigt wurde.« Zander deutet auf das schwarze Kleid, das neben dem Spiegel an einem Kleiderhaken hängt.

»Ich bleibe dabei – es passt nicht.«

»Das ist bedauerlich. Ich kann eine Näherin schicken lassen, damit sie es abändert.«

Ich balle die Hände zu Fäusten. »Das wäre unnötig. Es wird trotzdem nicht passen.«

»Gefällt es dir nicht?«

»Doch sehr sogar, aber ich kann es nicht tragen ...« Hitze lodert meinen Nacken hoch und es fühlt sich an, als würden Flammen an meinen Wangen lecken.

Der Lord rührt sich nicht vom Fleck. »Geht es dir gut?«

Ich wende den Blick von ihm ab. »Ja. Solltest du dich nicht um deine Gäste kümmern oder ...«

Vehement schüttelt er den Kopf. »Nicht wenn mein Ehrengast offensichtlich ein Problem hat.«

Ich schnaube. »Ich will allein sein. Bitte.«

»Dann warte ich vor der Tür, bis du mit mir redest.«

Warum zum Teufel ist er derart hartnäckig? Was interessiert es ihn überhaupt, ob ich auf der Party erscheine oder nicht?

»Lavea.« Seine Stimme nimmt einen tiefen, flehentlichen Klang an.

»Ich meine es ernst«, fahre ich ihn an. »Bitte, geh einfach.«

Seine Augen huschen zu meinen Lippen und tiefer und bleiben dann einen winzigen Augenblick an meiner Schulter haften. Ich wirbele herum und setze mich mit dem Rücken zu ihm aufs Bett.

»Du gehörst den Drae an, also wirst du heute Abend auf dem Fest erscheinen«, sagt er mit fester Stimme. »Und du wirst dieses wunderschöne Kleid tragen, in dem du fantastisch aussehen wirst.«

»Du kannst mich nicht dazu zwingen.« Ich greife zum Kragen des Bademantels und bin kurz davor ihm zu offenbaren, warum ich das Kleid nicht anziehen kann. Aber seinen Blick ... ich würde ihn nicht ertragen ...

»Das ist ein Befehl!«

»Ich ... ich kann nicht ...«, sage ich erstickt und presse meine Hand gegen die Brust, weil mein Herz unsäglich schmerzt. Die Narben rauben mir ein Stück meines Lebens, meiner Leichtigkeit und meines Selbstbewusstseins. Ich ärgere mich über mich selbst, weil ich nicht mutig genug bin, darüber zu stehen, weil ich es nicht schaffe, in dem wunderschönen Kleid erhobenen Hauptes vor aller Augen zu treten. Nicht nur versage ich mir den Spaß und ruiniere mir den Abend, ich werde niemals zu mir stehen können.

Himmel, warum bemitleide ich mich so sehr?

Ich wünschte, ich könnte damit aufhören. Ich wünschte, ich wäre stark genug, mich den Blicken und

Kommentaren der anderen zu stellen. Ich wünschte, ich wäre schön. Makellos. Oder wenigstens etwas weniger verunstaltet.

Zander kommt näher, so nah, dass seine Lippen nur noch wenige Zentimeter von mir entfernt sind. Ich kann jeden einzelnen Goldsprenkel in seinen Augen erkennen. Mir stockt der Atem und in meinem Körper breitet sich ein Summen aus. Sein Blick wandert meinen Hals hinunter, dann wendet er sich abrupt ab und verlässt das Zimmer.

Erleichtert hole ich Luft und mein Brustkorb dehnt sich. Was hat ihn so schnell vertrieben?

Wenige Minuten später klopft es wieder an der Tür und der Lord tritt erneut ein. Ohne ein Wort zu sagen, legt er eine metallene Dose auf meiner Schminkkommode ab.

»Ich sehe dich gleich unten«, sagt er und ich spüre, wie ich erbleiche.

Er weiß es. Er lässt mir keine andere Wahl.

Was wird der Lord für die Paste von mir verlangen? Er wird sie mir wohl kaum ohne Bezahlung überlassen?

Obwohl mir unwohl dabei ist, verschmiere ich die cremige Substanz über Hals, Schulter und Dekolleté und schlüpfe in das Kleid. Mein Haar stecke ich zu einem aufwendigen Knoten locker nach hinten, sodass die Sicht frei ist auf den transparenten Stoff am Rücken. Einige blassrote Strähnen wellen sich um mein Gesicht und lassen es zarter erscheinen.

Ich streiche über den Saum des schwarz-goldenen Kleides, das an der Hüfte in einen Tüll und Chiffon besetzten Rock übergeht, an dessen Saum Glitzerapplikationen angebracht sind, die von Weitem aussehen wie kleine Flammen. Dann trete ich hinaus auf die Balustrade, von der aus ich die perfekte Sicht auf den Ballsaal habe. Vorsichtig lehne ich mich über das Geländer. Meine Hände zittern so sehr vor Aufregung, dass ich das Geländer fester umfasse.

Mit schierer Willenskraft versuche ich die Übelkeit zu verdrängen. Monatelang haben die Gäste auf diesen Abend hingefiebert, an dem die Sturmstille gefeiert wird und die Drachen geehrt werden. Irgendwie kann ich nicht glauben, dass ich noch immer in Drae Castle bin und dieses Ereignis miterleben darf. Vor wenigen Wochen hätte ich mich niemals freiwillig in die Nähe eines Drachens begeben – und jetzt bin ich bald eine von ihnen: eine Sturmreiterin, eine Drae.

In der Luft liegt eine surrende Energie, die ich am ganzen Leib spüren kann. Der Ballsaal ist in ein sanftes Licht getaucht und eine geöffnete Flügeltür aus Glas führt hinaus auf eine weitläufige Terrasse mit Blick aufs Meer. Heute wirkt Drae Castle einfach magisch.

Im Licht glimmen die goldenen Drachenornamente an der Decke, die goldgerahmten Gemälde mit ausgezeichneten Schwarmführern hängen an den Wänden. Über das dunkle Parkett bewegen sich vereinzelt Gruppen von Reitern und Adeligen von drinnen nach draußen, und leise Gespräche dringen an mein Ohr.

Ich wende mich der langen Wendeltreppe zu und konzentriere mich auf jede einzelne Stufe beim Hinabschreiten, um nicht über den Saum des Kleids zu stolpern.

Die Roben der anderen Reiter und Reiterinnen sind

genauso extravagant wie meine eigene, was mich beruhigt. Die meisten Frauen tragen fließende Röcke aus unterschiedlichen Stoffen mit filigranen Stickereien, Perlen und Motiven wie verschlungenen Ranken. Wo ich auch hinsehe, erblicke ich Samt und Seide und maßgeschneiderte Anzüge. Ich bin noch nie auf einer so kostspieligen und ausschweifenden Veranstaltung gewesen. Vor wenigen Monaten habe ich auf der Flucht vor einem Sturm auf der Straße gebettelt, um mir eine warme Mahlzeit leisten zu können. Ich komme mir vor, als wäre ich in ein anderes Leben, ein anderes Land katapultiert worden.

Während ich versuche, meinen rasenden Puls zu beruhigen, suche ich nach bekannten Gesichtern. Ich drücke die Schultern durch, um so anmutig wie möglich durch die Menge zu schreiten.

Schwarmführerin Mareva schlendert so selbstbewusst durch den Saal, als wäre sie eine Königin, die sich ihren Untertanen zeigt. Zielstrebig geht sie auf Corentin und zwei andere Schwarmführer zu. Die meisten Anwesenden müssen zwischen zwanzig und Mitte dreißig sein.

Nach einigen Sekunden breitet sich ein Prickeln in meinem Nacken aus, das sich mit jedem weiteren Schritt durch den Saal intensiviert. Und dann sehe ich ihn – den Drachenlord Zander. Er trägt nun seine festliche dunkle Robe, auf der ein goldener Drachen mit gespreizten Flügeln aufgestickt ist. Mein Herz macht einen Satz, als sein Blick meinem begegnet. Etwas Dunkles flammt in seinen Augen auf, das meinen Puls noch mehr zum Rasen bringt.

Zanders Blick wandert an mir hinab und Hitze schießt mir in die Wangen angesichts seines dunklen Blickes.

»In diesem Kleid wärst du einer Drachenlady würdig«, sagt er schmeichelnd.

»Danke, aber so etwas wie eine Drachenlady scheint es in euren Kreisen nicht zu geben, oder Mylord?«

»Vielleicht, weil die Lords sich vor der Macht einer feuerspeienden Frau fürchten«, unterbricht uns eine fremde Stimme.

»Lord Cyan«, begrüßt ihn Zander und schenkt seinem Verbündeten ein Lächeln. »Wie du weißt, fürchte ich mich ganz gewiss nicht vor Feuer, aber deine Theorie mag auf den ein oder anderen zutreffen«, erwidert Zander keck und deutet dann mit einer Handbewegung auf mich. »Darf ich vorstellen. Das ist Lavea, eine Drae-Anwärterin.«

Der Lord, der über die Meeresengen und den Norden der Drae Isle gebietet, ist oft in aller Munde wegen seiner sanftmütigen Art. Ohne Zweifel hat der Lord der Eisdrachen etwas Erhabenes an sich. Sein langes, silbrig glänzendes Haar erinnert mich an den ersten Neuschnee des Jahres. Dennoch scheint der Lord nur wenige Jahre älter zu sein als Zander, denn seine helle Haut, die wenige Sonnenstrahlen im Jahr zu sehen bekommt, ziert kaum Falten. Lord Cyan ist einen halben Kopf größer als Zander, besitzt eine stattliche Statur und ebenmäßige Gesichtszüge. Zwei blaue Kristalle funkeln in seinem Haar, das rechts nah an der Kopfhaut geflochten wurde.

Galant verbeugt er sich vor mir, nimmt meine Hand in die seine und haucht mir einen Kuss auf den Handrücken. Es fühlt sich an, als würde eine erfrischend kühle Brise meine erhitzte Haut streifen. »Freut mich, dich kennenzulernen, Lavea.«

»Gleichfalls, Mylord.«

Der Lord ist äußerst attraktiv. Warum überkommt mich diese Ruhe in seiner Gegenwart?

Kurz entgleiten Cyans Gesichtszüge und seine blassblauen Augen mustern mich eindringlich. Was irritiert ihn?

»Ich bin schon sehr gespannt auf das Turnier in drei Wochen«, sagt er. »Ich werde ein Auge auf dich haben. Vielleicht passt du gut in einen meiner Schwärme.«

Nur noch drei Wochen. Mein Magen krampft sich beim Gedanken daran zusammen.

»Lavea ist für dich zu feurig, mein Freund«, richtet Zander warnende Worte an ihn, woraufhin Cyan nur müde lächelt.

Obwohl die Lords Verbündete sind und gemeinsam den Kampf gegen die Stürme bestreiten, herrscht ein gewisser Konkurrenzkampf unter ihnen. Jeder von ihnen will den stärksten Drachenschwarm anführen.

»Die Show geht gleich los«, kündigt Zander an. »Genieß den Abend Cyan, wir sprechen uns später.«

»Natürlich. Sind Lord Roan und Lord Diamond bereits eingetroffen?«

Zander schüttelt den Kopf. »Die Einladung sollte sie erreicht haben. Aber du kennst die beiden. Sie sind immer für eine Überraschung gut.«

Lord Cyan verabschiedet sich mit einem Nicken und tritt an die Seite einer jungen Frau, die ebenfalls schneeweißes Haar besitzt. Vielleicht seine Schwester?

»Ich führe dich auf die Terrasse«, sagt Zander, der meinem neugierigen Blick gefolgt ist. Seine Arme hängen lässig herab, dann legt er eine Hand in mein Kreuz und mustert die Leute um uns herum, als fürchte er, dass jemand diese Geste missverstehen könnte. Wir befinden uns mitten im Gedränge und alle ranghöheren Drae sowie Adelige nicken dem Lord unauffällig zu, als wir an ihnen vorbeischreiten.

Schließlich lösen wir uns aus der Kadettentraube und treten durch die Tür, die hinaus auf die Terrasse führt. Corentin tritt in mein Sichtfeld und in diesem Moment löse ich mich von Zanders Hand, die in meinem Kreuz liegt.

»In diesem Kleid siehst du bezaubernd aus, Lavea«, sagt Corentin schmeichelnd, der eine Art Reiter-Uniform mit goldenen Applikationen und geprägten Knöpfen trägt. Die Silhouette eines grünen Drachens schlängelt sich über seine Brust. Sein Lächeln ist strahlender als das Licht in den Feuerschalen.

»Danke.« Ich zupfe an dem Träger des Kleides und streich unauffällig über die verbrannte Stelle, um zu prüfen, ob das Mittel noch wirkt. Meine Haut fühlt sich seidig und glatt an, kein Anzeichen von wulstigen Brandnarben. Ich entspanne mich etwas. Trotzdem lässt mich sein Kommentar nachdenklich zurück – würde er mich auch noch schön finden, wenn er wüsste, wie ich wirklich aussehe?

Zanders Kiefer spannt sich an. »Entschuldige mich einen Augenblick, Lavea.«

»Natürlich, Mylord.«

Corentin begleitet mich hinaus auf eine erhöhte Terrasse, von der aus man die perfekte Sicht auf das offene Meer hat. Etwas bewegt sich gegen den Strom und ich entdecke ein Glitzern nah an der Wasseroberfläche.

»Sind das …?« Mir stockt der Atem, weil ich seit meiner Ankunft Ausschau nach einem Wasserdrachen gehalten habe.

»Wasser- oder Meeresdrachen, richtig«, bestätigt Corentin. »Wir haben einen Schwarm aus wenigen Reitern, die mit ihnen fliegen – und tauchen. Du darfst keine Angst vor Wasser haben und musst verdammt lange die Luft anhalten können. Die Wasserdrachen schützen die Grenzen des Landes vor Tsunamis. An der Küste des Festlands werden die Drachen überaus selten gesichtet. Einzig in der Bucht von Drae Castle, den Northbank Inseln und den Häfen von Gloom Port und den Smoked Docks tummeln sie sich in Schwärmen, da Lord Cyan ein besonderes Händchen für sie besitzt. Und du wirst es nicht glauben, aber er reitet mit einem Dreizack auf ihnen.«

Erst taucht ein Drache auf, dann zwei und dann ein ganzer Schwarm. Sie springen aus dem Meer empor, drehen sich in der Luft und tauchen wieder unter Wasser ab. Wenige Sekunden später erscheinen sie erneut, formen wunderschöne Figuren, entfalten weit ihre Flügel, sodass es aussieht, als würden sie eine einstudierte Choreografie vollführen.

Ihre Schuppenkleider glänzen blausilbern wie die Schuppen eines Fisches. Wasserperlen fallen glitzernd auf die schwarze Oberfläche. Die Wasserdrachen leuchten von innen heraus wie Quallen in der Dunkelheit. Die Drachenschwänze sind länger und stromlinienförmig, weil sie sich damit schneller durchs Wasser bewegen als ihre Artgenossen und zwischen ihren Krallen spannen sich dünne Schwimmhäute. Außerdem fallen mir die Flossen unterhalb ihrer Flügel auf, mit denen sie sich unter Wasser fortbewegen. Anstelle der Hörner, die auf den Köpfen von Landdrachen thronen, sitzen Tentakeln auf ihrer Stirn hinunter bis zu ihrem Halsbereich.

Ein Drache bricht aus der Formation aus, setzt sich auf

einen nahe gelegenen Felsen und fixiert mich mit seinem Blick. Seine Augen besitzen eine hellblaue Farbe und es sieht aus, als würden Luftblasen in seiner Iris aufsteigen. Er gräbt seine Klauen in die Felsen und beugt sich über die Köpfe einiger Zuschauer hinweg, schwingt dabei seinen Schwanz mit schlangenhaften Bewegungen und bläst seinen Atem über sie hinweg. Die Wasserdrachen sind die wahren Götter der Meere.

Ängstlich weiche ich zurück. »Können sie Feuer spucken?«

»Einige wenige«, antwortet Corentin, der keine Furcht zeigt. »Ihre Art des Feuers erhitzt das Wasser. Sie können einen sozusagen unter Wasser verbrennen.«

»Dann packe ich meine Badesachen wohl besser wieder ein«, scherze ich. Zum Glück habe ich mich nie in die schäumende Brandung gewagt.

Corentin schmunzelt. »Sie spucken nicht ohne Grund Feuer. Du wirst es kaum glauben, aber Wasserdrachen besitzen ein äußerst feinfühliges Wesen. Sie reagieren sehr emotional und die Bindung zu ihren Drae ist besonders stark. Meeresdrachen sind verwandt mit den Eisdrachen aus dem hohen Norden, deswegen schimmern manche heller als andere«, erläutert Corentin. »Die Eisdrachen hingegen sind menschenscheu, nur ganz wenige lassen sich von ihnen reiten.«

»Eisdrachen sind schneeweiß, oder?«

»Ja, die Farbe ihrer Schuppen dient der Tarnung. Sie verlassen die tiefen Schneegebirge äußerst selten.«

Plötzlich erloschen die Flammen in sämtlichen Feuerschalen, als hätte sie jemand ausgepustet. Abgesehen von den funkelnden Sternen am Himmelszelt, die wenig Licht spenden, herrscht Finsternis. Meine Augen gewöhnen sich nur langsam an die unerwartete Dunkelheit. Ein Raunen geht durch die Menge, als das Schlagen von Flügeln zu hören ist.

Drachen. Viele Drachen.

Meine Hand gleitet instinktiv zu Corentins Unterarm und ich kralle die Fingernägel in den Stoff seiner Uniform. Was geht hier vor sich? Mein Herz hämmert, doch es bricht keine Panik unter den Gästen aus. Alle bleiben an Ort und Stelle stehen. Niemand entfacht eine Fackel oder Kerzenlicht. Angst flutet meinen Kopf, als ein Feuerball die Nacht erhellt und über dem Meer wie eine Sternschnuppe verglüht. Dann speit ein ganzer Schwarm Drachen Feuer. Ihre unterschiedlich farbigen Flammen verbinden sich zu einem spektakulären Funkenwerk. Es sieht aus, als würden Sternschnuppen vom Himmel regnen.

Erst als ich begreife, dass keine Gefahr droht, lasse ich Corentins Arm los. Seine Gesichtszüge werden vom Licht erhellt, und er wirft mir einen kurzen Seitenblick zu. Die Drachen fliegen im Kreis, sodass sich ein Ring aus Flammen um sie herum bildet.

Ich trete näher an die Balustrade heran, den Kopf in den Nacken gelegt, während zwei Drachen einen Feuerstrahl absetzen, der in der Schwärze verpufft. Glühende Funken wirbeln umher, erfüllen die Luft und segeln ins Meer.

Haarscharf sinkt ein Drache herab und gleitet an der Zuschauermenge vorbei. Seine Krallen berühren die Wasseroberfläche, wühlen sie auf, sodass ein leichter Sprühregen auf uns niederfällt. Sie wollen sichergehen, dass durch ihre Feuereinlage niemand zu Schaden kommt.

Erst jetzt entdecke ich den Reiter auf dem Rücken des dunkelblauen Drachens. Der Drache fliegt eine Schleife und ich beobachte, wie sich die Reiterin erhebt und springt ... Ein Tuch, das sie um ihren schlanken Körper geschlungen hat, fängt sie auf. Mehrere Meter schwebend über dem offenen Ozean vollführt sie einen Spagat.

Ich kenne diesen Tanz in der Luft, die Art, wie sie an einem Tuch über die Köpfe der Zuschauer hinwegschwebt und mit den Drachen spielt. »Das ist Alizeé«, stoße ich hervor. Sie ist hier! Mein Herz hüpft vor Freude und Begeisterung.

Das Feuerspektakel nähert sich dem Höhepunkt.

»Die Show ist atemberaubend, nicht wahr?«, fragt Corentin, woraufhin ich ihm ein Lächeln schenke. Er hält mir den Arm hin, damit ich mich bei ihm unterhaken kann und führt mich die Treppen hinauf zu einem Plateau, auf dem weniger Zuschauer stehen.

»Sagen wir, ich bin überrascht von der Schönheit und der Anmut der Drachen.«

Corentin lächelt. »Ich wusste, dass du eines Tages von ihnen fasziniert sein würdest – auch in dir schwelt ein gewisses Feuer.«

Flirtet er etwa mit mir?

»Danke«, erwidere ich unbeholfen und spüre Hitze in meine Wangen kriechen. »Ich gebe dir nur äußerst widerstrebend recht.«

Ein Räuspern ertönt. »Ich will eure Zweisamkeit ungern unterbrechen, aber deine Dienste als Schwarmführer werden benötigt, Corentin. Die Drachen sind unruhig. Ich will vermeiden, dass unsere Gäste zu Asche verbrannt werden.«

An Corentins Miene lese ich eindeutig ab, dass ihn die Unterbrechung sehr wohl stört, aber er fügt sich der Anweisung des Lords – ihm bleibt schließlich keine Wahl als Schwarmführer. »Sehr wohl, Mylord.« Er dreht sich noch einmal zu mir um. »Genieß den letzten Teil der Show, Lavea. Wir sehen uns später im Saal.«

»*Neyla? Ist alles in Ordnung?*« Ich suche die Verbindung zu ihr, um zu erfahren, was da los ist.

»*Es ist alles unter Kontrolle. Die Neuankömmlinge der anderen Lords spielen sich ein wenig auf*«, höre ich die Antwort durch unsere gedankliche Verbindung, die ich noch immer nicht ganz begreifen kann. Über viele Meilen hinweg wird sie schwächer, aber innerhalb eines kleinen Radius' können wir uns quasi ohne Worte unterhalten.

»Ich würde fast annehmen, dass du Corentin unter einem Vorwand weggelockt hast«, entgegne ich scharf.

Unsere Blicke prallen aufeinander. »Nun, er wird gebraucht – dieser Teil entspricht der Wahrheit. Ich leugne nicht, dass ich die Show lieber mit dir allein genießen will.« Ein schiefes Lächeln verzieht Zanders Lippen.

Warum wirkt seine Unverschämtheit nur so anziehend auf mich?

Zander senkt die Stimme und sieht mich an, die Intensität in seinen Augen lässt mich nach Luft schnappen. Er beugt sich vor, füllt mein Sichtfeld, bis er alles ist, was ich im Halbdunkel sehe. »Es gibt einen noch besseren Platz, um die Show zu beobachten.« Er deutet mit dem Finger zum Himmel hinauf.

»Ich finde es eigentlich ganz schön hier unten«, gestehe ich.

»Wie du magst.« Zander bleibt dicht neben mir stehen, während wir gemeinsam das Schauspiel am Himmel betrachten. Nicht einen Millimeter rückt er bis zum Ende des Spektakels von mir ab, bevor ihn erneut die Pflicht als Gastgeber ruft.

»Alizeé!«, rufe ich, nachdem die Drachen gelandet sind und die Zuschauermenge sich auflöst. Ich eile ihr entgegen und blicke in ihr lächelndes Gesicht. »Du bist es wirklich.« Ich schließe meine Freundin in die Arme und drücke sie an mich.

»Lavea, dem Himmel sei Dank. Es geht dir gut«, sagt sie und schlingt die Arme so fest um mich, dass mir kurz die Luft wegbleibt.

Noch nie habe ich mich so sehr gefreut, ein vertrautes Gesicht zu sehen.

Ich lasse sie los und bewundere ihre zarte Gestalt in dem Tanzkleid. »Ich habe dich sofort wiedererkannt. Was machst du hier? Wann hast du die Stadt verlassen?«

Alizeé bindet ächzend ihre Haare zu einem Zopf hoch. Sie ist leicht verschwitzt und außer Atem nach der grandiosen Vorstellung. »Die Lords haben mich für die Festtage gebucht«, antwortet sie. »Du lebst ... Ich kann es kaum glauben. Und du gehörst zu den Reiterinnen!«

»Hast du etwas anderes erwartet?«

Plötzlich wirkt ihr Blick gläsern und sie presst die Lippen fest aufeinander. »Nachdem du mit Corentin die Stadt verlassen hast, kam der Sturm näher ... Er ...« Ihre Stimme bricht. »Es ist alles weg. Ich habe noch nie einen Sturm dieser Stärke erlebt. Niemand eilte uns zur Hilfe.«

Was? Das kann nicht sein! Corentin war der festen Überzeugung, dass der Sturm die Stadt nicht erwischt ...

»Ich habe es auf dem Rücken des Drachens gerade so hinausgeschafft. Wenn er nicht gewesen wäre ...«

Der lilafarbene Drache aus der Bar hat sie gerettet?

»Ich wusste nichts davon. Ich habe angenommen, dass der Sturm vorübergezogen wäre. Das ist grauenvoll.« Ich drücke ihre Hände. »Aber ich bin froh, dass du überlebt hast.«

Schon wieder habe ich alles verloren. Zum Glück besaß ich wenig Hab und Gut in der Stadt, doch jetzt gibt es für mich noch einen Grund weniger zurückzukehren. Warum auch, wenn alles dem Boden gleichgemacht wurde und die Stadt nun vermutlich verfallen wird. Warum haben die Lords keine Drachen geschickt? Warum haben sie die Menschen sich selbst überlassen? Bloß weil die Stadt an der roten Zone grenzt und die Stürme dort immer wahrscheinlicher werden?

»Ich bin erschöpft von dem Auftritt. Lass uns erst mal etwas trinken und du erzählst mir, was auf dem Weg hierher zwischen dir und Corentin passiert ist.«

Ich lächele und schüttele den Kopf. »Nichts. Ich denke, das zwischen uns ist aus und vorbei.«

»Willst du darüber reden?«

Schwungvoll hake mich bei ihr unter. »Wir sollten dir zuerst einen Drink organisieren. Nicht, dass du mir noch umkippst, weil du dehydriert bist.« Ich fächele mir etwas Luft zu. »Die Show war nämlich verdammt heiß.« Direkt aufs Stichwort schlendert ein Diener mit einem goldenen Tablett, auf dem Drinks serviert werden, an uns vorbei und ich nehme zwei Gläser für uns.

»Wie auf Kommando«, kommentiert Alizeé und lacht.

Ich habe ihr warmes Lachen vermisst, ich habe meine einzige Freundin vermisst. Meine Verbündete.

Wir stoßen miteinander an und trinken die prickelnde Brause. Alizeé leert ihr Glas in großen Schlucken. »Auf Drae Castle ist alles ganz anders, als ich erwartet habe. Die Drachen sind so frei, so lebendig, wenn ich mit ihnen in der Luft tanze, spüre ich ihre unglaubliche Energie auf eine ganz neue Art«, schwärmt sie.

»Ich weiß, was du meinst. In den Städten, die von den Stürmen belagert werden, herrscht eine ganz andere Atmosphäre.«

»Es ist nicht nur das. Als ich in der Bar mit dem Drachen aufgetreten bin, hatte ich immer ein schlechtes Gewissen, weil das Tier in Ketten lag. Wir versuchen sie zu zähmen, aber die wahre Magie liegt darin, ihnen ihre Wildheit zu lassen.«

Alizeé hat ihr Herz offensichtlich an die Drachen verloren. Ich wünschte, ich könnte sie mit ihren Augen sehen, aber ich kann nicht vergessen, dass ihre Wildheit tödlich enden kann.

»Hast du Ezra gefunden?«, fragt Alizeé neugierig. »Was hat er verbrochen?«

Ich seufze schwer. »Ich habe keine Ahnung, wo mein Bruder steckt. Er ist wie vom Erdboden verschluckt. Und ja, ich fürchte, er hat den Zorn des Lords auf sich gezogen ... Ich mache eine Ausbildung zur Drae, um seine Schulden zu begleichen. Als Strafe sozusagen. Das ist eine lange Geschichte. Es ist verdammt viel passiert, seitdem ich die Stadt verlassen habe.«

Alizeé hebt die Augenbrauen. »Du weißt nicht, was mit deinem Bruder geschehen ist?«

»Ich befürchte, mein Bruder hat mehr vor mir verheimlicht, als ich angenommen habe.«

Alizeé senkt den Blick und rührt in dem Drink herum. »Ezra wollte dich nie belasten. Er hat sich schuldig gefühlt, verantwortlich für das, was eurer Familie widerfahren ist.«

Ich schüttele den Kopf. »Es war nicht seine Schuld.«

»Es war niemandes Schuld. Dennoch hat er sich als großer Bruder verantwortlich gefühlt.«

Woher weiß sie so viel über ihn? Hatten die beiden mehr Kontakt miteinander? Oh Mann, warum kann Ezra bei hübschen Frauen nie die Hände bei sich behalten?

»Ich weiß, er hat die ganze Last getragen und nach dem Tod unserer Eltern alles für mich getan.«

Alizeé mustert mich.

»Was ist? Warum siehst du mich so an?«

Sie zuckt mit den Schultern. »Die Ausbildung scheint dir gutzutun. Du siehst fantastisch aus, stark und du hast dieses Leuchten in den Augen, das ich in der Bar immer vermisst habe.«

Verlegen streiche ich mir eine Haarsträhne hinters Ohr. »Jetzt übertreibst du.«

»Ich sage dir immer die Wahrheit. Das weißt du doch.«

Deswegen ist Alizeé auch die einzige Person auf Drae Castle, der ich blind vertraue.

»*Und was ist mit mir?*«, ertönt Neylas Stimme mit einem beleidigten Unterton. »*Menschen kann man nicht trauen, aber Drachen ...*«

»Halt dich aus meinen persönlichen Gedanken raus!«, zische ich. »Dieses Privileg musst du dir erst noch verdienen.«

Alizeé reißt die Augen auf. »Was?«

»Oh, entschuldige. Ich habe nicht ... so meinte ich es nicht«, erwidere ich wild gestikulierend. Anscheinend bin ich diejenige, die Geheimnisse vor ihrer Freundin hat. Aber jetzt ist nicht der richtige Zeitpunkt, um ihr zu gestehen, dass ich mit Drachen per Gedankenübertragung kommunizieren kann.

Alizeé seufzt. »Lass und die Sturmstille genießen wie der Rest. Feiern wir!«

»Aber so was von!«

Nachdem wir uns zwei süßliche Getränke mit Passionsfrucht an der Bar geholt haben, erzählt mir Alizeé alles über ihre Reise. Ab und zu huscht ihr Blick suchend über die Menge.

»Er kommt«, murmelt Alizeé, pfriemelt an ihrer diamantenen Halskette herum und ihr Blick gleitet zum Meer hinaus. Es ist kurz vor Mitternacht und das Mondlicht erhellt die sanften Wellen.

Ein Kristalldrache, dessen Schuppenkleid in allen Regenbogenfarben schimmert, nähert sich von Westen und rast auf die Terrasse zu. Mein Unterkiefer sackt herab, als ich sehe, wie ein junger Drachenreiter auf dem Rücken des Drachens aufsteht und die Arme ausstreckt, um das Gleichgewicht zu halten. Der Drache sinkt immer tiefer, bis seine Klauen fast das Wasser berühren, doch während er sich nähert, werden seine Flügelschläge nur minimal langsamer. Götter, er wird mit der steilen Felswand kollidieren …

Ich halte den Atem an, als er am Bein des Drachens hinabrutscht und sich elegant auf die Klauen des Drachens hockt. Dann springt der Reiter auf der Höhe der Terrasse über den steilen Klippen ab.

Erst in letzter Sekunde dreht der Drache und ändert den Flugwinkel, sodass er knapp über unsere Köpfe hinwegfliegt und steil in den Himmel hinaufschießt.

Selbstsicher landet der Reiter auf dem steinernen Geländer, ohne auch nur ins Schwanken zu geraten, als hätte er einen solch waghalsigen Landeanflug schon Hunderte Male hingelegt.

»Das war unglaublich«, murmele ich baff.

Eine Narbe reicht von seiner Augenbraue bis zu seinem dunklen Haaransatz. All das zusammen lässt ihn attraktiv und furchteinflößend wirken.

»Lord Diamonds Körper ist eine regelrechte Offenbarung«, schwärmt Alizeé.

Ihre Worte und die Blicke, die sie dem Lord zuwirft, erwecken den Eindruck, dass sie am liebsten in seinen Armen liegen würde. Was habe ich verpasst, seitdem ich auf Drae Castle als Reiterin ausgebildet werde?

Lord Diamond springt von der Balustrade und kommt leichtfüßig vor uns auf. »Feuerrotes Haar ...« Er mustert mich, und seine Augen werden schmal. »Niedliche Sommersprossen. Du musst Lavea sein.« Der Drachenlord neigt den Kopf, und ein Lächeln stiehlt sich auf seine Lippen. »Und ich dachte schon, ich müsste ganz Drae Castle nach dir absuchen, um dir zu begegnen. Bist du Zander etwa schon entflohen?«

Ich straffe die Schultern. »Ich gehöre ihm nicht. Ich kann gehen, wohin ich will.« Woher kennt er meinen Namen? Spricht Lord Zander etwa über mich?

»Mir ist etwas anderes zu Ohren gekommen.« Ich werde hellhörig. »Man spricht über eine talentierte Drae mit flammenrotem Haar, die Stürme wie keine andere bezwingen kann und mit Drachen spricht.«

Ich kneife die Augen zusammen. Woher weiß er das?

»Wie dem auch sei«, mischt sich Alizeé ein, die die

Spannung zwischen uns wahrzunehmen scheint. »Ich freue mich, Euch wiederzusehen, Lord Diamond.«

Der Lord wendet sich meiner Freundin zu und haucht ihr zwei Küsse auf die Wangen. Ganz schön intim. »Es tut mir leid, dass ich deinen Auftritt verpasst habe, Alizeé.«

»Ich wüsste, wie du es wiedergutmachen kannst«, höre ich sie flüstern.

Als ich mich umdrehe, stehe ich ohne Zweifel einem weiteren Drachenlord gegenüber. Einem gut aussehenden, gut gekleideten Mann mit kastanienbraunem Schopf, das an den Schläfen vereinzelt graue Haare aufweist. Von ihm geht eine besonders düstere Aura aus. Seine Augenfarbe erscheint im Zwielicht mit der Nacht zu verschmelzen. »Dein Geist ist ungewohnt offen. Mein Drache hat dich sofort wahrgenommen.« Er mustert mich von Kopf bis Fuß und sein Blick ist von einer unheimlichen Intensität.

Wie meint er das? Ich habe instinktiv das Bedürfnis zu prüfen, ob die Salbe wirkt und meine Narben verdeckt.

»Du bist schön.« Er nimmt kein Blatt vor den Mund und scheint direkt auszusprechen, was er denkt. Dennoch traue ich ihm nicht.

Das Kompliment lässt mich scharf Luft holen.

»Ihr müsst Lord Roan sein«, nehme ich an. Der einzige Lord, dem ich noch nicht begegnet bin.

»Das ist korrekt. Was hat mich verraten?«

»Euer großspuriges Mundwerk nehme ich an.«

»Als Lord kann ich mir das wohl erlauben.«

»Und ihr glaubt, bloß weil Ihr einen Drachen reitet, dass jede vor Euch in die Knie gehen will?«

Der Lord mustert mich mit einer Intensität, die mich anzieht und zu ihm hin schwanken lässt.

Er schnalzt mit der Zunge. »Kaum eine Frau widersteht einem Drachenlord. Wir befehligen schließlich die mächtigsten Kreaturen dieses Kontinents.«

Ganz offensichtlich leiden alle Lords unter einem riesig aufgeblasenen Ego.

»Zu diesen Frauen gehöre ich nicht«, erwidere ich, ohne mich von ihm einschüchtern zu lassen. »Ich kann meine Sinne kontrollieren.«

»Ist dem so?« Er lächelt erneut und es fühlt sich an wie eine Liebkosung, als ob er über meinen Geist streicheln würde.

Gefährlich. Das hier ist verdammt gefährlich.

Plötzlich wird mir so heiß, dass ich am liebsten das Kleid loswerden will. Was zur Hölle geschieht mit meinem Körper?

Der Drachenlord verändert seine Position und tritt näher an mich heran. Roan streckt seine Hand nach mir aus und berührt meine Wange. Seltsamerweise zucke ich nicht zurück, nein, ich fühle mich wie erstarrt. Meine Handflächen prickeln und eine Flut von Energie umspült mich.

»Perfekt«, haucht er. »Du bist ein Naturtalent.«

Vor Fassungslosigkeit weitet sich mein Blick. Ich kann mich nicht bewegen, fühle mich wie angekettet. *Das kann nicht sein! Wie macht er das?*

Roan ist kein gewöhnlicher Drachenreiter und kein einfaches Mitglied einer Adelsfamilie, sondern einer der vier Drachenlords, die laut der Geschichten mit besonderen Gaben beschenkt wurden.

Wütend versuche ich ihm die Hand zu entziehen, aber er hält sie fest. Ich spüre einen unsäglichen Schmerz durch mich hindurchbranden, als wäre er mein eigener. Das Gefühl lässt mich nach Luft schnappen.

Mit der Kuppe seines Daumens streicht er über meinen Handrücken. Seine Lippen verziehen sich zu einem Lächeln, das weder sanft noch freundlich ist.

»Du fühlst es, nicht wahr?« Ein erneuter Energiestoß fließt durch mich hindurch. »*Und du hörst meine Stimme, nicht wahr? So wie ich jeden deiner Gedanken lesen kann.*« Seine Lippen bewegen sich nicht.

»Gedanken zu lesen ist etwas zutiefst Persönliches!«, zische ich. »Ihr habt kein Recht, das zu tun.« Ich habe mich langsam erst daran gewöhnt, dass ich meine Gedanken selten vor Neyla abschirmen kann – aber meine Gedanken mit den Lords teilen zu müssen, wäre ein absoluter Albtraum.

Er funkelt mich amüsiert an und lässt mich dann los. Gefühlt unterbricht unsere Verbindung.

Unser wortloser Austausch hat nur Sekunden gedauert.

»Das reicht! Lass sie los, Roan!« Zanders Stimme erhebt sich bedrohlich.

Lord Roan nimmt sofort von mir Abstand. »Lord Zander.«

Die beiden liefern sich ein zürnendes Blickduell. Ich frage mich, ob sie ebenfalls Gedanken austauschen können. Zanders Einschreiten wäre nicht notwendig gewesen, trotzdem bin ich froh, dass Lord Roan meinen Geist loslässt. Welche Verbindung auch immer eben zwischen uns gewesen ist, sie beunruhigt mich.

Nachdem Lord Roan sich abgewandt hat, wendet sich Zander leise an mich. »Roan ist noch schlimmer als die anderen Lords. Betrachte dich als gewarnt.«

»Du meinst, weil sein Charme ohnegleichen tödlich ist?«

»Er hat vor nichts und niemandem Respekt.«

Denkt er, dass ich ohne sein Zutun nicht hinter die Fassade der anderen Lords blicken kann?

Alizeé verschwindet zwischen den Gästen und Lord Diamond kommt zu uns herüber, um Zander zu begrüßen. »Zander, vielen Dank für die Einladung.«

»Diamond, schön dich wiederzusehen.« Er lächelt ihn an. »Du bist spät dran. Die anderen werden sich freuen, dass du doch gekommen bist.«

Lord Diamonds Lächeln erlischt. »Ich war beschäftigt. Du weißt, die Stürme nehmen zu und an den Grenzen beobachten wir immer öfter die Schwarzflügeligen.«

Drachen ohne Seele.

»Stellen sie eine Bedrohung dar?«, frage ich, ohne nachzudenken und fange mir Zanders feurigen Blick ein.

»Das sollte nicht deine Sorge sein«, antwortet Zander barsch.

»Als angehende Reiterin geht es mich sehr wohl etwas an.« Mein Herzschlag beschleunigt sich, als sich sein Gesichtsausdruck verdunkelt und seine Augen zu Schlitzen werden.

»Gut, dass wir in der Regel kein Feuer spucken«, schnurrt Diamond, den unser Wortwechsel amüsiert, woraufhin Zander ihn wütend anfunkelt.

»Ich bin sicher, dass Lord Zander nichts anbrennen lässt«, meint Cyan, der zu uns tritt. »Ich würde sogar darauf wetten.«

Diamond grinst. »Die Wette würdest du gewinnen.«

»Halt die Klappe, Diamond«, knurrt Zander.

»Dachte ich es mir doch.« Der Lord grinst siegesgewiss und blickt zwischen Zander und mir hin und her. »Die Spannung zwischen euch ist so explosiv, dass ein einziger Funke genügen würde, um euch zu entflammen. Dafür, dass du immer so beherrscht bist und dir keine Gefühle anmerken lässt, um das Feuer in dir zu kontrollieren, bringt dich Lavea sehr schnell aus der Fassung. Faszinierend.«

Sein inneres Feuer? Wovon spricht er da?

»Es war nett, mit dir zu plaudern, Diamond«, entgegnet Zander.

Von Minute zu Minute wird die Anspannung zwischen den Lords größer. Mittlerweile schweigen alle Anwesenden und lauschen der Auseinandersetzung.

»Hört auf damit«, mischt sich Lord Cyan ein. »Sinn dieses Treffens ist es, die friedliche Zeit zu zelebrieren und Verbindungen zu stärken, die wir in der kommenden Sturmzeit bitter benötigen.«

Ich kann mir ein Lächeln nicht verkneifen, weil Lord Cyan Zander zum Schweigen zwingt, was mir einen weiteren erzürnten Blick von Zander einbringt.

Dreizehn

In den frühen Morgenstunden steigt die Staffel der Drae-Anfänger auf ihre Drachen, mit denen sie die Prüfung absolvieren werden. Ich klettere an Neylas Stacheln empor. Sie verlässt das erste Mal seit der Geburt von Sóley die schützenden Mauern von Drae Castle, da sie mit mir die obligatorische Einführungsprüfung bestehen muss.

Das wird der längste Flug, den ich bisher auf einem Drachen bestehen muss. Unsere Staffel erhebt sich mit Lord Zander an der Spitze auf einem Drachen, der einen hellgrünen Schuppenpanzer besitzt, in den Himmel. Ich sehe den Lord auf unterschiedlichen Drachen reiten und frage mich, welcher sein persönlicher Gefährte ist. Außerdem pflegt er eine besonders enge Beziehung zu Neyla, die seinen Befehlen stets gehorcht.

Mit Schwung erhebt sich Neyla und ordnet sich in die dritte Reihe der Staffelformation direkt neben Kiana und ihrem grünen Drachen ein. In der zweiten Reihe fliegen Mareva und eine weitere Ausbilderin. Corentin wurde befohlen, zur Sicherung des Schlossgeländes auf Drae Castle zu bleiben.

Rasch lassen wir den Todesrücken hinter uns, auf dessen Gipfel noch immer Schnee liegt, und fliegen Richtung Süden. Die Landschaft wird rauer, als wir die östliche Grenze des Greenring passieren. Die Festung, die sich in der Mitte der Drae Isle befindet und den Namen Nightwing Manor trägt, liegt einen dreistündigen Flug entfernt.

Zander verlässt die Formation, um die Gegend auszukundschaften. Mit seinem Drachen namens Nero bleibt er kurz auf meiner Höhe. »Seid vorsichtig!«, warnt er uns. »Es kann jederzeit ein Sturm heraufziehen.«

Um sicherzugehen, dass keine Gefahr droht, streckt Neyla ihre Fühler aus. Zum Glück wittert sie weit und breit keinen Sturm.

Zwei Stunden später unterdrücke ich ein Gähnen und rutsche in eine bequemere Position auf Neylas Rücken. Der Flug zur Drae Arena verläuft ohne Komplikationen.

Schließlich nähern wir uns einer gigantischen Festung, die am Hang eines Berges errichtet wurde. Dunkelroter Stein erhebt sich in den blauen Himmel und mindestens ein Dutzend braune Drachen mit ihren Reitern patrouillieren vor dem Eingang. Neyla fliegt eine elegante Schleife und steuert zusammen mit Kianas Drachen die schmale Landebahn an. In meinen Adern wird das Summen heftiger, während ich die Rampe betrete.

»*Die Sturmmagie entfaltet sich langsam in dir*«, höre ich Neyla sagen. »*An diesem Ort ist sie deutlicher spürbar, weil wir dem Blutenden Land näher sind. Früher war diese Festung ein Stützpunkt für die Vorbereitung von Kriegsakten, aber für Anfänger ist dieses Land zu gefährlich gewor-*

den, weshalb Kadetten auf Drae Castle ausgebildet werden. Du bist bereit, Flammenmädchen.«

»Ich hoffe, du bist es auch«, murmele ich.

Zander wartet am Ende der steilen Landebahn, die in den Felsen gehauen wurde, auf der wir soeben gelandet sind. Nach und nach setzen die Drachen mit ihren Reitern auf der Bahn auf und stellen sich in Reih und Glied. Während die Drachen bereits in die Arena geführt werden, folgen wir Reiter den Kommandanten für die offizielle Einweisung.

Mir entgehen beim Eintreten nicht die stahlverstärkten Türen und die mit Kopfstein gepflasterten Böden. Ich folge den anderen Reitern durch die Burg. Der Teppich dämpft meine Schritte in dem breiten Flur mit der hohen Gewölbedecke. Eine zweiflügelige Treppe mit kunstvoll geschnitzten Drachenköpfen am Ende führt in das nächste Stockwerk. Ich bin zu sehr auf Zander fokussiert, um die Umgebung vollständig wahrzunehmen. Mit offenem Mund starre ich auf die Architektur der gewaltigen Halle, als unsere Gruppe auf sein Kommando hin stehenbleibt. Es sieht aus, als würde die Treppe den Berg hinaufklettern. Die Decke ist so hoch, dass ein Drache hier drin fliegen könnte. Durch ein halbes Dutzend Fenster strömt sanftes Morgenlicht hinein und winzige Partikel, die sich in dem Stein befinden, funkeln wie Diamanten. Auf einigen Sockeln sind Reiter auf ihren Drachen als Statuen aus Kupfer und Silber abgebildet. Sie sehen aus wie richtige Helden.

Drae, die eine sandfarbene Ledermontur tragen, begutachten uns mit Adleraugen, während wir eine Tür passieren, die hinaus in eine Art Arena führt. Dieser Ort ist bemerkenswert. Eine Mischung aus einer feuerfesten Burg, dessen dicke Mauern seit Jahren Stürmen standhalten, einem Palast und einer Arena.

Zander wirkt angespannt, angestrengt wachsam und erschöpft. Unter seinen Augen zeichnen sich dunkle Schatten ab, die von Schlafmangel zeugen. Doch sobald sein Blick meinen trifft, wird der Ausdruck in seinen Augen sanfter.

Ich schüttele den Kopf und beende sämtliche Gedanken an Zander. Der Lord mag umwerfend und mächtig sein, aber er ist einer der vier und ich kann ihm nicht vertrauen. Ich sollte mich besser auf die bevorstehende Prüfung konzentrieren.

Zander packt mich am Arm und sieht mich mit einem warnenden Blick an. »Du solltest dich vor Raven in Acht nehmen. Er war Herons Reiter und hat nun einen neuen Drachen. Raven weiß, dass du Ezras Schwester bist.«

Das bedeutet, mein Bruder hat seinen Gefährten getötet – und dafür will er mich vermutlich bluten sehen.

»Danke für die Warnung. Aber er ist nicht der erste Reiter, der mich hasst. Ich komme schon klar, Zander«, entgegne ich. »Ich habe versprochen, die Schuld zu begleichen.«

Während der Trainingsphasen hatte ich nie Kontakt mit diesem Raven. Jetzt weiß ich aber, warum er mir diese tödlichen Blicke in der Mensa zugeworfen hat. Er war mir von Anfang an unsympathisch, deswegen bin ich distanziert geblieben, doch er scheint eine regelrechte Abneigung gegen mich zu hegen. Ich bin nicht schuld an Herons Tod und trotzdem holen mich Ezras Vergehen nun ein.

»Biete ihm keine Angriffsfläche und bleib in Neylas Nähe«, rät er mir.

Die Trommeln kündigen den Beginn der Rangkämpfe

an und mir bleibt keine Zeit mehr, ihn über Ravens Schwächen auszufragen. Zander greift überraschend nach meiner Hand, drückt sie und lässt sie so schnell wieder los, als hätte er sich an mir verbrannt. »Wir sehen uns danach, Flammenmädchen.« Sein Mundwinkel zuckt. »Mach mir keine Schande.«

Meine Rippen ziehen sich um mein Herz wie ein Schraubstock, weil mir klar wird, dass es mir nicht mehr darum geht, Ezras Schuld zu begleichen, sondern darum als Reiterin anerkannt und in den Schwarm aufgenommen zu werden.

Zwölf Reiter und Reiterinnen werden durch eine weitere Flügeltür in eine ovalförmige Arena geführt, die mitten in den Berg gehauen wurde. Scharfkantige Felsen ragen am Rand in die Höhe und an der linken Seite befindet sich eine Tribüne mit Stufen für die Zuschauer. In der Mitte stehen fünf Throne unter einem bedachten Vorsprung, einer für jeden Drachenlord. Jedoch kenne ich nur vier Lords.

Die Lords und die hochrangigen Schwarmführer und Ausbilder nehmen in den obersten Rängen Platz, während wir den Turnierplatz betreten.

»Wir werden Teil des Schwarms sein und die Prüfung bestehen. Wir sterben heute nicht«, flüstert mir Kiana zu und drückt ermutigend meine Hand, bevor wir in die Mitte der Arena treten und ich mir die Lederhandschuhe überstülpe.

»Wenn wir uns alle da nur so sicher sein könnten«, versuche ich zu scherzen.

Kiana blickt auf. »Halte den Fokus auf deinen Drachen und den Sturm.«

Wärme, der Geruch von Regen und eine pulsierende

Energie liegen bereits in der Luft. Vermutlich werden sie einen magischen Sturm loslassen, den wir bezwingen müssen.

Lord Roan erhebt sich von seinem Thron und reckt beide Hände in die Luft, damit Stille einkehrt. Sogar die Drachen, die am Rand der Arena warten, unterlassen das Brüllen.

»Drae-Anwärter. Seid willkommen!«, richtet der Lord das Wort an uns. »Ihr sollt euren Mut, eure Kraft und eure Gabe mit den Drachen zusammenzuarbeiten, beweisen. Wir, die vier Drachenlords, werden entscheiden, in welchen Schwarm ihr bei bestandener Prüfung aufgenommen werdet. Ich rate euch, eure Teamfähigkeit unter Beweis zu stellen, wenn ihr überleben wollt. Bindet einen Drachen an euch und verhaltet euch wie ein Sturmreiter. Die Regeln untersagen uns das Eingreifen. Ihr seid auf euch allein gestellt.«

Drei Drachen beginnen unruhig ihr Gewicht zu verlagern, ihre Schultern zu bewegen, um sich auf den Start vorzubereiten. Neyla, die ich nur als roten Punkt in der Ferne erkennen kann, bleibt erstaunlich ruhig.

Ein tiefer Gong ertönt und der Klang lässt die Erde unter mir erzittern. Das Turnier beginnt.

Sand wird aufgewirbelt, als die Drachen wild mit den Flügeln schlagen und ich bedecke meine Augen mit der Hand. Wie eine schäumende rote Welle bewegt sich der Sand über das Feld. Leider vergesse ich den Mund zu schließen und röchele und würge Staub hervor. Als einige Drachen abheben, vibriert der Boden zu meinen Füßen.

In der Ferne kracht es laut und ein Blitz schlägt wenige Sekunden später ein. Kurz danach fallen dicke Tropfen vom Himmel. Der Regen vermischt sich zu allem Übel mit der Erde zu einer schlammigen Brühe, die meine Stiefel einsaugt. Matschige Klumpen kleben unter meiner Sohle, als ich losrenne und einen Unterschlupf in der Arena suche.

Ich sehe nicht, dass der Boden sich wölbt und stolpere über eine Wurzel, die vom Schlamm bedeckt wurde. Frontal knalle ich auf den Boden, fange mich mit den Händen ab, sodass mir Schlamm ins Gesicht spritzt.

Wunderbar! Besser kann es nicht laufen.

Ich höre lautes Lachen und Rufe von der Tribüne, versuche mich davon aber nicht entmutigen zu lassen. Zuerst rutsche ich auf die Knie, wische den Dreck von meinen Händen ab und komme wieder in den Stand. Zwar sind meine Stiefel von der nassen Erde schwer, aber ich springe trotzdem leichtfüßig über das erste Hindernis hinweg.

Ich springe über weitere Hürden und rolle mich geschickt ab, ohne mich zu verletzen. Schon nach kurzer Zeit hole ich keuchend Luft und es sticht in meinem Brustkorb. Die Distanz täuscht gewaltig, sodass sich vor mir ein Kilometer langes, schlammiges Meer erstreckt.

Kiana und ihren Drachen kann ich in dem Gewühl nicht finden. Ich beobachte einen Reiter aus meinem Kurs, der versucht, seinen Drachen zu zähmen und auf seinen Rücken zu klettern. Der gehörnte Grünschwanz verhält sich äußerst aufmüpfig und weigert sich offensichtlich von dem Anfänger geritten zu werden. Während des Trainings werden die meisten Drachen oft zufällig einem Anfänger zugeteilt und sie akzeptieren diese Entscheidung nur, weil sie vom Lord höchstpersönlich kommen. Heute müssen die Reiter beweisen, dass sie würdig sind, auf ihnen zu fliegen.

»*Neyla? Wo bist du?*« Ich rufe sie über unsere mentale Verbindung – unser einziger Vorteil.

»*Gleich bei dir.*«

Innerhalb weniger Atemzüge sind einige Drachen so nah, dass ich nicht erkennen kann, welcher von ihnen schon einen Reiter trägt. Entsetzen windet sich mein Rückgrat hinauf, als ich den aufziehenden Sturm im östlichen Teil des Feldes erspähe, der sich zu einem Trichter formt.

Hinter einem Felsen entdecke ich Neylas rotschimmernde Schuppen und sie läuft schnell wie ein Blitz auf mich zu.

Der Boden bebt regelrecht und vor uns türmt sich plötzlich ein Erdwall auf. Neyla kann nicht rechtzeitig bremsen, schlingert über den feuchten Boden und prallt seitlich mit der Flanke gegen die Barrikade.

Ein warmer Windstoß weht über mich hinweg, während sich dunkle Wolken bedrohlich über der Arena auftürmen. Ein Schatten legt sich auf mich und ich lege den Kopf in den Nacken. Über mir schwebt Raven auf seinem Drachen und ein langsames triumphierendes Lächeln breitet sich auf seinem Gesicht aus. In einem raschen Manöver nähert sich der Drache dem Boden und Raven springt wagemutig von seinem Rücken, um vor mir leichtfüßig aufzukommen.

Ich atme tief durch. »Was willst du von mir?«

»Du hast es nicht verdient, eine Reiterin zu sein. Schwester eines Drachentöters.« Raven verzieht die Lippen zu einem arroganten Grinsen. Seine dichten Wimpern umrahmen seine dunklen Augen wie schwarze Rabenfedern. »Du wirst an seiner Stelle dafür zahlen.

Dieser Feigling.« Raven spuckt auf den Boden und ballt seine Hände zu Fäusten.

Ihn davon überzeugen zu wollen, dass ich unschuldig bin und sein Racheakt unsinnig ist, weil Heron dadurch auch nicht wieder lebendig wird, bringt vermutlich nichts. »Dann wünsche ich dir viel Glück dabei.«

Seine Augen beginnen im Schein des Drachenfeuers finster zu leuchten. Ein eisiger Schauder kribbelt über meine Kopfhaut. Panik kitzelt meinen Fluchtreflex und mir schlingert der Magen. Meine Nerven flattern vor Anspannung, angesichts dessen, was in den nächsten Sekunden passieren könnte, falls er es wagt, mich anzugreifen. Die Lords haben nicht das Recht, die Rangspiele zu unterbrechen oder sich für einen Drachen oder einen Reiter in Not einzusetzen.

Seine ganze Haltung, die Art, wie er spricht, sein Auftreten wirken plötzlich bedrohlich auf mich. Und je länger ich Raven ansehe, desto unruhiger werde ich, weil Neyla von anderen Drachen attackiert wird und nicht in meiner Nähe ist, um mir zu helfen.

»Glaubst du wirklich, dass dich das Geschwader akzeptieren wird?«, höhnt er.

Neyla hat mich akzeptiert und das reicht mir. Ich muss diese Prüfung bestehen – dann habe ich bald die Schulden meines Bruders beglichen.

»Das hast du nicht zu entscheiden. Die Schwärme unterstehen den Lords.«

Das wütende Zittern seiner Arme geht auf den Rest seines Körpers über. »Du bist ein schwächliches kleines Ding, das nur Augen für Lord Zander hat. Glaubst du ernsthaft, wenn du seine Gunst gewinnst, dass du im Rang aufsteigst? Täusch dich nicht. Er benutzt Mädchen wie dich, verschlingt sie und spuckt sie wie Drachenspeichel wieder aus.«

Er unterstellt mir, dass ich mich dem Lord an den Hals werfe, um eine höhere Position zu bekommen? Lächerlich.

Raven stürmt im nächsten Moment auf mich zu und ich weiche seinem ersten Fausthieb aus. Ohne zu zögern, hole ich mit dem Bein aus. Mein Tritt sollte ihn eigentlich dort treffen, wo es richtig wehtut – zwischen die Beine. Aber ich streife leider nur seinen muskulösen Oberschenkel, sodass er keinerlei Reaktion zeigt. Er macht lediglich einen Satz zurück und grinst mich unverfroren an.

Gerade noch rechtzeitig nehme ich den Schwung mit und drehe mich um die eigene Achse, sodass ich mich unter seiner nächsten Attacke wegducken kann. Knapp verfehlt mich sein Ellenbogen und ich spüre nur den Windhauch an meiner Wange.

Mein Herz pocht schmerzhaft gegen die Rippen – oder ist es etwas anderes? Mir wird heiß und kalt zugleich, und jede Faser meines Körpers scheint in Flammen zu stehen, als wolle etwas aus mir herausbrechen, das ich nicht freilassen kann. Ich ignoriere dieses seltsame Gefühl und konzentriere mich auf Ravens nächsten Frontalangriff.

In den vergangenen Wochen sind mir durch die Trainingseinheiten Schlagtechniken, Abwehrstrategien und Bewegungsabläufe wie ins Gedächtnis gebrannt – für Momente wie diesen. Ich verlagere das Gewicht, reiße ein Bein herum und ziele direkt auf Ravens Knöchel. Er gerät ins Straucheln und bevor er sich auch nur ansatzweise fangen kann, schnelle ich hoch und werfe mich mit meinem Körpergewicht auf ihn. Er kracht auf den harten Boden und stöhnt vor Schmerz. Blitzschnell setze ich mich auf seine Arme, fixiere sie und entwende ihm das Messer, mit dem er mich niederstechen wollte. Dann drücke ich die Klinge an seinen Hals.

»Wag es nie wieder, so über mich zu reden«, zische ich und verstärke den Druck meiner Knie, als er sich wehrt.

Plötzlich rieche ich den strengen Geruch von Rauch und verbrannten Menschenfleisch. Aus dem Augenwinkel sehe ich Ravens Drachen, der das Maul aufreißt. An seinem Gaumen bildet sich eine glühende Feuerkugel.

Plötzlich steht meine Welt Kopf, denn Raven nutzt die Gelegenheit, verpasst mir eine Kopfnuss und stößt mich von sich runter. Jetzt spüre ich den harten Steinboden unter meinem Rücken und mir wird die Luft aus den Lungen gepresst. Das Messer fällt mir klappernd aus der Hand und ich beachte es nicht weiter.

»Pass auf, mein Problem zerbröselt gleich zu Asche, Miststück«, ruft Raven, der auf Abstand geht.

Dieses verdammte Arschloch!

Ich rolle mich schnell zur Seite, um aus der Schusslinie des feuerspuckenden Drachens zu kommen. Wenige Sekunden später steht die Stelle, auf der ich zuvor lag, in Flammen. Ich keuche, weil Staub und Asche aufgewirbelt werden. Zum Glück habe ich meine widerstandsfähige, unbrennbare Uniform angezogen.

Die überraschende Feuerwalze lässt mir Zeit zur Flucht vor Raven. Ich konzentriere mich auf den Pfad vor mir, während ich den stetig fallenden Regen aus meinen Augen wegblinzele. Mir schmerzen die Gelenke, sodass ich in dem Schlamm nur wenige Meter vorwärts komme.

Der Drache plustert sich erneut wie ein Vogel auf, verengt die Augen zu Schlitzen und dreht den Kopf in meine Richtung. Tief und grollend atmet er ein ...

Oh Scheiße.

Dann rollt er mit der Zunge und Feuer peitscht seine Kehle hinauf.

»*Leg dich hin!*«, höre ich eine tiefe Stimme, die ich Zander zuordnen würde, in meinem Kopf sagen.

Sofort springe ich mit ausgestreckten Armen nach vorne – doch zu spät. Das Feuer tost über mich hinweg, die Flammen züngeln über meine Kleidung und meinen gesamten Körper. Meine Haut fühlt sich zum Zerreißen gespannt an und für einen Augenblick sieht es aus, als würden sich rote Schuppen über meinem Handrücken bilden – oder Brandblasen?

Nein, nein, nein, nicht schon wieder …

Die Hitze versengt jeden Zentimeter meiner bloßen Haut und ich schreie auf. Gefühlt ergießt sich Lava über meinen Rücken. Ich drehe mich im kühlen Schlamm und rolle mich zu einer Kugel zusammen, um mich abzuschirmen, und will, dass es einfach nur aufhört …

In meinem Kopf ertönt ein bedrohliches Brüllen, gefolgt von einem helleren, seelenzerfetzenden Kreischen, das nach Neyla klingt.

»*Halt durch!*«, höre ich Neyla sagen.

Ich öffne die Augen lange genug, um zu sehen, wie ein goldener Schemen auf mich zu saust. Wegen des Feuerinfernos kann ich nicht einatmen.

Bitte, lasse es schnell vorbei sein …

So rasch, wie mich die Feuerwalze erfasst hat, löst sich die Hitze auf und ich fülle meine Lungen mit Sauerstoff. Keuchend ringe ich nach Luft, während ich reglos auf dem Boden liegen bleibe. Ich lebe noch … noch …

Ich will mir die entsetzlichen Verletzungen nicht ausmalen und vermeide es, auf meine Hände und Arme zu schauen. Ich warte auf den Schmerz, aber er bleibt aus.

Vielleicht wird er von dem Adrenalin überdeckt. Der Geruch von Schwefel hängt in der Luft und Galle steigt meine Kehle hoch.

Aus dem Augenwinkel beobachte ich, wie sich die Drae auf der Tribüne erheben und Chaos ausbricht. Einige Teilnehmer erklimmen die Mauer und bringen sich dahinter in Sicherheit. Sie rennen um ihr Leben, um rechtzeitig vom Turnierplatz zu kommen. Das Schlagen von mächtigen Schwingen ertönt und ein goldgeschuppter Drache stürzt sich auf Ravens Gefährten, der soeben das Feuer gegen mich gerichtet hat.

Die Wut des Drachens verwandelt ihn in ein tödliches Biest. Seine Flügel spannen sich weit auf und ich vernehme das Kreischen von dem jüngeren, kleineren Drachen, der mit dem Kopf zurück zuckt. Seine Augen werden groß, als der goldene mit einem ohrenbetäubenden Brüllen auf ihn losgeht. Sein gezackter Schwanz peitscht durch die Luft, schlägt so hart auf dem Boden auf, dass sich ein feiner Riss im Gestein bildet. Der goldene Drache attackiert ihn mit einer brutalen Heftigkeit, die mich erstarren lässt.

»Wage es nicht, sie zu verbrennen!«

Ist das die Stimme des Drachens?

Er stößt ein wütendes Brüllen aus, das die gesamte Arena vibrieren lässt. Mit den Zähnen schnappt er nach dem Hals des Drachens. Seine gewaltigen Fangzähne graben sich in die Schuppen, durchbohren den Hals des grünen Drachens und ein Schwall Blut ergießt sich auf den Boden. Die Zähne sinken bis zu den Rändern in die Schuppen ein, während ich vor Entsetzen mit offenem Mund zuschaue. Drachen töten ihre Artgenossen nicht. Warum greift er ihn an? Etwa meinetwegen?

Blutrote Rinnsale laufen an dem langen Hals des

Drachens hinab, als der goldene von ihm ablässt. Vor Schmerz stößt Ravens Drache ein Geräusch aus, halb Wehklagen, halb Flehen. Wenn er ihn weiterhin so hart attackiert, wird Raven bald kein Reiter mehr sein und seinen zweiten Drachen verlieren.

»Töte ihn nicht. Drachen töten Drachen nicht«, krächze ich so leise, dass er mich unmöglich hören kann, aber der goldene Drache hält inne.

Der junge Drache taumelt vor und einen Moment habe ich Mitleid mit ihm. Raven ist derjenige, der seinen Drachen missbraucht hat. Er versucht sich zu wehren und holt mit dem Schwanz aus, aber er ist nur halb so groß wie der goldene Drache. In der nächsten Sekunde packen seine Klauen ihn und er wirft den Jungdrachen gegen eine Mauer. Reglos bleibt der Drache liegen. Aus dem Augenwinkel sehe ich, wie alle Drachen in der Arena ergeben die Köpfe senken.

Mein Herz rast so schnell, dass ich spüre, wie mir schwindelig wird und ein kribbeliges Gefühl sich in meinem Brustkorb ausbreitet. Wenige Augenblicke später peitscht heiße Luft in meinen Nacken. Er ist ganz nah – ich befürchte, dass der goldene Drache nun auf mich losgehen wird.

Bevor ich mich aufrappeln kann, färben sich die Ränder meines Sichtfelds schwarz.

Vierzehn

Mein Schädel pocht wie verrückt, als ich wieder zu Bewusstsein komme. Ich hebe die Hand und streiche mir über die Stirn, die sich ungewöhnlich heiß anfühlt, als ob ich Fieber hätte. In meinem Haar kleben noch vereinzelt Schlammreste und ein Schnitt an meiner Wange brennt höllisch. Langsam kommen die Erinnerungen an das Auswahlverfahren zurück. Ich blinzele ein paarmal und gewöhne mich an die schummrige Dunkelheit. Schwere graue Vorhänge verdecken die halbe Fensterfront.

Das Erste, was ich sehe, ist die stuckbesetzte Decke des Krankenflügels in Drae Castle. Neben mir stehen mehrere leere Betten, die alle mit frischer weißer Bettwäsche bezogen sind. Hat es die anderen Reiter etwa nicht so hart erwischt oder bekomme ich eine Sonderbehandlung? Wie bin ich zurück nach Drae Castle gekommen? Wie lange war ich bewusstlos?

An meinem Bett steht ein silberner Wagen mit sterilen Verbänden und anderen Instrumenten, die hoffentlich nicht an mir getestet wurden. Mühsam versuche ich den Nebel, der über meinen Erinnerungen hängt, zu lichten.

Der goldene Drache. Das Feuer.

Die Erinnerung trifft mich wie ein Schlag in die Magengrube, aber ich kann durch die glühende Hitze nicht denken. Ich öffne den Mund, um die Krankenschwester zu rufen, doch alles, was herauskommt, ist ein trockenes Röcheln. Jeder Atemzug ist mühsam und ich schlucke schwer.

Wasser. Ich brauche Wasser.

Auf dem Nachttisch steht ein volles Glas. Mit zittrigen Händen greife ich danach, setze es an meine spröden Lippen und leere es in wenigen Zügen. Trotzdem verschwindet dieses entsetzliche Durstgefühl nicht. Es ist, als würde mein Körper nach einer Abkühlung verlangen, als würde er von innen heraus verbrennen.

Ich brauche mehr Wasser!

Hilfesuchend schaue ich mich in dem Krankenzimmer um, dann öffnet sich plötzlich die Tür und der Lord tritt ein.

Zander kommt mit wehendem Umhang auf mich zu. »Du bist wach«, stellt er erleichtert fest. »Wie geht es dir?«

»Abgesehen davon, dass ich mich wie ein verkohltes Stück Holz fühle? Ganz okay.«

Er legt eine Hand auf meine Stirn und zischt leise: »Du brennst immer noch.«

»Habe ich Verbrennungen?« Panisch fasse ich an die Verbände, die um meine Arme und meiner Brust liegen.

Zander schüttelt den Kopf und blickt mich voller Mitgefühl an. »Nein, deine Haut hat keine bleibenden Schäden erlitten. Nur ein paar Kratzer und Schürfwunden, die schnell verheilen sollten. Die Lederkleidung hat dich vor dem Drachenfeuer geschützt. Trotzdem scheinst du auf das Feuer zu reagieren. Dein Körper glüht förmlich und das Fieberkraut, das dir verabreicht wurde, scheint kaum zu wirken.« Nachdenklich zieht er die Augenbrauen zusammen. »Du solltest ein kaltes Bad nehmen ... oder noch besser im Meer schwimmen.«

Ich fühle mich zu erschöpft, um das Bett zu verlassen. Aber der Gedanken an kühles Wasser, das meinen Körper umspült ...

»Schöne Vorstellung! Mir ist verflucht heiß«, sage ich und rappele mich im Bett auf.

»Wenn du willst, lasse ich dir ein kaltes Bad ein oder begleite dich zum Strand.«

Der Gedanke, dass der Lord höchstpersönlich ein Bad für mich einlässt, behagt mir nicht. Ganz zu schweigen davon, dass ich womöglich Hilfe beim Entkleiden brauche.

»Wenn ich laufen kann, möchte ich gerne ans Meer.«

»Gut.« Zander reicht mir seine Hand und hilft mir auf die Beine. »Zieh die Wasserschuhe an, sonst schlitzt du dir auf den spitzen Steinen womöglich noch die Füße auf«, sagt Zander und deutet auf das Paar Schuhe neben dem Kleiderschrank. Daneben hängt ein Ganzkörperanzug aus einem biegsamen, leichten und wasserabweisenden Material. »Der Wasseranzug ist eigens für Reiter von Wasserdrachen konzipiert. Er schützt vor extremer Kälte – und in deinem Fall auch deine Wunden vor Entzündungen.«

Schritt für Schritt gehe ich zu dem Schrank herüber unter dem wachsamen Blick von Zander, der versucht, meinen Zustand einzuschätzen.

»Erwartet Ihr etwa, dass ich mich vor Euch umziehe,

Mylord? Ich kann mich auf den Beinen halten und benötige Eure Hilfe nicht«, sage ich spitz.

Sein Mundwinkel zuckt. »Ich warte vor der Tür auf dich. Schrei, wenn du was brauchst.«

Zander verlässt das Zimmer, und ich pelle mich mühsam aus dem dünnen Krankennachthemd und ziehe den engen Wasseranzug über, der sich erstaunlich leicht auf der Haut anfühlt. Meine Fingerspitzen gleiten unter den Verband um meinen Oberarm. Meine Haut fühlt sich seltsam ledrig und hart an. Mehrmals streiche ich über die Stelle, um mich zu vergewissern, dass ich keine starken Verbrennungen davongetragen habe. Vorsichtig zupfe ich den Verband ein Stück zur Seite. Zum Glück sieht meine Haut nur leicht rötlich aus.

Nachdem ich mich umgezogen habe, begleitet mich Zander durch das Schloss und führt mich einen Gang entlang, der hinaus zum unteren Strandabschnitt führt. Goldene Sonnenstrahlen treffen auf meine Augen und ich halte mir die Hand schützend vors Gesicht. Das Wasser spiegelt die Sonnenstrahlen wider. Schäumend rollen Wellen an den Küstenabschnitt und tragen winzige Steine heran, schleifen sie fein säuberlich glatt.

Eine frische Brise erfasst mich und ich atme tief ein. Selbst die kühle Luft, die übers weite Meer heranweht, vermag es nicht, das Brennen in mir zu dämpfen.

Zander entfernt sich keinen Meter von mir, für den Fall, dass ich zusammenbreche. »Woran erinnerst du dich?«

Durch die glühende Hitze kann ich kaum denken.

»Ich erinnere mich nur an das Drachenfeuer und an den goldenen Drachen ...« Was ist eigentlich mit ihm geschehen? Hat er mich angegriffen oder mich vor den anderen gerettet? »... dann bin ich ohnmächtig geworden.«

»Hm.«

»Zu welcher Staffel gehört der goldene Drache?«

Zanders Augen verziehen sich zu Schlitzen. »Warum willst du das wissen?«

»Ich habe schon einmal einen gesehen, vor vielen Jahren.«

»Tatsächlich?«

»Ich erinnere mich noch ganz genau an jene Nacht, als der Drache unser Dorf überfiel. Es war kein Sturm weit und breit zu sehen – er wollte uns nicht beschützen, er wollte uns vernichten.« Unwillkürlich balle ich die Hände zu Fäusten. »Der Drache flog über das Dorf hinweg, kehrte um und glitt tückisch tief über unser Haus. Ich weiß noch, dass Sandkörner schimmernd wie Wasser an seinem Leib hinabrieselten, und zum Vorschein kamen goldene Schuppen.«

Zander zuckt kaum merklich zusammen. Vermutlich, weil die goldenen Drachen zu seinem Schwarm gehören.

»Der Drache war dreimal so groß wie ein Pferd und landete vor unserem Haus. Er schlug mit seinem gigantischen Schwanz, während seine Pupillen starr auf mich gerichtet waren«, fahre ich fort und eine Gänsehaut breitet sich über meine Arme aus. »Der Drache umkreiste mich, lauerte und dann setzte er erst das Haus in Brand. Meine kleine Schwester hat es nicht aus dem Flammenmeer geschafft. Sie war damals erst acht und ich sechzehn. Wir haben verstecken gespielt, als der Drache angriff ...« Meine Stimme bricht und meine Sicht verschwimmt. »Und ich habe sie nicht rechtzeitig gefunden. Dann attackierte der Drache mich mit seinen Flammen. Ich stand mittendrin.

Ezra hat mich gewaltsam mit sich genommen, bevor die Flammen mich hätten töten können. Trotzdem haben sie ihre Spuren auf meinem Körper hinterlassen. Mein Bruder hat mich gerettet. So oft schon. Ich schulde es ihm, ihn nicht aufzugeben.« Ich blinzele die aufkommenden Tränen fort, bevor sie meine Wange hinunterlaufen können.

»Du ... du standest in Flammen?«

Ich nicke. »Der Drache hat mir eine scheußliche Brandwunde zugefügt, die über meine ganze rechte Seite verläuft. Am schlimmsten verbrannt ist meine Haut im Nacken und Schulterbereich, weil ich mich abgewandt habe, als mich die Flamme erfasste.«

Die Erinnerungen an das hasserfüllte Gebrüll des Drachens und der Moment, als Flammen aus seiner Kehle schossen, lassen mich zittern und ich stoße bebend Atem aus. Eine Feuerwalze hatte mich überrollt und kurz bevor mich die Flammen erfassten, verging die Zeit seltsam langsam. Ich wusste, dass dies mein Ende sein würde, aber aus irgendeinem Grund war dem nicht so. Als das Feuer erlosch, hatte mich Ezra angsterfüllt und gleichzeitig voller Unglauben angesehen. Meine versengte Haut warf Blasen und der Schmerz loderte unerträglich heiß. Panik wallte in mir auf und ich dachte, mein Herz würde jeden Moment aufhören zu schlagen und ich würde an den Verbrennungen sterben.

»Du hast das Drachenfeuer überlebt«, sagt er und stößt Luft aus, als wäre das etwas Besonderes.

Ich zucke mit den Schultern. »Das ist mir teuer zu stehen gekommen.«

Sein Blick wird ernster. »Die wenigsten überleben Drachenfeuer.«

Ich schüttele den Kopf, weil ich seine Faszination nicht begreifen kann. »Weißt du, wie oft ich mir in den Jahren danach gewünscht habe, ich wäre in dem Feuer umgekommen? Hast du auch nur eine Ahnung davon, welche Schmerzen ich erleiden musste?« Noch nie habe ich jemandem so offen gesagt, wie ich in den Jahren nach dem Überfall empfunden habe. Vielleicht weil ich mich dafür schäme, dass ich nicht dankbar genug war, dass ich nicht zu schätzen wusste, welches Geschenk es ist, am Leben zu sein.

»Ich verstehe deine Angst und es tut mir leid, was dir widerfahren ist«, Zander sieht mir direkt in die Augen. »Alles, was ich dir sagen kann, ist, dass der goldene Drache dir in der Arena nichts getan hätte. Doch zweimal dem Drachenfeuer zu entgehen, ist erstaunlich.«

Er will sagen, dass das nicht nur Glück zu verdanken ist?

»In der Arena hatte ich den Eindruck, dass der goldene Drache mich *verteidigen* wollte.« Ich schüttele den Kopf, weil ich es kaum glauben kann, diese Worte auszusprechen.

Zander beantwortet mir meine Frage nicht, stattdessen sprintet er voraus zu einer außergewöhnlichen Felsformation, die aus dem Wasser ragt.

Leichtfüßig springt Zander von Stein zu Stein, während ihm das Haar vom Wind in die Stirn geweht wird. Er sieht auf attraktive Weise verwegen aus wie ein Sturmprinz. Mit wackeligen Beinen folge ich ihm und rutsche prompt auf einem algenbedeckten Stein aus. Blitzschnell greift Zander nach meinem Arm und hält mich fest, sodass ich nicht hinfalle.

»Danke«, murmele ich.

Zander betrachtet mich mit einem so heißen Blick,

dass mein Körper auf andere Weise Feuer fängt. Rasch senke ich den Blick und winde mich aus seinem Griff.

Das Wasser umspült meine Knöchel und ich will am liebsten komplett ins Meer abtauchen. Allerdings fühle ich mich zu kraftlos, um zu schwimmen – mal ganz davon abgesehen, dass die Strömungen an dieser Stelle vermutlich zu stark sind.

Unerwartet erheben sich eine Reihe von mächtigen Schwingen aus dem Wasser und drei Drachen schießen an die Wasseroberfläche. Wassertropfen regnen auf mich nieder und benetzen mein Gesicht. Das Wasser kühlt meine erhitzte Haut und ich schließe für einen Moment die Augen.

»Wir könnten etwas anderes ausprobieren«, sagt Zander neben mir. Ich drehe mich zu ihm und blicke ihn fragend an.

Ein Funkeln liegt in seinen Augen. »Hast du Lust auf einen kleinen Ritt übers Meer?«

Mein Blick wandert zurück zu dem blauen Meerdrachen, dessen Schuppen im Licht der untergehenden Sonne glitzern wie Diamanten. »Mit dem da?«

Zander nickt. »Sie wird ganz sachte durchs Wasser gleiten, versprochen. Vertrau mir, die Abkühlung wird dir guttun.«

Zweifelnd blicke ich den Lord an. »Ich kann die Luft nicht lang genug anhalten.«

»Wasserdrachenreiter üben das Anhalten regelmäßig, aber auch als Anfänger schaffst du es für wenige Sekunden. Ich sage dir, wenn du den Atem anhalten musst«, fügt er hinzu. »Wir tauchen nur wenige Meter unter Wasser ab.«

Mit einem Handzeichen winkt er einen weiblichen Drachen heran, der einen Kranz mit Perlen um den Hals trägt und in schlängelnden Bewegungen zum Strand schwimmt. Mit seinen Pranken, die zwischen den Krallen glitschige, halbdurchsichtige Schwimmhäute haben, stemmt sie sich aus dem Wasser.

»Das ist Coralie, die Königin der Wasserdrachen an dieser Küste«, stellt Zander mich ihr vor, und ich neige respektvoll den Kopf, um sie milde zu stimmen.

Der türkisfarbene Drache legt eine Pranke um mich, hebt mich an und schiebt mich auf seinen Rücken. Sie stützt mich, damit ich mich in Position halten kann, bis Zander sich ebenfalls auf den Sattel geschwungen hat. Er schnürt einen Gurt um meine Beine fest, sodass ich nicht runterrutschen kann. Zander rutscht hinter mich, legt einen Arm um meine Mitte und hält sich mit der anderen an der Perlenschnur fest. Langsam gleitet der Drache zurück ins Wasser, bis meine Beine halb mit Wasser bedeckt sind.

»Gib mir ein Zeichen, wenn dir die Luft ausgeht«, sagt Zander und bedeckt seine Augen mit einer Tauchbrille. »Drück fest meinen Unterarm.«

»Alles klar.« Ich ziehe ebenfalls eine Tauchbrille zum Schutz über meine Augen, damit ich unter Wasser sehen kann.

Wir bewegen uns so schnell übers Meer, wie ich es noch nie erlebt habe. Das Wasser, das vorbeipeitscht, fühlt sich sehr erfrischend an.

»Halt die Luft an!«, befiehlt Zander.

Plötzlich taucht Coralie ab und gerade noch rechtzeitig flutet Sauerstoff meine Lungen. Wasser umhüllt mich von Kopf bis Fuß.

Kaltes. Klares. Wasser.

Mein Körper wird durchgeschüttelt, als wir in einem

rasanten Tempo mehrere Meter tief abtauchen. Ein Schwarm silberner Fische schwimmt rechts an uns vorbei. Luftblasen steigen aus den Nüstern des Drachens auf, die die Meeresbewohner verscheuchen. Mein Blick fällt auf das bunte Korallenriff ganz in der Nähe, das in den schönsten Farben erstrahlt. Das Wasser an der Küste ist erstaunlich klar, sodass ich weit schauen kann. Nach knapp einer Minute durchbrechen wir die Wasseroberfläche und ich schnappe keuchend nach Luft. »Wow, ich hatte nicht erwartet, dass der Tauchgang so schnell geht.«

Der Meeresdrache nutzt seine Flügel im Wasser, indem er sie rhythmisch vorwärts und rückwärts bewegt wie ich bei Schwimmzügen mit den Armen. Zusammen tauchen wir ein weiteres Mal ab und ich atme heftig ein, bis ich das Gefühl habe, meine Lunge würde zerbersten. Mein Magen schlingert kurz, als der Drache starke Schlangenbewegungen vollzieht. Die Wassermassen schlagen über mir zusammen, ergießen sich mit knochenzerschmetternder Gewalt über mir.

Ein Wasserwirbel erfasst uns und der Drache schwimmt gegen den Strom an. Gnadenlos schlägt das Wasser auf mich ein.

»Lass nicht los!«, keucht Zander, als wir kurz auftauchen und sofort wieder hinunter in die schwarze Tiefe gezogen werden.

Tonlos schreie ich und Luft entweicht meiner Lunge, was ganz und gar nicht vorteilhaft ist. Panisch umfasse ich den Perlenkranz, der um den Hals des Drachens liegt, fester, um mich im Sattel halten zu können. Wenigstens vertreiben die eiskalten Strömungen die Hitze aus meinem Körper. Es fühlt sich an, als würden die Flammen in meinen Knochen erlöschen.

Unter Wasser werden wir durch die Stromschnellen umhergewirbelt, sodass ich die Orientierung verliere. Bildet sich gerade ein Sturm unter Wasser? Und das direkt vor der Küste?

»*Halt dich fest, Flammenmädchen*«, ertönt eine helle klare Stimme in meinem Kopf. Neylas Stimme würde ich sofort wiederkennen, diese ist mir fremd. Spricht der Meeresdrache etwa zu mir?

Langsam geht mir die Luft aus und meine Brust wird eng. Mir bleiben nur wenige Sekunden, ehe mir gänzlich der Sauerstoff ausgehen wird und ich ertrinke.

Angsterfüllt umklammere ich Zanders Handgelenk, um ihm das Zeichen zu geben, dass die Situation kritisch für mich ist. Der Drache schafft es, aus dem Wasserwirbel auszubrechen, und schwimmt senkrecht nach oben.

In letzter Sekunde tauchen wir auf. Ich lasse mich gegen Zanders Brust fallen, reiße mir die Brille vom Gesicht und hole tief Luft.

»Atme ruhiger. Ein und aus«, sagt Zander mit ruhiger Stimme, der gar nicht außer Atem zu sein scheint. Vermutlich ist der Lord an regelmäßige Tauchgänge mit seinen Drachen gewöhnt.

»Gib. Mir. Einen. Moment.« Ich sauge extrem viel Luft in meine Lungen, dass es schmerzhaft in meiner Brust sticht und mir schwindelig wird. Mein Herz klopft schnell und stark, sodass der Drache es hören müsste. »Wasser ist weniger mein Element.«

Ein Lachen lässt Zanders Brust vibrieren. »Wie fühlst du dich mittlerweile?«

Instinktiv fasse ich mir an die Stirn. »Besser. Abgekühlt.« Meine Zähne klappern, aber mein Puls beruhigt sich. Endlich fühle ich mich nicht mehr wie in einem Schmelzofen.

Der Meeresdrache gleitet endlich ruhiger übers Wasser, sodass ich den Ausflug ins kalte Nass genießen kann.

»Schön, du hast dich für einen ersten Ritt gut geschlagen«, meint Zander.

Ich frage nicht nach, wie viele Anfänger schon bei waghalsigen Tauchgängen durch Unterwasserstrudel ertrunken sind. Schlaff hänge ich auf dem Rücken des Drachens, ringe um Kraft und den nächsten Atemzug, während sich mein Herzschlag beruhigt.

Nach einer Viertelstunde schwimmt Coralie zurück an den Strand und bleibt auf dem weißen Sand liegen, bis Zander und ich von ihrem Rücken hinuntergerutscht sind.

Kitzelnd perlen Wassertropfen von den Wangen hinunter zu meinem Mund bis zum Kinn. Ich schmecke das Salz auf meinen Lippen. Zeit hat in diesem Moment keine Bedeutung. Einzig das Geräusch der Wellen durchbricht die Stille. Das Wasser lockt mich loszulassen, meine Seele aus dem Gefängnis meines Körpers zu befreien. Langsam kühlt meine Körpertemperatur ab.

»Woher wusstest du, dass das Wasser mein Fieber senkt? Nicht einmal das Fieberkraut, das mir die Heilerin angerührt hat, hat so gut geholfen.«

»Ich wusste es nicht. Ich habe es erraten.« Sein Blick gleitet zu den Meeresdrachen, die auf- und abtauchen. »Die Drachen umgibt eine Magie, die wir nicht immer verstehen können. Sie wirkt wie ein Energiefeld, das uns, alle Elemente der Erde, auf wundersame Weise beeinflusst.«

Zander wirft mir eine grobe Decke über die Schultern, und ich wringe mir das nasse Haar aus. Die Hitze in meinen Knochen wird durch eine knochenzerschmetternde Kälte ersetzt, und ich schlinge die Decke fester um mich.

»Kannst du gehen?«, fragt Zander, dem die Kälte nichts auszumachen scheint. Im Licht der untergehenden Sonne glitzern einige Tropfen auf seiner gebräunten Haut und verfangen sich in seinen dichten Wimpern.

»Ja«, flüstere ich, noch immer überwältigt von dem spektakulären Unterwasserritt. Ich beobachte, wie sich die Meerdrachen vom Strand entfernen, bevor wir uns auf den Weg zurück zum Schloss machen.

Zur Sicherheit verbringe ich zwei weitere Tage auf der Krankenstation, bis das Fieber nachgelassen hat. Zander erkundigt sich alle drei Stunden nach meinem Zustand und lässt mir mehrere Karaffen Wasser bringen, damit ich nicht dehydriere. Woher das seltsame Drachenfieber kommt, kann er mir nicht beantworten. Doch aus seinem unergründlichen Blick lese ich heraus, dass er etwas vor mir verheimlicht.

Als ich mich wieder kräftig genug fühle, um am Training teilzunehmen, ziehe ich meine Lederkombi an und begebe mich früh morgens zum Flugfeld.

Verwirrt blicke ich mich auf dem Flugfeld um und sehe nur die Drae-Sturmreiter aus den höheren Jahrgängen. »Wo sind all die anderen Anfänger?«, frage ich Mareva, die sich Lederhandschuhe für den Flug anzieht und ihre Flugbrille aufsetzt.

Mit einem abschätzigen Blick antwortet sie: »Hast du es noch nicht gehört? Der Lord hat dich gegen sie alle eingetauscht.«

Zander hat was? Ich habe die Prüfung nicht bestanden, bin ohnmächtig geworden ... Wie kann er mich ausgewählt haben?

»Davon weiß ich nichts.«

Mareva rümpft die Nase und sieht alles andere als erfreut aus. Schließlich fehlt eine komplette Staffel an Reitern, für deren Ausbildung sie zuständig war. »Nachdem du das Bewusstsein verloren hast, ist die Hölle in der Arena losgebrochen. Zander hat seinen Drachen geschickt und auch die anderen Lords haben ihre Macht spielen lassen. Sie haben um dich gekämpft.« Aus ihrem Mund klingt es wie ein Vorwurf. »Zander hat all seine Reiter freiwillig abgegeben, um dich zu bekommen.«

»Das verstehe ich nicht.«

Sie schnaubt. »Glaube mir, seine Entscheidungen begreife ich schon lange nicht mehr.«

Mareva ist eindeutig wütend, weil Zander mich aus irgendeinem Grund bevorzugt und seine komplette Staffel eingetauscht hat. Was negative Auswirkungen auf unseren gesamten Schwarm hat, der nun mit weniger Reitern auskommen muss und dadurch geschwächt ist. Warum hat er das getan?

»Was ist mit Raven geschehen?«, will ich wissen. Wurde er von dem goldenen Drachen angegriffen?

»Er wurde einem Schwarm eines anderen Lords zugeteilt, der für ihn Verwendung sieht.«

Raven ist also unversehrt – und trachtet mir vermutlich immer noch nach dem Leben. Wenigstens hält er sich nicht mehr auf Drae Castle auf.

Marevas grüner Drache schart mit den Füßen und stößt ein tiefes Knurren aus. Er wirkt genauso angepisst wie sie. Vermutlich, weil er wegen Zanders Entschluss gute Kameraden an die Schwärme der anderen Lords abtreten musste. Ohne ein weiteres Wort zu wechseln, klettert Mareva auf ihre Drachendame, die wild mit den Flügeln schlägt, sodass ich zur Sicherheit mehrere Meter zurücktrete.

Eines ist mir klar: Ich werde Zander zur Rede stellen müssen. Mit keinem Wort hat er erwähnt, was nach der Prüfung in der Arena vorgefallen ist. Wie soll ich mit den anderen Reitern Stürme bezwingen, wenn sie mich nicht respektieren, weil sie der Meinung sind, dass der Lord mich bevorzugt? Ich bin keine ganze Staffel an Drae-Reitern wert. Warum wollte Zander mich in seinem Schwarm behalten, obwohl ich bei der Prüfung jämmerlich versagt habe? Das ergibt keinen Sinn.

Fünfzehn

»*Die Ältesten rufen nach mir*«, sagt Neyla und spreizt ihre Flügel. »*Kümmere dich bitte um die Mahlzeit von Sóley.*«

Bevor ich sie fragen kann, was Babydrachen fressen, hebt Neyla schon vom Boden ab und fliegt Richtung Festung. Na super! Muss ich jetzt Tiere erlegen, um nicht selbst die nächste Mahlzeit der Kleinen zu werden? Zu dem Babydrache verspüre ich keine mentale Verbindung, was vermutlich daran liegt, dass sie sich ihrer Fähigkeiten noch nicht bewusst ist.

Ich weiß, dass Drachen abseits der Dörfer in den Wäldern Wild jagen und dass einige Schafsherden lediglich gezüchtet werden, um den Hunger der Drachen zu stillen. Aber Sóley ist viel zu schmächtig, um Kleintiere zu töten und zu fressen. Sie könnte höchstens Ratten nachjagen.

Riesige Ameisen klettern über einen Erdhügel zu meinen Füßen. Die Zunge des kleinen Drachen schnellt plötzlich hervor und Sóley vertilgt gleich mehrere von ihnen. Damit hat sich geklärt, was Babydrachen fressen. Eklige Insekten.

Diese sollten jedoch kaum ihren Magen füllen können. Deshalb streife ich mit Sóley über das Gelände zu dem blühenden Obstgarten. An vielen Bäumen hängen grüne Ranken wie Lianen herab und an dessen Ende befinden sich rote, pinke und gelbe Früchte, die die Form eines Dracheneis besitzen. Drachenfrüchte.

Unbeholfen hüpft Sóley, um an die Früchte heranzukommen. Sie breitet zur Unterstützung ihre Flügel aus, kann jedoch noch nicht fliegen. Ich stelle mich auf die Zehenspitzen, greife nach dem Messer in meinem Hüftgurt und schneide eine Drachenfrucht ab. Dann zerteile ich sie in zwei Hälften und halte sie dem kleinen Drachen unter die Nase.

Aus dem Inneren schleckt sie das weiße Fruchtfleisch inklusive der schwarzen Kerne heraus und gibt einen gurrenden, zufriedenen Laut von sich. Nach und nach knackt sie die Schale von fünf weiteren Früchten und höhlt sie aus.

Ich schmunzele. »Das schmeckt dir wohl.«

»Sie vertraut dir«, ertönt Lord Zanders Stimme, und ich drehe mich um. »Deine Verbindung zu den Drachen ist erstaunlich, bedenkt man, wie sehr du dich vor ihnen gefürchtet hast.«

Während Sóley mit Fressen beschäftigt ist, begleite ich den Lord ein Stück durch den Garten. »Warum hast du mich vor Wochen nicht fortgeschickt oder mich gleich deinen Drachen zum Fraß vorgeworfen? Ich verstehe nicht, wieso du ausgerechnet mich in deinem Schwarm haben willst.«

»Ich habe viele Sturmreiter persönlich ausgebildet,

gesehen, wie gut sie mit den Drachen umgehen können. Aber noch nie habe ich eine Frau wie dich getroffen, die dieses Feuer in den Augen hatte – und Drachen so sehr verabscheute. In gewisser Weise empfand ich dein Wesen als sehr erfrischend, wie eine Böe kalte Luft, die durch einen heißen Feuersturm weht.«

Seine Worte berühren mich anders als jedes andere oberflächliche Kompliment, das ich jemals von einem Mann bekommen habe. Zander ist mir so nahe, dass in mir unaufhaltsam der Wunsch ihn zu küssen in mir aufsteigt.

Sein Blick gleitet zwischen den Drachenbäumen hindurch, als würde er prüfen, ob wir beobachtet werden. Mit einem spektakulären Kuss verschließt er dann meine Lippen. Auf das Verlangen, das er in mir weckt, bin ich nicht vorbereitet. Fast fühlt es sich an, als würden zwischen unseren Lippen Funken aufstoben. Hitze rast durch jede Faser meines Körpers und ich kann nicht anders, als seinen Kuss zu erwidern. Ich schließe die Augen und schlinge die Arme um seinen Hals, wobei ich mich auf die Zehenspitzen stellen muss.

Zander begnügt sich jedoch nicht mit meinem Mund und seine Hände finden meine Taille und meine Hüften. Kompromisslos presst er sich an mich, sodass ich fast ganz den Boden unter den Füßen verliere. Er lässt mich die Kraft spüren, die in seinem Körper schlummert. Doch zu meiner Verwunderung sind seine Berührungen nicht grob oder besitzergreifend, sondern sinnlich.

Ich atme seinen Kuss ein, als bräuchte ich ihn wie die Luft zum Überleben. *Heilige Drachen!*

Unter dem lasziven Spiel seiner Zunge schmelze ich dahin und biege mich ihm entgegen. Meine Fingerspitzen vergraben sich in seinem vollen seidigen Haar, als würde ich ihn darum bitten, den drängenden Hunger in mir zu stillen.

Er schmunzelt an meinen Lippen, weil er meine Ungeduld bemerkt. Seine Finger schieben sich unter mein Haar in meinen Nacken und kraulen mich sanft.

Kurz darauf spüre ich seine Lippen an meinem Hals und ich keuche. Seine Zungenspitze tanzt auf meiner erhitzten Haut, streicht über meinen Puls und lockt mich. Wimmernd klammere ich mich an ihn. Er steckt mich ganz und gar in Brand.

Dass Lord Zander mich nach allem, was zwischen uns geschehen ist, derart erregen kann, habe ich nicht erwarten. Ein Stöhnen gleitet aus seiner Kehle.

Bis in meine Fingerspitzen breitet sich ein Kribbeln aus. Doch als er den Stoff des Oberteils zur Seite schiebt, um sich küssend bis zu meinem Schlüsselbein vorzuarbeiten, ergreift mich schlagartig blanke Panik.

Ich kann es nicht vor ihm verbergen. Er wird es sehen und noch schlimmer spüren – das Brandmal.

»Hör auf«, keuche ich verzweifelt und stemme mich gegen seine Brust. »Bitte.«

Sofort lässt er von mir ab, atmet aber immer noch schwer.

Er darf es nicht sehen!

Hastig richte ich das Oberteil und verschränke die Arme vor dem Oberkörper. Wann habe ich das letzte Mal vor Lust die Kontrolle verloren und mich jemandem gezeigt? Ich habe das Mal stets verborgen, selbst Corentin hat es nie zu Gesicht bekommen.

Mich überkommt eine schmerzhafte Erkenntnis. Offenbar habe ich mich noch nie jemandem gezeigt mit all meinen Narben, in all meiner Hässlichkeit.

»Es tut mir leid, wenn ich zu weit gegangen bin«, sagt Zander. »Habe ich etwas falsch gemacht?« In seiner Stimme schwingt Reue mit – weshalb ich mich noch schlechter fühle. Denn offenbar glaubt er, dass ich wegen ihm in Panik geraten bin und nicht, weil ich mich für mich selbst schäme.

»Du hast nichts Falsches getan«, flüstere ich und senke den Blick. »Ich ...« Hört er die Lüge aus meinen Worten?

»Du schuldest mir keine Erklärung. Ich werde nichts tun, wozu du nicht bereit bist.«

Es ist nur eine Frage der Zeit, bis wir wieder an diesem Punkt ankommen werden und ich ihn wieder von mir stoßen werde.

Sanft streicht er mir eine Haarsträhne aus dem Gesicht. »Warum fürchtest du dich so sehr vor dem, was du bist?«

»Das tue ich nicht.« Und das ist die Wahrheit. »Ich fürchte mich nicht vor mir, sondern vor der Reaktion der anderen, wenn sie sehen ... sehen, wie entstellt ich bin.«

Meine Lunge und meine Augen brennen. Meine Hände beginnen zu zittern, Panik steigt in mir auf. Ich bekomme keine Luft mehr.

Im nächsten Moment streichen Zanders warme Fingerspitzen über meine Wange und ich öffne die Augen und hebe das Kinn. Zanders Berührung lässt mich zusammenzucken, aber nicht nur, weil sie warm und nicht eiskalt ist, sondern auch, weil ich es immer noch nicht gewöhnt bin, berührt zu werden. Mein ganzes bisheriges Leben habe ich Berührungen vermieden, und es ist äußerst selten vorgekommen, dass ich die Haut eines anderen auf meiner gespürt habe.

Aber Zander berührt mich. »Ist alles in Ordnung?«, fragt er leise.

Meine Zunge fühlt sich schwer an und ich bringe kein Wort heraus, weil sich meine Brust wie zugeschnürt anfühlt.

Zander senkt den Kopf, bis unsere Lippen nur noch Zentimeter voneinander entfernt sind. Mich durchfährt ein Schaudern, als er erneut seine Hand in meinen Nacken legt. Eine Weile ruht sein Daumen auf meiner wild pochenden Halsschlagader.

»Atme ruhig«, flüstert er.

Es ist, als würde er der Luft befehlen, in meine Lungen einzudringen. Ist das möglich? Im nächsten Moment bebt meine Brust und durch meine Nase strömt frische Luft. Das Zittern meiner Hände lässt nach, während sein Daumen weiterhin beruhigend über meine Halsschlagader streicht. Wenigstens habe ich nicht mehr das Gefühl, keine Luft mehr zu bekommen.

Mit glühenden Wangen weiche ich vor Zander zurück. Kurz schwebt seine Hand in der Luft, bevor er sie zusammenballt und sinken lässt.

Ich nehme all meinen Mut zusammen und erzähle ihm, was in mir vorgeht. »Als der erste Mann, mit dem ich intim geworden bin, die Brandnarben ertasten und gesehen hat, reagierte er erschrocken und dann sagte er, dass er mit einer solch hässlichen Frau niemals zusammen sein könnte und ließ mich zurück.« Seine zerstörerischen Worte, die Abscheu, mit der er mich angesehen hat, sind mir nie mehr aus dem Kopf gegangen. Deswegen habe ich lange Zeit Begegnungen mit Männern vermieden, bevor ich die Paste hatte, die das Brandmal verdecken konnte.

Wut glimmt in seinen Augen auf. »Dieser unterbelichtete Bastard«, zischt Zander.

Tränen brennen in meinen Augen. »Worte können einen tiefer verletzen als eine Waffe.«

»Versprich mir, dass du dir niemals die Liebe und die Aufmerksamkeit versagst, die du verdient hast, bloß weil irgend so ein verblendeter Vollidiot deine Schönheit nicht erkennt.« In seinen Augen spielt sich ein wahres Feuerwerk an Farben ab. »Du wurdest von einem Drachen in Flammen gesetzt und hast überlebt. Wer kann das schon von sich behaupten? Du solltest deine Narben wie eine Krone tragen.«

Seine Worte berühren und heilen etwas in mir, von dem ich angenommen habe, dass es für immer zerbrochen sein würde. Ich beuge mich vor und streife seine Lippen erneut mit meinen.

Er entfacht in mir ein Feuer, das alles andere, was ich bisher erlebt habe, in den Schatten stellt.

Er will mich.

Er will meine unbedingte Hingabe.

Auf das kleinste Signal meines Köpers reagiert er, darauf bedacht, meine Grenzen nicht zu überschreiten.

Zander vertieft unseren Kuss. Lässt nicht zu, dass erneut Zweifel in mir aufkommen.

Neyla rümpft die Nase, nachdem ich das weite Trainingsfeld betreten habe. Sie stößt ein Schnauben aus und eine kleine Dampfwolke erfasst mich. »*Der Geruch des Lords haftet an dir*«, höre ich ihre tadelnde Stimme.

Mist! Warum besitzen Drachen nur so feine Nasen? Ich habe geduscht und mir die Zähne geputzt. Wie kann sie ihn immer noch an mir riechen und das gegen den Wind? Es ist mir schleierhaft.

»Dir auch einen wunderschönen Morgen, Neyla«, trällere ich und tätschele ihre Schnauze, um dem Gespräch auszuweichen.

»*Du willst also nicht darüber reden.*«

»Behalt dein Wissen für dich«, zische ich und blicke mich auf dem Feld um. Die anderen Reiter mit ihren Drachen stehen zu weit entfernt, als dass sie unser Gespräch belauschen könnten.

»*Man sagt, der Lord sei ein guter Liebhaber*«, gurrt sie und provoziert mich weiter, um mehr Informationen aus mir hervor zu kitzeln. »*Warum wirst du denn so rot?*«

»Wirklich? Ich meine ... das kann ich nicht beurteilen. Es war nur ein Kuss.« Sofort ist da ein schwerer Stein, der sich auf mein Herz legt, beim Gedanken daran, dass der Lord jede haben könnte, die er wollte. Warum sollte er ausgerechnet an mir Gefallen finden? Und überhaupt, der Kuss war ein Ausrutscher! Ich will mit keinem Drachenlord zusammensein. Niemals.

»*Ich freue mich für dich, wenn es dir gefallen hat. Es wurde auch Zeit.*«

»Was soll das denn bedeuten?«, frage ich schrill. »Da gibt es nichts, worüber du dich freuen solltest.«

»*Stimmt auch wieder, jetzt wird das Training umso erbarmungsloser, wie ich ihn kenne, wenn das Blut in seinen Adern vor Leidenschaft kocht, dann ...*«

»Stopp! Ich will nichts davon hören.« Ich fahre mir

mit einer Hand durch mein rostrotes Haar, bis mir wieder einfällt, dass ich es heute Morgen geflochten habe, nachdem Zander es gestern durcheinandergebracht hat. »Selbst wenn ich die Tatsache außer Acht lassen könnte, dass er ein Drachenlord ist, würde eine derartige Verbindung niemals in Frage kommen.«

»*Und wenn du es außer Acht lassen könntest?*«, hakt Neyla interessiert nach.

Mein Hals fühlt sich wie zugeschnürt an, wenn ich an unseren Kuss und unser Gespräch denke, daran wie nah er mir war und das nicht nur körperlich. »Dann muss ich zugeben, dass es der beste Kuss war, den ich je hatte.«

Neyla grinst, zumindest sieht es so aus. »*Gut gemacht. Endlich stehst du mal zu deinen Gefühlen.*«

Ich bin dankbar, dass sie mich nicht verurteilt. Der Kuss von Zander stellt alle in den Schatten, die ich jemals zuvor gehabt habe. Sogar Corentins Küsse verblassen, als wären sie nie geschehen, als hätten sie keine Bedeutung für mich gehabt, obwohl das mal anders gewesen ist ...

Fast schäme ich mich ein bisschen dafür, dass ich all meine Wünsche und meine Liebe auf Corentin projiziert habe. Ich schüttele den Kopf, um den Gedanken zu vertreiben.

»Wir haben heute noch ein langes Training vor uns«, sage ich. Ich darf mein eigentliches Ziel nicht wegen eines Kusses aus den Augen verlieren. Ich sollte mich daran erinnern, weshalb ich hier bin und dass Zander ein Drachenlord ist und deswegen ganz und gar nicht in mein Leben gehört. Wäre da nicht dieses fiese Stechen in meiner Brust.

Ich werde nicht zulassen, dass meine Gefühle mein Denken und Handeln beeinflussen.

Neyla schüttelt sich und breitet ihre Flügel aus, bevor

sie sich flach ins Gras legt. »*Gut, dann kannst du mir auf dem Flug alle Einzelheiten erzählen.*«

Ich ziehe an einer ihrer Schuppen, woraufhin sie ein grummelndes Geräusch von sich gibt, weil es sie kitzelt. »Vergiss es!«

Immer wenn ich Zander auf Drae Castle begegne, necken wir einander und werfen uns verstohlene Blick zu. In mir zieht sich alles zusammen, wenn ich an den heißen Kuss denke. Bis vor Kurzem habe ich noch die Hoffnung gehegt, dass das vorbeigehen würde und ich meine Gedanken und Gefühle in den Griff kriege. Dass ich weniger an ihn denken würde und nicht durchdrehe wie ein liebeskranker Teenie, wenn ich ihn sehe. Aber es ist nur schlimmer geworden.

Heute trägt Zander die Drae Uniform, die mit goldenen Akzenten versehen ist und seine breiten Schultern und die schmalen Hüften betont. Die Art, wie er spricht, wie er geht, wie er Befehle erteilt und ... okay, stopp! Krieg dich wieder ein, Lavea!

Ich räuspere mich und setze die gleichgültige Maske auf, die ich als Reiterin beherrschen sollte. »Mylord.«

Sein Blick gleitet über meinen Körper und brennt sich dann in meinen. Das Verlangen hängt wie ein Gewitter in der Luft zwischen uns. Seine Lippen zucken verräterisch. Er macht es mir nicht leicht. In keiner Hinsicht.

Ich will ihn küssen, wieder und wieder. Liebevoll.

Sehnsüchtig. Leidenschaftlich. Ich hätte nicht gedacht, dass dieses Gefühl jemals in mir aufkommen würde.

Er beugt seinen Oberkörper mehr und mehr zu mir. Sein Blick hält meinen gefangen. Ich lege den Kopf in den Nacken und weiche nicht zurück. Zander grinst schief und in meiner Brust schnürt sich etwas zu. Der Wunsch, ihn zu packen und zu küssen, tritt in den Vordergrund und dieses Verlangen zu unterdrücken, wird immer schwerer. Fast berühren sich unsere Nasenspitzen.

»Für dich gelten dieselben Regeln wie für jeden anderen Drae«, flüstert er mir mit rauer Stimme ins Ohr.

Ich verharre an Ort und Stelle und es ist, als hätte jemand auf Pause gedrückt und die Welt angehalten.

»Ich weiß«, antworte ich und bleibe, wo ich bin. Ich sollte mich zurückziehen, bevor ich eine Grenze überschreite. Aber der Wunsch ihn zu küssen, brennt in mir wie Feuer.

Er schaut auf meine Lippen. Zu lange. Eine Sekunde, zwei ... es ist die Hölle.

»Sobald du in meiner Nähe auftauchst, kann ich deinetwegen keinen klaren Gedanken mehr fassen.«

Mir entweicht ein mädchenhaftes Kichern.

Zander kneift die Augen zusammen. »Machst du dich gerade über meine Qualen lustig?«

»Ich gebe zu, ich sehe dich gern ein bisschen leiden, Mylord. Aber zu wissen, dass deine Gedanken mir gehören ... Ich kann mir kaum etwas Besseres vorstellen.«

Er holt tief Luft. »Ich bemühe mich sehr darum, mich ehrenwert zu benehmen. Schließlich habe ich als Lord eine Vorbildfunktion. Du kannst dir nicht ausmalen, was unter den Drae los wäre, wenn alle ihren Trieben nachgehen würden, vor allem wenn ihr Blut nur so vor Magie nach dem Bannen eines Sturms pulsiert.«

Ich lächele und hauche ihm verstohlen einen Kuss auf den Mundwinkel, ehe ich mich zurückziehe.

»Lavea«, raunt er. Mein Name klingt aus seinem Mund wie eine Warnung. »Wir können so kurz vor dem nächsten Sturm nichts riskieren. Ich will keinen Aufstand der Drae, weil sie glauben, dass ich dich bevorzugt behandele.«

Ich rücke von ihm ab und strecke den Rücken durch. »Ich verstehe, Mylord.«

Ich ahne, dass er die schlimmste Art von Sucht in mir ausgelöst hat – die, die gefährlich und unmöglich ist jemals zu stillen.

In einer schnellen Bewegung entzieht er sich mir, als hätte er gerade einen Schritt in flüssige Lava verhindert. Anscheinend ist ihm bewusst geworden, welche Grenze wir beinahe überschritten hätten ...

Ich drehe mich weitaus gelassener, als ich mich fühle, um.

Sechzehn

Ein ohrenbetäubender Knall reißt mich aus meinen Träumen. Ich brauche einen Augenblick, um mich zu erinnern, wo ich mich befinde. Langsam richte ich mich auf und sehe mich in dem Zimmer um, das von einer Wandleuchte erhellt wird.

Hat es gedonnert oder irre ich mich? Ein Gewitter so nah an Drae Castle wäre untypisch. So weit trauen sich die Gewitterstürme nicht vor, als ob sie instinktiv wüssten, dass es auf der Insel vor magischen Drachen nur so wimmelt.

Unerwartet blitzt gleißend helles Licht vor dem Fenster auf. Ich springe aus dem Bett und ziehe mir einen Morgenmantel aus Seide über. Mein Herz klopft wie verrückt, als ich näher an das Fenster herantrete. Das war viel zu grell für einen normalen Blitz, trotzdem folgt darauf ein grollendes Donnern. Ich öffne die Balkontür und trete hinaus. Zu meiner Verwunderung weht nur ein leichter Wind.

Einen Moment später schwingt die Tür zu meinem Zimmer auf und Mareva stürzt hinein. Ihre Augen leuchten wie die Glut eines Feuers. »Ich soll dich warnen, Lavea. Geh auf keinen Fall da raus!«

Sie trägt ihre Lederkluft und in ihrem Waffengürtel stecken mehrere Messer.

»Verdammt noch mal, hast du mich nicht gehört?«, zischt sie und läuft hastig auf mich zu.

Die Luft ist erfüllt von Rauch und mein nächster Atemzug endet mit einem Hustenanfall. »Was geht hier vor sich?«, krächze ich und huste erneut. Die Rauchwolke dämpft das Licht der Sterne. Brennt es etwa im Schloss?

Mareva packt mich am Arm und zerrt mich hinein ins Zimmer. »Mein Befehl lautet, dich zu schützen. Bleib hier, bis ich dir etwas anderes sage.«

»Mareva, bitte.«

Ich warte ihre Antwort nicht ab, als Schreie aus dem Flur dringen, und renne durch eine Zwischentür ins nächste Zimmer, von dessen Balkon aus man eine bessere Sicht über das Gelände hat. Fest umklammere ich das kühle Geländer aus Stein und lehne mich weiter vor. Entsetzt schnappe ich nach Luft. Der Anblick, der sich mir bietet, ist erschütternd.

Auf der unteren Ebene stehen die wenigen Bäume in Flammen – silberne Flammen, die den Nachthimmel erhellen. Darüber kreisen drei schwarze Vögel – nein, Drachen, die einen wahren Funkenregen niedersausen lassen.

»Seelenlose Drachen«, keuche ich erschrocken. Wie sind sie hierhergekommen? Ich dachte, sie könnten die Grenzen nicht überfliegen.

Mareva tritt an meine Seite und schnaubt. »Corentin hat mich vor deinem Dickkopf gewarnt. Du schwingst auf der Stelle deinen Hintern zurück in dein Zimmer. Sofort!«

Die schwarzen Drachen speien silbernes Feuer, einer von ihnen ergießt eine schwarze Flüssigkeit. Eine tödliche Substanz, die alles verätzt, was es berührt.

Schmerzensschreie hallen durch die Nacht und ich stolpere nach hinten gegen Mareva. In meiner Brust beginnt es zu pochen, nein zu lodern.

Der Tod schwebt wortwörtlich über den Köpfen der Drae, die sich für einen Gegenschlag bereit machen. Einer der Drachen speit erneut silbernes Feuer und trifft die gleiche Stelle wie zuvor. Eine gewaltige Energie setzt sich frei, was zu einem ohrenbetäubenden Knall führt, der mich bis ins Knochenmark erschüttert. Genau dieses Geräusch hat mich aus dem Schlaf gerissen. Über die Köpfe der Drae, die bereits kampfbereit sind, zischt der Drache hinweg.

»Wir können sie nicht im Stich lassen«, murmele ich und Entschlossenheit lodert in mir auf.

Ich beobachte, wie sich einer unserer grünen Drachen mit einem Reiter in die Lüfte erhebt und zum Angriff übergeht. Er stürzt sich auf den schwarzen Drachen und haut seine Klauen in dessen Schuppenpanzer. Der seelenlose Drache schreit auf – Schmerz spüren sie also. Ruckartig wendet er sich um und versucht den Drachen samt Reiter loszuwerden.

»Muss ich dich etwa betäuben oder dir etwas über den Kopf ziehen?« Mareva packt meinen Arm so fest und schleift mich mit sich, dass ich nicht sehen kann, wie der Kampf der beiden Drachen ausgeht.

Als wir wieder in meinem Zimmer sind, wirbele ich mit klopfendem Herzen herum, versuche zu verarbeiten, was ich soeben beobachtet habe. Mein Magen zieht sich zusammen und ich bemühe mich darum, keine bittere Galle hoch zu würgen.

»Ich verstehe nicht, was hier gerade passiert …«

»Sie haben irgendwie die Wachposten überlistet und die Grenzen überwunden. Vielleicht hat ihnen jemand geholfen«, mutmaßt Mareva. »Es war nur eine Frage der Zeit, bis diese Mistviecher auf Drae Castle auftauchen.«

Ein weiterer Donnerschlag lässt die Burg erzittern, so stark, dass die Glaskronleuchter klirren. Erneut wird die Welt außerhalb des Schlosses in gleißend helles Licht getaucht.

»Wo ist Zander?«

»Er bereitet das Geschwader für die Verteidigung vor.«

Zweifellos ist er irgendwo da draußen in dem Rauch und stellt sich diesem Albtraum.

Ich balle die Hände zu Fäusten. »Ich sollte dort sein und kämpfen. Es sterben Unschuldige.«

Marevas Nasenflügel beben. »Glaubst du nicht, ich wäre auch lieber draußen in der Luft, anstatt deinen Babysitter zu spielen?«

»Ich entbinde dich von deiner Pflicht.«

Sie schnaubt verächtlich. »Das kannst du nicht. Ich soll auf dich aufpassen. Und wenn nötig mit meinem Leben verteidigen.«

Das hat Zander ihr aufgetragen?

Hinter den Fenstern ist der Rauch bereits so dicht, dass alles in eine undurchdringliche Schwärze gehüllt ist.

»Sag nicht, dass du untätig hier sitzen willst, während deine Freunde da draußen sterben? Komm mit mir, dann missachtest du streng genommen seinen Befehl nicht.«

Ihre Finger schließen sich um eines der Messer. »Auf keinen Fall!«

Aber ich bemerke ihr Zögern. Sie will helfen.

»Ich weiß, dass wir einen schweren Start hatten, aber ich bin nicht der Typ, der tatenlos zusieht und du bist das auch nicht.« Die Spannung zwischen uns ist greifbar und mir ist klar, dass sie mich jederzeit aufhalten kann, weil sie stärker ist als ich. »Ich gehe jetzt da raus«, verkünde ich. »Du kannst dir überlegen, ob du mit mir kommen willst.«

Sie holt tief Luft. »Verdammt noch mal. Wenn Zander mich danach einen Kopf kleiner machen will, schuldest du mir etwas.«

»Einverstanden. Gehen wir.«

Mareva schaut an mir hinunter. »Du solltest dir deine Lederkluft anziehen – im Nachthemd erregst du zu viel Aufmerksamkeit und zwar von den Falschen.«

»Das ist im Moment meine geringste Sorge, aber du hast recht.« Ich hechte zum Kleiderschrank und ziehe eine dunkelrote Lederkombi heraus. Die komplette Schutzkleidung anzuziehen würde zu lange dauern, also lasse ich den Panzerschutz weg und schlüpfe in die Schuhe. Anschließend greife ich zu einem versteckten Dolch, den ich beim Training entwendet habe und handele mir einen finsteren Blick von Mareva ein.

»Deine größte Sorge sollte sein, dich nicht von den Ungeheuern umbringen zu lassen.« Sie wirft mir ein Haargummi zu, mit dem ich mein offenes Haar zusammenbinde.

Wir hetzen die Treppe hinunter ins Erdgeschoss. Es herrscht bereits höchste Alarmstufe. Alle Drae wappnen sich für den Kampf, während Bedienstete und Anwohner in Sicherheit gebracht werden.

»Bleib in meiner Nähe«, befiehlt Mareva.

»Bleib du besser in meiner«, erwidere ich und schiebe mich an zwei Soldaten vorbei hinaus ins Freie.

Mareva stößt eine Schimpftirade aus, die abrupt endet, als wir mitten in das Chaos vor den Türen hineinstürmen.

Ich spüre, wie die Glut in mir pulsiert – genauso wie in den Drachen, die mit ihren Reitern hinauf in den Himmel steigen. Egal, wo ich hinsehe, erblicke ich Schmerz und Tod. Einige Verwundete werden bereits auf Tragen in den Krankenflügel gebracht.

Hinter der Mauer breitet sich das silberne Feuer zwischen den zackigen Felsen aus und Rauch wabert durch die Luft. Der Gestank von verkohltem Holz und Fleisch raubt mir fast den Atem und ich versuche, mehr durch den Mund Luft zu holen. Erde und lose Steine fliegen umher, da sie vom Wind, den die Flügelschläge der Drachen entfachen, aufgewirbelt werden.

Ich beobachte, wie ein Drache samt Reiter im Sturzflug auf den Boden zurast und hart aufschlägt.

»Bei allen Göttern«, keucht Mareva.

Auf einer erhöhten Ebene platzieren sich Reiter mit Pfeil und Bogen. Sie setzen die Spitzen in Brand und zielen dann auf die schwarzen Drachen. Ein schwarzer Drache dreht sich gerade im Flug und wird von einem Pfeil getroffen. Schillerndes Blut verteilt er in der Luft, bevor er in der Felsenschlucht verschwindet. Wie Regen prasseln Blut und Feuer auf uns nieder. Manche Drae, die in Flammen gesetzt sind, schreien, fallen auf die Knie und reißen sich die Kleidung vom Leib, um sich auf der Erde zu wälzen und die Flammen irgendwie zu ersticken.

Ihre Qualen lassen mein Inneres gefrieren. Erinnerungen an den Überfall des Drachens in meinem Heimatdorf tauchen vor meinem inneren Auge auf – aber das Feuer eines einzelnen Drachens ist nichts im Vergleich zu dem, was sich jetzt vor meinen Augen abspielt. Es ist, als würden manche um den Tod betteln. Noch nie habe ich ein derartiges Kreischen vernommen. Sie verbrennen bei lebendigem Leib.

In all dem Chaos werde ich Zander und Neyla niemals finden. Ich stoße einen Pfiff aus und versuche eine Verbindung zu Neyla herzustellen. Vergeblich.

Eiskalte Angst ergreift von mir Besitz und der Drang, zurück ins Schloss zu laufen, nimmt überhand, doch ich bleibe wie angewurzelt stehen.

»Werden sie es schaffen?«, frage ich Mareva.

»Sie müssen. Das ist noch keine ausgewachsene Armee an seelenlosen Drachen – sie haben uns bloß überrascht.«

Sie hat recht, es sind ein paar Dutzend Drachen, aber keine Hundert. Doch die Drachen handeln eindeutig im Blutrausch und bewegen sich erstaunlich schnell durch die Lüfte, obwohl ihre Körper unterernährt und ausgemergelt wirken, als ob Schuppen bloß über ein Skelett gezogen wurden. In dem dichten Rauch verschwinden die schwarzen Drachen nahezu. Einer setzt erneut an Feuer zu speien, aber der Schwall versiegt, weil ein großer dunkelgrüner Drache sich vom Himmel auf ihn stürzt und ihn in die Seite rammt.

»Altair«, keuche ich, fasziniert von seiner Größe und

seiner Kraft. Hinter dem anmutig glitzernden Drachen verschwindet der schwarze vollständig.

»Sie kommen. Die Drae sind bereit«, kündigt Mareva an.

Die Flügel von Altair peitschen durch die Luft, als er sich dreht und die feindlichen Drachen in die Schlucht schleudert.

»Bleib an meiner Seite«, warnt mich Mareva noch einmal.

Unerwartet gleitet ein glutroter Flügel über mich hinweg.

Neyla!

Sie lässt sich auf die Vorderbeine sinken, nachdem sie gelandet ist, und streckt mir ihren Hals entgegen. Mein Atem beruhigt sich ein wenig. Sie scheint unversehrt zu sein. Ihre Augen schimmern in einem satten Goldton, während sie ihren stacheligen Schwanz hin und her peitscht.

»Du brauchst eine andere Klinge, um dich gegen die schwarzen Drachen zu verteidigen«, sagt Mareva und wirft mir einen Dolch mit einer gezackten Klinge zu. »Diese wird mühelos ihren Schuppenpanzer durchbohren.«

»Danke.«

Mareva stößt einen spitzen Pfiff aus, um ihren Drachen zu rufen, der wenige Minuten später auftaucht und eine imposante Landung hinlegt.

Ich hebe den Blick und beobachte die Drae auf der Mauer, die Pfeile schießen und Speere werfen. Eine Rauchschwade zieht über sie hinweg, dann verschließe ich meine Gefühle tief in mir. Das hier ist nicht mein Volk. Sie sind nicht meine Freunde. Und das werden sie auch niemals sein, aber das bedeutet nicht, dass sie es verdient haben, von grausamen Kreaturen abgeschlachtet zu werden. Ich spüre den Drang der Glut in mir. Sperre die Angst verbrannt zu werden weg.

Dann klettere ich auf Neylas Rücken und befestige das Geschirr. Gemeinsam erheben wir uns in die Lüfte. Während Mareva die Mauer ansteuert, fliege ich mit Neyla Richtung Brandherde, wo ich zu Beginn die Flammen gesehen habe. Neylas geschuppter Panzer fühlt sich warm an, die Glut pulsiert in ihr genauso wie in mir.

Wir suchen uns ein schwaches Glied, das den Schwarm der seelenlosen Drachen verlassen hat. Ich warte, bis wir nah genug sind, bevor ich mich auf Neylas Rücken hinknie und für den Absprung bereitmache.

»Ich bin so weit, Neyla.« Wie ein Schatten folgt sie dem schwarzen Drachen, und als wir direkt über ihm schweben, springe ich.

Ich lande mitten auf dem Rücken des seelenlosen Drachens. Mit voller Wucht ramme ich den Dolch in seinen Schuppenpanzer und der Drache unter mir schreit auf. Pechschwarzes Blut, das eine ölige Konsistenz besitzt und ekelhaft nach Verwesung riecht, spritzt aus der Wunde.

Der Drache schlägt heftig mit seinen Flügeln und versucht mich abzuschütteln, deswegen umklammere ich den Dolch noch fester und schiebe ihn um weitere fünf Zentimeter tiefer.

Neyla fliegt ein wendiges Manöver und näher an den Drachen heran, falls ich den Halt verliere.

Mit einem lauten Todesschrei stürzt der Drache abrupt in die Tiefe, bevor er das Bewusstsein verliert. Gerade noch rechtzeitig springe ich von seinem Rücken, hoch genug, sodass Neyla mich auffangen kann.

Ich habe keine Ahnung, wie viele der seelenlosen Kreaturen noch auf dem Gelände sind und sich an allem nähren, was sie erwischen können. Manchen reißen sie mit ihren scharfen Zähnen einfach den Kopf ab oder sie vergehen sich an den Verletzten, die auf dem Boden kauern.

Es ist einfach nur abartig und ich kann kaum hinsehen.

Ein schmerzerfüllter Schrei lässt meinen Kopf zu einem Kadetten herumfahren, mit dem ich die Ausbildung absolviere. Er liegt auf dem Rücken, sein Bein ist blutüberströmt. Ein Drache baut sich über ihm auf, bereit ihn zu zerfleischen. Rechtzeitig sticht er mit dem Dolch in seinen Hals.

Abscheu und Wut toben in mir. Sie greifen nicht willkürlich an, sondern gezielt, als würden sie einen Plan verfolgen. Wer zur Hölle könnte diesen Schrecken entfesselt haben?

Mareva pfeift uns zurück auf den Boden, um die Truppe dort zu unterstützen. Mit ihrem Flügel schiebt mich Neyla beiseite, als eine Feuerwalze auf uns zurast. Dann speit sie selbst Feuer und lenkt so den Feuerstrahl ab. Mir tropft der Schweiß von der Stirn wegen der Gluthitze, die plötzlich um mich herum tobt.

Neylas Kopf fährt herum, als ein Drache sie attackiert und sie beißt zu. Das Knirschen der Knochen werde ich wohl sehr lange nicht mehr vergessen.

Zu spät bemerke ich den kleineren schwarzen Drachen, der sich an mich herangepirscht hat. Ein grauenhafter Schmerz durchzuckt mich, als eine Kralle meinen Arm streift. Die Kralle zerschneidet das dünne Leder und meine Haut, und vielleicht reißt auch der Muskel darunter. Schlagartig bereue ich, dass ich mir nicht die Zeit genommen habe, den Schutzpanzer anzuziehen, der mehr Widerstand bietet. In den Augen des Drachens blitzt die Jagdlust auf. Der Drache versucht sich auf mich zu stürzen und ich reagiere, ohne nachzudenken, und laufe los.

Ich spüre, wie warmes Blut in meinen Ärmel rinnt. Mein Blut.

Der Schmerz zieht von meiner Schulter bis in meinen Arm hinunter. Es sieht aus, als würde der Drache mein Blut inmitten von Tod und Rauch riechen und dessen Spur aufnehmen. Mit seinem blutroten Blick fixiert er mich und reißt sein Maul auf.

Bevor ich an eine Waffe kommen kann, attackiert Marevas grüner Drache den schwarzen und verscheucht ihn.

»Danke, Aurel«, keuche ich, als sie sich zu mir umdreht und dann zurück an Marevas Seite kehrt.

Im nächsten Moment landet Neyla neben mir und ich bin so erleichtert, dass sie unverletzt geblieben ist. Vorsichtig stupst sie meine Schulter an und ich hole zischend Luft. »Es ist nur eine kleine Fleischwunde, es hätte schlimmer kommen können«, sage ich. »Hätte mich der Drachen mit seiner Klaue am Hals erwischt, wäre ich tot.«

Ich atme durch den brennenden Schmerz und mein Herz beginnt dem unglaublichen Schmerz nachzugeben. Dunkelheit senkt sich über meine Lider. Kurz glaube ich, dass ich in Ohnmacht falle wegen des Blutverlusts, aber ich spüre das Summen der Glut in mir.

Blitze durchzucken den dunklen Himmel. Sie kommen aus allen Richtungen, breiten sich über das gesamte Gebiet aus und treffen einige Drae mit ihren Drachen, die wie Steine vom Himmel fallen.

Und dann sehe ich den wabernden Schatten durch die Luft sausen. Ein goldener Drache.

Er schwebt in der Luft, die ausgebreiteten Flügel sind wie eine Masse, die nur aus Schatten und glänzenden Schuppen zu bestehen scheint. Seine Schuppen glänzen hart und das Mondlicht bricht sich in ihnen.

Ein Schaudern durchfährt meinen Körper und ich spüre seinen Blick auf mir, bevor er dem Drachenfeuer eines anderen Drachens den Garaus macht.

Gütige Götter!

Die Schatten wirbeln unablässig um ihn herum.

Reitet Zander auf dem goldenen Drachen? Wenn der Lord mich sieht, wird er sicherlich unglaublich wütend auf mich sein.

Neyla stupst erneut mit ihrer schuppigen Schnauze gegen meinen Arm. »Hey, es geht mir gut. Versprochen«, krächze ich.

Die Drae scharen sich um die gefallenen Reiter und Reiterinnen. Es liegen so viele Tote um die Überreste der schwarzen Drachen herum, dass ich nicht erkennen kann, um wen es sich handelt und ich mich zitternd abwende.

»Lavea«, höre ich Mareva meinen Namen rufen und ich renne los.

Eine Gruppe Reiterinnen hat sich versammelt und ich rempele eine an. Ich erhasche einen Blick auf Kiana, deren honigblondes Haar blutrot ist. Gehörte sie nach der Prüfung nicht Romans Schwarm an?

»Oh Götter«, keuche ich und schlage mir die Hand vor den Mund.

Die eine Hälfte ihres Körpers ist verbrannt und kaum mehr zu erkennen, während die andere Hälfte von scharfen

Krallen zerfetzt wurde. Ihre leeren Augen starren in den Himmel.

Mir dreht sich bei ihrem Anblick der Magen um und Tränen brennen mir in den Augen.

Sie ist fort. Wurde vom Drachenfeuer getötet, wie so viele andere.

Ich sinke neben ihren Leichnam auf die Knie mitten in den Dreck. Mein ganzer Körper zittert, als könnte er das Entsetzen nicht ertragen. In meiner Brust steigt der Druck an und ich kämpfe gegen die Schlinge an, die sich immer enger um meine Kehle legt. *Einatmen. Luft anhalten. Ausatmen.*

Das muss aufhören.

Marevas Finger drücken meine Schulter. »Sie war tapfer.«

»Sie hat ein solches Ende nicht verdient.«

»Kiana ist wie eine echte Drae gestorben. Im Kampf.«

Ich teile Marevas Ansichten nicht und finde nichts Ehrenwertes daran, dem Drachenfeuer zum Opfer zu fallen.

»Das macht es nicht besser. Sie hätte gar nicht sterben sollen«, flüstere ich heiser.

»Reiß dich zusammen, Lavea«, zischt Mareva, die ihre Emotionen vollkommen unter Kontrolle hat.

Ich vernehme ein würgendes Geräusch und bevor ich reagieren kann, wirbelt Mareva herum, sodass ihr blonder Zopf über ihre Schultern fliegt. Am Boden liegt ein gefallener seelenloser Drache, aus dessen Nüstern Rauch aufsteigt. Mit seinen roten Augen nimmt er mich ins Visier, obwohl er schwer verletzt ist. Ohne zu zögern, greift Mareva zu ihrem gezackten Schwert und versenkt es im Kopf des Drachens. Das rote Glühen in seinen Augen erlischt und sie zieht ihr Schwert aus dem toten Drachen. Danach fällt ihr Blick auf mich und sie legt ihre Stirn in Falten.

»Wenn Zander merkt, dass du hier draußen bist, wird er außer sich sein«, sagt sie streng.

»Wo ist er überhaupt?«

»Er ist mit einer Truppe zur Schlucht geflogen, um die verbliebenen Drachen ins Jenseits zu schicken.« Sie wischt sich mit dem Handrücken übers Gesicht, um die schwarzen Blutsprenkel zu entfernen.

Meine Brust zieht sich vor Sorge um ihn zusammen. »Sie werden es schaffen, oder?«

Mareva hebt eine Augenbraue. »Diese Frage verdient keine Antwort.« Mareva ist Zander treu ergeben, sie zweifelt niemals an ihm. Dass sie sich über seine Anweisung hinweggesetzt hat und mich hinaus begleitet hat, ist untypisch. Denn trotz ihrer großen Klappe widerspricht sie ihm niemals und führt jeden seiner Befehle aus.

Eine halbe Stunde bange ich um Zander und die Sturmreiter, die mit ihm geflogen sind. Als sich ein Schwarm von grünen, blauen und braunen Drachen am Himmel abzeichnet, atme ich erleichtert aus. Zander stürzt sich als Erster auf einem hellgrünen Drachen vom Himmel und landet auf dem Feld, wo vereinzelnd noch Verletzte versorgt werden, die zu schwer verwundet sind und nicht laufen können. Wo ist der goldene Drache hin?

»Lavea!«, ruft Zander.

Ich nehme einen flachen Atemzug, der nichts gegen das leichte Zittern ausrichten kann, das von meinem Körper Besitz ergreift. Mein Atem stockt, als seine warmen Finger meine Wange berühren und ein Energiestoß setzt sich in mir frei. »Auch wenn es beeindruckend war, wie du gekämpft hast, du hast dich meinem Befehl widersetzt.« Sein Gesicht verliert etwas an Härte. »Und du bist verletzt.«

»Nein, es ist nicht so schlimm.«

Zander schnaubt. »Lügnerin.« Seine Finger gleiten von meiner Wange. Er wendet sich zu den Anführern der Truppen und befiehlt: »Begrabt die Reiter und verbrennt die Überreste der schwarzen Drachen.«

Der Schock über den plötzlichen Angriff und die vielen Toten, die damit einhergehen, sitzt tief. Betroffen senken einige Reiter die Blicke und gedenken ihren Mitreitern.

Ich dränge den brennenden Kummer um Kiana und die anderen gefallenen Drae zurück.

Zander bewegt sich so schnell, dass ich nicht mitbekomme, wie er den Arm um meine Schultern legt. Schmerz durchzuckt mich und er hält sofort inne.

»Tut mir leid«, haucht er.

»Schon gut. Ich habe schon schlimmere Schmerzen ertragen. Wirklich.« Ich denke an das Drachenfeuer vor vielen Jahren, das meinen ganzen Körper verschlungen hat.

Unerwartet schiebt er seinen Arm unter meine Knie und hebt mich hoch.

»Was soll das werden?«, keuche ich überrascht.

»Du bist verwundet.«

»Am Arm! Ich muss nicht getragen werden.«

»Doch, das musst du«, sagt er, ohne meine Widerworte zu dulden und setzt sich mit mir in Bewegung.

Ich spüre die Härte seiner Muskeln und das Glühen seines Körpers. Hitze kriecht mir in die Wangen, als mir klar wird, wie nah ich ihm bin – und das vor den Augen der Drae. »Mir geht es gut. Meine Beine funktionieren tadellos.«

Zander richtet den Blick starr geradeaus und mahlt mit den Kiefern. »Bald wird es dir wieder gut gehen.«

Ich will mich aus seinem Griff befreien, auch wenn das bedeutet, dass ich womöglich mit dem Hintern unsanft auf dem gepflasterten Weg lande, doch dann wird mir kurz schwarz vor Augen.

»Wie war das noch?«, raunt er dicht an meinem Ohr. »Es geht dir gut?«

Er macht sich lustig über mich! Ich kneife die Augen zusammen und presse die Lippen aufeinander, bevor ich aufhöre, mich zur Wehr zu setzen. Tatsächlich wird mir etwas übel wegen des Blutverlusts und ich fühle mich geschwächt – aber nicht so schwach, dass ich von ihm getragen werden müsste.

»Ich …«, will ich widersprechen.

»Du brauchst nichts zu erklären. Ich kann das viele Blut riechen und deinen Schmerz wahrnehmen.«

Ich hebe die Augenbrauen. *Kann er das?*

»Es gibt wichtigere Dinge, um die du dich nach dem Angriff kümmern musst. Viele sind schwerer verwundet als ich«, presse ich hervor und drücke die Stirn an seine Brust, weil sich ein starkes Pochen in meinem Kopf ausbreitet. Obwohl Zanders Rüstung ebenfalls von schwarzem Blut durchtränkt ist, das widerlich stinkt, nehme ich seinen eigenen Geruch nach Sandelholz und Salz wahr. Das Zittern meiner Glieder verstärkt sich und mir ist kalt.

»Es gibt in dieser Situation wichtigere Dinge, das stimmt«, brummt er und dann wird seine Stimme überraschend sanft. »Aber nichts Wichtigeres für mich.«

Die Stimmen verklingen nach und nach, während mich Zander die Treppe hinaufträgt und eine Tür mit dem Fuß aufschiebt. Meine Gedanken werden träge und meine Sinne schwinden. Verliere ich das Bewusstsein? Ich bin mir nicht sicher.

Zander legt mich in meinem Bett ab und ich sinke in die weiche Matratze. Die Wut, die in seinen Augen schimmert, steht in hartem Kontrast zu der Duldsamkeit seiner Berührung, mit der er eine Bestandsaufnahme über meine Verletzungen macht. Sein Kiefer spannt sich an, als er die Blutflecke auf meiner Kleidung mustert. Jeder Knochen, jeder Muskel, jede Faser tut weh – und ich versuche mühsam diesen Umstand für mich zu behalten.

»Es sind so viele bei dem Angriff gestorben«, murmele ich und meine Stimme klingt müde und schwach. Meine Kehle fühlt sich an, als würde ich Feuer schlucken, weil sie von dem Rauch ausgetrocknet ist.

»Ich weiß. Ich werde herausfinden, wo die Lücke ist«, verspricht er und ich spüre, wie er mir zärtlich eine Haarsträhne aus dem Gesicht streicht, während meine Augenlider flattern. Seine Hände lösen sich kurz von mir. »Derjenige, der den seelenlosen Drachen Zutritt verschafft hat, wird dafür bezahlen.«

Ich nehme noch wahr, wie er den zerfetzten Stoffrest des Lederoberteils an meinem Arm entfernt und wie eine kühle Flüssigkeit über die Wunde läuft. Erleichterung macht sich in mir breit, als der Schmerz nachlässt.

»Du bist kalt«, sagt er und ich öffne ruckartig die Augen. Es stimmt – die Glut, die Hitze, die mich sonst warmhält, hat spürbar nachgelassen.

Unsere Blicke treffen sich und ich sehe die dunklen

Schatten unter seinen goldenen Augen. Seine Miene wirkt hart und unerbittlich.

»Mir ist nur ein wenig kalt. Mach dir keine Sorgen.«

Sein Mundwinkel zuckt minimal. »Kannst du jemals nicht widersprechen?«

Ich beiße die Zähne zusammen, um das Klappern zu unterdrücken. Im Kamin lodern orangene Flammen auf, obwohl Zander seinen Platz neben dem Bett nicht verlassen hat. Wie hat er das Feuer angemacht? Umfangen von der Wärme seines Körpers und des Feuers im Kamin kann ich den Gedanken kaum noch fassen, weil die Müdigkeit mich einholt.

»Hast du das Feuer angezündet?«, murmele ich im Halbschlaf.

Ich höre noch, wie er sagt: »Nein, das warst du.«

Siebzehn

Die Erschöpfung, die sich bleischwer wie eine Decke über mich gelegt hat, verschwindet mit einem Mal, als ich deutlich Schritte wahrnehme. Adrenalin pumpt durch meine Adern und meine Muskeln und Nerven sind zum Zerreißen angespannt.

Jemand ist in meinem Zimmer. Ich bin nicht allein.

Nur wenige Millimeter bewege ich mich, um ein Rascheln des Stoffs zu verhindern. Ich öffne die Augenlider leicht und entdecke einen dunklen Schemen. Außer einem Kerzenständer auf dem Nachttisch bleibt mir nichts, was ich als Waffe einsetzen könnte. Das Feuer im Kamin ist fast erloschen, sodass ich nicht erkennen kann, wer sich in mein Zimmer geschlichen hat. Mir bleibt lediglich das Überraschungsmoment.

Schnell strecke ich den Arm nach dem Kerzenständer aus, bekomme ihn aber nicht zu fassen und richte mich im Bett auf.

»Es geht dir besser«, höre ich Corentin sagen.

Ich atme erleichtert aus. »Corentin, du bist es. Warum musst du mich immer so erschrecken?«

Er trägt eine schwarze militärische Lederkombination und nimmt eine straffe Haltung ein. »Erschrecken? Der Angriff der schwarzen Drachen war wohl noch nicht Schrecken genug.«

»Was redest du da?«

»Du hast mir alles genommen, Lavea«, grollt er.

Lord Zander hat ihm vor zwei Tagen die Führung über den grünen Schwarm entzogen, weil er in den vergangenen Wochen nicht zufriedenstellend gearbeitet hat und angeblich unkonzentriert war. Allerdings habe ich den Eindruck, dass Zander ihm die Position weggenommen hat, weil Corentin mein Vertrauter ist und sich zu oft für mich eingesetzt hat.

»Es ist nur eine Position, Corentin. Wenn du der Anführer bleiben willst, dann spreche ich mit dem Lord …«

Sein Gesichtsausdruck ändert sich nicht. »Du begreifst es nicht!«

Ich blinzele. »Was meinst du?«

»Mein Vater war ein Drachentöter. Er war Zander ein Dorn im Auge, weil er nicht nur die schwarzen Drachen jagte, also tötete er ihn. Schon immer habe ich mich von Drachen angezogen gefühlt, also tat ich alles, um ein Drae zu werden, mich als würdig zu erweisen. Doch die Vergangenheit meines Vaters holte mich immer wieder ein. Der Anführer des Schwarms zu sein bedeutete mir alles, weil ich nicht sein wollte wie mein Vater. Als ich die Prüfung meisterte, konfrontierte mich Zander mit dem, was mein Vater unzähligen Drachen angetan hatte. Er hat mir nie vertraut. Lord Zander wollte mich nicht wirklich als Schwarmführer der Drae akzeptieren.«

Ich starre Corentin entsetzt an, fühle seinen Schmerz. »Das wusste ich nicht. Es tut mir leid, dass du deinen Vater so früh verloren hast.«

Er macht einen Schritt auf mich zu und dann sehe ich im Mondlicht etwas in seiner Hand aufblitzen. »Lord Roan jedoch war mir weitaus zugewandter und er bot mir eine Position an, die ich nicht ablehnen kann, jedoch muss ich dafür einen Auftrag für ihn erledigen. Ezra war klug genug bei ihm Schutz zu suchen. Die drei Lords sind nicht das, was sie dich glauben lassen. Ihnen deine Gabe zu offenbaren war ein Fehler, Lavea.«

Ich rücke von ihm ab. »Was willst du von mir, Corentin?«

»Ich bin gekommen, um dich zu töten.«

Für einen Moment bin ich mir sicher, mich verhört zu haben. Doch sein durchdringender Blick bleibt derselbe. Er meint es ernst.

Das Grauen kriecht mit eisigen Fingern mein Rückgrat hinab, und ich weiche zurück. »Corentin, bitte.«

»Hast du wirklich geglaubt, dass ich mehr für dich empfinden würde? Du hattest recht, du warst eine von vielen, die mein Bett gewärmt haben.« Er kommt näher und steht so dicht vor mir, dass ich die Schatten unter seinen Augen deutlich sehen kann. Corentin wirkt mir fremd, nicht mehr wie der humorvolle, charmante junge Mann, der mir fast mein Herz gestohlen hätte. Es ist, als wäre ein Licht in ihm erloschen. Bin ich so blind gewesen? Plötzlich sind wir keine Freunde, keine Verbündeten mehr, sondern Feinde.

Aus dem Augenwinkel beobachte ich, wie er ein Wurfmesser hervorholt. »Versuch gar nicht erst zu fliehen, Lavea. Ich mache es schnell, damit du nicht leiden musst.«

Ich spüre seinen warmen Atem auf meiner Haut, die im Kontrast zu der kühlen Brise steht, die durch das offene Fenster hereinweht. Mit einem Mal rast mein Puls, aber nicht weil ich auf seine Nähe mit verliebtem Herzklopfen reagiere. Sein eindringlicher und misstrauischer Blick zwingt mich dazu, hastig aus dem Bett zu springen.

»Ich werde es dir nicht leicht machen«, zische ich, obwohl ich keine Waffe bei mir trage. Ich kann mich nicht einmal nach einem Gegenstand umsehen, den ich als Waffe umfunktionieren könnte.

»Du überschätzt dich.« Ohne Vorwarnung macht er einen Satz nach vorne und packt mich am Arm, um mich an sich zu ziehen. Als mir klar wird, was er vorhat, reagiere ich instinktiv. Ich strecke den Arm aus, damit er ihn mir nicht auf den Rücken drehen kann, und wende mich aus seinem Griff in einer hastigen Drehung.

»Du warst es, der mir das beigebracht hat. Schon vergessen?«

Ein dunkles Knurren dringt aus seiner Kehle, das sich beinahe tierisch anhört. Kaum habe ich die Worte ausgesprochen, wagt Corentin es, das Wurfmesser nach mir zu werfen, das geradewegs auf mein Gesicht zu fliegt.

Schlagartig übernehmen meine Reflexe die Kontrolle und ich spüre, wie sich der Wind dreht, der von der offenen Balkontür hereinweht. Die Klinge trifft mich nicht, obwohl ich nicht rechtzeitig zur Seite springen kann.

Fassungslos beobachte ich, wie das Messer die Bahn ändert und einen halben Meter neben mir in dem schweren Stoff des Brokatvorhangs stecken bleibt.

Er kneift die Augen zusammen. »Du beeinflusst den Wind?«

Wie um alles in der Welt soll ich das getan haben …?

»Ich weiß nicht, wovon du sprichst.«

Als sich unsere Blicke treffen, gewinnt das Gefühlschaos in mir die Oberhand. Meine Verzweiflung mischt sich mit der Wut über seinen Überfall und der brennenden Enttäuschung, weil ich ihn zu meinen Freunden gezählt habe.

»Es stimmt also, dass du die Kräfte der Drachenreiter besitzt«, sagt er ein wenig überrascht und greift dann nach einem zweiten Messer. »Du bist wie sie. Wie die *Lords*«, spuckt er mir hasserfüllt entgegen. »Es wird dich nach immer mehr Macht dürsten. Das haben die Drachenreiter so an sich.«

»Das ist nicht wahr! Du weißt rein gar nichts über mich … Ich war schließlich nur dein Bettwärmer, schon vergessen?« Beim Gedanken daran, wie nah ich ihm gewesen war, sticht es in meiner Brust.

»Mag sein, aber du trägst drakonische Kräfte in dir. Denkst du, du bist immun gegen den Drang nach Macht, nach der ursprünglichen Magie und nach Gold und Edelsteinen?«

Wie auf Kommando flackert etwas Dunkles tief in meinem Inneren auf, als würde es auf seine Worte reagieren. »Ich bin keine von ihnen«, murmele ich um Ruhe bemüht, obwohl meine Stimme zittert.

Corentin wird offensichtlich nicht mit sich reden lassen. Spätestens jetzt ist es an der Zeit, die Flucht zu ergreifen, weil Corentin seine Warnung wahr machen will. Solange er von Roans Befehl beeinflusst wird, wird er nicht von mir ablassen. Und womöglich verfehlt sein nächster

Messerwurf sein Ziel nicht. Doch der einzige Weg hinaus führt über den Balkon, der über die Klippe ragt. Kurz glaube ich das Schlagen von Flügeln wahrzunehmen.

Neyla, hörst du mich? Bitte, komm schnell zu meinem Balkon. Vermutlich ist sie vom Angriff geschwächt und ihre Wunden werden versorgt. Hoffentlich ist sie wieder in der Lage zu fliegen.

Ohne nachzudenken, stürze ich auf den Balkon zu und komme schlitternd zum Stehen. Corentin holt mit dem zweiten Messer aus. Das Metall blitzt im Mondlicht und ich reiße instinktiv die Hand hoch, um mich zu schützen. Unerwartet stoppt das Messer und schwebt einige Sekunden in der Luft, bevor es fällt und Corentin es blitzschnell auffängt. Ich zittere am ganzen Körper, kann nicht fassen, was ich soeben getan haben soll.

Im nächsten Moment drängt er mich mit seinem harten Körper gegen das Balkongitter und hält mir das Messer an den Hals. Hitze schießt durch meinen Bauch. Das kühle Metall berührt meine Haut und die scharfe Klinge ritzt mich, bis ich ein kurzes Stechen und warmes Blut an meinem Schlüsselbein hinabrinnen spüre.

Wenn Corentin mir nicht gerade ein Messer gegen die Kehle pressen würde, würde ich ihn mit Flüchen überschütten. So aber bleibe ich möglichst reglos stehen. »Willst du das wirklich?«

»Ich wollte nie wie mein Vater sein.« Kein Drachentöter. Blanker Zorn und Verzweiflung mischen sich in seine Stimme. »Aber es liegt mir wohl im Blut, euch Reiter auszulöschen.«

»Wenn du besser sein willst als dein Vater, dann darfst du Roans Befehlen nicht blind folgen.«

Etwas flackert in seinem Blick auf. Habe ich ihn

erreicht? Sein Atem geht genauso schwer wie meiner, obwohl wir kaum gegeneinander gekämpft haben. Das Herz schlägt mir bis zum Hals, allerdings nicht nur aus Angst. Ich spüre diese unbändige tiefe Macht in mir, höre weit entfernt das Rufen der Drachen.

Sein Gesicht ist dicht vor meinem, als ich sage: »Die Wahrheit ist, dass ich dich dafür bewundert habe, dass du zu den Drae gegangen bist. Ich wollte wie du sein. Aber du bist der, der mir etwas vorgemacht hat.«

Kurz brennt es an meinem Hals, weil die Klinge einen zweiten winzigen Schnitt gesetzt hat.

»Bitte«, flüstere ich, ohne genau zu wissen, worum ich ihn bitte.

Sein Blick fällt auf meine Lippen – und ich spüre, wie der Druck der Klinge nachlässt und er sie wenige Zentimeter zurückzieht. Weit genug, damit ich mit meinem Knie ausholen kann, um ihm zwischen die Beine zu treten.

Mit einem Schmerzenslaut lässt Corentin das Messer fallen und krümmt sich. Ohne nachzudenken, klettere ich auf das Geländer und werfe einen Blick in den tiefschwarzen Abgrund. Die Wellen schlagen gegen die rauen Klippen. Wenn ich jetzt springen würde, würde mein Körper beim Aufprall an den Felsen zerschellen wie Porzellan. Ein Schauder jagt mir über den Rücken. Ich strecke die Arme aus, um die Balance zu halten, und schwanke von rechts nach links. Corentins Worte hallen in mir nach und ich kann nicht umhin, mich für den Bruchteil einer Sekunde zu fragen, wie es wäre, wenn ich wie ein Drache die Flügel ausstrecken könnte, um zu fliegen.

Aus den Augenwinkeln nehme ich ein oranges Leuchten wahr, das sich rasend schnell auf mich zu bewegt.

Nur Mut, Lavea!

Bevor Corentin sich aufrappeln und mich erneut angreifen und womöglich hinunterstoßen kann, springe ich. Die orangenen Flügel von Neyla heben sich unter mir von der Schwärze der Nacht ab und ich rase direkt auf sie zu. Neylas Kreischen erfüllt die Dunkelheit, als ich auf ihren Rücken aufpralle und meine Knie und Ellenbogen über ihre harten Schuppen schaben. Verzweifelt suche ich an ihren Stacheln am Hals nach Halt, während eine frische Meeresbrise unter mein Nachthemd kriecht und sich der Stoff im Wind aufbauscht.

»Du bist hier«, flüstere ich mit Tränen in den Augen.

»Immer«, erwidert sie. *»Aber warne mich das nächste Mal, bevor du eine derart lebensmüde Aktion startest, Flammenmädchen.«*

Achtzehn

Nachdem ich dem Lord von Corentins Überfall und seiner Verbindung zu Roan erzählt habe, hat ihn eine Gruppe Drae festgenommen.

»Wo ist er?«, frage ich und lecke mir über die trockenen Lippen. »Was hast du mit ihm gemacht?« Mir ist durchaus bewusst, wie mit Verrätern in Drae Castle umgegangen wird.

»Corentin wurde vom Dienst ausgeschlossen«, antwortet Zander mit harter Miene. »Um ehrlich zu sein, habe ich mit dem Gedanken gespielt, ihn vom Drachenfeuer verschlingen zu lassen. Aber ich weiß, dass er dir einst ein guter Freund war. Außerdem könnte er uns noch nützlich sein.« Zander seufzt. »Ich hätte früher eingreifen müssen. Ich hatte Corentin schon eine ganze Weile in Verdacht, uns zu infiltrieren. Mit seinem Wissen und seinen Freigaben konnte der schwarze Schwarm uns überraschen.«

Ich nicke. »Aber das würde bedeuten, dass Roan mit den seelenlosen Drachen zusammenarbeitet.«

»Davon gehe ich seit dem Angriff aus, denn es waren vereinzelnd auch seine Drachen unter ihnen, die unseren Schwarm attackiert haben. Vielleicht war es Zufall oder es waren Abtrünnige oder wilde Drachen, wie dem auch sei, ich werde dem nachgehen müssen.«

In Anbetracht dessen, was Corentin mir antun wollte, war Zanders Entscheidung mehr als gütig. Vermutlich ist es Zanders Instinkt zuzuschreiben, dass er Corentin die Position als Schwarmführer vorzeitig entrissen hat. All die kleinen Sticheleien und das offensichtliche Misstrauen zwischen den beiden ergeben nun Sinn.

»Corentin hat angedeutet, dass Ezra bei Roan sein könnte.«

»Meine Informanten haben dies bestätigt. Allerdings wissen wir nicht, ob er sein Gefangener oder ein Verbündeter geworden ist. Roan weiß, wer du bist und er hat dich schon während des Turniers im Auge gehabt. Ich befürchte, er könnte deinen Bruder gegen uns ausspielen.«

»Wir müssen Ezra befreien. Du hast mir deine Hilfe versprochen«, sage ich eindringlich.

»Keine Sorge, ich halte mein Versprechen. Aber in dieser Angelegenheit geht es um mehr als um das Leben deines Bruders.«

»Wie sieht dein Plan aus?«

»Wenn Roan sich die seelenlosen Drachen untertan machen konnte, müssen wir eingreifen. Ich werde mich mit Lord Cyan und Lord Diamond beraten. Ich vertraue ihnen. Sie lassen mit sich reden und handeln zum Wohle aller.«

Als wir uns am späten Nachmittag auf dem Flugplatz treffen, bin ich überrascht, dass Lord Zander nicht seinen halben Schwarm einberufen hat.

»Wir reisen alleine – mit Neyla und Nero«, erklärt Zander, der gerade den dunkelgrünen Drachen, dessen Schuppen am Rand goldig glänzen, sattelt. »Laut der Messwerte herrschen im Norden eisige Böen vor. Ich habe Lord Cyan eine Nachricht zukommen lassen. Wir treffen uns im Geheimen mit ihm.« Zanders Blick gleitet an mir hinunter. »Du solltest dir einen Fellmantel überwerfen. Es wird verdammt kalt da draußen sein.«

Die ersten Meilen Richtung Norden legen wir auf den Rücken der Drachen zurück, bis diese erschöpft sind und sich aufwärmen müssen. Das nächste Stück gehen wir zu Fuß, nachdem wir uns in einer Taverne an der Grenze zu Lord Cyans Reich aufgewärmt haben. Ich werfe mir einen zweiten Mantel über und stampfe hinaus in den nächtlichen Sturm. Ich habe viele Stürme erlebt und glaubte ihre Stärke zu kennen. Aber weit gefehlt!

Diesmal verschluckt uns ein regelrechter Mahlstrom aus Eis und Wind. Bereits nach kurzer Zeit verliere ich vollkommen die Orientierung, weil an meinen Wimpern Schneeflocken hängen und ich die Augen zukneife. Dunkelheit umfängt mich. Gefühlt laufen wir einer Wand aus peitschenden Eiskristallen entgegen. Bis zu den Knien versinke ich im Schnee. Jeder Schritt wird zum Kampf.

Bei jedem Luftholen gefriert mein Atem und es fühlt sich an, als würde ich hunderte winzige Scherben einatmen. Auch die vielen Schichten Kleidung können die ungeheure Kälte nicht abhalten, die sich unerbittlich durch das Leder, die Wolle und die Haut frisst. Noch nie habe ich am ganzen Leib so gezittert.

Das hier ist kein gewöhnlicher Sturm, sondern einer, der von Magie genährt wird. Ein Monster, das alles mit sich reißt.

Der Weg kommt mir endlos vor und in Gedanken stelle ich mir ein warmes Kaminfeuer vor. Nero und Neyla tragen uns weitere zwanzig Kilometer nach Norden, bis wir wegen des Sturms erneut Rast machen müssen. Die beiden sind nicht in der Lage, den Schneesturm zu bändigen. Vermutlich wird Cyan seine Reiter bald aussenden, um zu verhindern, dass der Sturm weiter heranwächst.

Wir kehren in eine Taverne ein, die ein letztes Zimmer für uns frei hat. Lord Zander verschweigt dem Besitzer seine Identität, damit nicht zu viele Fragen gestellt werden und unsere Mission geheimbleibt. Nichts darf zu Roan durchdringen.

Als wir das Zimmer betreten, überrascht es mich wenig, dass lediglich ein großes Bett darin steht. Zander fragt nicht, ob er bleiben darf und bietet auch nicht an, auf dem Boden zu schlafen – er legt sich einfach auf das Bett und macht es sich gemütlich.

»Also, wie lange wollen wir noch so tun, als würden uns die Anspielungen genügen?«, fragt er, während ich mich aus den Mänteln und den drei Schichten Kleidung pelle.

»Was willst du damit andeuten?«

»Sag mir nicht, dass du keine Fantasien hast, wenn du daran denkst, das Bett mit mir zu teilen?«

»Verrate mir, welche Fantasien dir durch den Kopf gehen und ich verrate dir vielleicht meine«, erwidere ich neckend. Um mich von meinen wirren Gefühlen abzulenken, lege ich das Oberteil zusammen, das ich mir über den Kopf gezogen habe. Zanders Blick verschlingt mich regelrecht, obwohl ich unter dem dicken Pullover noch ein feines Stoffhemd trage. Jeder Zentimeter meiner Haut kribbelt, als würde er mich berühren. Ich spüre einen Anflug von Scham unter seinen Blicken. Ein Zustand, den ich hasse und selten überwinden kann.

Er schnalzt mit der Zunge. »Guter Versuch.«

Zum Glück werden uns in diesem Moment zwei Teller Gemüsesuppe von dem Dienstmädchen gebracht, sodass Zander nicht näher auf seine Fantasien eingehen kann. Nach dem Mahl legen wir uns ins Bett und lauschen stumm dem Knistern im Kamin, bis das Holz runtergebrannt ist.

»Ist dir kalt?« Zanders tiefe Stimme geht mir durch und durch, während ich in der Dunkelheit an die Decke starre und nicht einschlafen kann. Sein raues Timbre rauscht durch mich hinab bis in den kleinen Zeh, so als würden meine Sinne nach jeder weiteren Silbe lechzen.

»Nein, nicht wirklich«, flüstere ich. Das heiße Kribbeln, das mich durchströmt und jede Stelle in mir erreicht, verdrängt die Kälte leider nur kurz.

Ich frage mich, wie ich es ins Bett eines Drachenlords geschafft habe – und das, ohne es je gewollt zu haben. Nur wenige Zentimeter trennen uns voneinander. Ich spüre quasi die Hitze, die von ihm ausgeht, ohne ihn zu berühren.

Meine Zähne klappern und strafen meine Lügen.

»Dir ist nicht kalt?«, höre ich ihn amüsiert sagen.

Ich würde ihn niemals darum bitten, näher zu rücken und mich zu wärmen, obwohl das Verlangen danach in mir brodelt. Einerseits sehne ich mich danach, alles zu erleben, was ich mir jemals mit einem Mann erträumt habe, Wärme zu spüren und jemandem nah zu sein. Andererseits fürchte ich mich davor, mich komplett zu entblößen – innerlich wie äußerlich.

Zanders Lächeln gleicht einem lustvollen Versprechen und verrät mir, dass es ihm ähnlich ergeht wie mir und er darum kämpft, seine Hände bei sich zu behalten. Zanders flammender Blick und die Art, wie er jede Kurve meines Körpers betrachtet, lässt mich förmlich dahinschmelzen, obwohl die Kälte des Sturms noch an uns haftet.

Ich verfluche jedes Stück freien Raum zwischen uns. Doch ich habe Angst, ihm näher zu kommen. Angst, dass er verschwinden könnte, wenn ich er meine narbige Haut berührt, und das hält mich zurück.

»Lavea«, raunt er meinen Namen. Noch nie schwang so viel Gefühl, so unendlich viel Sehnsucht in seiner Stimme mit.

Ich weiß nicht, ob es die Art ist, wie er meinen Namen sagt, oder das Zucken seiner Kiefermuskeln, aber ich löse mich aus meiner ängstlichen Erstarrung.

»Sag mir, was du willst. Sag mir, wo deine Grenzen sind, Lavea, und ich werde sie achten«, flüstert er mit belegter Stimme, während ich innerlich verglühe.

Ein Ruck geht durch meinen Körper und ich finde endlich den Mut, ihm zu sagen, was ich mir wünsche.

»Bitte berühre mich«, flüstere ich und mein Herz schlägt so heftig in meiner Brust, dass er es hören könnte.

Zander neigt den Kopf. »In mir existiert kein stärkeres Verlangen, als deiner Bitte augenblicklich nachzukommen«, raunt er.

Beim rauen Klang seiner Stimme erschauere ich. In seinen Mundwinkeln lauert ein selbstgefälliges Grinsen, das mich wissen lässt, dass ihm klar ist, was er mit mir anstellt. Und verdammt, er genießt es auch noch.

Er zieht die Brauen zusammen und betrachtet mich aus seinen glühenden Augen.

Meine Hände zittern, als ich sie nach Zander ausstrecke. Vorsichtig taste ich mich über die Decke vor, bis ich mit den Fingerspitzen auf Zanders warme, feste Haut treffe. Ich lasse den Atem entweichen, den ich die ganze Zeit über angehalten habe.

Zander schließt genüsslich die Augen und gibt zeitgleich ein Seufzen von sich. Ich habe nie darüber nachgedacht, welche Macht einer einzigen Berührung innewohnt. Eine Berührung kann uns unsäglichen Schmerz und die größte Lust bereiten. Sie kann uns wohlfühlen lassen und Geborgenheit schenken, Selbstvertrauen und Glückseligkeit. All das habe ich mir lange verwehrt, weil ich mich geschämt habe und befürchtet habe, meinem Gegenüber könnte es missfallen, wie ich mich anfühle.

Je weiter ich mich vorwage, umso leiser werden meine Gedanken und Ängste. Ich werde mutiger und streiche über seine Brust. Zanders Haut fühlt sich über dem Schlüsselbein seidig glatt an, doch dann ertaste ich etwas Härteres ...

Sind das Schuppen?

Meine Finger stoppen abrupt. Ich spüre Zanders Zucken und dann die leichten Erhebungen einer Gänsehaut.

Er umfasst meine Hände und presst sie flach gegen die harte Stelle. »Jetzt weißt du, wie ich mich anfühle. Du bist nicht die Einzige, die ... anders ist.«

»Wieso ...«

Bevor ich die Frage, warum er Schuppen besitzt, beenden kann, unterbricht er mich.

»Hör bitte nicht auf«, flüstert er.

Der leise Laut, der aus seinem Mund dringt, stellt seltsame Dinge mit mir an. In meinem Magen flattert es und zwischen meinen Beinen beginnt es zu pochen. Der Wunsch, mich einfach in seine Arme fallen zu lassen, bringt mein Herz beinahe zum Bersten. Zander ermutigt mich, seinen Körper weiter zu erkunden. Ich verlagere das Gewicht und drehe mich weiter zu ihm. Zögerlich hebt er die Hände, während er mich betrachtet und streicht sanft mit dem Daumen über meine Lippen.

»Es gibt bloß eine Sache, die ich im Moment noch lieber tun will, als deine Lippen zu küssen«, raunt er.

»Und die wäre?«

Augenblicklich versteift sich mein Körper, als sein Mund zu der Stelle wandert, die von Brandnarben überzogen ist. Wäre da nicht sein durchdringender Blick, den er mir aus halbgeschlossenen Lidern zuwirft, hätte ich mich zurückgezogen, bevor seine Lippen meine entstellte Haut berühren können.

»Verzeih mir, ich wollte nicht …«

»Obwohl die Haut verbrannt ist, bin ich dort besonders empfindsam«, erkläre ich. »Aber du darfst mich küssen. Ich erlaube es dir.«

Ein Schmunzeln legt sich auf seine Lippen. »Du erlaubst es? Du würdest eine hervorragende Drachenlady abgeben.«

Ich blinzele verwirrt. »Gibt es Drachenladys?«

»Es existierte eine. Aber dieser Titel wird seit langer Zeit nicht mehr geführt«, antwortet Zander. »Genug davon.« Er verschließt meine Lippen mit einem leidenschaftlichen Kuss.

Gegen den Titel würde ich so einiges einwenden, aber nicht gegen seinen Kuss. Seine Zähne knabbern sanft an meiner Unterlippe. Diese Hitze bringt meine Knochen zum Schmelzen, und ich bin außerstande, meine Lippen von seinen zu nehmen. Zander haucht Küsse auf meine Wange, auf meinen Hals und mein Schlüsselbein ... immer tiefer, bis er wieder jene empfindliche Stelle erreicht.

Selbst wenn ich es wollte, kann ich mich nicht von ihm abwenden. Nicht jetzt. Nicht in dem Moment, in dem ich dabei bin, mich meinen Dämonen zu stellen. Nicht einmal, wenn die Welt um uns herum in Flammen stehen würde.

Er zupft am Saum des Oberteils, damit er seine Finger darunter schieben und meine Haut liebkosen kann. Als seine Finger auf meine nackte Haut treffen, entgleitet mir ein Stöhnen.

Ich beobachte aufmerksam seine Reaktion, während ich seine stahlharten Bauchmuskeln berühre. Sein Körper erschauert und seine sehnigen Muskeln spannen sich an.

Das dunkle Leuchten seiner Iriden fasziniert mich. Wie viele Reiterinnen haben ihn wohl je so gesehen, wie ich ihn sehe? So vollkommen in seinem Wesen, so verletzlich und so stark zugleich?

Mit den Fingern streiche ich durch sein Haar und bringe es noch mehr durcheinander. Als Zander die Augen öffnet, wirken seine Augen strahlender ... und seine schwarze Pupille hat sich zu Schlitzen zusammengezogen. Seine Augen sehen aus wie die eines Drachens.

Das sanfte Streicheln meiner Finger gerät ins Stocken.

»Was hast du?«, fragt er vorsichtig und blinzelt.

Dann sehen seine Pupillen wieder normal aus. Während er auf meine Antwort wartet, neigt er den Kopf und schmiegt seine Wange fester gegen meine Hand.

»Ach nichts weiter.« *Ich habe es mir nur eingebildet.*

Er legt seine Hand an meinen unteren Rücken und zieht mich so nah an sich, dass kein Lufthauch mehr zwischen uns hindurchpasst. Dann zerfließe ich in seiner Umarmung. Mühelos schmiegt sich mein Körper gegen seinen, als hätte er nie etwas anderes getan. All meine Gedanken und Sorgen sind wie weggeblasen und ich genieße das Gefühl, gehalten zu werden. Einmal muss ich nicht die Kontrolle über alles haben und darf mich sicher fühlen. Nie hätte ich geahnt, dass ich mich ausgerechnet in den Armen eines Drachenlords fallen lassen könnte. Befreit stoße ich den Atem aus, während Zanders Hände meine Nervenenden in Aufregung versetzen.

Mit einem Lächeln umwickelt er eine Strähne meines Haares um seine Finger. »Ich liebe dein feuerrotes Haar. Im Schein des Lichts glitzert es wie eine Flamme.«

»Als ich jünger war, habe ich es immer gehasst. Es hat mich zu sehr an das Drachenfeuer erinnert«, murmele ich und beiße mir auf die Unterlippe. Warum sage ich ihm das? Es kommt selten vor, dass mir jemand ein Kompliment für meine Haarfarbe macht. Denn es gab Zeiten, in denen rothaarige Frauen als Vorboten für das zerstörerische Feuer eines Drachens galten.

Eine beinahe besessene Sehnsucht nach mehr verzehrt mich, während ich mich noch enger an seine harte Brust presse, bis ich nicht mehr sagen kann, wo er beginnt und ich aufhöre.

»Du kannst dir nicht ausmalen, wie oft ich mich dir

vorgestellt habe«, sagt er rau. »Wie du dich anfühlst und wie du riechst.«

Mein Hals wird eng bei seinen Worten. »Und?«

»Die Wirklichkeit ist um einiges besser als meine Vorstellung.«

Alles, was zwischen uns steht, rückt für diesen Moment in den Hintergrund. Da ist nur noch Zander. Der Druck seiner Lippen auf meinen, sein heißer Körper, der sich an mich presst. Sein unvergleichlicher Duft und Geschmack.

Ich fühle mich begehrt. So begehrt, dass mein kleines geschundenes Herz ein Stück heilt.

Und ich begehre ihn ebenfalls. Auch wenn ich das heiße Verlangen, das ich für ihn empfinde, am nächsten Morgen verdammen werde.

Gierig zerre ich an dem Bund seiner Hose und streiche über seinen flachen Bauch. Zander stöhnt in meinen Mund. Er hilft mir und entledigt sich seiner Hose mit einer fließenden Bewegung. In dem spärlichen Licht betrachte ich seinen Körper, der nicht von dem Laken bedeckt wird. Der Schein der Feuerglut zaubert Schatten auf seinen muskulösen Oberkörper. An einer Stelle erkenne ich ein Glitzern, das Glitzern von Schuppen ... Handelt es sich dabei um ein ziemlich realistisch gezeichnetes Tattoo?

»Wenn du mich weiterhin so anstarrst und nicht näher an mich rückst, erfriere ich«, sagt Zander sarkastisch und ein süffisantes Lächeln zeichnet sich auf seinem Gesicht ab.

Wird ein weiterer Kuss das Brennen in meinem Innern lindern oder noch weiter anfachen?

In der nächsten Sekunde finde ich es heraus.

Das schelmische Blitzen in Zanders Augen weicht

einem Hunger, der meinem gleicht. Er zieht mir den Slip von den Hüften.

Das Ziehen wird zu einem verzehrenden Brennen in meinem Inneren und ich gebe ein Keuchen von mir, während ich gefühlt vom Scheitel bis zur Sohle in Flammen stehe. Die Muskeln in meinen Beinen zittern, als er sich auf mich legt und in mich eindringt. Jeder Gedanke löst sich auf.

Als ich aufschreie, erfüllt das Echo den Raum. Sein Blick verschmilzt mit meinem, während ich mich in diesem unbeschreiblichen Schwebezustand der Glückseligkeit befinde. Dann hebt er mein Bein über seine Schulter, stößt mehrmals tief zu. Jeder Muskel seines göttlichen Körpers ist angespannt. Begierde, Verlangen, Verzweiflung ... all das lese ich aus seinem Blick, bis auch er den Gipfel der Lust erreicht.

Er weicht zurück, betrachtet mich einen Herzschlag lang, bevor er mich mit einem weiteren Kuss fast entflammt.

»Danke, dass du mir das Gefühl gegeben hast, dass ich in Ordnung bin, so wie ich bin. Du ahnst nicht, was mir das bedeutet«, flüstere ich vor seinen Lippen.

»Gern geschehen.« Er streichelt mir über die Wange und schenkt mir ein ehrliches Lächeln. »Wenn du dich zeigst und deine sichtbaren wie unsichtbaren Wunden nicht mehr versteckst, kann sie auch niemand mehr gegen dich verwenden und du bist endlich frei.«

Ein schöner Gedanke – der für mich leider noch zu weit entfernt ist.

Neunzehn

Eine zwanzig Meter hohe Wand aus Eis schließt Frost Manor ein und schützt den Palast vor Stürmen und Feinden. Die dicke Eiswand hat den Palast schon öfter vor ihrem vermeintlichen Untergang bewahrt. Soweit ich gelesen habe, wurde die Stadt hinter dem Eisring nie zerstört oder von einer feindlichen Armee eingenommen. Sie hielt jeder Belagerung stand.

Auf einem Drachen, dessen Schuppen so weiß wie der Schnee schimmern, landet Lord Cyan vor uns. »Ich habe euch schon erwartet«, begrüßt uns der Lord, dessen helles Haar von einer blauen Kapuze verdeckt wird. Er klettert von seinem Drachen, der sich kurz darauf erneut in die Lüfte erhebt und hinter der Eismauer verschwindet.

»Entschuldige, der Schneesturm hat uns Zeit gekostet«, sagt Zander.

»Ja, der Sturm macht uns zu schaffen. Ich befürchte, es braut sich etwas Größeres zusammen. Ihr müsst durchgefroren sein.« Mein Blick gleitet über die Eiswand, aber ich entdecke nirgends eine Tür. »Folgt mir! Lord Diamond wartet auf uns.«

Vor einer versteckten Falltür halten wir inne, die von einem Eisdrachen, der mich auffällig aus seinen blauen Augen mustert und gegen den Wind schnuppert, bewacht wird. Ist er in der Lage, unsere Absichten zu erschnüffeln?

Der Lord reicht mir die Hand und ich steige eine vereiste Treppe hinab. Zunächst erwarte ich, dass dort unten völlige Dunkelheit herrscht, aber zu meiner Überraschung leuchten die blauen Eiswände, als befände sich hinter ihnen eine unnatürliche Lichtquelle. Wir durchqueren einen gewaltig langen Gang, dessen Wände komplett aus gefrorenem Eis bestehen. Filigrane Muster durchziehen die Mauern, und sobald Licht auf diese trifft, glitzern sie wie Kristall. Dieser Ort ist in der Tat bemerkenswert und hat etwas Magisches an sich.

Lord Cyan führt uns nicht ins Innere der Winterfestung, sondern in einen abgeschotteten Raum unterhalb der Erdoberfläche. Während wir darauf zuhalten, erkenne ich sofort Lord Diamonds Stimme. Lord Diamond, den eine geheimnisvolle Aura umgibt, haucht mir zwei Küsse auf die Wangen und setzt sich dann an einen langen Tisch.

Cyan bietet Zander und mir Tee mit Gebäck zur Stärkung an, die ich dankend annehme. Ich nippe an der warmen Tasse Tee und schlucke mühsam die Reste des Brötchens herunter, die mir am Gaumen kleben und meinen Hunger nur minimal stillen.

»Hier unten können wir ungestört sprechen«, sagt Lord Cyan. »Was führt euch her?«

»Die seelenlosen Drachen haben Drae Castle vor vier Tagen überrannt. Frost Manor könnte ihr nächstes Ziel sein.« Sämtliche Spuren seiner Grübchen sind mit einem

Mal wie weggewischt und stattdessen steht ein Mann vor mir, den ich kaum wiedererkenne. Er wütet innerlich.

Cyan hebt verwundert die Augenbrauen. »Sie haben sich zusammengetan? Für so klug hätte ich sie nicht gehalten. Ich dachte, sie seien wilde Kreaturen.«

»Sie wurden angeführt – da bin ich mir ganz sicher.«

»Und von wem?«, will Lord Diamond wissen.

Zanders Stimme erhebt sich über die aller anderen hinweg. »Lord Roan.«

»Vielleicht handelt es sich um einen Zufall oder wir ziehen die falschen Schlüsse. Wie soll er die schwarzen Drachen gebändigt haben?«, wirft Cyan ein.

»Ich habe keine Ahnung. Aber Roan hat uns hintergangen! Willst du das nicht einsehen?«, tobt Zander. »Ich habe unter den mattschwarzen Drachen vereinzelnd die dunklen Blutdrachen von Roan gesehen und sie haben nicht auf unserer Seite gekämpft. Sie wurden nicht von den seelenlosen attackiert.«

»Ich habe sie auch gesehen«, bestätige ich. »Ich konnte sie jedoch kaum auseinanderhalten. Lord Roan ist euer Verbündeter, warum hat er Drae Castle angegriffen?« Die Fragen schießen mir schneller durch den Kopf, als ich meine Zunge bewegen kann.

»Roan gebietet über das östliche Gebiet von Drae Isle – über die Blutlande«, erklärt Zander. »Die schwarzen Drachen haben sich ganz in der Nähe von fury Crave niedergelassen und das Land zerstört.«

Ich speichere die Information in meinem Kopf ab.

»Wir sahen uns gezwungen, die seelenlosen Drachen walten zu lassen«, erklärt Cyan. »Unsere Sturmreiter waren mit der Bedrohung durch die Naturgewalten schon überlastet genug.«

Ich blinzele überrascht. »Ihr habt das Gebiet also an sie abgetreten?«

»Ja«, antwortet Diamond knapp und ohne weitere Erklärung.

»Roan war wütend, da die Blutlande nicht weit entfernt liegen«, erklärt Zander. »Er hat unsere Hilfe erwartet.«

»Letztlich ist es wohl kein Wunder, dass er sich mit den seelenlosen verbündet hat, um sein Land zu retten«, meint Lord Diamond. »Die Südlande liegen brach, weil die Nachfahren des Hofs der Flammen tot sind. Die Blutlande lagen also ohne großen Schutz da und hätten von den schwarzen Drachen überrannt werden können.«

»Vielmehr macht mir Sorgen, dass er den gesamten östlichen Flügel der Insel befehligt. Wenn er die Südlande auch noch rechtmäßig einnehmen kann«, Zanders Blick schweift kurz zu mir, »dann herrscht er über die halbe Insel.«

»Und somit könnte er sich über den Schwur, die Insel vor den Stürmen als Lord zu schützen, hinwegsetzen«, fasst Cyan zusammen. »Er besäße mehr Macht als wir alle zusammen.«

»Er könnte ganze Rassen von Drachen auslöschen«, fügt Diamond hinzu. »Meine Kristalldrachen sind schon selten genug.«

Zander kratzt sich nachdenklich am Kinn. »Das hätte auch Auswirkungen auf die Stürme, die wir kaum mehr ohne die Magie dieser Drachenarten bändigen können.«

»Wir müssen Roan also aufhalten. Was auch immer sein Plan ist. Könnt ihr nicht mit ihm verhandeln und an sein Pflichtbewusstsein appellieren?«, frage ich hoffnungsvoll.

»Dafür ist es bereits zu spät«, antwortet Zander. Sein Ton verschärft sich. »Er hat die Drae Castle angegriffen und damit ein eindeutiges Kriegszeichen gesetzt.«

Diamond schnaubt verächtlich. »Wir müssen unsere Grenzen also nicht nur vor den Stürmen verteidigen, sondern auch vor Roan und seinen hässlichen schwarzen Mistviechern.«

»Ja, und ich schätze, da draußen braut sich gerade ein Monstersturm zusammen.« Cyans Blick gleitet zur Decke.

Zander malmt mit den Kiefern. »Verdammt, ich habe befürchtet, dass Corentin die Messwerte gefälscht haben könnte, damit wir von dem Sturm abgelenkt werden.«

»Vielleicht war Roans Angriff auf Drae Castle ein Ablenkungsmanöver. Ein Sturm dieser Größe würde unsere Schwärme erheblich schwächen. Wir müssen uns zusammentun«, schlägt Diamond vor. »Und unsere Geschwader auf einen Sturm und einen möglichen Kampf gegen die seelenlosen Drachen und Roans Schwärme vorbereiten.«

Es herrscht Stille.

Wir stehen kurz vor einem Krieg, von dem ich vor ein paar Tagen nicht einmal etwas wusste.

»Dann sind wir uns also einig. Ich weise schon mal das Geschwader ein und schicke Nachricht zu Drae Castle. Ein Sturm zieht herauf, dessen Ausläufer alle Reiche betreffen könnten«, sagt Zander zu Cyan und blickt dann zu mir. »Du bist bei Lord Cyan in Sicherheit.« Er beugt sich vor, als würde er mich auf die Stirn küssen wollen, doch kurz vorher hält er inne und zieht sich zurück.

Mein Magen sackt enttäuscht herab. »In Ordnung.«

»Wir sehen uns später, Lavea.« Zander streicht mir eine vom Flug gelöste Haarsträhne hinters Ohr und streift dabei mit seinen Knöcheln sanft über meine Wange. Die Berührung wirkt zufällig – aber ich weiß, dass sie es nicht ist. Die Hitze in seinen Augen, als mein Blick seinem begegnet, ist kaum zu übersehen.

Lord Diamond fächelt sich frische Luft zu. »Irre ich mich, oder steht die Luft plötzlich in Flammen?«

»Ihr täuscht Euch«, entgegne ich.

»Pass auf, dass sie nichts anzündet«, sagt Zander über die Schulter hinweg und lässt mich dann bei den Lords zurück.

Der Lord sieht verwirrt zwischen Zanders Rücken und mir hin und her. »Er hat noch nie eine Reiterin so angesehen wie dich – und ich habe ihn schon mit verdammt vielen gesehen«, meint Diamond unverblümt.

»So genau wollte ich es nicht wissen«, brumme ich. Ich hasse, dass Zander mich nicht kalt lässt.

»Oh verdammt, Flammenmädchen«, sagt Lord Diamond und rauft sich das Haar. »Du bist in ihn verschossen.« Er starrt mich an, als hätte ich den Verstand verloren.

»Das stimmt nicht.«

»Du bist eine schlechte Lügnerin. Wer sieht ihn denn mit diesen großen Augen an. Du zerfließt praktisch in seiner Nähe.« Er rümpft die Nase, als *könnte* er etwas riechen. »Willst du uns zum Narren halten?«

»Was geht es euch an?«

Lord Diamond knirscht mit den Zähnen, will mir offensichtlich keine Antwort geben. »Wir Lords sind eine Einheit. Wir haben eine besondere Verbindung, weil unsere Vorfahren geschworen haben, das Land zu schützen. Und wenn ein Glied schwächelt ...«

»Ich kann dich beruhigen. Das mit uns wird niemals mehr sein.«

Er verdreht die Augen. »Was auch immer es ist, ob Sehnsucht, Schwärmerei oder ... Götter bewahre Liebe. Ich bin der Letzte, der darüber urteilt, mit wem Lord Zander das Bett teilt, aber du hast keine Ahnung, wozu ein Reiter fähig ist und welche Risiken er eingeht, wenn seine Liebsten in einen Sturm geraten sollten. Und das betrifft uns alle.«

Er spricht die Worte aus, als wäre dies unser aller Untergang.

Ich weiß nicht, was ich darauf erwidern soll. Schließlich bin ich ihm nicht verpflichtet.

Lord Cyan seufzt. »Deswegen achten wir die Regeln.«

Ich werde hellhörig. »Deswegen gibt es keine Drachenladys, nicht wahr?«

»Sagen wir so, die Lords verpflichten sich, ihre Blutlinie fortzuführen. Die Nachkommen müssen das Land vor den Stürmen verteidigen. Aber das schließt Liebe und eine partnerschaftliche Verbindung nicht mit ein.«

Ich habe mich schon lange gefragt, weshalb nie die Rede von Königinnen ist. Warum die Lords wie ewige Junggesellen auftreten.

»Komm, Flammenmädchen«, sagt Lord Cyan und winkt mich zu sich. »Besorgen wir dir erst mal eine Waffe.«

Eines steht für mich fest: Ich werde den nächsten Sturm nicht abwarten und herumsitzen, während ich auf die Befreiung meines Bruders hoffe.

Lord Cyan überlässt mir ein traumhaftes Zimmer in Frost Manor. Doch immer wenn ich dieses verlasse, haben Lord Diamond und Lord Cyan ein Auge auf mich, als wären sie meine Wachhunde. Als Zander sich abends in mein Zimmer schleicht, konfrontiere ich ihn damit. »Du kannst mich nicht einsperren oder von den Lords bewachen lassen.«

Zander dreht sich so schnell um und packt mich, dass ich mit dem Rücken gegen die Tür pralle. Mit festem Griff umschließt er meine beiden Handgelenke und hebt sie über meinem Kopf, um mich an der Wand festzupinnen. Seine Haut ist noch immer am Glühen und er strahlt eine ungewöhnliche Hitze aus. Außerdem leuchten die Schuppen, die unter seinem Kragen hervorlugen.

»Lavea«, stöhnt er quälend an meinem Mund. »Als Drae Castle von den seelenlosen Drachen angegriffen wurde, habe ich für einen Augenblick gedacht, ich würde dich verlieren ... und dieses Gefühl war unerträglich. Zu wissen, dass die Gefahr noch lange nicht gebannt ist, macht mich wahnsinnig.« Das Flehen in seiner Stimme, seine Verzweiflung durchflutet mich. Zu wissen, dass er dasselbe für mich empfindet wie ich für ihn ist geradezu berauschend und die Anziehung zwischen uns verstärkt sich noch.

»Ich bin hier«, sage ich. »Und es geht mir gut.«

»Aber willst du auch hier sein?«

»Du meinst, weil ich oft betone, dass es mir nur um meinen Bruder geht?«

Er nickt leicht und in seinen Augen findet ein Krieg statt.

»Ich bin genau da, wo ich sein will«, antworte ich. »Stell das nie wieder infrage.« Am liebsten will ich die Verzweiflung und die Ungewissheit, die zwischen uns schweben, durch Lust ersetzen. Ich biege den Rücken durch, um ihm näher zu kommen und meine Brüste pressen sich gegen seine Brust, woraufhin Zanders Atem schneller geht.

»Ich finde, wir sollten aufhören, um diese unerträgliche Spannung zwischen uns herumzutänzeln und sie endlich durchbrechen.« Er beugt sich hinunter, sodass sein Mund nur wenige Zentimeter von meinem entfernt ist und schnurrt: »Bist du mutig genug, es mit einem Drachenlord aufzunehmen?«

Jeder einzelne Nerv in meinem Körper erwacht flackernd zum Leben. Mein Herz rast, als ich ihn herausfordernd anfunkele. »Ich fürchte mich nicht mehr vor dem, was du bist. Bist du denn bereit, dich auf mich einzulassen, Mylord?«, necke ich ihn.

»Verdammt, ja. Ich will dich mit niemandem teilen.« In seinen Augen flackert Eifersucht auf, die von Erregung verdrängt wird, als er die Hüften gegen meine presst. »Du stellst meine Selbstbeherrschung ganz schön auf die Probe.«

»Gut«, erwidere ich schmunzelnd und recke das Gesicht zu ihm hoch. Anschließend nehme ich seine Unterlippe zwischen meine Zähne und knabbere leicht daran. Diese Geste lässt die Mauer zwischen uns endgültig einstürzen.

Unsere Münder kollidieren quasi und der Kuss ist leidenschaftlich und süchtig machend. Er gerät völlig außer

Kontrolle und eine heiße Welle des Verlangens läuft meinen Körper hindurch.

Zander fackelt nicht lange und packt meinen Hintern, um mich hochzuheben. Ich stemme mich mit dem Rücken gegen die Wand und schlinge die Beine um seine Hüften.

Alles, was in diesem Moment zählt, ist einander so nah zu sein wie nur möglich. Die Art, auf die er mich küsst, ist verzehrend, zügellos und setzt mich in Brand. Das Streicheln seiner Zunge raubt mir den Verstand und ich werfe all meine früheren Einstellungen zu den Drachenlords über Board.

Der Rausch, in dem wir uns befinden, setzt eine Hitzewelle in mir frei. Als Zanders Lippen auf meinen Hals treffen und er die verbrannte Hautstelle küsst, zucke ich nicht zusammen, sondern genieße das Gefühl, dass er mich ganz und gar will. Ausgiebig liebkost er die Stelle und entlockt mir damit ein Stöhnen.

Zander dirigiert mich durch den Raum, während er meinen Hinterkopf umfasst hält und seine Finger in meinem Haar vergräbt. Er erobert meinen Mund, sodass ich benommen durch das Zimmer tänzele und alles runterreiße, was uns in die Quere kommt. Auf einem weichen Polster drückt er mich nieder und ich schmelze unter seinen Berührungen dahin.

Ich atme stoßartig und greife in sein Haar, während er sich küssend einen Weg über meinen Körper bahnt. An meinem Hals wandert er abwärts, knöpft das Oberteil auf und haucht Küsse auf mein Schlüsselbein und den Ansatz meiner Brüste.

»Ich wollte dich vom ersten Moment an«, keucht er. »Du hast in mir eine Glut entfacht, die ich lange vermisst habe. Deinetwegen fühle ich mich stärker als je zuvor.«

»Wirklich?« Der Gedanke lässt mich die Stirn runzeln.

»Hattest du etwa jemals den Eindruck, dass ich dich nicht will?«

»Du musst zugeben, dass unsere ersten Aufeinandertreffen ... explosiv waren.«

Sein Mundwinkel zuckt. »Anders ausgedrückt – du hast mich gehasst.«

»Ich habe gehasst, was du verkörpert hast. Das ist ein Unterschied.«

»Und ich kann nachvollziehen, warum du so empfunden hast.« Er nimmt meine Hand und lässt sie an seinem Körper herabgleiten, bis ich über dem Stoff seiner Hose spüre, wie erregt er ist. Mir entweicht ein lustvolles Wimmern.

Verdammt, das ... er ... fühlt sich so gut an!

Als meine Finger sanften Druck ausüben, stöhnt er leise. Er hebt den Kopf und seine goldgesprenkelten Augen glühen vor Verlangen. »Als einer der vier Drachenlords musste ich mich ziemlich beherrschen, als du das erste Mal aufgetaucht bist und mir mit deinem Auftritt den Atem geraubt hast. Du warst mutig und unverfroren mir gegenüber. Und dass du die Schulden deines Bruders übernommen hast, hat mir gezeigt, welch großes Herz du hast.« Seine Augen verdunkeln sich, als ich mich des nächsten Kleidungsstücks entledige.

»In dieser Welt könnte jeder Tag unser letzter sein. Jeder Sturm könnte noch heftiger sein als der vorherige«, flüstere ich. »Deswegen will ich nur einmal alles vergessen und einfach nur fühlen. Kannst du mich fühlen, mich brennen lassen, Zander?«

»Darum wirst du mich niemals bitten müssen.« Er drängt sich an mich und sein Mund schwebt erneut über meinem. Dann küsst er mich und ich verschmelze mit ihm. Er schmeckt herb wie Kohle und bittersüß wie Minze, und ich kann nicht genug davon bekommen.

Sein Daumen streicht über die Innenseite meines Schenkels. »Oh Götter, wenn du damit aufhörst, werde ich auf der Stelle sterben.«

»Das kann ich unter keinen Umständen riskieren«, erwidert er schmunzelnd und streicht über den Stoff meines Slips, genau über meiner empfindlichsten Stelle.

Ich biege den Rücken durch und eine Lustwelle durchläuft meinen Körper. Seine Finger streicheln mich weiter, wobei er genau die passende Reibung erzeugt.

»Mehr«, keuche ich flehend.

Seine Stimme klingt abhackt. »Ich werde nicht mehr aufhören können, wenn du weiterhin so bettelst.«

»Ich vertraue dir. Ich weiß, dass du niemals etwas tun würdest, was mir schaden könnte.«

Seine Augen lodern auf und dann küsst er mich und verstärkt den Druck seiner Finger. Kurze Zeit später gleiten seine Finger unter meinen Slip.

»Du fühlst dich so verdammt gut an«, raunt er.

Mein Unterleib zieht sich vor Lust zusammen, und ich grabe die Fingernägel in Zanders Schulterblätter. Er massiert mich in immer enger werdenden Kreisen. Seine Berührungen sind geradezu elektrisierend.

»Ich wette, dass du dich genauso gut anfühlst«, erwidere ich atemlos. Die Lust durchzuckt mich wie ein lebendes, atmendes Feuer und mein Puls beschleunigt sich.

Seine Stimme klingt verdammt sexy. »Ich will spüren, wie du zum Höhepunkt kommst, eher höre nicht auf.«

»Oh Himmel!« Meine Muskeln spannen sich um seine Finger an, während er sie in einem immer schneller werdenden Rhythmus in mich stößt und dabei einen Punkt trifft, der mich in eine andere Sphäre katapultiert. Als er auch noch seinen Daumen auf meine Klitoris legt und Reibung erzeugt, habe ich das Gefühl, am Rande der Klippe zu stehen.

Zander erstickt mit seinem Mund meinen Schrei, als ich unerwartet den Ansturm von knisternder Energie durch meine Adern pulsieren spüre. Und dann katapultiert er mich über meine Grenzen hinaus und die erste Welle des Höhepunkts erfasst mich wie ein reißender Strom. Mein Inneres zieht sich um seine Finger zusammen und ich habe das Gefühl, als würde sich in meinem Bauch ein wirbelnder Funkenstoß freisetzen.

Erschöpft sacke ich zusammen, als die Lust abebbt. Er grinst und lässt von mir ab, ohne von mir abzurücken.

Jetzt gleitet Zanders Blick träge über mich und er nimmt jeden Quadratzentimeter meines Körpers in Augenschein. »Du bist unglaublich schön, Lavea. Und das meine ich ehrlich.«

Dieser Moment fühlt sich unerwartet intim und einnehmend an. Er berührt nicht nur meinen Körper, nein, Zander schafft es, meine Seele zu berühren.

»Ich will fair bleiben. Du bist an der Reihe.« Seine erhitzte Haut fühlt sich weich und an manchen Stellen ledrig an, als ich mit den Fingern über seinen Rücken fahre. Ich präge mir jede Sehne, jeden Muskel, jede Erhebung ein und achte auf seine Reaktionen.

Zander presst seinen Unterleib an meinen und platziert sich zwischen meinen gespreizten Beinen. Ich befreie seine Härte von dem letzte Stück Stoff. Er fühlt sich heiß und unglaublich hart an. Sein Stöhnen bestärkt mich und ich werde mutiger. Ich nehme seine Härte in die Hand und reibe ihn langsam, quälend langsam – mit Absicht.

Zander zerrt mir den Slip von den Hüften und mir springt das Herz fast aus der Brust, als ich ihn an mir spüre.

Ich lecke mir über die geschwollenen Lippen und schaue ihm in die Augen. »Ich will dich. Jetzt. Sofort.«

»Ich dich auch.«

Der Hunger, der in seinen Augen aufblitzt, ist mein Verderben. Bestimmt packt er mich an den Hüften und streicht mit der Spitze seines Schwanzes über meine geschwollenen Schamlippen. Mit einem Mal ist mir komplett egal, ob die Götter uns verfluchen. Ich brauche ihn in mir.

Zander lässt sich auf mich sinken, sein Bizeps spannt sich an und dann dringt er langsam in mich ein. Das intensive Gefühl lässt mich aufkeuchen und er schiebt sich Zentimeter um Zentimeter tiefer.

Während er sich in mir bewegt, küsst er mich und seine Zunge ahmt die Bewegungen nach.

»Härter«, flehe ich. »Ich bin nicht so zerbrechlich, wie du denkst.«

Nach meinen Worten verliert er den letzten Rest an Selbstbeherrschung und nimmt mich ganz und gar mit festen Stößen. Ich spüre ihn überall. Gefühlt lodert unter meiner Haut erneut ein heißes Glühen, das unnatürlich ist.

Wieder und wieder stößt er in mich und sein Rhythmus wird fordernder. Seine linke Hand gleitet zu meinen Brüsten, die durch die Stöße sanft hin und her wiegen. Er neckt meine Brustwarze, die sich aufrichtet. Dann beugt er sich vor und leckt über die harte Spitze, bevor er sie in den Mund nimmt und daran saugt.

Ich habe aufgehört zu denken und mir ist egal, wer uns hören könnte. Jeder Stoß ist köstlicher und einnehmender als der vorherige und bringt mich dem zweiten Höhepunkt näher. Die Spannung in meinem Unterleib windet sich zu einer Spirale aus unerträglicher Lust.

»Verdammt, du bist mein Verderben, Lavea«, flucht er, dann finden seine Lippen wieder die meine.

Was er in mir auslöst, ist schier überwältigend ...

Zander küsst mich mit allem, was er zu geben hat, mit seinem ganzen Körper. Er legt gerade so viel Gewicht auf mich, dass ich noch atmen kann, während seine harte Brust über meine empfindlichen Nippel reibt. Seine Hand wandert zwischen unsere Körper und verschafft mir genau den letzten Rest, den ich brauche, um mich über den Abgrund zu katapultieren.

Die Kraft, die sich in mir entlädt, erhitzt mein Blut auf eine nie gekannte Weise. Ich kralle die Finger in seine Schultern, halte mich an ihm fest, als wäre er mein letzter Anker. Eine erste Welle der Lust rollt durch mich hindurch und das Gefühl von Glückseligkeit durchdringt meinen Körper. Zander unterbricht den Rhythmus, der mich stocken lässt, doch dann drückt er meine Knie hoch bis an meine Brust, um noch tiefer in mich einzudringen.

Schweiß glitzert auf seiner Haut wie funkelnde Perlen. Ich spüre sein ganzes Gewicht auf mir, während er tief in mich stößt. Der Knoten in mir ist kurz vorm Explodieren, kurz davor, die Energie, die sich in mir angestaut hat, zu entladen. Und mein Körper verlangt nach dieser Erlösung.

Im nächsten Moment fühlt es sich an, als würden Blitze durch mich hindurchzucken und vor meinen Augen sehe ich ein grelles Licht. Hitze lodert in mir auf und die Schatten, die Zander auf einmal umgeben, verschwinden.

Der Anblick von ihm über mir, sein dunkler Blick raubt mir den Verstand. Zander sieht mich auf eine Weise an, als könnte er bis auf den Grund meines Wesens, meiner Seele blicken.

Ich lasse die Hüften leicht kreisen, während Zander zustößt und laut stöhnt. Er wirft den Kopf in den Nacken und lässt sich fallen. Ich liebe es dabei zuzusehen, wie der große Drachenlord seine Kontrolle abgibt.

Als er ein letztes Mal zustößt, schreit er auf und erschaudert in mir, während sich seine ganze Kraft in mir entlädt.

Nachdem der Höhepunkt langsam abebbt, fühle ich mich ein wenig benommen. Zärtlich streicht mir Zander eine Strähne aus dem Gesicht, sodass ich lächeln muss. Ich wundere mich immer wieder darüber wie ein Mann, der so hart und bestimmend ist, gleichzeitig so sanft sein kann. Doch genau diese Gegensätzlichkeit zieht mich besonders an ihm an.

In der Luft hängt der Geruch von Feuer und Asche, was mich kurzzeitig irritiert. In Zanders Armen rolle ich auf die Seite und bette meinen Kopf auf seine Brust. »Riecht es nach ... Feuer?«

»Ja, aber keine Sorge, der Geruch vergeht gleich. Es handelt sich um uralte Magiepartikel, die in der Luft schweben, wenn ... wir besondere Leidenschaft empfinden.«

»Oh.« Ich setze mich auf, um mich zu vergewissern, dass es nirgendwo brennt. Die Magie, die die Drachenlords umgibt, bleibt für mich ein Mysterium.

»Das hat mit der Macht zu tun, die in uns Lords schlummert, weil wir einen Bund mit den Drachen eingegangen sind. Mach dir keine Gedanken.«

Ich strecke die Hand aus und fahre über die glitzernde, schuppige Stelle auf seiner Brust. »Verstehe. Woher stammt dieses Mal?«

»Das willst du nicht wissen«, weicht er meiner Frage aus, nimmt meine Hand in seine und drückt sie leicht. Er wirkt plötzlich angespannter als zuvor.

»Wenigstens ist es hier im Raum jetzt so warm, dass ich nicht mehr friere«, sage ich, um vom Thema abzulenken. Ich schaue zum Fenster hinaus, hinter dem sich die Eismauer erhebt und der Sturm weht.

Meine Lider werden immer schwerer.

»Soll ich ein anderes Zimmer aufsuchen?«, fragt er, weil er meine Müdigkeit zu bemerken scheint. Auf seiner Stirn erscheinen zwei steile Falten und er macht Anstalten, von mir abzurücken, aber ich lege meine Hand auf seine Brust.

»Nein, bitte bleib«, flüstere ich. »Nur für eine Nacht«, schiebe ich hinterher. Ich sollte unserer unerwarteten leidenschaftlichen Begegnung nicht mehr beimessen. Die Funken haben gesprüht und wir haben unseren Bedürfnissen nachgegeben – was sollten wir auch anderes tun während des Sturms, abgesehen von schlafen?

»Wie du willst. Lass mich nur kurz ins Bad.« Zander schiebt das Laken weg, das seinen Körper halb bedeckt hat, sodass ich einen fantastischen Blick auf ihn habe, der ein erneutes Ziehen zwischen meinen Beinen aufflammen lässt. Er steht auf und blickt auf mich hinunter. »Es bleibt unter uns, nehme ich an?«

Sein Anblick lenkt mich so sehr ab, dass ich nicht sofort reagiere, woraufhin ich ihn leise lachen höre.

»Ja ... ja, was in diesen vier Wänden geschehen ist,

bleibt in diesen vier Wänden.« Zander ist immer noch ein Lord und ich bin eine Drae-Anfängerin.

Seine Schultern sinken, bevor er sich zum Bad umdreht und ich seinen muskulösen Rücken und seinen knackigen Hintern betrachten kann. Ich bewundere sein Selbstbewusstsein, seinen Mut, sich zu zeigen, so wie er erschaffen wurde. Zander quält kein Schamgefühl.

Mein Blick bleibt kurz an der Stelle hängen, wo seine Haut geschuppt aussieht. Ich blinzele mehrmals, dann sind sie verschwunden.

Nachdem Zander aus dem Bad zurückgekehrt ist, schlüpfe ich mit dem Laken, das ich um mich gewickelt habe, hinein und säubere mich notdürftig mit warmem Wasser.

Als ich wieder das Zimmer betrete, haftet sein Blick an mir und ich weiß, dass ihm auf den Lippen liegt, dass er bereits alles an mir gesehen hat und ich mich nicht schämen muss, aber er hält sich zurück und lässt mich entscheiden, wozu ich bereit bin.

Rasch lege ich mich zu ihm ins Bett und breite das Laken über uns aus. Mein Körper fühlt sich noch immer ungewöhnlich erhitzt an, als hätte ich Fieber.

Zander haucht mir einen Kuss auf die Stirn und legt seinen Arm um mich, um mich näher an sich zu ziehen. Er vergräbt sein Gesicht an meinem Hals und atmet tief ein. »Ich hoffe, dein Herz schlägt nicht so schnell, weil du dich in mich verliebt hast«, flüstert er.

Kurz stockt mein Atem und ich lausche dem Schlagen meines Herzens. Nein, ich verliebe mich garantiert nicht in einen Drachenlord – nicht einmal dann, wenn er ein unglaublicher Liebhaber ist. »Bilde dir bloß nichts ein, Mylord.«

Ein leises tiefes Brummen entweicht ihm und ich spüre, wie seine Brust erbebt.

Aber verdammt, warum schlägt mein Herz so verräterisch schnell in seiner Nähe? Und warum spüre ich diese seltsame Mischung aus Sehnsucht und Geborgenheit in meiner Brust?

Eine Weile lausche ich dem Klappern der Fensterläden und dem leisen Zischen des Windes, der sich durch die Ritzen im Gemäuer presst, bis meine Augenlider schwerer werden und ich in einen traumlosen Schlaf gleite.

Zwanzig

»Ich fühle mich nicht gut«, keuche ich und stütze mich an einer Wand ab. Vielleicht habe ich mir auf der Reise einen Infekt eingefangen oder die unermüdlichen Lagebesprechungen mit den Lords und das Heraufziehen des nächsten Eissturms machen mir zu schaffen.

Zander legt seine Hand flach an meine Stirn. »Du fieberst.« Reflexartig zuckt er zurück, als zwei Funken aus dem Nichts auf ihn überspringen.

Meine Haut glüht, ist gerötet und gereizt und reagiert auf Kälte empfindlich. Einen Herzschlag später beobachte ich, wie sich aus meinem Arm eine Schuppe erhebt. Eine dunkelrote Drachenschuppe. Ein Vibrieren geht durch meinen Körper wie ein Pulsieren von Magie, das mich in pochenden Wellen durchläuft und Schuppe um Schuppe an die Oberfläche treibt. Meine Fingernägel schmerzen und Schweiß bricht mir aus. Es handelt sich um ein ähnliches Gefühl wie nach dem Kampf in der Arena oder dem

Moment, als ich den Drachentöter auf dem Drachenfelsen verbrannt habe.

Mir dämmert, was mit mir geschieht. Aber so ganz will es mein Verstand nicht akzeptieren.

»Du weißt, *was* du bist, Lavea. Leugne es nicht länger«, meint Lord Diamond, der mir ein Glas Wasser anbietet.

Er hat *was* und nicht *wer* gesagt.

»Was geschieht mit mir?«

»Dein Erbe erwacht. Vermutlich, weil du uns näher bist als je zuvor. Dein Drachenwesen spürt das instinktiv und will ausbrechen.«

Wie meint er das?

»Es gab Anzeichen, nicht wahr?«, hakt Lord Cyan nach.

»Mehrere«, schaltet sich Zander ein. »Das Fieber, das dich nach dem Kampf überkommen hat, war magischer Natur. Ein Vorbote dessen, was in deinen Zellen wütet.«

Die glühende Hitze in mir verflüchtigt sich nur langsam, und als ich über meinen nackten Unterarm streiche, sind die Schuppen schon wieder verschwunden. Perplex blinzele ich. Habe ich sie mir nur eingebildet?

»Zander sagte, dass du, als du auf Drae Castle eingetroffen bist, Drachen gehasst hast«, deutet Lord Cyan an. »Deine Emotionen haben diese wilde Seite in dir lange unterdrückt.«

»Ich weiß nicht, was du damit andeuten willst.«

»Vor wem willst du die Schuppen länger verstecken?«, fragt Lord Diamond mit einem amüsierten Unterton. »Oder deine Gedanken?«

Was zur Hölle …?

»Du bist nicht gewöhnlich, Lavea«, meint Lord Cyan.

»Du bist nie rein menschlichen Geblüts gewesen. Und als du in der Arena dem Drachenfeuer ausgesetzt wurdest – und überlebt hast, war diese Tatsache jedem von uns Lords glasklar.«

Ich lasse die Macht in mir aufbranden. Meine Haut wird wärmer und mein Atem malt kleine Dampfwolken in die Luft.

»Verstehe ich richtig, dass du mir sagen willst, dass ich … eine Drachenwandlerin sein soll?«, frage ich mit schriller Stimme. Dieser Gedanke ängstigt und fasziniert mich gleichermaßen. Mein Vater erzählte mir Geschichten über die Wandler, die einst Menschen gewesen und in Zeiten der Not in ihr Drachendasein geschlüpft sein sollen. Tief in mir spüre ich schon länger, dass darin ein Funken Wahrheit liegen könnte.

Er nickt. »Nicht nur du.«

»Es gibt einen anderen Grund, warum man uns Drachenlords nennt, und das hat nichts damit zu tun, dass wir über ihre Rasse gebieten und sie befehligen können.«

»Hast du ihr schon die ganze Story erzählt, Zander?«, fragt Cyan.

Verwundert schaue ich zwischen den drei Lords hin und her. »Sag schon, was verschweigst du mir, Zander?«

»Vielleicht beginnen wir am Anfang. Du kennst die Geschichten über den Beginn der Sturmzeit, nicht wahr?«

Ich nicke. »Mein Vater hat sie mir erzählt.«

»Es ist wahr, dass die Stürme entstehen, weil die Menschen die Erde ausgebeutet haben. Die Drachen sind unseretwegen beinahe ausgestorben. Wir haben die Stürme erschaffen und sie wüten durch unser Land, solange bis wir wieder im Einklang mit der Natur leben. Damals herrschten fünf Lords über den Kontinent und die Inseln.

Sie baten die heiligen Kräfte der Natur um eine Waffe, um die Stürme zu zähmen, die ganze Städte niedergerissen hatten.« Der Moment dehnt sich zwischen uns aus. »Den Lords wurde die Macht, die Stürme zu besiegen, nur zuteil, wenn sie sich mit den letzten Drachen zusammentaten. Im Gegenzug für die Sturmmagie wurde ihre Blutlinie an die der Drachen gebunden.«

Mein Blick huscht zu Lord Cyan, dessen Gliedmaßen plötzlich wachsen. Stahlharte glänzende Schuppen bedecken seinen gesamten Körper und Flügel schießen aus seinem Rücken. Sein Kiefer verformt sich und spitze Reißzähne schieben sich hervor, ebenso verwandeln sich seine Hände zu Klauen. Ich kann meinen Augen kaum trauen, innerhalb weniger Sekunden steht ein riesiger Drache mit einem silbrigen Schuppenkleid vor mir.

Panisch stolpere ich rückwärts. »Ein Drachenwandler«, flüstere ich.

Dann verwandelt sich auch Lord Diamond in einen Drachen. Einen Kristalldrachen mit einem außergewöhnlich schönen Schuppenmuster, das mich an einen Regenbogen erinnert.

Einer ist schöner, stärker und monströser als der andere.

Gleichzeitig atmen beide Drachen ein und wie auf ein stummes Kommando hin stoßen sie einen Feuerschwall aus, der die Luft schlagartig um mich herum erhitzt. In meiner Kehle prickelt und kratzt es, und ich huste dreimal.

»Wir hatten angenommen, dass die Linie der Feuerdrachenwandler mit der letzten Drachenlady ausgestorben wäre, aber du beherrscht die Gaben der Feuerdrachenwandler. Du kannst Feuer heraufbeschwören, hast die Luft manipuliert, kannst die Gedanken der Drachen wahrnehmen und Neyla, ein Feuerdrache, hat dich als ihre Reiterin erwählt. Du bist die letzte uns bekannte Nachfahrin«, sagt Zander schließlich.

Unerwartet bedecken goldfarbene Schuppen seinen Hals und die Schläfen. Er ist ein *goldener* Drache.

»Du hast mich in der Arena gerettet …«, meine Worte geraten ins Stocken.

Im Gegensatz zu den anderen Lords beendet er seine Verwandlung nicht und verbirgt stattdessen seine Schuppen unter dem hohen Kragen.

»*Zander erkannte, wie wertvoll du bist. Sein Einsatz für dich war beeindruckend. Wenn du wüsstest, wie wenig er sich normalerweise als Drache unter Kontrolle hat. Er ist der Wildeste von uns. Als er sich das erste Mal in einen Drachen verwandelt hat, hat er eine ganze Stadt ausgelöscht*«, schickt mir Lord Diamond seine Gedanken, als wäre es das Normalste der Welt. »*Du kannst froh sein, dass du nur Funken sprühst.*«

Plötzlich habe ich das Gefühl, dass der Boden unter mir ins Schwanken kommt. Ein dumpfes Tosen erfüllt meine Ohren. Ich blicke zu Zander, in seine goldgelben Augen. Ich mustere sein Gesicht, studiere jede Regung darin, achte auf jeden noch so kleinen Hinweis, in der Hoffnung, dass ich mich gerade verhört habe.

»Diamond, kannst du nicht einmal deinen Mund halten«, fährt Zander ihn an. Er zieht die Stirn in verärgerte Falten.

»*Entschuldige, aber ich dachte, sie wüsste davon.*« Er schaut zwischen Zander und mir hin und her und verstummt.

»Du warst das«, hauche ich. Ich schlucke die Galle hinunter, die mir die Kehle hochkriecht.

Er atmet schwer aus. »Ich wollte es dir sagen.«

Alles, was wir je waren und jemals sein werden, zerbricht in diesem Moment.

Mein Herz ringt um einen regelmäßigen Rhythmus, hin- und hergerissen, ob es nun stehen bleiben oder weiterschlagen soll. Insgeheim hat irgendetwas in mir geahnt, dass der Lord nicht der ist, für den ich ihn gehalten habe. Als ich dem goldenen Drachen in der Arena gegenüberstand, wusste ich instinktiv, dass es sich um keinen *normalen* Drachen handelte. Er beschützte mich grundlos – allein das war nicht plausibel. Und Zanders Reaktion darauf, dass ich nicht zum ersten Mal einen goldenen Drachen gesehen habe, sprach Bände. Doch ich habe die Zeichen ignoriert, wollte sie nicht wahrhaben. Der Anflug von Traurigkeit in seinem Blick, mit dem er mich ab und zu angesehen hat, jetzt kann ich ihn deuten und begreife, was dahintersteckt. Schuld.

Seine Wangenmuskeln spannen sich an. »Es ist kompliziert.«

Meine Augenbrauen schnellen in die Höhe. »Kompliziert? Es ist kompliziert, mir die Wahrheit zu sagen?«

Ein Schwall von Bitterkeit und Schmerz durchflutet die Verbindung zwischen uns und ich ziehe mich komplett aus seinem Geist zurück.

Von Sekunde zu Sekunde wird die Situation unangenehmer und die anderen beiden Lords blicken betroffen drein. »Okay, wir lassen euch das besser unter euch klären«, höre ich Lord Cyan sagen und die zwei verlassen den Platz.

Zanders Stirn verzieht sich. »Was kann ich tun, Lavea?«

»Was du tun kannst?«, brülle ich. »Mach meine Familie wieder lebendig!« Ich weiß, dass er diese Forderung niemals erfüllen kann. »Ach nein, stimmt ja, das ist unmöglich. Also nein, du kannst nichts, absolut nichts wiedergutmachen.«

»Denkst du, es schmerzt mich nicht zu wissen, dass ich der Frau, in die ich mich verliebt habe, verletzt habe?«

»Gut so, denn du hast nicht nur meine Familie ermordet, du hast es mir auch noch verheimlicht. Wie lange wusstest du es schon? Als ich das Bett mit dir geteilt habe?« Ich hole kurz Luft, um mich zu sammeln.

Zander presst die Lippen aufeinander und antwortet nicht. Die Schuldgefühle in ihm sind praktisch greifbar für mich, und ich hasse unsere Seelenverbindung in diesem Moment. Die Spannung zwischen uns ist scharf genug, um Schuppen zu durchbohren.

Keine Worte und keine Taten bringen uns aus dieser ausweglosen Situation heraus.

»Wie lange?«, wiederhole ich, wobei die Lautstärke meiner Stimme zusammen mit meiner Wut deutlich ansteigt.

»Zuerst war mir nicht bewusst, dass Ezra und du aus dem Dorf stammten, das ich zerstört habe. Der Handel mit Ezra kam mir einfach gelegen. Er bekam meine Drachenschuppen in Pulverform und im Austausch dafür erhielt ich Informationen und seine Gefolgschaft. Ich dachte, ein anderer Drache hätte dich verbrannt … bis du den goldenen Drachen erwähntest. Und als klar wurde, dass

Feuer dir nichts anhaben kann, kam ich ins Grübeln«, presst er mühsam und mit erstickter Stimme hervor.

Nicht nur, dass er mich belogen hat und meine Familie bei lebendigem Leib verbrannte – er ist auch für meine Narben verantwortlich. Die Narben, die er geküsst hat. Sagte er mir wegen seiner Schuldgefühle, dass ich schön sei?

Mein Herz droht in Stücke zu zerbrechen.

Sein Blick bohrt sich in meinen. »Seither quälen mich Albträume. Ich wollte niemanden töten. Und ja, ich fühle mich verdammt schuldig. Ich verwandele mich nur ganz selten in einen Drachen, weil ich Angst habe, wieder die Kontrolle zu verlieren. Es tut mir leid, Lavea. Ich wollte dich nicht verletzen.«

Ich recke das Kinn empor, starre herausfordernd in diese goldgesprenkelten Augen und hole mit der Faust aus. Mit voller Wucht treffe ich seinen Kiefer und sein Kopf schnellt zur Seite. Schmerz explodiert in meinen Fingerknöcheln, aber dieser ist nichts im Vergleich zu dem Kummer, der meine Seele überfällt.

»Ein *es tut mir leid* reicht nicht.« Zischend schüttele ich die Hand aus, um den Schmerz zu vertreiben. Der Schlag hat gesessen, obwohl ich nicht die Kraft aufbringen konnte, ihm den Kiefer zu brechen.

Zander dreht langsam den Kopf in meine Richtung und erlangt seine Fassung zurück. Er schlägt nicht zurück, rechtfertigt sich nicht, stattdessen verfallen wir in ein angespanntes Schweigen.

Ich verschränke die Arme, um den Drang zu unterdrücken, ihm erneut eine zu verpassen. Gewalt ist keine Lösung, das weiß ich, aber es tut verdammt gut, die angestauten Gefühle rauszulassen. Langsam wandelt sich die

Raserei in Trauer und Tränen brennen mir in den Augen. »Ich wünschte inständig, ich hätte Drae Castle viel früher verlassen. Ich hasse dich. Dich und diese verdammten Drachen. Du hast mein Leben zerstört. Sieh mich an«, ich reiße mir den Kragen hinunter und entblöße die verbrannten Stellen, »sieh, was du mir angetan hast.«

»Ich sehe es jeden verdammten Tag!«

Ich weiche einen Schritt zurück.

»Dass ich dich verbrannt habe, habe ich aus egoistischen Gründen verheimlicht«, spricht er offen aus. »Weil ich Angst hatte, dass du dich von mir zurückziehst. Eines solltest du wissen, ich habe nicht gelogen, als ich dir sagte, dass du schön für mich bist.«

Zander kommt auf mich zu und ich hebe die Hand. Ich ertrage seine Nähe nicht. »Stopp! Bleib weg von mir.«

Abrupt bleibt er stehen und wirft mir einen verletzten Blick zu. »Ich werde um dich kämpfen, Lavea«, sagt er voller Inbrunst und ich befürchte, er meint, was er sagt.

»Versuch es, wenn du es nicht lassen kannst. Aber glaube nicht, dass das zwischen uns etwas ändern wird.«

»Ich gebe uns nicht auf.« Er betont seine letzten Worte.

Am liebsten will ich ihm höhnisch antworten, dass es nie ein uns gegeben hat, aber ich verkneife mir diesen Tiefschlag.

»Alles, was uns jetzt noch verbindet, ist die nächste Schlacht gegen die seelenlosen Drachen. Ansonsten will ich nichts mehr mit dir zu tun haben.«

In den darauffolgenden Tagen versuche ich Zander so weit wie möglich aus dem Weg zu gehen und mache einen großen Bogen um alles, was mich an ihn erinnert und die Enttäuschung in mir erneut aufflammen lässt. Um mich abzureagieren und die brodelnde Hitze in meinem Blut zu ertragen, suche ich die Trainingshallen auf. Mit voller Wucht werfe ich Messer auf verschiedene Zielscheiben und verausgabe mich, bis mir der Schweiß von der Stirn tropft.

»Wie lange willst du auf ihn wütend sein?«, ertönt Cyans Stimme hinter mir.

Was geht ihn das eigentlich an? Ist es normal, dass die Lords meinen, sich bloß wegen ihrer übernatürlichen Verbindung in alle privaten Angelegenheiten einmischen zu dürfen?

Ich schnaube und drehe mich fassungslos zu dem Lord um. »War ja klar, dass du auf seiner Seite bist.«

»Es gibt keine Seiten«, entgegnet er. »Zander hat die Kontrolle verloren. Er tat es nicht mit Absicht. In uns schlummern wilde Bestien, Lavea, diese Tatsache darfst du niemals unterschätzen. Weißt du, was mir hilft, damit klarzukommen, dass ich kein Mensch wie jeder andere bin?«

Ich runzele die Stirn. »Was?«

»Unsere Vorfahren gaben ihr Leben, banden es an Drachen, um den Stürmen Einhalt zu gebieten. Das ist unsere Mission. Und ganz davon abgesehen, dass Drachen unbestreitbar gefährlich sind, es hat auch Vorteile einer zu sein. Du kannst jeden verbrennen, wenn er etwas tut, was dir nicht in den Kram passt«, er zwinkert, »und du hast verdammt scharfe Klauen und Reißzähne.«

Wenn er nur wüsste, wie gerne ich Zander mit ihnen aufschlitzen würde …

»Weißt du, was das Schlimmste ist«, sage ich, »ich habe das Gefühl, ihn nicht zu kennen.«

»Bei meiner Wandlung, die viel früher als deine stattgefunden hat, weil ich nach dem Tod meines Vaters Regent des Hofs der Eisdrachen wurde, dauerte es eine ganze Weile, bis ich mich an meine Drachengestalt gewöhnt hatte. Ich musste mich neu kennenlernen. Es ist ein Trugschluss zu glauben, dass man jede Facette eines anderen oder auch von sich selbst kennt.«

»In gewisser Weise magst du recht haben, aber Zander hat sich mit Absicht vor mir verschlossen und vorgegeben jemand zu sein, der er nicht ist.«

»Du hast jedes Recht verletzt und wütend zu sein. Doch vergiss nicht, mit welcher Last er leben muss. Er hat Unschuldige verbrannt und seine Familie, die im Palast im Greenring lebt, hat ihn verstoßen. Drae Castle ist deswegen sein Zuhause und er tut alles, um fähige Sturmreiter auszubilden.« Cyan tippt sich gegen die Schläfe. »Ich habe guten Einblick in seine Gedanken und Gefühle - was du früher oder später auch noch haben wirst durch die besondere Bindung unter den Drachenwandlern - und ich kann dir sagen, dass Zander nie größeren Schmerz empfunden hat, weil du ihm wirklich etwas bedeutest. Keiner zwingt dich zu vergessen oder ihm zu vergeben, aber richte den Blick nicht nur in die Vergangenheit.«

»Das ist also dein Rat?«

Lord Cyan zuckt mit den Schultern. »Ich schätze schon.«

»Wenn es dir nichts ausmacht, würde ich jetzt gerne wieder Messer auf Gegenstände werfen und nicht weiter darüber reden.«

Der Lord macht den Platz frei. »Entschuldige. Ich

wollte dich nicht unterbrechen.«

Nach seinem ungefragten Ratschlag komme ich ins Grübeln und kann mich kaum auf das Training konzentrieren.

Zwei Tage später klopft Zander an die Tür meines Schlafzimmers an und bittet mich, ihm Einlass zu gewähren. Sein Anblick ruft sofort Sehnsucht und diesen bitter süßen Schmerz in mir hervor.

Ich werfe Zander einen finsteren Blick zu, der keinen Zweifel daran lässt, dass ich noch immer wütend auf ihn bin. Wenigstens besitzt er den Anstand, nicht ungefragt in meinen Geist einzudringen, um mir weitere Erklärungen und Entschuldigungen einzuflüstern, die ich absolut nicht hören will. Schlimm genug, dass es mir schwerfällt, die anderen Lords zu jeder Tages- und Nachtzeit auszusperren. Ihre ständigen Streitereien und Strategiegespräche bereiten mir Kopfschmerzen.

»Ich habe dir versprochen, dass ich Wiedergutmachung leisten werde. Und heute fange ich damit an«, sagt Zander und hebt die Hand Richtung Tür. Er lächelt und Schmerz erwacht in meiner Brust. »Hier ist jemand, der dich sehen will.«

Hoffnung glimmt in mir auf. »Ezra?«

Ich höre die Dielen knarzen, Schritte, die näher kommen, und wirbele herum. Doch es ist nicht mein Bruder, der vor mir steht, sondern eine Person, von der ich dachte, sie wäre tot.

Einundzwanzig

Ich kann mich kaum überwinden hinzusehen. *Atme. Ein. Aus.*

Mühsam lenke ich den Blick nach links und bringe endlich den Mut auf, mich umzudrehen.

»Komm her«, sagt Mom und breitet die Arme aus.

Fassungslos schüttele ich den Kopf, weil ich glaube, ich träume. »Wie ... du lebst ...« Ich zwinge Luft in meine Lungen, während meine Mutter abwartend vor mir stehen bleibt, die Hände ausgestreckt.

Sie ist es wirklich. Mein pochendes Herz springt mir gefühlt in die Kehle. Wie zur Hölle ist das möglich?

Das gleiche rote Haar, bloß mit mehr grauen Strähnen, der gleiche wache Blick, bloß mit mehr Fältchen um die Augen.

Ich sinke gegen ihre Brust, als meine totgeglaubte Mutter mich fest an sich zieht. Sie fühlt sich warm an, lebendig und duftet nach Blumen – wie früher. Wärme überzieht jeden Zentimeter meines Körpers, verdrängt die Kälte in meinem Herzen. Zum ersten Mal seit langer Zeit kehrt das Gefühl von Zuhause, von Geborgenheit zurück.

Sie streicht mir sanft über den Kopf. »Ich habe dich so vermisst, mein Mädchen.«

»Ich habe oft davon geträumt, dass Vater und du und Selina das Drachenfeuer wie ich überlebt haben könnten«, murmele ich an ihrer Schulter und unterdrücke die Tränen.

Traurigkeit kehrt in ihren Blick ein. »Ich wünschte, es wäre so. Dein Vater und deine Schwester haben es leider nicht geschafft.«

»Wie hast du es aus dem brennenden Haus raus geschafft?«, frage ich und meine Gedanken überschlagen sich. Ihre porzellanfarbene Haut, die nicht von Kleidung bedeckt wird, weist keine offensichtlichen Brandnarben auf.

Mein Atem stockt und ich mache einen Schritt zurück.

»Ich war nicht im Haus«, antwortet sie ruhig und gefasst. »Nach dem Angriff des Drachens auf das Dorf herrschte Chaos. Ich verlor Ezra und dich aus den Augen.«

»Du wusstest, dass wir lebten?«

Sie weicht meinem Blick aus. »Ich bin knapp dem Flammenmeer entkommen.«

Das beantwortet nicht meine Frage.

»Wo warst du all die Jahre?«, frage ich vorwurfsvoll.

»Ich bin durch das Land gereist und habe für die Lords geforscht, wie sich die Drachenmagie auf das Land auswirkt.«

Typisch! Ihre Arbeit geht vor alles – auch vor ihre Familie.

»Warum hast du uns nicht gesucht? Wir hätten dich gebraucht.« Meine Stimme wird schrill vor leerer Hoffnung. »Du weißt nicht, wie schwer es für Ezra und mich war, allein zu überleben, von den Stürmen von Stadt zu Stadt gejagt zu werden.«

»Glaube mir, ich wäre gerne bei euch gewesen. Aber meine Forschung war wichtig und ...«

Ich schnaube und schüttele ungläubig den Kopf. »Du hast uns verlassen.«

»Ich habe darauf vertraut, dass euer Vater und ich euch alles Notwendige beigebracht haben, um in dieser Welt zu überleben. Ezra hat dich beschützt. Und ich wusste, dein Schicksal ...«, sie stockt, »ist ein anderes.«

»Was soll das heißen? Mein Schicksal?« Meine Hände zittern. »Hör auf in Rätseln zu sprechen. Ich bin kein Kind mehr.«

»Als ich in deinem Alter war, wollte ich am liebsten fünf Kinder haben. Dein Bruder war erst drei Jahre alt, als ich einen schlimmen Unfall hatte und mir daraufhin von einem Heiler gesagt wurde, dass ich keine Kinder mehr bekommen kann«, beginnt sie zu erzählen. »Von da an widmete ich meine ganze Energie der Forschung. Eines Tages begab ich mich auf eine lange Expedition in die südlich gelegenen Gebirge, die heute an die Region der Wüstenlande grenzen – sehr zum Missfallen deines Vaters wohlbemerkt, denn damals herrschte in dieser Region Krieg zwischen den Clans der Drachenlords.«

»Vater erzählte mir, dass die Feuerstürme zunahmen und die Region unbewohnbar machten. Und dass es keinen Lord gab, der ihnen Einhalt gebieten konnte.«

»Das ist nur bedingt richtig. Eine Drachenkönigin herrschte über das Land im Süden. In den Aufzeichnungen wird sie kaum erwähnt, was vermutlich seine Gründe hat. Wie dem auch sei.« Meine Mutter räuspert sich. »Inmitten von feuerspeienden Vulkanen begegnete ich einer jungen verwundeten Frau. Sie war anders. Ihr Körper war übersät von Schuppen und sie trug das Zeichen des Hofs der Flammen.«

Eine Wandlerin?

»Ihre Verletzungen waren verheerend. Mir war klar, dass ihr nur noch Stunden bleiben würden und ich ihr nicht helfen konnte. Das nächste Dorf war zu weit entfernt und sie sagte, dass sie auf der Flucht wäre. Sie hatte ein Bündel bei sich, hielt es schützend in ihren Armen und sie flehte mich an, dich zu retten.«

Moment. Was? Ich blinzele. Mein Verstand will nicht so recht begreifen, was mir meine Mutter gerade offenbart.

»Ich habe mir dich so sehr gewünscht, Lavea. Eine Tochter. Ich sah es als einen Wink der Götter an, dass sie dich mir anvertraut hat. Deine Halbschwester Selina haben dein Vater und ich adoptiert, weil sie ihre Mutter in einem Sturm verloren hat. Aber das ist eine Sache zwischen deinem Vater und mir.«

»Das bedeutet, ich bin die verschollene Prinzessin vom Hof der Flammen?«, frage ich leise. Und meine Familie ist nicht meine richtige Familie …

»Ja«, bestätigt sie. »Du bist die letzte Nachfahrin von ihrem Geblüt. Die Einzige, die in der Lage ist, über die mächtigsten Feuerstürme zu gebieten.«

Mein Körper verkrampft sich vor Schock. Die Augen meiner Mutter weiten sich, als könne sie das Chaos in mir wahrnehmen.

»Ich vermute, dass ein anderer Lord deiner leiblichen Mutter die tödlichen Verletzungen zugefügt hat. Er wollte eure Blutlinie ausrotten, ohne zu ahnen, welche Konsequenzen das haben könnte.« *Roan.* »Ich versprach ihr alles zu tun, damit du unter ihrem Radar bleiben würdest, so lange, bis du bereit wärst, dein Erbe anzutreten.«

Ich versuche, die Informationen zu verarbeiten. »Woher weißt du, dass meine Existenz eine Bedeutung für die Stürme hat?«

Ein kleines wissendes Lächeln tritt auf ihr Gesicht. »Die Forschung von deinem Vater und mir. Es besteht eine Verbindung, die ich noch nicht ganz entschlüsseln konnte, zwischen den Lords, den Drachen und den Stürmen.«

Mein Ton wird schärfer und mein Blick schwenkt wild herum. »Im Grunde interessiert es mich nicht. Du hast mich belogen! Mich und Ezra. Ich habe geglaubt, du wärst meine Mutter.«

Ihr Kiefer zuckt und ihre Stimme erhebt sich leicht. »Ich bin noch immer deine Mutter. Ich habe dich großgezogen. Ich habe dich nachts in den Schlaf gesungen. Dir alles beigebracht, was du weißt.«

Ich liebe sie und ich bin dankbar für alles, was sie für mich getan hat, aber die Verzweiflung, die an mir zerrt, ist zu viel. »Erzähl mir nur eine Sache, die wahr ist. Nur eine Wahrheit!« Tränen brennen mir in den Augen. Die Worte kommen aus mir heraus wie ein Flehen.

Sie seufzt und ich erkenne tiefes Bedauern in ihren Augen. »Auch wenn es nicht mein Blut ist, das durch deine Adern fließt, so weiß ich ganz genau, wer du bist, Lavea. Dein Vater hatte mit einem recht: Du bist eine Naturgewalt!«

Am liebsten will ich ihr entgegenschleudern, dass er nicht mein Vater ist, dass er mich wie sie im Dunkeln gelassen hat, und das all die Jahre. Auch wenn seine Andeutungen doch so unüberhörbar waren …

Meine Haut juckt und brennt unangenehm unter dem Pullover. Alles fühlt sich falsch an. »In Wahrheit bin ich nur das, was ihr mich glauben lassen wolltet.« Keine weitere Sekunde halte ich mit ihr aus.

Ohne weitere Erklärungen abzuwarten, stürme ich zur Tür und drücke die Klinke hinunter. Ich halte einen Moment lang inne, als ich sie sagen höre: »Lavea, hüte dich vor den Lords. Du kannst nicht jedem von ihnen trauen.«

Diese Warnung kommt leider zu spät ...

Zweiundzwanzig

Ich hatte immer gehofft, dass Liebe niemals wankelmütig wäre, dass sie jedem Sturm standhalten könnte ... aber vielleicht habe ich mich geirrt. Vielleicht ist sie genauso unberechenbar wie die Natur.

Meine Brust fühlt sich eng an, als ich an Zander und meine Mutter denke. Mir bleibt keine Zeit, mich länger mit meinen Gefühlen und unserem Beziehungsstatus auseinanderzusetzen, denn ein riesiger Sturm zieht herauf.

Einen Tag später trifft Mareva mit einem Schwarm von Reitern auf grünen und braunen Wald- und Gebirgsdrachen ein. Einige wenige Feuerdrachen sind auch darunter. Auch Lord Cyan stellt einen beachtlichen Schwarm aus Eis- und Wasserdrachen zusammen, die dem Sturm entgegenfliegen werden. Zum Schluss trifft ein kleiner Schwarm aus fünfzehn Reitern mit ihren Kristalldrachen ein. Ich kann die Augen kaum von ihren funkelnden Regenbogenschuppenpanzer abwenden.

Die Drachen, die in drei Schwärme eingeteilt werden, knurren und fletschen ihre Reißzähne. Ich zwinge meine

Beine, mich vorwärts zu tragen und weiche auf der Suche nach Neyla den ersten Kristalldrachen aus.

»Mylords«, sagt Mareva mit erhobenem Kinn und ausgestreckter Brust. »Die Schwärme sind bereit, um zu den Smoked Docks zu fliegen.«

»Die Drachen wollen kämpfen. Sie riechen den heraufziehenden Sturm. Das Knistern, das in der Luft liegt«, sagt Lord Cyan, der an meine Seite tritt.

»Mareva, du wirst meinen Schwarm anführen«, befiehlt Zander. »Wir werden bis zur Keimzelle fliegen, bis zur Erschöpfung und die Reiter werden bis zum Äußersten getrieben. Mach das den Sturmreitern klar. Es wird keine Pause zur Erholung geben.«

»Bewegung!«, ruft Mareva den Reitern zu. »Sattelt die Drachen und steigt auf. In zehn Minuten fliegen wir los.«

Bevor ich mich auf Neylas Rücken schwinge, kratze ich die Schuppen zwischen ihren Nüstern und sie stößt eine Atemwolke aus, die leicht nach Schwefel riecht. *»Ich weiß, dass es dir schwerfällt, Sóley zurückzulassen.«*

»Als dein gebundener Drache habe ich eine Pflicht zu erfüllen, zumindest solange du dich nicht verwandeln kannst.«

Ich zucke zusammen. *»Du weißt es?«*

»Sagen wir, ich habe es geahnt. Nur Menschen mit Drachenblut können mit uns auf diese Weise kommunizieren. Und die Einzigen, die mit mir sprechen können, sind die Lords und ihre nahen Verwandten.«

Zu meiner Überraschung steigen die Lords ebenfalls auf ihre auserwählten Drachen und verwandeln sich noch nicht. Vermutlich versuchen sie, ihre Kräfte für den Sturm aufzusparen. Ein warmer Windstoß weht über mich hinweg, als ich mich der aufgehenden Sonne zuwende und Zander auf Neros Rücken hinterherschaue. Wir haben kein persönliches Wort mehr miteinander gewechselt, nachdem er meine Mutter ausfindig gemacht hat, und mein Herz ist nicht bereit, ihm zu vergeben.

»Dein Herz ist schwer. Lass dich heute nicht davon herunterziehen. Der Lord-«

»Tu mir den Gefallen und erwähne Lord Zander nicht«, unterbreche ich sie. »Ich muss mich auf unsere Aufgabe konzentrieren. Das ist alles, was im Moment zählt.«

Neyla stößt ein Schnauben aus und lässt mich dann aufsteigen. Wie die anderen Reiter bin ich mit Dolchen bewaffnet und trage meine Schutzkleidung. Die langen Strähnen meiner Haare habe ich geflochten, damit sie mir nicht in die Augen fallen, und ich setze eine Flugbrille auf.

»Aufsitzen!«, brüllt Mareva das Kommando, und Neyla und ich reihen uns neben zwei grünen Drachen ein. »Egal was passiert, bleibt in Bewegung. Bleibt in der Luft und haltet die Augen offen nach schwarzen Drachen.«

Gavin reibt sich die Hände, weil die Kälte auf der Haut brennt und die Finger ohne Handschuhe schnell taub werden. Die erste Reihe nickt entschlossen und erhebt sich dann in die Lüfte. Wir lassen Frozen Manor, die Eismauer und Cyans Reich schnell hinter uns und fliegen Richtung Südosten.

Die Smoked Docks liegen nah an dem Todesstreifen, das Land, das die schwarzen Drachen für sich eingenommen haben. Laut der alten Geschichten sind die seelenlosen Drachen ein Produkt der Natur, um das Gleichgewicht wiederherzustellen. Doch sie breiten sich mehr und mehr aus und versetzen die Bewohner des

Kontinents in Angst und Schrecken. Die Hafenstadt Smoked Docks wird im Norden vom Meer und im Süden von einem Gebirge eingeschlossen. Die Wahrscheinlichkeit, dass wir Roans Reitern begegnen, ist sehr hoch. Seine Späher werden unsere Schwärme ohnehin bemerken.

Kurz bevor wir die Smoked Docks erreichen, die prächtige Hafenstadt, die Handel mit den nördlichen Inseln und den Feuerinseln betreibt, nehmen die Schwärme eine andere Formation ein und die Lords landen zur Lagebesprechung. Eine graue Wolke verdunkelt die Welt für einen Moment, als Neyla zum Sinkflug ansetzt, bevor der Himmel wieder auftaucht.

Der Tornado zeichnet sich dunkel und bedrohlich am Himmel ab, und er walzt so schnell auf uns zu, dass die Drae kaum Zeit haben, um sich auf dieses Ungetüm vorzubereiten.

»Die Drae werden damit nicht fertig werden«, brummt Lord Diamond. »Das ist kein gewöhnlicher Sturm, Zander.«

Zander flucht leise.

»Was heißt das?«, will ich wissen.

»Es handelt sich um einen Magiesturm. Um einen der tödlichsten, die nur alle paar Jahrzehnte auftreten. Der letzte hat dafür gesorgt, dass der Kontinent zerfällt und sich kleine Inselgruppen gebildet haben.«

Lord Zander schaut zu Lord Cyan, der dem Sturm grimmig entgegenblickt. »Den können wir nur mit vereinten Kräften erledigen, wenn wir ein Massensterben verhindern wollen.«

»Lords«, sagt Zander und setzt seinen befehlshaberischen Tonfall auf. »Jeder versucht einen Strang des Sturms seiner Kraft zu entziehen. Versuchen wir, ihn aufs offene Meer hinauszutreiben.«

»Werdet ihr euch verwandeln, um den Sturm zu bändigen?«, frage ich.

»Ja, Flammenmädchen«, bestätigt Lord Diamond. »Es wäre hilfreich gewesen, wenn du die Glut in dir nicht unterdrücken würdest.«

Zwar habe ich die Hitze in meinen Adern wahrgenommen und die Veränderungen, aber die Vorstellung, mich in einen Drachen zu verwandeln, ist für mich noch immer absurd. »Was kann ich dann tun?«

Zander zögert und malmt mit den Zähnen. Der Gedanke, dass ich mich in den tödlichsten Sturm begebe, gefällt ihm nicht.

Ich strecke die Brust raus und baue mich vor ihm auf. »Ich bin eine von euch. Eine Drachenlady.«

»Sie hat nicht unrecht. Wir brauchen ihre Kraft«, mischt sich Lord Cyan ein.

»Na gut, aber bleib in meiner Nähe«, weist mich Zander an.

Ich weiß, dass ich von allen Lords die Unerfahrenste bin und somit allein deswegen ein Risiko darstelle, wenn es darum geht, die Formation zu halten. Aber ich werde mich nicht vom Sturm abwenden und feige davonfliegen.

Ein Windstoß wirbelt an meinem Gesicht vorbei und ich spüre, wie Neyla versucht, mit ihren magischen Kräften die Grenzen und Schwachstellen des Sturms ausfindig zu machen.

Die feinen Härchen auf meinen Armen stellen sich auf, und im nächsten Moment spaltet ein greller Blitz den Himmel. In meinen Ohren donnert es laut und alles um mich herum scheint zu erbeben. Ein brennender Stoß durchfährt mich und die anderen Drachen, als das flammende Licht in den Boden einschlägt. Jeder Muskel in meinem Körper verkrampft sich.

»Wir müssen den Boden verlassen und fliegen«, brüllt Zander.

Schnell verzieht sich der Blitz wieder, aber schon wenige Augenblicke später schlägt er erneut zu, spaltet einen Baum und setzt ihn in Brand. Die Drachen brüllen und schlagen aufgeregt mit den Flügeln.

Ich höre ein splitterndes Krachen wie eine knallende Peitsche. Mir stockt der Atem, als ein blauer Drache direkt vor meinen Augen von einem Blitz getroffen wird. Die Energie dringt durch seine Schuppen hindurch und das Tier bricht zusammen. Der Drache ist auf der Stelle tot. Ein übler verkohlter Geruch dringt in meine Nase.

Wir, die Drachen und die Reiter, sind das Ziel des herannahenden Sturms.

Die Aufregung, die mich erfasst, steht im Kontrast zu der schrecklichen Angst, die sich gleichzeitig in mir breitmacht. Instinktiv krümme ich mich zusammen, während die Lords sich bereit für den Kampf machen und die Drachen vom Boden abheben. Zanders schönes Gesicht ist vollkommen ausdruckslos, seine Augen groß und leer.

»Dies ist keine Übung. Es ist bitterer Ernst und es stehen Menschenleben auf dem Spiel.«

Die Menschen in dem kleinen Dorf verstecken sich in ihren Hütten, nachdem eine Sirene losheult und lauter und länger heult als zuvor.

In der Ferne trifft ein glühend blauer Lichtstrahl auf die Erde. Die Wolken flackern hell auf und ich taste nach Neylas Flügel. Knisternde Spannung legt sich auf meine Arme, und ich bekomme eine Gänsehaut.

»Seid ihr bereit, Kadetten?«

»Ja«, erklingt es im Gleichklang.

»Dann viel Glück! Mögen die Götter mit euch sein.«

Ich klettere auf Neylas Rücken und suche eine Verbindung zu ihr und ihrer Magie. *»Da bist du ja, Lavea. Ich habe schon befürchtet, dass du dich drückst«*, triezt sie mich.

»Bringen wir es hinter uns.«

Aus der Ferne spüre ich das Echo der Macht, das von dem Sturm ausgeht. Als könnte uns der Gewittersturm hören, erstrahlt der Himmel plötzlich in einem grellen Licht und dutzende von Blitzen zucken zwischen den Wolken hin und her. Das tosende Schwarz der Nacht erhellt sich, während der Sturm seine Macht demonstriert. Er sucht seine Opfer, entwickelt eine Strategie, wie er am meisten Zerstörung anrichten kann und nähert sich uns mit heftigem Donner.

Auf Neylas Rücken erhebe ich mich in die Lüfte, presse die Beine zusammen und greife nach den Zügeln, um mich auf ihrem Rücken zu halten, weil sie fast senkrecht in den Himmel hinauffliegt.

Ich weiß, wie die anderen Sturmreiter den Kampf angehen werden – und zwar aus der Entfernung. Sie wagen sich mit ihren Drachen nicht so nah an den Sturm heran und versuchen, von Weitem Magie zu wirken. Aber es wird ihren Tribut fordern, seine Kräfte aus der Entfernung einzusetzen und es wird länger dauern, bis sie das Unwetter unter Kontrolle haben. Sie sollten besser mit den Winden fliegen.

Ein Blitz schlägt in ein Feld ein und eine Flamme züngelt empor, die die Fläche in Brand steckt. Es sieht aus, als würde Zorn vom Himmel auf das Land regnen. Diese Bestien des Himmels vereinen die Natur und das Übernatürliche. Ich habe die vergangenen Wochen nicht umsonst versucht, die Naturgewalten zu verstehen, sie zu ergründen, zu begreifen, woher sie kamen und was sie bezwecken.

»Wir schauen nicht aus der Ferne zu«, sage ich zu Neyla. »Wir müssen sein Innerstes erreichen. Die Magie aus ihm herauspressen und sie zurück in den Boden schicken.«

»*Ich bin dabei.*« Neyla fliegt eine Schlaufe und steuert dann direkt auf den Sturm zu.

Das Gewitter kommt näher und erreicht schon fast die Stadtmauern. Ein paar Blitze zucken erneut zu Boden, aber der Sturm scheint seine Kräfte zu schonen, weil er spürt, dass die Drachen nah sind.

Die Atmosphäre füllt sich mit Spannung, bevor sechs Blitze gleichzeitig einschlagen und den Himmel zerreißen. Die Nacht ist erfüllt von einem hellen Glanz, der in seiner Düsternis zugleich wunderschön ist. Die Magie steigert sich zu etwas Größerem, Stärkerem.

Neyla schwankt kurz unter den Böen, erholt sich aber sofort wieder. »*Wenn wir den Sturm lebend überstehen wollen, müssen wir zusammenarbeiten, Flammenmädchen.*«

Ich sammele die Energie auf, schöpfe aus der Quelle in Neylas Innerem. Brennend heiß verschmilzt die Magie unter meiner Haut und ich fühle mich auf magische Weise mit Neyla verbunden, als wären wir eins. Ein Körper. Eine Seele. Ein Herz.

Einen Moment lang genieße ich diese urtümliche Verbundenheit und die Macht, die damit einhergeht, und dann schleudere ich sie hinaus. Ich verwebe die Magie miteinander und kreise den Sturm mit den Fäden ein, bis sie eine elastische, schützende Barriere ergeben.

Mein schriller, wütender Schrei weht mit dem Wind.

Den nächsten Blitz, der einschlägt, sehe ich nicht, aber ich spüre seine Energie und konzentriere mich darauf. Es fühlt sich an, als würde eine Klinge durch die Luft sausen, die einem schon viel zu nah kommt. Bevor ich Schutz suchen kann, zuckt der nächste Blitz über den Himmel. Das Himmelsfeuer regnet herab und schlägt nur wenige Meter entfernt von Zander ein. Kurz sieht es aus, als würde ein Ruck durch seinen Körper gehen.

Die nächsten Blitze zischen von Wolke zu Wolke wie eine Warnung. Die Ruhelosigkeit des Sturms wird stärker, bis die Luft extrem aufgeladen ist.

»*Neyla, ich brauche dich.*«

»*Nur Mut, Flammenmädchen.*«

»Falls wir in diesem Sturm umkommen, werde ich mit dir zusammen sterben – es gibt nicht nur du und ich, Neyla, wir gehören zusammen, wir sind miteinander verbunden.« Neyla ist ein Feuerdrache. Sie gehört zu mir.

»*Ich verspreche dir, ich werde nicht von deiner Seite weichen.*«

Als der Sturm näher rückt, regnet es in seiner unmittelbaren Umgebung heftig – aber kein Wasser, sondern Blut. Das Blut verwirbelt sich mit dem Wind, Geröllstücken, die zu tödlichen Geschossen werden konnten, Splittern und feinen Sandkörnern. Der Boden und die Drachen, die sich in ihn hineintrauten, färben sich in ein bedrohliches Blutrot.

Eine Riege von Drae nehmen die Formation ein und positionieren sich, um die Hafenstadt und ihre Bewohner zu schützen. Die Drachen scharen mit ihren Krallen und heller Dampf steigt aus ihren Nüstern, während sie erwartungsvoll verharren.

Der Magiesturm ist gigantisch und so riesig, dass sich der Himmel verdunkelt und man kaum den Anfang und das Ende des Sturms ausmachen kann. Noch nie habe ich eine solche Naturgewalt erlebt, die so durchsetzt ist von Magie. Ich denke an die Worte meines Vaters: *Lavea, du bist eine Naturgewalt.*

Sind die Lords mit ihren vereinten Kräften überhaupt dazu in der Lage, den Sturm zu bändigen?

»*Konzentriert euch auf eure Schutzschilde! Der Sturm ist überaus mächtig, er schürt die Bereitschaft zu Gewalt in uns, was uns leichtsinnig handeln lassen könnte*«, befiehlt Zander über die mentale Verbindung.

»*Wir kesseln den Sturm ein und zwingen ihn zum Aufgeben*«, schlägt Lord Diamond vor.

Das Blut ist so dickflüssig, dass es die Schuppen verklebt und einige Drachen ins Schlingern geraten, weil ihnen das Schlagen der Flügel schwerer fällt.

Wie Kieselsteinchen saugt der Magiesturm die Drachen und ihre Reiter in sein Innerstes und fegt durch die erste Reihe. Die Drae haben keine Chance. Schon nach wenigen Minuten entdecke ich eine Handvoll Reiter und ihre Drachen leblos auf dem Boden liegen, dort, wo der Tornado zuvor noch gewütet hat.

Wenige Drae ergreifen die Flucht, andere stellen sich mutig dem Unwetter, aber ihre Kräfte reichen bei Weitem nicht aus, um den Sturm in seiner Stärke zu erschüttern.

Immer wenn ich glaube, dass wir ihn haben und ihn schwächen, lösen sich weitere Winde von dem Magiesturm und bringen Tod und Verderben über das Land. Kleine schwarze Trichter fegen über den Boden in alle Richtungen und die Drae schwärmen aus, um sie zu erwischen.

Ich höre qualvolle Schreie, die mir bis ins Mark gehen,

doch ich darf mich von ihnen nicht ablenken lassen. Nicht jetzt.

Die Erde rumort und Donner grollt, während sich das Land blutrot färbt. Aus der Ferne sehe ich, wie die erste Häuserreihe eines Dorfes zerbröckelt, obwohl es meilenweit entfernt liegt.

Als ich hunderte kleine schwarze Punkte zwischen den grauen Wolken ausmache, gerät mein Herz ins Stolpern. Götter, sie sind überall. Roans Schar von seelenlosen Drachen und seinen Blutdrachen ist größer als jeder Schwarm, den ich bisher gesehen habe. Sie verteilen sich auf mehreren Flughöhen und umfliegen die gefährlichen Stellen des Sturms. Ein Meer aus schwarzen Flügeln, rot glühenden Augen und klaffenden Mäulern steuert auf uns zu. Wir haben ihre Zahl eklatant unterschätzt.

Meine Kehle schnürt sich zu, als ich auf unsere Reihen blicke. Werden wir es schaffen, den Sturm und Roans Armee zu überleben? Wenn ich der Panik nachgebe, bin ich niemandem eine Hilfe.

Ich folge Zanders Gedankengänge bis zum Ende, der Kommandos an den Schwarm brüllt und eine Verbindung zu Roan sucht. Doch Roan lässt nicht mit sich verhandeln. Er ist nicht mit seinem Schwarm gekommen, um uns zu helfen.

»*Die schwarzen Drachen werden erst ruhen, wenn sie all eure Reiter von der Erde gebrannt haben*«, knurrt er.

Innerhalb weniger Atemzüge sind Roans Drachen so nah, dass ich erkennen kann, welche von ihnen Reiter tragen. Die seelenlosen Drachen binden keine Reiter – Roans Blutdrachen aber schon.

»*Es ist an der Zeit, den Drachen eine Botschaft zu schicken*«, brummt Lord Diamond. »*Roan wird versuchen, in deinen Geist einzudringen und dich zu bezirzen. Als Lord ist ihm das möglich. Du musst ihn ausschließen, Lavea.«*

»*Aber wie?*« Ich habe absolut keine Kontrolle darüber, welche Gedanken ich von den Lords höre und welche nicht. Wie diese besondere mentale Verbindung funktioniert, ist mir immer noch schleierhaft.

»*Sie wird es unmöglich schaffen*«, meint Cyan.

»*Versuch es einfach*«, bestärkt mich Zander. »*Es hilft, wenn du Abstand zu ihm nimmst. Lass ihn nicht zu nah an dich herankommen.*«

Der Kampf findet in der Luft und auf dem Boden statt. Die Lords teilen sich auf, um den Sturm in Schach zu halten und Lord Roans Armee zurückzudrängen. Ich folge Lord Zander und unterstütze die Bodentruppen, damit sich Neyla etwas erholen kann.

Den Drachen mit den schwarzen Schuppen zu meiner Rechten bemerke ich jedoch viel zu spät, weil er ohne Vorwarnung hinter einem Turm auftaucht und direkt auf mich zuhält. Noch während ich herumwirbele, sehe ich Zanders Gestalt aus dem Augenwinkel. Er reißt zwei Schwerter hoch und schiebt sich schützend vor mich.

Als der Drache über uns schwebt und sein Maul mit den Reißzähnen aufreißt, dringt Zander blitzschnell mit einem Schwert in die Mundhöhle des Drachens ein und mit dem anderen in seine Bauchgegend. Warmes stinkendes Blut tropft auf uns herab und ich wische mir einige Tropfen von der Wange. Ruckartig zieht Zander die Schwerter zurück und schiebt mich zur Seite, denn im nächsten Moment prallt der Drache auf den Boden und brüllt vor Schmerz auf. Wendig springt Zander auf seinen Rücken, wo die Schuppenschicht des Drachens dünner ist, und sticht erneut zu, um sein Leben zu beenden.

Der letzte Schrei des Drachens lockt mehr von ihnen an. Zander rutscht vom Rücken des Ungetüms und befreit sein Schwert aus dessen Flanke. Ein weiterer Drache stürzt auf uns zu und Zander durchbohrt das rot glühende rechte Auge mit seinem Schwert. Der Drache brüllt auf und schlägt blind mit dem Schwanz um sich. Fast erwischt er mich, doch ich springe rechtzeitig zur Seite. Zielgenau attackiert Zander das Monster. Die Kraft des Drachens lässt nach und kann uns nicht mehr gefährlich werden. Am Ende erlöst Zander ihn schnell, und ich starre voller Entsetzen auf das blutige Schlachtfeld, das Zander hinterlassen hat.

Zander bückt sich und hebt einen langen Speer auf, der aus schwarzem Eisen mit einer kupfernen Spitze gefertigt wurde. Er wirft ihn mir zu. »Versuch es hiermit. Die Speere sind leichter und speziell ummantelt. Das Gift wird die seelenlosen Drachen schleichend betäuben.«

Der Speer ist tatsächlich deutlich leichter. Nachdem mich meine Muskeln bereits vor Anstrengung quälen, bin ich froh um diese Erleichterung.

Der Kampf geht weiter und ich steche den Speer ins Herz eines schwarzen Drachen – zumindest vermute ich, dass sie eines besitzen – und ziehe ihn gleich darauf wieder heraus. Haarsträhnen lösen sich aus meinem Zopf, als ich herumwirbele und den nächsten Drachen angreife.

Meine Lederkluft ist bereits blutdurchtränkt, und Schweiß perlt mir von der Stirn. Meine Muskeln brennen, doch das Adrenalin rauscht ungehindert durch meinen Körper und lässt mich weiterhin aufrecht stehen.

Meine Welt versinkt in silbernem Licht, als ein Blitz an mir vorbeirauscht. Ich taumele zurück und gerate ins Straucheln, weil ich auf dem blutdurchtränkten Boden ausrutsche. Zum Glück falle ich nicht hin. Ich achte nicht weiter auf das stinkende Blut, das überall an mir klebt. Plötzlich schlägt ein weiterer Blitz ein, genau an der Stelle, wo ich vor ein paar Sekunden noch gestanden habe.

Neyla jault auf und taumelt rückwärts. Ein Schrei entweicht meiner Kehle, als ich sehe, wie die Energie in ihren Körper eindringt und ihre Adern und Schuppen zum Leuchten bringt. Neyla bäumt sich auf und schlägt die Flügel zurück.

Als mich ihre Schwinge trifft, werde ich hart nach hinten geschleudert und schlage mit dem Rücken auf dem Boden auf. Mir weicht sämtliche Luft aus den Lungen.

»Aua«, stöhne ich und rolle mich auf die Seite. Es stinkt nach Fäulnis und Erde.

Plötzlich reißt mich jemand zurück, greift in meinen Zopf, sodass mir die Kopfhaut brennt. »Wen haben wir denn hier?«

Raven. Er hat sich Roan angeschlossen, dieser Verräter.

Energie knistert am Ende meiner Fingerspitzen und ich spüre, wie meine Dracheninstinkte erwachen. »Wir haben noch eine Rechnung offen.«

Ich atme durch den Feuersturm in meiner Brust. Ich erkenne die Anzeichen: das Zittern, die unbändige Hitze, der Schmerz in meinen Fingern und das Gefühl, dass meine Haut zum Zerreißen gespannt ist. Dann reiße ich eine Hand hoch und schlage mit dem Handballen unter Ravens Kinn, sodass er mich loslässt. Blut spritzt aus seiner Nase, läuft in Rinnsalen sein Gesicht hinunter.

Bevor er mich angreifen kann, leuchtet ein Feuerball auf und trifft Raven mit voller Wucht. Vor meinen Augen verbrennt er bei lebendigem Leib. Nicht einmal seine Schutzkleidung kann ihn vor den zerstörerischen Flammen von Neyla bewahren. Seine verkohlten Überreste bleiben verstreut auf dem Boden liegen.

»Danke, aber ich hätte ihn auch erledigt.«

»*Mit solchen Witzfiguren sollten wir uns nicht zu lange aufhalten*«, erwidert Neyla.

»*Ist alles in Ordnung mit dir? Ich habe gesehen, wie der Blitz eingeschlagen ist.*«

»*Keine Sorge, ich konnte die Energie des Blitzes abschütteln.*«

Eine Handvoll seelenloser Drachen fällt dem Sturm zum Opfer und wird vom Himmel gerissen. Roan kümmert dieser Umstand nicht weiter. Es bleibt keine Zeit für Erleichterung oder Freude, denn die schwarze Staffel startet erneut zum Angriff und dringt in unsere Reihen ein. Die Drachen beißen um sich, um ihren Luftraum zu verteidigen und spucken Feuer in den buntesten Farben. Nur vereinzelnd erkenne ich die Farbpunkte in dem grauen Gewimmel, während Neyla und ich uns erneut ins Gefecht stürzen – auf der Suche nach der Wurzel allen Übels.

Über den zerklüfteten Berghängen liegt der Geruch des Todes. Wie ein roter Fluss läuft das Blut der Drae und der Drachen daran herunter, die bei dem Angriff ihr Leben verloren haben. Manche Leichen sind vom Feuer und von Blitzen versengt und der ekelhafte Gestank von verbranntem Fleisch steigt mir in die Nase. Überall höre ich rasselnden Atem und leises Stöhnen von Mensch und Tier. Die Rüstungen der Drae sind von Brandflecken gezeichnet und ich schnappe nach Luft, als mir eine Reiterin mit einer eitrigen, verkohlten Wunde am Bauch entgegenkommt und ihre blutigen Hände dagegen presst.

Ich blinzele angestrengt in den Wind, als ich den bronzefarbenen Drachen entdecke, der größer, schneller und stärker ist als alle anderen. *Roan.*

Zu meiner Überraschung sitzt ein Reiter auf seinem Rücken – nein, nicht irgendein Reiter, sondern mein Bruder. Sein kupferfarbenes Haar leuchtet in der Dunkelheit des Sturms.

Den Oberkörper nach vorne gebeugt mache ich mich so flach wie möglich, um den Luftwiderstand zu minimieren und jage Roan hinterher.

»*Lavea!*«, knurrt Zander. »*Überlass ihn uns.*«

»*Nein, er hat meinen Bruder in seiner Gewalt.*«

»*Neyla, ich befehle dir umzukehren*«, höre ich Zander sagen.

Aber sie widersetzt sich dem Befehl ihres Lords.

Roan grinst breit – soweit das einem Drachen möglich ist –, als er mich entdeckt. Die Lords nehmen ebenfalls die Verfolgung auf, aber die starken Sturmböen behindern sie.

»*Ich bitte euch*«, appelliere ich an sie. »*Verschont meinen Bruder, wenn ihr Roan angreift.*«

»*Du verlangst viel von uns*«, höre ich Cyan sagen. »*Er hat einen von uns getötet. Einen Drachen.*«

»*Wurde er nicht schon genug bestraft? Bitte*«, flehe ich die Lords an, Gnade walten zu lassen. »*Ich kümmere mich um ihn, aber lasst ihn am Leben.*«

»*Wir haben einen Eid darauf geleistet, die Drachen zu schützen und zu ehren. Die Regeln existieren nicht grundlos. Es tut mir leid, wir können keine Ausnahmen machen*«, sagt Cyan entschieden.

»*Also wollt ihr euch lieber dem Zorn einer Drachenlady aussetzen?*«

»*Verdammt, sie weiß, wie man das Spiel spielt*«, höre ich Diamond grinsend über die mentale Verbindung sagen.

Cyan spricht für alle Lords. »*Wir respektieren dich, Lavea. Sollte er jemals wieder einem Drachen Leid zufügen, wird in Schlimmeres erwarten als Drachenfeuer. Wir werden ihn nicht töten, aber wir können ihm auch nicht helfen.*«

»*Das genügt mir.*«

Der bronzefarbene Drache ist nur noch wenige Meter von mir entfernt und mustert mich abschätzend, um eine Schwachstelle zu finden. Lord Roan dringt in meinen Geist ein und ich kann ihn nicht daran hindern. »*Pfeif die Lords zurück und ich überlege mir, ob ich deinen Bruder am Leben lasse.*«

Er benutzt meinen Bruder, um mich zu erpressen. Offensichtlich fürchtet er sich vor der vereinten Macht der Lords. Als ich ihm näher komme, sehe ich Ezras panischen Gesichtsausdruck. Ohne Sattel oder Befestigung klammert er sich an Roans Stacheln fest.

»*Niemals*«, antworte ich entschieden. »*Wir ergeben uns nicht.*«

»*Du hast es nicht anders gewollt*«, höre ich Roan sagen. Dann schüttelt er sich und dreht sich wie ein Wirbelsturm horizontal, bis Ezra keine Kraft mehr besitzt, um sich festzuhalten.

Ezra fällt.

Ich denke keine Sekunde lang darüber nach, ob ich sterben könnte. Ich springe einfach von Neylas Rücken. Und dann falle ich. Unendlich tief.

Dreiundzwanzig

Ich befinde mich im freien Fall.

Der Wind dröhnt mir in den Ohren, während ich mit dem Kopf voran in die Tiefe stürze und den Arm ausstrecke. Ob es lebensmüde ist, von einem Drachen in die dunkle Schlucht zu springen, in der Hoffnung, meinen Bruder zu fassen zu bekommen? Definitiv – zumindest, wenn ich die glühende Macht in mir weiterhin ignoriere. Aus meinen Fingerspitzen sprühen Funken und ich spüre, wie sich meine Finger zu Klauen verformen. Eine kühle Brise gleitet über meine glühend erhitzte Haut. Von meinem Körper steigt Dampf auf.

»*Lavea*!«, höre ich Neyla in meinem Kopf brüllen. *»Du musst dich verwandeln, ich schaffe es nicht rechtzeitig bei dir zu sein.«*

»Du schuldest mir nichts. Es war meine Entscheidung«, schicke ich ihr über unsere Verbindung.

Ezra ist einen Meter von mir entfernt, rudert mit den Armen und schreit um sein Leben, während der Boden näher und näher rückt. Ich greife nach der Macht in meinem Inneren, während der Boden mir entgegen rast. Übelkeit regt sich in mir und mir tut der Kiefer weh, weil sich spitze Zähne hindurchbohren wollen. Meine Muskeln zittern und verkrampfen sich. Ich breche jede Verbindung ab und lasse die Energie noch einmal durch mich fließen.

Mit allen Mitteln versuche ich das Tempo zu beschleunigen, mich dem Luftstrom anzupassen und ihn zu erreichen. Ich strecke die Arme nach ihm aus, bis es schmerzt.

Ezras Blick trifft mich, als er sich in der Luft dreht. Und ich sehe das Bedauern in seinem Blick – und die Liebe. Dieser kurze liebevolle Ausdruck weicht unendlicher Panik. Seine Lippen formen meinen Namen. Ich kann mir vorstellen, dass Ezra zu mir sagen würde, ich wäre ein Dummkopf. Lebensmüde. Dass er es nicht verdient hätte, dass ich mich für ihn opferte. Aber er ist und bleibt trotz allem mein Bruder.

Ich werde es schaffen! Ich werde meinen Bruder retten und den freien Fall abbremsen – ich muss es einfach.

Den Gedanken, wie unsere Körper auf dem Boden aufschlagen, verdränge ich. Stattdessen wage ich einen Versuch, ihn zu fassen zu bekommen. Zunächst fasse ich ins Leere. »Scheiße!« Ich strecke den Arm noch weiter aus.

Ein rotgoldener Schimmer wallt um mich herum auf und in mir wütet ein Brennen, das jede Zelle meines Körpers erfasst. Es verändert mich. Macht peitscht durch mich hindurch, dehnt sich wie ein Brand aus. Meine Knochen fangen Feuer und ein Schrei entreißt sich meiner Kehle.

Ich kann die Verwandlung kontrollieren, wenn ich es nur genug will. Wenn ich mich anstrenge, schaffe ich es. Es ist, als würde sich mein menschlicher Körper krampfhaft gegen die Magie wehren, die sich in mir entflammt – und dann verlieren.

Eine unsägliche Hitze erfasst von mir Besitz, breitet sich in meinem Bauch und in meiner Kehle aus. Ein rauchiger Geschmack legt sich auf meinen Gaumen und neben meiner Wirbelsäule fühlt sich meine Haut zum Zerreißen gespannt an. Das Rauschen in meinen Ohren nimmt ab und der Luftwiderstand behindert mich nicht, sondern passt sich mir an.

Vom einen auf den nächsten Moment gewinnt die Welt an Farbe. Meine Augen nehmen jede kleinste Bewegung in der Dunkelheit wahr.

Von jetzt auf gleich erfasst ein Beben meinen Körper, und ich werde von einer unbändigen Kraft gepackt. Diesmal versuche ich mich nicht dagegen zu wehren. Eine Energiewelle bricht aus mir heraus, die die Schlucht erschüttert.

Nichts bereitet mich auf das vor, was als Nächstes mit mir geschieht. Ich kann es nicht mehr aufhalten. Meine Finger verformen sich zu langen Klauen, rotgoldene Schuppen wachsen aus meiner Haut und mein Körper gewinnt an Größe. Zwei Flügel brechen schmerzhaft aus meinem Rücken hervor. Für wenige Sekunden fühlt es sich an, als würden meine Eingeweide von innen heraus zerreißen, nur um sich dann neu zusammenzusetzen. Der Schmerz treibt mir Tränen in die Augen und ich wimmere.

Aber ich reiße mich zusammen, versuche meine Flügel und meinen stromlinienförmigen Körper mit den Schuppen zu nutzen, um Ezra zu erreichen.

Und dann bekomme ich meinen Bruder mit meinen langen Eckzähnen an seiner Jacke zu fassen und bremse kräftig den freien Fall ab. Unser Sturz wird verlangsamt und stoppt erst, als die Dunkelheit der Erdspalte uns verschluckt hat. Ich werfe seinen Körper in die Luft und fange ihn so auf, dass er auf meinem Rücken liegen bleibt. Kurz presst sein Gewicht mir die Luft aus den Lungen.

Verdammt, ist er schwer …

Erleichterung wallt in mir auf.

Ich höre Ezras Stöhnen und spüre, wie er seine Finger in meine Haut krallt, um sich an mir festzuhalten. Er klammert sich an den Stacheln an meinem Hals fest und beugt sich vor. »Lavea, du bist … heilige Scheiße, du bist ein Drache!«

Und das wundert ihn noch, nach allem, was wir zusammen durchgestanden haben?

Ich gebe ein tiefes Grollen von mir, da er mich nicht verstehen wird und wir nicht miteinander über Gedankenübertragung sprechen können.

»Ich hatte so eine Ahnung, nachdem du damals das Drachenfeuer überlebt hast«, brüllt er gegen den Wind, als ich mich an den Aufstieg mache. »Vater hat Andeutungen gemacht, aber ich dachte erst, dein Überleben wäre ein Wunder.«

Glaub mir, ich hätte darauf verzichten können, ein Drache zu sein. Doch ich muss zugeben, dass es in dieser Situation nützlich ist, Flügel zu besitzen.

An einer windgeschützten Stelle setze ich Ezra ab und nehme kurz meine menschliche Gestalt an. Die Schuppen verschwinden jedoch nicht restlos, weil ich die Wandlung nicht perfekt beherrsche. Ich flehe ihn an, dortzubleiben und keinen Unsinn zu machen. Wenn Ezra einen Drachen aus unserem Schwarm angreift, kann ich nicht garantieren, dass er das überleben wird.

Ich sehe, wie die Lords in ihrer Drachengestalt Roan

umkreisen. Aus dieser Entfernung kann ich nicht hören, was sie zueinander sagen. Die Hitze kribbelt erneut über meine Haut und ich verwandele mich wieder in einen kupferfarbenen Drachen. Ich brauche absolute Kontrolle. Ich habe Angst, dass ich wie Zander mich meinen Dracheninstinkten überlasse und das Dorf in der Nähe niederbrenne.

Ich beobachte, wie die Lords ein glühendes Band aus Magie weben und es um Roans Kehle legen, der sich windet wie ein tollwütiger Hund. Gemeinsam reißen sie ihn zurück und ziehen ihn durch eine Sturmwand. Dann verschwindet er aus meinem Sichtfeld. Haben sie ihn der Wut des Sturms überlassen?

Ein greller Blitz blendet mich, dann tauchen die drei Lords wieder auf – ohne Roan. Der Schwarm aus seelenlosen Drachen und Roans Blutdrachen wirkt plötzlich irritiert. Sie fliegen unkoordiniert umher und ziehen sich zurück.

Ein Teil unseres Schwarms verharrt am Rande des Gewitters. Wie schillernde Blitze fliegen Lord Diamond und Lord Cyan um den Trichter herum und ziehen die Kreise enger, um den Magiesturm in Schach zu halten.

»*Die Basis des Sturms ist geschwächt!*«, brüllt Diamond. »*Wir kriegen ihn.*«

Meine Magie hält Teile des Sturms fest im Griff, während ich umherflattere.

Zander konzentriert sich und schickt seine Magie die Luftsäule hinauf.

Der Sturm grollt und leuchtet über uns. »*Er wartet*«, höre ich die Gedanken eines anderen Drachenlords.

Immer wenn sie über die Stürme gesprochen haben, hörte es sich so an, als wären die Stürme lebendig ... als besäßen sie eine Seele oder eine Art Bewusstsein. Die Stürme nähren sich aus der Energie, die in der Natur steckt … sie haben die Emotionen aufgesaugt. Ich erinnere mich daran, was mein Vater mir über den Ursprung der Magiestürme erzählte. Ist es möglich, dass sie die Gefühle in sich vereinen, die Angst, die Wut, die Trauer? Sie hören nur auf die Drachen, können von ihnen bezwungen werden, weil sie über eine Verbindung zu ihnen verfügen. Vielleicht kann ich zu dem Sturm sprechen?

Im nächsten Moment brechen die Gefühle des Sturms über uns herein und reißen Lord Diamond und Lord Cyan mit sich, sodass ich die beiden Lords aus den Augen verliere.

»Nimm mich!«, brülle ich. »Verbrenne mich und verschon sie.« Atemlos flehe ich die Sturmwirbel an. Ein wenig komme ich mir vor, als hätte ich den Verstand verloren, weil ich mit dem Wind spreche. Aber dieser riesige Magiesturm ist eine Gottheit, eine Naturgewalt, eine Verbindung aus reiner Energie, die wir erschaffen haben. Wir waren es, die die Unwetter heraufbeschworen haben. Wir geben ihnen die Macht zur Zerstörung.

Lichtblitze tanzen über den Himmel und jede meiner Schuppen kribbelt, während ich Kreise fliege, um dem Herzen des Sturms näher zu kommen. Ich muss dorthin gelangen, wo alles seinen Anfang nimmt.

In der Mitte des Sturms rotiert ein dunkler Schatten um sich selbst. Die Kälte, die von diesem Sturmherz ausgeht, lässt mir das Blut in den Adern gefrieren. Es kommt mir so vor, als würde das Herz alles Licht und jede Wärme um mich herum verschlucken. Zuckende Strahlen wie kleine Blitze gehen von den geballten Schatten aus. Das

Sturmherz strahlt den Wunsch nach Tod und Zerstörung aus.

Was wird geschehen, wenn wir dieses Herz auslöschen? Wenn es aufhören wird zu schlagen? Wird sich der Sturm auflösen oder wird er alles mit sich in den Tod reißen?

Bevor ich weiter mit dem Sturm in Verbindung treten kann, schleudert Zander seine Macht auf das Herz.

Ich schreie. Zander schreit. Und der Magiesturm schreit.

Plötzlich überflutet mich Schmerz, so stechend heiß, dass es sich anfühlt, als würden Dutzende kleine Blitze in meinen Schuppenpanzer eindringen. Kurz wird der Schmerz so unvorstellbar stark, dass es sich anfühlt, als würde meine Seele auseinandergerissen. Die Luft ist erfüllt von einem beißenden Brandgeruch.

Wurde ich getroffen? Ich warte darauf, dass meine Flügel nachgeben und ich an Höhenmeter verliere, doch es ist nicht mein Körper, der sich verkrampft, sondern Zanders.

»*Hör auf!*« Ich versuche, eine gedankliche Verbindung zu ihm herzustellen, aber spüre nichts als Leere am Ende dieses Bandes. »*Zander? Zander, wurdest du getroffen?*«

Der pulsierende Schmerz, der mich zuvor überrascht hat, ebbt ab – denn es ist nicht meiner. Er wurde nur durch unsere Seelenverbindung übertragen, die nun abschwächt und die ich nur undeutlich wahrnehme. Instinktiv weiß ich, dass Zander in Lebensgefahr schwebt. Ich will ihm zu Hilfe eilen, aber der Sturm hat Vorrang, solange er nicht gestoppt ist, wird er noch mehr Lebewesen mit sich in den Tod reißen. Mein Herz ist zerrissen zwischen meiner Liebe zu Zander und meiner Pflicht, als Drache dem Sturm Einhalt zu gebieten.

Ich sende Zander in Gedanken all meine Liebe zu, schicke ihm Heilung und Ruhe, bevor die Verbindung ganz abbricht.

In den dichten schwarzen Nebelschwaden verliere ich ihn aus den Augen. Die Welt um mich herum wird dunkel und kalt.

Über die Gedankenverbindung nehme ich die Klagelaute und Schmerzensschreie der anderen Lords wahr, die entweder verwundet auf dem Boden liegen oder zwischen den Schichten des Sturms stecken müssen.

Ich spüre, wie sich der Todessturm wehrt, wie er eine beängstigende Menge an Energie freisetzt. Meine Kraftreserven sind fast aufgebraucht, und ich habe Mühe, den Anker festzuhalten und gleichzeitig den Schild aufrechtzuerhalten. Meine Flügelschläge geraten ins Stocken, weil ich mich schwach fühle. Um mich herum knistert die Luft vor Elektrizität. Mir bleibt keine andere Wahl: Ich muss den Sturm allein besiegen und ihm sein schwarzes Herz entreißen.

Ich spüre, wie Feuer in meine Lungen strömt, wie ich von innen heraus brenne und auf das Sturmherz zusteuere.

Ergib dich!

Meine Brust leuchtet, meine Schuppen glühen wie entzündete Kohle. Linien breiten sich über meinem Körper aus, als flöße Licht zwischen die einzelnen Schuppen. Ich habe noch nie Feuer gespuckt. Aber ich spüre, dass in mir eine Flamme pulsiert.

Einst haben mich die Flammen verbrannt – jetzt bin ich die Flamme.

Ich öffne das Maul und stoße den Feuerball hinaus.

Noch nie habe ich einen so heftigen Feuerstrom gesehen weder bei Zander noch bei irgendeinem anderen

Drachen. Ich spucke Feuer, so lange, bis keine Glut in mir mehr übrig ist.

Es sieht aus, als würde der Himmel explodieren. Leuchtend und wunderschön ergießt sich das Licht über die Stadt.

Der Sturm heult und wütet und schlägt mit aller Macht um sich. Dutzende Blitze stürzen gleichzeitig vom Himmel, und die Erde bebt. Zum Glück weiche ich ihnen im letzten Moment aus, doch die Stoßwellen, die das Unwetter hinterlässt, erfassen mich auch in der Luft. Der Anker ist zum Zerreißen angespannt, die Kette wird nicht mehr lange halten – und ohne sie muss ich mich allein auf die Kraft meiner Flügel verlassen. Wenn mich auch nur eine Böe falsch erwischt, könnte ich meilenweit zurückgeschleudert werden und müsste mich erneut bis zum Auge des Sturms vorkämpfen.

»*Genug!*«, schreie ich innerlich und aus meiner Kehle dringt ein tiefes unheimliches Grollen.

Dann spüre ich, wie die Kette an einer Stelle zersplittert wie Glas. *Nein, nein, nein.* Ich stemme mich gegen den Wind, um nicht zurückgeworfen zu werden. Die Kette zu reparieren und einen neuen Anker auszuwerfen, ist unmöglich. Dafür besitze ich zu wenig Kraftreserven.

Ich hole tief Luft und in einem letzten Kraftakt ziele ich auf das schwarze Herz des Sturms. Ich überbrücke die letzten Meter und mit ausgestrecktem Arm greife ich in sein schwarzes Herz, zerfetze es mit meinen Klauen. Mein Kopf fliegt zurück und aus meinem Mund dringt ein heiserer Schrei, als mich eine Druckwelle erfasst und zurückschleudert.

Die uralte Magie verschlingt das Unwetter und ich spüre deutlich, wie sich meine Kraft mit der der Lords vereint, obwohl ich den direkten Kontakt zu den Lords verloren habe. Jeder Faser meines Körpers ist zum Zerreißen gespannt. Ich habe das Gefühl, als würde sich die Magie des Sturms in mich einbrennen. Unter der Magie zerbröselt der Sturm schließlich wie Erde zwischen Fingern.

Der Todessturm lässt nach. Der Sturm zieht sich in den Himmel zurück, wo er sich fast vollständig auflöst. Ich setze zum Sinkflug an, doch noch bevor ich den Boden erreiche, spüre ich, wie ein Hieb Magie mich trifft. Der Schmerz, der aufflammt, ist intensiv und lähmend. Und dann besteht die Welt um mich herum nur noch aus Feuer und Licht, während ich mich rasend schnell dem Boden nähere.

Oh Götter. Zander. Bist du am Leben?

Ich suche erneut die Verbindung zu ihm. Quälender, brennend heißer Schmerz rauscht durch unser mentales Band hindurch. Das Gefühl von Hoffnungslosigkeit erfasst mich, raubt mir den Atem und überwältigt meine Sinne.

Vierundzwanzig

Das Mondlicht sickert zwischen die versengten Felsen und dann erblicke ich seinen großen Umriss in der Dunkelheit und lande sanft einige Meter entfernt, bevor ich meine menschliche Gestalt annehme. Zanders sonst so glänzender Schuppenpanzer ist blutdurchtränkt, doch das ist nicht das Schlimmste – er hängt an einer Seite in Fetzen.

»Zander?«, rufe ich leise und nähere mich, weil er sich nicht rührt.

Atmet er noch?

Mareva und Neyla bleiben zurück, während ich näher herangehe und in eine Pfütze Blut trete. Um mich herum glitzert das Blut überall auf dem Gestein. Aus einer tiefen Wunde an seiner Seite sickert es. Zander hat sich in seiner Drachengestalt zusammengerollt und seine Augen sind geschlossen.

»Zander.« Meine Stimme klingt blechern in meinen Ohren und ich stoße bebend den Atem aus.

Nur sehr langsam öffnet er die Augenlider und blickt mich aus seinen goldgelben Augen an.

»Du lebst«, keuche ich und sinke neben ihn auf die Knie, lege die Hand flach auf seine lange Schnauze. Ich muss die Wunde unbedingt untersuchen. Er braucht einen Heiler, damit er versorgt wird, oder vielleicht hilft eine Paste aus Drachenbestandteilen, um die Wunde zu schließen. »Zander, wenn du mich verstehst, dann versuch aufzustehen«, flehe ich ihn an.

Er regt sich keinen Millimeter, stattdessen schließt er wieder die Augen.

»Bitte, steh auf!« Meine Stimme wird brüchig und meine Hände beginnen zu zittern. Sanft streichele ich über seinen schuppigen Kopf, während sich seine Brust ganz langsam hebt und senkt. Kaum wahrnehmbar.

»Lavea«, höre ich Mareva leise hinter mir sagen. Sie tritt an meine Seite. »Das sieht nicht gut aus. In diesem Zustand kann er unmöglich seine menschliche Gestalt annehmen. Das würde sein Körper nicht verkraften.«

»Das ... nein ... Zander, du hast mir ein Versprechen gegeben. Bitte, versuch es«, sage ich streng, weil ich nicht akzeptieren kann und will, dass er zu schwer verletzt ist und ich ihm nicht helfen kann. Er kann hier nicht liegen bleiben.

Der Drache öffnet erneut die Augen und rappelt sich auf. Er probiert es und hebt den Kopf. Kurz darauf drückt er die Vorderbeine durch, um sich hochzuhieven und ich trete einen Schritt zurück. Seine scharfen Krallen versinken in dem blutigen Untergrund. Er findet keinen Halt und gibt einen furchtbaren Schmerzenslaut von sich, als er sich zurück auf den Boden fallen lässt.

Mittlerweile schwimmen meine Augen in Tränen. Ich

spüre seinen Schmerz, seine Verzweiflung, weil er mich liebt und durchhalten will, seine Anstrengung, weil er es versucht.

»Die Wunde ist zu tief. Wenn er überleben will, muss er hierbleiben und sich ausruhen«, sagt Mareva.

»Schon gut, Zander«, flüstere ich und presse meine Hand auf sein schwach schlagendes Herz. »Das wird wieder. Ich bin bei dir.«

Seine Augen flackern und goldene Wirbel bewegen sich in seiner Iris. Zander sieht müde und kraftlos aus, als wäre all die Leidenschaft und der Lebensmut in ihm erloschen. Er ist so schwach, dass er es nicht einmal schafft, mental mit mir in Kontakt zu treten.

»Wehe, du versuchst dir mich einzuprägen. Deine Zeit ist noch nicht gekommen! Du bist ein Drachenlord, der Herr über die Stürme. Lord der Wälder.«

Zanders Blut durchweicht bereits meine Lederkombi, aber das beachte ich nicht weiter. Stattdessen lasse ich mich im Schneidersitz nieder und schiebe seine Schnauze auf meinen Schoß. Ich flüstere ihm beruhigende Worte zu und summe eine Melodie, um den Schmerz in seinem und in meinem Herzen zu lindern.

»*Lavaherz.*«

Ich spüre, dass Zander unglaublich leidet. Sein wunderschönes Drachengesicht ist schmerzverzerrt, und sein Körper zuckt und windet sich.

»Es gibt ein Heilmittel«, murmele ich. Ich erinnere mich an die Forschung meines Vaters, an seine Erzählungen, in denen mehr Wahrheit stecken könnte, als ich angenommen habe. Dracheneierschale. Sie besitzt heilende Kräfte und kommt verdammt selten vor. Was hat Neyla mir gesagt? Sie gehören den Drachen und junge Drachen verstecken sie nach dem Schlüpfen, weil sie für sie wertvoll sind. Drachen müssen ihre Schale freiwillig übergeben, damit ihre ganze Magie entfaltet wird. Deswegen nutzt es auch wenig, Schalenstücke zu stehlen.

Über die Gedankenverbindung rufe ich Neyla. »*Bist du unversehrt? Kannst du fliegen?*«

»*Ein paar Meilen sollte ich schaffen, Mylady.*«

»*Lass den Quatsch! Für dich bin ich Lavea*«, erwidere ich und seufze schwer. »*Es freut mich zu hören, dass es dir gut geht. Ich brauche deine Hilfe und die von Marevas Drachen. Wir müssen den Lord zurück nach Drae Castle transportieren. Verwundet kann er hier nicht bleiben, nicht solange wilde schwarze Drachen noch ihr Unwesen treiben.*«

»*Ich kümmere mich darum*«, antwortet Neyla prompt. Ich weiß, dass ich mich auf ihr Wort verlassen kann.

»*Danke.*« Einen Moment zögere ich, bevor ich meine Bitte formuliere. »*Neyla?*«

»*Ja? Sag schon, was hast du auf dem Herzen? Soll ich noch mehr Drachen auftreiben?*«

Ich hole tief Luft, konzentriere mich auf unsere gedankliche Verbindung. »*Um Zanders Leben zu retten, brauche ich Dracheneierschale. Würdest du mir deine überlassen?*«

Sie schweigt einen Augenblick lang. Selbst wenn dieser Befehl von einem Lord kommt, müssen Drachen ihn nicht befolgen. Denn es handelt sich bei der Eierschale um ihr Eigentum und die meisten Drachen schenken ihre Schalenstücke in Notfällen ihren erwählten Reitern. Und Zander ist mit keinem Drachen auf diese Weise verbunden, da er ein Drachenwandler ist.

»*Es tut mir leid, Lavea. Leider muss ich dich enttäu-*

schen«, antwortet Neyla schließlich. »*Ich bin vor vielen Jahrzehnten auf den Feuerinseln geschlüpft, die ich verlassen musste. Meine Schalenstücke sind verschollen.*«

Der Funken Hoffnung in mir verblasst. »*Schon in Ordnung. Ich finde eine andere Lösung. Ich danke dir trotzdem.*«

Mareva bringt eine Transportvorrichtung, eine Art großes Laken, das für Lastenflüge genutzt wird, und gemeinsam mit zwei Drachen hieven wir den verletzten Lord dort drauf.

»Bist du bereit?«, frage ich sie und blicke anschließend zu ihrem zierlichen grünen Drachen.

Sie nickt. »Wir sind startklar!«

Mit letzter Kraft verwandele ich mich noch einmal in einen Drachen und schnappe mir mit meinen Klauen eine Ecke des Tuchs, bevor ich auf Kommando gleichzeitig mit den anderen zwei Drachen vom Boden abhebe. Ich fliege Richtung Drae Castle über das Gebirge hinweg, während die Winde kalt an meinen Flügel entlang schaben. Meine Flügelmuskulatur brennt und droht nach wenigen hundert Meilen zu versagen, aber das lasse ich nicht zu.

Wenn Zander stirbt, bevor ... Nein. Daran darf ich nicht denken. Ich kann mir ein Leben ohne ihn nicht mehr vorstellen, auch wenn die Entscheidung nicht mehr in meiner Hand liegt. Ich beiße die Zähne zusammen und fliege schneller. Irgendwann sind alle Schmerzen vergessen, weil ich mich nur noch auf das Ziel konzentriere.

Ich schaue weit in die Ferne über die zerklüftetet Hügellandschaft. Der Sturm hat so viel Zerstörung und Tod über das Land gebracht. Doch zwischen all dem kargen, vertrocknetem Land windet sich ein grüner Keimling aus der Erde. Ein kleiner Energiewirbel dreht sich um ihn herum und verschwindet im Boden.

Bis das Schloss in Sichtweite kommt, vergehen drei Stunden. Drei Stunden voller Schmerz, Angst und Sorge um Zander, der bewusstlos in dem Flugtuch liegt.

Lord Diamond und Lord Cyan, die nur leicht verletzt sind, kümmern sich um ihre eigenen Schwärme und schicken den Bewohnern der Smoked Docks, die durch den Sturm zerstört wurde, Hilfe. Die übrigen unversehrten Drae und ihre Jungdrachen, die nicht mitfliegen durften, versammeln sich auf der Wiese vor Drae Castle. Kurz bevor ich den Landeplatz erreiche, sacken meine Flügel weg und ich gerate ins Schlingern. Möglichst behutsam lasse ich Zanders Trage knapp einen halben Meter über dem Boden los, bevor mein Körper aufgibt.

Ich falle hart. Verdammt hart. Eine Bruchlandung wie sie im Buche steht.

Ich kippe nach vorne und schleife die Flügel über das Gras mit mir mit. Eine tiefe Mulde bildet sich, während ich über die Erde schlittere und einige Meter weiter zum Liegen komme.

Mein Bruder, der auf Neros Rücken geflogen ist, rennt schneller auf mich zu, als ich ihn jemals habe rennen sehen. Seine Hand zittert, als er mich berührt, als erwarte er, dass ich nach ihm schnappe oder dass meine Haut heiß wäre.

»Himmel! Du hast dir den Preis für die krasseste Bruchlandung des Jahres verdient, Schwesterherz.«

Ich gebe einen knurrenden Laut von mir. Alles, was ich will, ist die Augen zu schließen, die Flügel schützend um mich zu rollen und zu schlafen.

Nachdem die Kadetten Zander an einen sicheren Ort im Schloss verfrachtet haben und sich die Heiler um seine

Wunden bemühen, nehme ich wieder meine Menschengestalt an. Hastig löffele ich eine Schüssel Eintopf in mich hinein, um mich für den Weg hinauf zur Brutstätte zu stärken. Ich entscheide mich dafür, den steilen Abhang hinaufzuklettern, anstatt zu fliegen, da ich nicht als bestimmende Drachenlady auftreten will.

Meine Oberschenkelmuskulatur zittert, als ich die Ebene für Ebene erklimme und die Brutstätte der Drachen erreiche. Die älteren Drachen beäugen mich misstrauisch, zeigen aber Respekt und stellen sich mir nicht in den Weg, um ihre Nester zu verteidigen. Sóley finde ich etwas abseits mit zwei weiteren Jungdrachen, die mich anfauchen, als ich mich ihnen nähere. Neylas Tochter brüllt die beiden sofort wild an, die daraufhin gefügig den Kopf einziehen und Platz machen. Offensichtlich hat die Kleine schon das Sagen unter den Jungdrachen – und sie hat nicht vergessen, wer ich bin.

Neylas Tochter hat sich innerhalb weniger Wochen verändert. Sie ist mindestens einen Meter gewachsen und ihre Krallen und Eckzähne wirken schon bedrohlicher. Der flauschige Flaum ist verschwunden und das Sonnenlicht bricht sich auf ihren roten Schuppen. Freudig schlägt sie ihren Schwanz, der fast doppelt so lang ist wie ihr Körper, hin und her. Ihre Schwanzspitze ist gezackt und um ihrem grazilen Hals trägt sie eine Reihe kleiner Spitzen.

»Du bist gewachsen.«

Sie entblößt eine Reihe ihrer Zähne. »*Und furchteinflößender, oder?*«

Ich blinzele perplex. Mit einer Antwort habe ich nicht gerechnet. Sie beherrscht bereits die Fähigkeit der Gedankenübertragung!

»Durchaus. Nicht mehr lange und du wirst mit den großen fliegen können«, spreche ich laut aus.

Sie hüpft auf der Stelle, als würde sie vor Freude tanzen. »*Stimmt es, dass du einen Monstersturm gebändigt hast?*«

»Das ist wahr.« Vor ihr lasse ich mich auf die Knie sinken, um Demut zu demonstrieren. »Ich brauche deine Hilfe, Sóley.«

»*Um einen Sturm zu zähmen?*«

Ich schüttele den Kopf. »Nein, Lord Zander wurde schwer verwundet. Er kämpft um sein Leben. Du bist die Einzige, die ihm helfen kann.«

»*Wie?*«

»Deine Eierschalen besitzen magische Heilkräfte. Drachen bewahren sie auf für den Fall, dass ihr Reiter in Not gerät.«

»*Ich weiß.*«

»*Du hast sie noch, oder?*«

Sie macht eine nickende Bewegung mit dem Kopf.

»Es ist deine freie Entscheidung, die Stücke zu verschenken. Ich will, dass du gut darüber nachdenkst, ob du bereit bist, dieses Opfer für Lord Zander zu erbringen, denn es besteht die Möglichkeit, dass du deinem zukünftigen Reiter nicht mehr helfen kannst, wenn er dich braucht.« Nur sie kann diese Entscheidung treffen, die schwere Konsequenzen zur Folge haben könnten. Ich würde sie niemals manipulieren. Egal, wie sie sich entscheidet, ich werde es respektieren und einen anderen Weg finden, um Zander zu retten. Mein Herz klopft dennoch etwas schneller.

Der junge Drache legt den Kopf schief und mustert

mich eingehend. »*Du liebst ihn*«, sagt sie, als könnte sie in mir lesen wie in einem Buch.

Ich habe meine Gefühle für ihn noch nie laut ausgesprochen, aber es stimmt. »Ja, ich liebe ihn.« Unwillkürlich stiehlt sich ein Lächeln auf meine Lippen.

Sie denkt einen Moment lang nach und es sieht aus, als würde sie die Stirn runzeln. »*Dann ist er es wert. Wenn du nicht gewesen wärst, dann wäre ich nicht mehr am Leben. Man hätte mich meiner Mutter weggenommen. Es ist das Mindeste, was ich für dich tun kann. Du bekommst meine Eierschale für Lord Zander.*«

»Danke. Das bedeutet mir unendlich viel.« Ich kraule die Schuppen zwischen ihren Nüstern, als sie den Kopf senkt.

»*Es ist mir eine Ehre, Mylady.*«

Ich zucke bei der Betitelung zusammen. Offensichtlich tratschen die Drachen unter einander mehr, als ich angenommen habe.

Nachdem mir Neylas Junges die Eierschale überlassen hat, mache ich mich auf den Weg zur Heilerin, die eine stärkende Tinktur für den Lord herstellen will. Während der Trank vor sich hin köchelt, verbringe ich jede Minute an Zanders Seite. Es ist, als würde das Band zwischen uns verzweifelt an meiner Seele zerren und ich kann mich nicht dagegen wehren. Noch immer verharrt er in seiner Drachengestalt, atmet schwer und kämpft gegen Fieberschübe an, die seinen massigen Körper erbeben lassen.

Ich trete in sein Sichtfeld und seine Augen werden für einen Herzschlag lang groß. Da ist diese Angst, ihn zu verlieren, wegen der ich nicht atmen kann.

Ich lege die Hände an seinen Kopf. Ich muss ihn berühren.

»Alles wird gut«, flüstere ich.

Die Heilerin bringt wenig später die Tinktur, die wir Zander mühsam einflößen und mit der wir seine Wunden beträufeln. »Jetzt können wir nur noch hoffen, dass es nicht zu spät ist«, sagt sie, bevor sie den Raum verlässt.

Während Zander schläft, lege ich mich auf ein großes Kissen auf den kalten Steinboden und ruhe mich ebenfalls aus. Meine Lider werden schwerer und ich döse vor mich hin.

»Du bist hier«, höre ich ihn mit schwacher Stimme sagen und schrecke hoch.

Ich blicke in seine goldenen Augen – nicht in seine Drachenaugen. Zander hat seine Menschengestalt angenommen. An manchen Stellen bohren sich jedoch noch goldene Schuppen aus seiner Haut, aber er ist wieder ganz er selbst und die Wunde an seinem Oberkörper hat sich geschlossen. Lediglich eine drei Zentimeter breite knallrote Linie zieht sich senkrecht über seine Schulter und seine Brust.

Die Erleichterung lässt mich die ersten vollen Atemzüge nehmen.

»Wo sollte ich sonst sein, nachdem du dich meinetwegen fast von dem Sturm zerfetzen lassen hast?«

Einer seiner Mundwinkel geht langsam nach oben. »Du hast dir Sorgen um mich gemacht.«

Ich schnaube. »Dich zu opfern sollte kein Teil deiner Wiedergutmachung sein. Das habe ich nie eingefordert.

Ich wollte nie, dass du verletzt wirst.« Ich hebe das Kinn. »Abgesehen von dem Schlag ins Gesicht, den hattest du verdient!«

Jetzt breitet sich ein Lächeln auf seinem Gesicht aus und seine Augen beginnen zu leuchten.

»Findest du das witzig?«

»Nein.« Er legt den Kopf schief. »Ich bedeute dir etwas. Das ist alles, was ich je wollte.«

»Ich bin trotzdem noch wütend.«

»Das spreche ich dir auch nicht ab.«

Ich schlinge die Arme um ihn und presse mein Gesicht an seinen Hals. Er riecht nach Leder, Asche und Schweiß. Verdammt, rieche ich etwa an ihm? Der ganze Zorn verlässt meinen Körper und meine Brust zieht sich zusammen.

»Wie geht es dir?«, murmele ich an seinem Ohr.

»Es ging mir schon schlechter.«

»Klingt ein bisschen nach einer Lüge.«

Sein Arm legt sich um meine Taille und ich presse mich an seinen nackten Oberkörper. Er trägt nur eine Hose, die ihm tief auf den Hüften hängt und mehrere Risse aufweist, weil sich Schuppen durch den Stoff bohren. »Wenn es dir nichts ausmacht, könntest du mir aufhelfen und mich zum Bad begleiten.« Seine Brust erbebt, als er leise lacht. »Ich fühle mich ... tierisch unsauber.« Seine Stimme senkt sich zu diesem gefährlich sinnlichen Unterton, der mir eine Gänsehaut verpasst.

»Da gebe ich dir ausnahmsweise recht«, bestätige ich und Zander funkelt mich an.

Ich stütze Zander, der noch schwach auf den Beinen ist, und führe ihn in das Badezimmer, in dem eine Wanne Wasser steht. Er greift zu einem Waschlappen, taucht ihn ins Wasser und wischt sich damit über die glänzenden

Schuppen. Nach und nach ziehen sie sich unter die Haut zurück, bis jeglicher Hinweis auf seine Drachengestalt verschwunden ist.

»Sóleys Eierschale hat dich gerettet. Du wirst dich bei ihr erkenntlich zeigen müssen«, erzähle ich.

»Das werde ich. Du hast den Sturm fast allein bezwungen, nicht wahr? In dir steckt außergewöhnliche Drachenmagie. Ich bin sehr stolz auf dich.«

»Danke, aber viel wichtiger ist, was ist mit Roan geschehen? Ich habe gesehen, wie ihr ihn dem Sturm überlassen habt.«

»Der Sturm hat ihn geholt«, bestätigt Zander. »Vermutlich wird ein Nachfolger für die Blutlande erwählt. Wir werden versuchen, das Verhältnis wieder zu verbessern.«

Genüsslich wäscht er sich. Sein Kiefer zuckt, Wasser läuft ihm in Rinnsalen über das Gesicht. Unerwartet spritzt er mir etwas Wasser aus der Wanne entgegen.

»Verflucht, ist das kalt.« Ich keuche auf und mein Körper verkrampft sich wegen der bitteren Kälte, die durch den Stoff meines Oberteils dringt. Einen Herzschlag lang fühle ich nur die Kälte, die rasch von der Hitze, die durch meine Adern pulsiert, verdrängt wird, als Zander nach meinem Arm greift.

»Wie lang willst du noch da stehen und mich anstarren?«

»Ich passe nur auf, dass du nicht ohnmächtig wirst.«

Bestimmend zieht er mich an sich und ich lege den Kopf in den Nacken, um ihm in die Augen zu schauen. Seine Hand breitet sich in meinem Kreuz aus und mir wird wieder bewusst, wie klein ich neben ihm bin. Bei der

Berührung schwillt die gegenwärtige Spannung zwischen uns an.

Beinahe hätte ich vergessen, wie unbeschwert und spielerisch es sich zwischen uns anfühlen kann. In den vergangenen Tagen war da nur Platz für Todesangst, Wut, Verzweiflung und Enttäuschung.

Sein Blick tastet mich ab, bleibt an meinem Mund hängen. »Für eine Weile war ich schon ganz weit weg, als mich die Fieberschübe quälten«, flüstert er vor meinen Lippen. »Deinetwegen bin ich noch hier. Deine Stimme, die Verbindung zu dir hat mich festgehalten. Lavaherz.«

Ein scharfer, süßer Schmerz verzehrt meine Brust. Ich bin eine liebeskranke kleine Närrin, wenn ich vergesse, was er mir angetan hat.

Die Hitze, die der Lord ausstrahlt, dringt in jeden unterkühlten Winkel meines Körpers. »Wie lange willst du uns noch bestrafen, indem du mich abweist?«, fragt er. »Wie soll es weitergehen?«

»Du willst absolute Offenheit?«

Er nickt.

»Tatsache ist, ich unterstehe nicht länger deinem Kommando. Ich habe die Ausbildung zur Drae beendet und bin eine von euch. Mein Bruder ist am Leben und die Stürme scheinen sich vorerst verzogen zu haben. Es gibt also keinen Grund für mich, länger auf Drae Castle zu bleiben, außer es wird von mir als Drachenlady erwartet ...«

»Das habe ich nicht gemeint«, erwidert er und seine Augen blitzen auf. »Die Stürme und deine Position sind mir im Moment egal.« Sein Blick fällt auf meinen Mund. »Ich will wissen, was du für mich fühlst. Was du *wirklich* willst – nicht, was du tun solltest.«

Die Wahrheit ist, dass ich ihn von mir stoßen sollte. Dass ich nicht vergessen sollte, was er meiner Familie angetan hat. Ich öffne meinen Geist für ihn. »*Die Wahrheit, die ich versuche, vor meinem Herzen zu verbergen? Ich will jeden Zentimeter von dir berühren, deinen Herzschlag ganz nah an meinem spüren. Ich will, dass du mich all den Schmerz vergessen lässt. Ich will dich, weil …*« Meine Gedanken geraten ins Stocken. Die knisternde Energie zwischen uns verwandelt sich in Hitze. Ich hole bebend Luft, zögere auszusprechen, was gesagt werden muss. »… ich dich trotz oder eher wegen allem liebe.«

Vielleicht bin ich naiv und dumm und blind … verdammt blind vor Liebe, aber mir ist egal, was er vor vielen Jahren getan hat, bevor er wusste, wer ich war und welche Rolle ich in seinem Leben spielen werde.

Auch wenn er wegen seines Kontrollverlusts einen Teil meiner Familie ausgelöscht hat – so hat er mir mehrere Male das Leben gerettet und immer wieder beteuert, wie leid es ihm tut. Zander hat sich meinetwegen selbst malträtiert und sich Schuppen für eine Paste ausgerissen, meine Mutter beschützt und meinen Bruder gesucht und verschont. Um seine Verfehlung wiedergutzumachen, hätte er sich für mich geopfert.

»Ich liebe dich, Lavaherz. Ich will nicht mehr, dass wir einander beweisen müssen«, er atmet schwerer und ich spüre, wie sehr ihn die Situation belastet.

Kurz ziehe ich mich aus der Wärme seiner Umarmung zurück. »Ich weiß, was du meinst. Dann bleibt uns nur eines zu tun. Einander zu wählen. Einander treu und loyal zu sein. Den Weg miteinander zu gehen«, ich schmunzele, »oder zu fliegen.«

»Einverstanden, lass uns miteinander fliegen. Du bist der schönste Feuerdrache, den ich je gesehen habe.«

Ich beuge mich vor, stelle mich auf Zehenspitzen und streife seine Lippen. Einladend öffne ich die Lippen. Zander küsst mich lang und langsam und es fühlt sich an, als würde ich ihm die Welt bedeuten. Sanft saugt und nagt er an meiner Unterlippe, spielt mit meiner Zunge und streicht darüber. Ihn zu küssen fühlt sich zu gut an ... und auf schräge Weise richtig.

Zander hat alles von mir gesehen. Er hat mich blutverschmiert und tränenüberströmt, wutentbrannt und erstarrt vor Schreck gesehen. Er kennt all meine Ängste und meine Schwächen. Der Drachenlord gibt mir das Gefühl, bedeutend zu sein, alles ertragen und allem entgegentreten zu können.

Fünfundzwanzig

Ich starre meinen großen Bruder an, der mit gepackten Taschen am Eingang von Drae Castle steht. Die letzten Monate, alles, was uns widerfahren ist, hat uns verändert. Er hört nicht auf zu lächeln, als ich die Treppen überbrücke und vor ihm zum Stehen komme.

»Gehen wir ein Stück gemeinsam, bevor ich Drae Castle verlasse«, sagt er und läuft los. Der Kies knirscht unter unseren Sohlen. Meine Beine fühlen sich schwach an. Ich gehe ein wenig wackelig, da ich die vergangenen Stunden in Drachengestalt in der Luft verbracht habe und mich an das Laufen erst wieder gewöhnen muss.

Ezras rotbraune Locken werden vom Wind zerzaust und fallen ihm locker in die Stirn. Obwohl wir nicht blutsverwandt sind, sehen wir einander ähnlich. Die Konturen seines Gesichts sind schärfer geworden und er hat noch mehr Muskel bekommen. In seinem Blick glimmt ein Funken Traurigkeit auf, als er mich ansieht. Wir haben uns beide verändert. Er könnte jemand völlig Fremdes sein und doch empfinde ich in seiner Nähe noch das vertraute familiäre Gefühl der Verbundenheit.

»Dich auf Drae Castle zu suchen und deine Schulden zu übernehmen war mit Abstand die surrealste und nervenzerreißenste Erfahrung, die ich je gemacht habe«, gestehe ich.

»Ehrlich gesagt wäre ich nie auf die Idee gekommen, dass du mir folgst und dich traust, dich zwischen einen Haufen Drachen zu begeben. Zu wissen, dass du in der Stadt bist, einen Job hast und allein zurechtkommst, hat mich beruhigt.«

Ich runzele die Stirn. »Hast du wirklich geglaubt, ich sitze rum und warte auf deine Rückkehr?«

Er zuckt ungeniert mit den Schultern, und als er grinst, bildet sich ein kleines Grübchen auf seiner Wange. Das dann prompt erstirbt. »Mir wurde erst später klar, dass Heron aggressiv reagiert hat, weil er das Nest beschützt hat. Ich habe ihn getötet, um mich zu verteidigen. Ich weiß, dass ich es dir schwer gemacht habe, mir zu verzeihen und ich dir viel aufgebürdet habe. Aber ich wollte–«

»Nur mein bestes. Ich weiß«, beende ich seinen Satz. Ein Funken Hoffnung entzündet sich in meiner Brust. Vielleicht können wir das alles eines Tages hinter uns lassen und wieder eine Familie sein.

Mein Blick fällt auf seinen Rucksack und mir wird das Herz schwer. Es gelingt mir nicht, mir vorzustellen, dass wir für längere Zeit getrennt sein werden. Mir liegen brennende Fragen auf der Zunge, die geklärt werden müssen.

Ezra mustert mich. »Worüber zerbrichst du dir den Kopf?«

»Wie kann ich eine Drachenlady werden und einen Drachenhof führen, ihre Anführerin sein, wenn sie alles waren, was ich verabscheut habe?« Ich senke den Blick. »Ich kann unmöglich auf Drae Castle bleiben. Ich kann kein Drache sein.«

»Wie fühlst du dich, wenn du die Gestalt eines Drachens annimmst?«

Ich denke einen Moment darüber nach. »Frei. Selbstsicher. Wie ich selbst.«

»Dann solltest du dieses Erbe nicht aufgeben«, meint Ezra.

»Wirst du mich deswegen verlassen, weil ich nicht deine richtige Schwester bin?«

Er hebt seine Hand und sein Daumen streicht liebevoll über meine Wange – genau über die Brandnarbe. »Niemals, Schwesterherz. Uns verbindet so viel mehr, als Blut es könnte. Ich weiß schon lange, welch ein Drachen du sein kannst.«

Ich schüttele den Kopf, weil er jede Situation versucht aufzulockern. Am Ende des Weges wartet Neyla auf uns, die ihre Krallen demonstrativ an einem Stein wetzt. Wenn es nach ihr ginge, hätte sie meinen Bruder für seine Taten längst verspeist, aber sie hat ihn meinetwegen verschont und dafür bin ich ihr sehr dankbar.

»Lavea, was dich glücklich macht, muss für niemanden sonst einen Sinn ergeben – auch für mich nicht«, sagt Ezra. »Du bist glücklich auf Drae Castle, glücklich bei Lord Zander und den Drachen. Und das respektiere ich, aber mein Weg führt woanders hin.« Die Frustration ist ihm deutlich anzuhören.

Er hat recht mit dem, was er sagt, ich bin glücklich. »Ich kann dich nicht allein gehen lassen. Du bist mein Bruder. Meine einzige Familie.«

»Deine Familie hat neue Mitglieder, so wie ich das

beurteilen würde.« Er verzieht die Lippen zu einem schiefen Grinsen. »Zugegeben, sie sind ein bisschen schuppig und stinkend.« Er hebt die Hand in Neylas Richtung, die ein Schnauben von sich gibt. »Nichts für ungut, Neyla.«

Ein Lachen kriecht meine Kehle hinauf und gleichzeitig brennen Tränen in meinen Augen. »Was ist mit dir?«

»Mein Platz ist irgendwo da draußen. Und das ist in Ordnung«, sagt er leise.

Der bittere Geschmack der Enttäuschung legt sich auf meine Zunge.

Er schenkt mir einen langen Blick und drückt ermutigend meine Schulter. »Neue Orte und Abenteuer warten auf mich. Ich habe überlegt, Moms Aufgabe fortzuführen und würde unsere Heimatstadt gerne wiederaufbauen.« Sorglos zuckt er mit den Schultern. »Du weißt schon, die Welt retten.«

Es fällt mir schwer, ihn gehen zu lassen. Meine Kehle schnürt sich zu. »Du hast so viel für mich getan, Ezra.«

»Und du hast noch mehr für mich getan. Ich bin verdammt stolz auf dich, weißt du das?«

Verlegen senke ich den Blick. Ich denke zurück an das Mädchen, das sich geschämt hat, das Drachen über alle Maße gehasst hat und sich niemals getraut hätte, ihnen zu nahe zu kommen, und an alles, was ich seit Ezras Verschwinden überstanden habe, um zu der Frau zu werden, die ich heute bin.

»Es war an der Zeit, dass du deinen Frieden findest, Schwesterherz, dass du deinem Herzen folgst.« Ezras Blick wird glasig und er schaut schließlich weg. Wird mein Bruder etwa sentimental? »Ich habe immer gehofft, dass du die Paste eines Tages nicht mehr brauchen wirst, weil du deine Schönheit erkennst. Die Narben erzählen deine Geschichte. Das bist du. Besonders.«

Mir wird warm ums Herz. »Ich werde es nicht vergessen. Wann sehen wir uns wieder?«

»Mit den Flügeln bist du schneller unterwegs als ich«, sagt er grinsend, »wenn du Sehnsucht nach deinem nervigen großen Bruder hast, dann komm mich suchen.«

»Glaub mir, das werde ich. Und zwar öfter als dir lieb sein wird«, erwidere ich und ziehe eine Grimasse.

Ezra schmunzelt, doch es wirkt traurig. »Dann bin ich beruhigt.«

»Neyla bringt dich auf die andere Seite des Todesrückens. Im nächsten Dorf steht ein Pferd für dich bereit.«

Er wischt sich über die Stirn. »Zum Glück, ich kann mir nur schwer vorstellen, meine Schwester zu reiten.«

Sogleich boxe ich ihm für diesen Spruch in den Bauch. »Ezra!«

Er zwinkert mir zu. »Sorry, der hat sich angeboten.«

Neyla legt ihre Flügel flach auf den Boden und legt sich hin, damit Ezra bequem auf ihren Rücken steigen kann. Mein Bruder umarmt mich ein letztes Mal, zieht mich fest an seine Brust und wiegt mich sanft hin und her. »Mach's gut, Lavea.«

»Mach's besser. Schick mir Briefe, wenn du kannst.« Mir droht die Kehle eng zu werden, doch ich reiße mich im letzten Augenblick zusammen.

Ezra lässt mich los und zwinkert mir zu. »Selbstverständlich, Mylady.«

An diesen Ausdruck werde ich mich noch gewöhnen müssen.

Galant schwingt sich Ezra auf Neylas Rücken. Mit

Absicht erhebt sie sich so ruckartig, dass Ezra sich gerade so an einem Stachel festklammern kann.

»Wehe, du lässt ihn fallen!«, rufe ich ihr zu.

Ezra winkt mir zu, bevor Neyla Anlauf nimmt, ihre Flügel ausbreitet und in den Himmel aufsteigt. Ich schaue den beiden nach, bis Neyla nur noch als orangefarbener Punkt am Himmel zu sehen ist und schließlich in dem schwarzen Gebirge verschwindet.

Sechsundzwanzig

Als die ersten Sonnenstrahlen die Mauern von Drae Castle erhellen und der schwere Samtvorhang im Licht glänzt, schmiege ich mich enger an Zander. Er legt seinen gestählten Arm um mich und zieht mich näher an sich. Eingehüllt in seine Wärme will ich das Bett am liebsten nie wieder verlassen, doch heute ist ein Tag, der in die Geschichte der Dracheninsel eingehen wird. In jedem verdammten Buch wird mein Name stehen, sobald ich als Drachenlady gekrönt wurde. Eine Weile bette ich den Kopf noch auf Zanders Brust und lausche dem beruhigenden Rhythmus seines Herzens, der wie die Flügelschläge eines Drachens klingt.

Ich lebe. Ich bin in Sicherheit. Nicht ein Lüftchen weht.

Zum ersten Mal seit Tagen verspüre ich keine Schmerzen mehr durch den Kampf und die anstrengenden Wandlungen.

»Guten Morgen, Flammenmädchen«, höre ich Zanders schlaftrunkene, raue Stimme sagen.

Er entlockt mir ein Lächeln und bringt gleichzeitig mein Blut zum Kochen. »Hör auf mich so zu nennen. Langsam habe ich die Anspielungen satt«, erwidere ich und richte mich im Bett auf.

»Als Drachenlady, als Feuerdrache gebietest du nun mal über die Feuerstürme und das dazugehörige Land im Süden, das seit vielen Jahren wegen der Stürme unbewohnbar ist. Das ist ein Teil von dir.«

»Es bleibt also meine Pflicht, die Feuerstürme zu bändigen und das Land fruchtbar zu machen«, schlussfolgere ich.

Zander nickt. »Wir werden eine Staffel aufstellen und die Gebiete nach und nach zurückerobern. Seit dem Megasturm herrscht in großen Teilen des Landes eine ungewöhnliche Sturmstille. Vielleicht ...«

»Haben wir sie besiegt?«, frage ich hoffnungsvoll.

»Vielleicht behält dein Vater mit seinen Theorien recht und es gibt die Hoffnung auf ein Land ohne Stürme.«

»Das wäre schön.« Ich beuge mich hinunter und er fährt zärtlich mit gespreizten Fingern durch mein Haar, während ich mit meinen Lippen federleicht über die Narbe streiche, die von der Schlacht zurückgeblieben ist. »Ich könnte mich daran gewöhnen, neben dir aufzuwachen.«

Zander wirft mir einen sehnsuchtsvollen Blick zu, der meinen eigenen widerspiegelt. »Das hoffe ich. Aber so schön es auch ist, mit dir im Bett zu liegen, als Lord erwarten mich viele Aufgaben.« Sein Blick schwingt zum Kleiderschrank, wo ein langes Kleid aus dunkelgrünem Samtstoff hängt, das mir gestern gar nicht aufgefallen ist. »Sobald du dich entschieden hast, kannst du es zur Krönung tragen.«

»Es ist wunderschön ... aber so blickdicht.«

»Wie du es magst.«

Ich schwinge die Beine aus dem Bett, ohne ein Laken an mich zu nehmen und tänzele zum Kleiderschrank, in dem mehrere Kleidungsstücke von mir hängen. Ohne zu zögern, greife ich nach einem Kleid, das aus transparentem weinrotem Stoff besteht. Lediglich an der Brust und um die Hüfte herum ist blickdichter Stoff eingenäht. Schon vom ersten Tag an habe ich mit diesem Kleid geliebäugelt, aber mich nie getraut, es zu tragen, weil es meine hässlichen Narben nicht verbergen kann.

Ich wende mich dem bodentiefen, mit Silber umrahmten Spiegel zu und halte das Kleid vor mich, das fließend zu Boden fällt. Mit den Fingerspitzen fahre ich sacht über die wulstigen Brandnarben an meinem Schlüsselbein. Seit Wochen habe ich die Tinktur von Zander nicht mehr verwendet. In der Regel verdeckt das Reiterleder mit dem hohen Kragen die Narben. Es ist, als würde ich mich mit anderen Augen betrachten. Ich sehe die Schönheit in meiner Unvollkommenheit, die Stärke, die ich bewiesen habe. Ich sehe eine Frau, die stolz ist, von der Ahnenlinie von Drachenwandlern abzustammen, die unser Land und die Menschen seit jeher beschützen.

Ich bin *schön*.

Es braucht Mut, sich selbst die Liebe zu schenken, die andere einem vorenthalten.

»Ich möchte etwas Neues versuchen«, sage ich entschieden und hebe selbstbewusst das Kinn. »Wenn ich zur Drachenkönigin werde, dann will ich mich zeigen, wie ich bin. Mit all meinen Narben und mit meinen Schuppen.«

Zander schenkt mir ein Lächeln. »Ich wäre der Letzte, der dagegen etwas einwenden würde.«

Während die Vorbereitungen für die Krönungszeremonie laufen, halte ich an meinem Plan fest und schlüpfe in das Kleid oder besser in einen Hauch von Nichts. Das rote Haar locke ich und lege es in großen Wellen über die rechte Schulter. Meine heile Schulter.

Ich stecke mir ein Paar Ohrringe an, an dessen Ende zwei grüne Edelsteine hängen. Seitdem ich weiß, dass mein Drachenblut dafür verantwortlich ist, dass ich verrückt nach Gold, Kostbarkeiten und Schmuck bin, kann ich die Gier besser kontrollieren.

In den Gängen von Drae Castle und dem Übungsplatz, auf dem ein riesiges Zelt aufgestellt wurde, das mit Blumengirlanden und Lichtern geschmückt wird, tummeln sich Reiter und Bedienstete. Einige Drachen haben es sich auf den Felsen bequem gemacht und beobachten das Schauspiel. Nach und nach treffen Sturmreiter aus allen Gebieten des Landes ein.

»Das ist …« Es verschlägt mir die Sprache, als ich um die Ecke biege und hinaus aus einem Bogenfenster schaue. Eine Heerschar von Drachen landet auf dem Vorplatz. An ihren Hörnern und Hälsen funkeln prachtvolle diamantene Ketten.

Alizeé stößt einen spitzen Pfiff aus. »Also wenn du in diesem Kleid nicht wenigstens einen Drachen zum Feuerspucken bringst, dann weiß ich auch nicht.«

Ich wirbele herum und schließe meine Freundin in die Arme. »Das nehme ich als Kompliment.«

»Das solltest du auch.« Sie drückt mich fest und folgt mir die geschwungene Flügeltreppe zum Foyer hinunter.

»Bist du mit Lord Diamond angereist?«, frage ich neugierig.

»Ja, aber ich bin deinetwegen gekommen und weil Lord Zander mich für die Vorstellung gebucht und mich fürstlich entlohnt hat.«

»Du würdest nie mit dem Tanzen aufhören, weil du es liebst, nicht wahr?«

Sie schüttelt den Kopf. »Niemals. Obwohl ich eine Pause einlegen musste, weil ich letztens von einem Drachen gefallen bin.« Sie winkt ab, als ich erschrocken die Augen aufreiße. »Nur eine kleine Verstauchung. Nichts, was ein Lord nicht reparieren könnte.«

Sie scheint eine enge Bindung zu Lord Diamond zu pflegen.

»Und wie läuft die Zeremonie ab? Entfesselst du deinen Drachen?«, fragt Alizeé interessiert.

»Du meinst so?« In Sekundenschnelle schieben sich feuerrote Schuppen an meinem Arm aus der Haut. Mittlerweile kontrolliere ich die Verwandlung und kann sogar bestimmen, inwieweit mein Äußeres seine Drachengestalt annimmt.

»Wenn ich das könnte«, haucht Alizeé voller Bewunderung. »Es gibt kein schöneres Outfit als dein Schuppenkleid.«

»Danke.« Meine Worte gehen im Gebrüll der Drachen unter, als wir hinaus ins Tageslicht treten und Richtung Zelt laufen. Ich lasse den Blick über die Menge gleiten auf der Suche nach vertrauten Gesichtern. Die Gäste starren mich an – nicht vor Entsetzen, sondern vor Bewunderung.

Das ist neu für mich.

Sie sehen alles. Die Brandnarben. Und wenige rotglänzende Schuppen um meine Handgelenke herum. Im ersten Moment will ich nach einer unsichtbaren Felljacke greifen, aber ich habe keine. Nichts bedeckt meine Schultern.

Alizeé läuft aus Respekt einige Schritte hinter mir. Höflich neigen die adeligen Gäste den Kopf, als ich an ihnen vorbeischreite. Einige Reiter stehen in Grüppchen zusammen, andere haben auf Stühlen und Bänken Platz genommen. Die obersten Schwarmführer tragen edle Festkleidung aus glänzendem Leder in unterschiedlichen Farben. Der Ausdruck auf ihren Gesichtern spiegelt wider, wie ich mich fühle – irritiert und überfordert. Doch ich versuche mir nichts anmerken zu lassen.

»Lavea, wir sprechen uns später. Hab Spaß bei der Zeremonie und lass dich nicht von ihren Blicken verunsichern. Du siehst klasse aus!«, sagt Alizeé, bevor sie in der Menge verschwindet und neben Lord Diamond Platz nimmt.

Unter den Gästen entdecke ich meine Mutter, die ein langes moosgrünes Kleid aus Seide trägt, das ihrer schlanken Figur und ihren Augen schmeichelt. Mühsam wende ich ihr den Blick zu. Unser letztes Gespräch habe ich abrupt beendet, ihr nicht die Chance gelassen, mit mir zu reden. Mein Verhalten war kindisch, aber ich war verletzt und überfordert.

»Du bist gekommen«, sage ich.

»Ich wusste nicht, ob du mich bei deiner Krönung dabeihaben willst. Zander war so nett und hat mir einen Drachen geschickt, der mich hergeflogen hat.« Ihr Blick wandert an meiner Robe hinunter und wieder hinauf zu meinen Narben. Ihr Blick wird sanft, während sich mein

Körper versteift. »Du siehst wunderschön aus. Ich bin sehr stolz auf dich.«

Mein Herz zieht sich zusammen und ich knete nervös meine Finger. »Danke.«

»Es tut mir so leid«, flüstert sie. »Ich hoffe sehr, du kannst mir eines Tages meine Fehler verzeihen. Ich habe dich enttäuscht. Ich habe als Mutter versagt.«

Meine Augen brennen und mit zitternder Hand ergreife ich ihre und drücke sie leicht. »Ich versuche, dich zu verstehen.«

Ihre Hand fühlt sich warm an und ihr vertrauter süßlicher Duft, vermischt mit einer erdigen Note, steigt mir in die Nase.

»Was auch immer geschehen wird, Lavea, ich möchte, dass du weißt, dass ich dankbar dafür bin, dich großgezogen zu haben. Nicht eine Sekunde bereue ich, deine Mutter zu sein. In meinem Herzen werde ich es immer sein und ich hoffe, dass ich es irgendwann wieder in deinem sein werde.«

Im Grunde meines Herzens wird sie immer meine Mutter bleiben. Die Einzige, die ich je kannte. Sie ist wie die Luft selbst, eine Kraft, die mich immer getragen und begleitet hat.

Endlich taucht Zander an meiner Seite auf und ich kann durchatmen. Er nimmt meine Hand und haucht einen Kuss darauf. »Mylady.«

»Mylord«, erwidere ich provokativ.

»Wie fühlst du dich?«

Ich knabbere an meiner Unterlippe. »Aufgeregt.«

»Sag ein Wort, und ich fliege dich persönlich hier weg.«

»Danke, aber es wird nicht nötig sein, dass du mein Fluchtfahrzeug bist.«

Zander senkt die Stimme. »Ich weiß, dass es kein Trost ist und es keine Rechtfertigung für meine Taten gibt, aber ich glaube, dass die Bestie in mir damals deinen Ruf gehört hat. Du bist eine von uns. Eine Drachenlady. Eine, die über die Stürme gebietet. Und ich vermute, dass mich die unkontrollierbare Magie in mir, mich damals zu dir geführt hat.«

So kompliziert unsere Verbindung auch ist, gleichzeitig kann ich nicht leugnen, dass sie untrennbar ist. *»Mit diesem Gedanken kann ich besser leben.«*

»Ich würde es verstehen, wenn-«

»Nicht«, unterbreche ich ihn. »Ich habe mich entschieden, nach vorne zu blicken und das Andenken meiner Familie zu ehren, indem ich das Land vor der Zerstörung durch die Stürme bewahre.«

»Bist du dir sicher, dass du auf Drae Castle glücklich wirst? Unter den Drachen?« Der Ausdruck in seinen Augen wird hoffnungsvoller.

Ich habe lange gebraucht, um den Drachen zu vergeben. Um den Hass aus meinem Herzen zu verbannen. Ich will nicht länger mit diesem Gefühl leben, das mich beschränkt, das mich hart und kalt werden lässt. Der Sturm der Emotionen, die mich viele Jahre lang beherrscht haben, ist vorübergezogen und in mich kehrt endlich Frieden ein.

Meine Hände wandern an seine Schläfe und ich stelle mich auf die Zehenspitzen. »Ich war mir nie sicherer«, flüstere ich.

Er greift nach mir, eine Hand umfasst meine Taille und

eine meinen Nacken. Zwischen uns sind jetzt nur noch wenige Herzschläge, bevor unsere Körper kollidieren.

Zanders Kuss bringt jeden meiner Sinne ins Taumeln.

Ich öffne die Lippen unter seinen und wimmere, als seine Zunge über meine streicht. Die Luft um uns herum knistert, und ich lasse mich vollständig in den Kuss hineinsinken. Es braucht nur einen Kuss, eine Berührung, eine mentale Verbindung und die Welt um mich herum hört auf zu existieren.

Das hier ist alles, was ich will.

Wir ergeben Sinn. Nur das zählt für mich.

Zander löst Gefühle in mir aus, die mich verzehren. Er entzündet eine Hingabe in mir, die mir bis heute fremd war. Ich fühle mich schwerelos, obwohl wir nicht fliegen.

»Oh verflucht noch mal, wir müssen uns noch ein paar Stunden beherrschen«, murmelt er vor meinen Lippen.

Und dann erinnere ich mich wieder daran, dass uns alle Reiter – inklusive drei Dutzend leuchtendender Drachenaugenpaare – anstarren.

»Es geht los«, sagt Zander mit einem Augenzwinkern. *»Den zeremoniellen Teil wirst du auch noch überstehen, warte ab, bis die Party beginnt. Die wird dich fordern. Bist du bereit?«*

»So bereit, wie man bei einer Krönung eben sein kann«, entgegne ich sarkastisch. *Wie bereit kann man schon dafür sein, ein Land zu regieren?*

Die Reiter und die Lords nehmen ihre Plätze ein und ich schreite über einen ausgerollten roten Teppich auf fünf Throne zu, die symbolisch errichtet wurden. Neyla und die anderen älteren Drachen, die aus verschiedenen

Schwärmen der Insel stammen, senken die Hälse. Sie verbeugen sich vor mir und zollen mir ihren Respekt.

Ein Lächeln kriecht mir ins Gesicht, als Sóley mit einer funkelnden Krone im Maul auf mich zukommt. Sie ist schon wieder um einen Meter gewachsen.

»Im Namen aller Drachen überreiche ich dir die Krone des Flammenhofs. Mögest du uns vor den gefährlichen Feuerstürmen beschützen und unsere Herzen mit deiner Wärme und deinem Mut entfachen«, höre ich sie sagen.

Die Krone besteht aus durchsichtig schimmerndem Kristall und in jeder der fünf Zacken lodert eine Flamme auf, die für den jeweiligen Drachenhof steht.

Ergeben neige ich den Kopf, während ich die Krone entgegennehme und mir aufsetze. Ich hebe die rechte Hand und wiederhole laut und deutlich die Zeilen, die ich für die offizielle Krönung auswendig lernen musste. »Ich gelobe als Drachenlady dem Land zu dienen, den Hof der Flammen wieder aufzubauen und die Südlande samt all ihrer Bewohner vor Feuerstürmen zu bewahren. Ich werde die Drachen ehren und mich an die alten Gesetze halten, die zu ihrem Schutz erlassen wurden.«

Zanders durchdringender Blick richtet sich auf mich. »Im Namen der Drachenlords erkennen wir deinen Schwur an. Von heute an bist du eine der fünf.«

Erleichterung und Freude lassen meine Knie weich werden und meine Augen brennen. Zum ersten Mal in meinem Leben fühle ich mich angekommen und vollständig.

Die Drachen stimmen zu einem gemeinsamen Lied an. Es hört sich an, als würde der Himmel singen und der Wind trägt das Echo weit hinaus ins Landesinnere.

Vier Monate später

Die Paarungszeit der Drachen und Drachenwandler ist gekommen und die Wilde Jagd, in der die Ränge unter den Drachen ausgehandelt und neue Paare gebildet werden, ist eröffnet.

»Bist du bereit für den diesjährigen Flug?«, stichele ich Zander an und wippe ungeduldig auf der Stelle auf und ab.

»Ich glaube, du warst noch nie so scharf darauf, zu fliegen.« Er lacht. »Nein, ich weiß, dass du es noch nie warst. Bist du dir sicher, dass du an der Wilden Jagd teilnehmen willst?«

»Ja, schließlich habe ich dich schon einmal herausgefordert, erinnerst du dich?«

»Das habe ich nicht vergessen«, erwidert er mit dunkler Stimme.

Im ganzen Körper spüre ich das Pochen meines Herzens, in der Kehle, im Bauch, in der Wirbelsäule. Alles drängt darauf, den Wind zu spüren und mich in die Lüfte zu erheben, den Böen zu trotzen und eins mit der Natur zu werden.

Ich laufe ein paar Schritte voraus Richtung Wald. Mein Herz schlägt schneller und ich spüre den Energieschub in mir. »Mir geht es einfach großartig. Lass uns nicht länger warten.« Endlich fühle ich mich in mir selbst, in meiner Drachengestalt angekommen und ich will jede Sekunde davon genießen. Ich ziehe Zander mit mir. »Wenn du weiterhin so trödelst, wirst du mich am Himmel nur von hinten sehen.«

»Dieses Wagnis gehe ich ein, auch wenn ich bezweifle, dass du mit meinen Schwingen mithalten kannst«, erwidert er und passt seine Schritte meinen an.

Ich höre, dass er mir dicht auf den Fersen ist, als ich losrenne. Mein Herz schlägt wild und unbändig.

Zu lange bin ich dem Weg der Einsamkeit gefolgt, weil ich meinen Platz nicht gefunden habe, weil ich mich für mein Aussehen geschämt habe, weil ich glaubte, nicht gut genug, nicht schön genug zu sein. Doch von dieser Einstellung will ich mich nicht länger beherrschen lassen. Ich will etwas erleben. Ich will Spaß haben. Ich will fliegen. Und zwar zusammen mit Zander.

Ich renne ins dämmrige Halbdunkel. Der Himmel leuchtet in Violett, Rosa und Blau und die ersten Sterne funkeln am Himmel. Gerade noch rechtzeitig schlage ich einen Haken, springe und erhebe mich in die Lüfte. Innerhalb weniger Sekunden sprießen Flügel aus meinem Rücken und mein Körper glüht wie ein Feuerball. Rote Schuppen stoßen durch meine Haut und meine Extremitäten verlängern und vergrößern sich. Mittlerweile beherrsche ich die Verwandlung in einen Drachen und fürchte mich nicht mehr vor meinem teils monströsem Aussehen. Zander gelingt die Metamorphose ebenso schnell, sodass ich aus dem Augenwinkel ein goldenes Blitzen wahrnehme.

Der Lord verfolgt mich verbissen und zielgerichtet. Er würde nicht zulassen, dass ein anderer Drache die Gunst nutzt und versucht, mich an sich zu binden oder vom Thron zu stoßen.

Unter mir verschmilzt der Wald zu dunkelgrünen Schattierungen, die in der Ferne von Flüssen und Bergen durchbrochen werden. Ich betrachte die Wolkendecke und halte Ausschau nach anderen Drachen. Seit einer Weile wurden kaum schwarze Drachen gesichtet. Während ich mit den Flügeln schlage, blicke ich über eine weite Ebene, die von Stürmen zerstört wurde. Entwurzelte Bäume, die vermodern, und tiefe Risse, die einzigartige Muster bilden und Dörfer voneinander trennen, fallen mir auf. Mein Blick schweift über die rasant wachsenden Städte hinweg mit ihren Dutzenden von Dächern, die gerade repariert werden.

Ich halte die Flugposition erstaunlich stabil, als ich an Klippen vorbeisause. Die Vertrautheit des Gefühls, nichts als Luft um mich herum zu haben, lässt mich innerlich ruhiger werden.

Zander taucht rechts an meiner Seite auf und dreht sich spiralförmig in der Luft.

»*Hast du vermisst, dass jemand schneller fliegen kann als du?*« Ich lache und fliege weiter, während Zander versucht, mich zu überholen.

Jedes Mal, wenn er mich fast eingeholt hat, kribbelt mein Körper erwartungsvoll. Beinahe habe ich den Eindruck, dass er das Unvermeidbare hinauszögert, nur um die Jagd ein wenig länger zu genießen.

Ich halte die Aufregung kaum mehr aus, verzehre mich danach. Wann fängt er mich endlich?

Am Anfang war die Vorstellung von Intimität in dieser Gestalt beängstigend und bizarr. Aber wenn man sich an das fremdartige Aussehen gewöhnt hat, fühlt es sich natürlich an, die Nähe eines anderen Drachen zu suchen. Und das kleine bisschen Unsicherheit, das noch da ist, wird von Neugierde und Verlangen überlagert.

Es dauert nicht lange, bis sein gigantischer Körper gegen meinen prallt und mich ins Schlingern bringt. Er umschlingt meinen Brustkorb, sodass wir zusammen spiralförmig durch die Lüfte gleiten.

»*Ich habe dich.*«

Zander hält mich ganz sanft und dirigiert uns zwischen zerklüftete Felsen hindurch. Sein Kinn ruht auf meinem Kopf. Meine Instinkte erwachen und ich möchte mich am liebsten sofort mit ihm verbinden. Der kühle Wind gleitet über meine Schuppen und das Schwingen unserer Flügel wirkt beruhigend. Ich brauche diese Art von Geschwindigkeit. In mir stellt sich die reinste Form von Glück ein. Ich genieße seine Wärme, und meine Flügel schlagen im Einklang mit seinen, als wären wir eins. Wie ein rotgoldener Blitz donnern wir über den Nachthimmel und lassen uns dann geschmeidig zu Boden sinken wie ein Funke, der langsam verglüht.

Als meine Füße endlich wieder den Boden berühren und meine Gestalt sich vermenschlicht, schwanke ich, bis ich das Gleichgewicht wiedergefunden habe.

»Von deinen großen Schwingen habe ich mehr erwartet«, necke ich ihn. Vielleicht spiele ich noch einen Moment lang die Unnahbare.

»Du hast also erwartet, dass ich sofort angreife? Das

machen nur törichte Anfänger, die die Jagd hinter sich bringen wollen.« Er zieht mich näher zu sich und ich stoße ein leises Lachen aus. »Dein Lächeln zwingt mich fast in die Knie«, wispert er.

Er spricht die Worte so nah an meinem Ohr aus, sodass viele kleine Schauer über meinen Rücken hinunterjagen. »Ich bitte darum. Die Vorstellung, dich vor mir auf den Knien zu sehen, finde ich sehr verlockend.«

Ein grollender, amüsierter Laut entweicht seiner Kehle. »Darum musst du mich kein zweites Mal bitten.«

Heute Nacht kann alles zwischen uns passieren. Der Abendhimmel strahlt in einem kräftigen Violett, vermischt mit einem dunklen Blau. Und wir suchen uns ein geschütztes Plätzchen.

Dann wird sein Blick weicher. »Im Ernst, Lavea, es geht mir nicht um die Jagd oder um unsere Spielereien. Du hast alles verändert und zum ersten Mal spüre ich diesen tiefen Frieden in mir. Ich will wissen, wie ein Leben mit dir ist, wenn uns keine Stürme ablenken oder Wut zwischen uns steht. Es gibt keine Worte für das, was ich für dich empfinde.« Sein Daumen streicht über die zarte Haut unterhalb meines Ohres und sein Blick wandert zu meinem Mund. Vor dieser elementaren Anziehung kann ich nicht davonlaufen und das will ich auch gar nicht. In der nächsten Sekunde liegt sein Mund auf meinem und er küsst mich heiß und fordernd.

Es gibt keinen Ort, an dem ich jetzt lieber wäre. Zander fährt mit seinen Fingern durch mein offenes Haar und umfasst meinen Hinterkopf, um den Kuss zu vertiefen. Meine Lippen öffnen sich leicht für ihn und seine Zunge gleitet über meine. Mit neckenden Bewegungen lockt sie mich. Ein Schauder des Verlangens jagt durch meinen

Körper und ich kralle die Finger in seine schuppige Haut, um Halt zu finden.

Er schmeckt nach Feuer, nach süßlichem Rauch, aber sehr angenehm. Ich erwidere seinen Kuss mit allem, was ich habe.

Sanft knabbert er an meiner Unterlippe und saugt an meiner Zunge. »Mein Lavaherz«, stöhnt er vor meinen Lippen und entfesselt noch mehr Gier.

Zander küsst mich, bis ich mich vollkommen verzehrt fühle. Dieser Kuss überwältigt meine Sinne mit einer Intensität, die mir tief ins Mark dringt. Es ist berauschend und beängstigend zugleich, denn Zander besitzt Macht über mich. Die Macht, mich zu entflammen.

»Ich will nur dich«, flüstere ich atemlos. »Jetzt. Und für immer, Mylord.«

Wir verschmelzen miteinander wie zwei Flammen, während sich unsere Körper fiebrig aneinander drängen. Sein Mund prallt auf meinen und der Kuss ist so leidenschaftlich, dass ich mich ganz und gar darin verliere, bis Zander sich wieder von mir löst und ich um Atem ringe.

»Ich will dich, Lavea.«

Die Wilde Jagd scheint uns beide ungemein einzuheizen.

»Hier?«, krächze ich, und mein Herz hämmert gegen meine Rippen. Wir könnten jederzeit entdeckt werden, jederzeit in unmittelbarer Gefahr schweben – aber irgendwie ist das unglaublich heiß.

Das Feuer in Zanders Augen schreckt mich nicht ab, nein, es befeuert mein eigenes.

»Entscheide dich jetzt, Lavea«, raunt er mir ins Ohr. »Ansonsten kann ich mich nicht mehr zurückhalten und werde dich verdammt hart nehmen. Und mir ist so was von egal, wer uns erwischen könnte und dass dieser Augenblick alles andere als passend ist.«

Ich schmunzele und erwidere herausfordernd: »Und wenn du deine Fähigkeiten überschätzt? Wir haben vielleicht fünf Minuten, ehe die ersten Drae und ihre Drachen eintreffen.«

Er grinst und packt mich an den Hüften, um mich mit dem Rücken gegen den Baumstamm zu drängen. »Wage es nicht, meine Fertigkeiten infrage zu stellen.«

Dann nimmt Zander wieder meinen Mund in Besitz – unser Kuss gleicht einem kriegerischen Akt, bei dem jeder die Oberhand gewinnen will. In seinem Kuss liegt ein Besitzanspruch, der mich umhaut und jede Faser meines Seins erreicht. Jedes Pochen meines Herzens, jeder Atemzug gilt ihm.

Ich bin zu beschäftigt mit dem Spiel seiner Zunge, um mich darum zu scheren, wie er es schafft, seine Hand in meine enge Lederhose zu schieben. Seine Finger verschwinden zwischen meinen Schenkeln und er gibt mir einen Vorgeschmack darauf, was gleich kommen wird. Seine pulsierende Erregung setzt mich in Flammen und ich wünschte, die Kleidung würde uns nicht behindern.

In meinem Bauch breitet sich diese honigsüße Wärme aus, während seine Finger sich unter die Schnürung schieben und mein Oberteil lockern. Ich zerre ihm die Rüstung vom Oberkörper und ziehe an dem Saum des Hemdes, das in der Hose steckt, bevor ich es einfach aufreiße, weil uns zu wenig Zeit bleibt.

Zander unterbricht unseren Kuss und sein Mundwinkel hebt sich amüsiert. »Ich würde ja behaupten, dass Geduld eine Tugend ist, aber diese können wir uns gerade nicht leisten.«

»Da bin ich ganz deiner Meinung.« Ich lasse den Blick über ihn gleiten und verberge mein Lächeln, als es in seinen Augen aufblitzt. »Willst du mir nicht dabei helfen, dich zu entkleiden?«

»Ist das eine Herausforderung, Lavaherz?«

Unschuldig hebe ich die Schultern und bemerke die Beule in seiner Hose, die er im nächsten Moment gegen mich drückt.

Zander knöpft seine Hose auf, wobei er meinen Blick festhält, um herauszufinden, ob ich wirklich bereit bin für das, was nun folgen soll. Seine Hose fällt zu Boden und enthüllt den Rest seines perfekten Körpers. Er ist hart und so verlockend. Und verdammt bereit, um mich in Besitz zu nehmen.

Während er mich hungrig küsst, reibt er seine Härte an mir. Seine Finger finden meine Klitoris und er streicht über meine empfindliche Knospe. Dann führt er zwei Finger in mich ein und lässt sie hin- und hergleiten. Gütige Götter, ich zerfließe vor Verlangen.

Ich streiche an seinen gestählten Armen entlang, an seinen breiten Schultern, seiner definierten Brust und seinem flachen Bauch. Himmel, wie kann man nur so durchtrainiert sein? Sein Körper ist geschaffen fürs Fliegen, für den Kampf. Kurz treffen sich unsere Münder und verschmelzen in einem intensiven, langen Kuss, bevor ich vor ihm auf die Knie sinke. Das weiche Gras federt mich ab und ich blicke zu Zander empor.

»Lavea«, stöhnt er, als ich seinen Schaft in die Hand nehme und ihn massiere, ehe meine Lippen ihn berühren und ich ihn schmecken kann.

Spielerisch necke ich ihn und stülpe dann meine Lippen über seine Spitze. Langsam schiebe ich ihn in meinen Mund und ich bemerke, wie Zander seine Oberschenkel anspannt und sein Atem stockt.

Stöhnend lässt Zander seine Finger durch mein Haar gleiten und wirft den Kopf in den Nacken. Pures Vergnügen zeichnet sich auf seinem Gesicht ab, während ich ihn mit der Zunge umspiele.

»Wow, dein Mund ist ... unglaublich«, stöhnt er. »Ich will dein Spiel nicht unterbrechen«, keucht Zander abgehackt. »Aber wenn du auch auf deine Kosten kommen willst ...«

Er weiß nicht, dass ich das schon tue. Wie sehr ich es genieße, ihm Lust zu schenken, und ein klein wenig Macht über den rücksichtslosesten Drachenlord zu haben.

Sein Blick kollidiert mit meinem, während er sich an dem Baumstamm abstützt, weil ein Beben durch seinen Körper geht und er sich eindeutig beherrschen muss.

In Rekordzeit löst er die Schnürung meines Oberteils, um meine Brüste zu befreien, bevor ich mir die Hose samt Slip von den Hüften schiebe. Seine Lippen bewegen sich erkundend über meine Haut hin zu meinen Brüsten. Ich keuche auf, als er genüsslich an meinem rechten Nippel saugt und seine Zähne leicht über die harte Spitze schaben. Sein Daumen stimuliert gleichzeitig die linke.

Zander schnappt mich und hebt mich hoch. Eigentlich hätte ich dieses Manöver kommen sehen sollen. Ich schlinge die Beine um seine Hüften und ziehe scharf die Luft ein, als ich spüre, wie er in mich eindringt. Noch immer sind unsere Blicke ineinander verhakt, während er sich in langsamen, gleitenden Bewegungen in mich schiebt. Der leichte Druck und die sanfte Dehnung bringen mich um den Verstand. Das Gefühl, ihn so tief in mir zu haben, ist unbeschreiblich.

»Wie viel Zeit bleibt uns noch?«, stöhne ich.

»Das kommt ganz darauf an, wie viel du benötigst«, erwidert er neckend.

Ich gebe mich dem Gefühl völlig hin, während ich mich dem Höhepunkt nähere. Meine Schenkel erzittern und obwohl Zander den Großteil meines Gewichts trägt, bleibt er standfest und zeigt keinen Funken von Schwäche.

Plötzlich höre ich das Rascheln von Blättern, Flügelschwingen und ein tiefes Grollen, das nur aus der Kehle eines Drachen stammen kann.

Zander ändert den Rhythmus, nimmt mich härter und schneller und ich stemme mich seinen Hüften entgegen, während wir wieder und wieder aufeinandertreffen. Jeder Stoß ist intensiver als der vorherige. Wie ist das möglich?

In Zanders Augen tritt ein dunkles Funkeln und er grinst mich frech an. Nicht einmal im Traum würde ihm einfallen, einfach so aufzuhören, stattdessen fährt er in dem gleichen, wahnsinnig machenden Tempo fort.

Zander drängt seine Hüften nach vorn und ich pralle mit dem Rücken härter gegen den Baumstamm und wimmere leise. Irgendwie befeuert der leichte Schmerz meine Lust. Es fühlt sich so verdammt gut an. Mit jedem Stoß trifft er meine Klit und das Feuer ballt sich in meinem Inneren, bereit sich zu entladen.

Und dann verlieren wir beide die Selbstbeherrschung und er pumpt ein letztes Mal in mich. All die aufgestaute Lust explodiert in mir.

Ich habe das Gefühl, als wäre ich eine sich windende Flamme, als würde in meinem Inneren eine Glut entfacht werden. Wellenartig treibt mich der Orgasmus hinaus über den Rand meines Bewusstseins. Eine ungeheure Kraft rauscht durch mich hindurch und ich habe den Eindruck, dass zwischen Zander und mir eine ganz besondere Bindung entsteht.

Zanders Augen lodern auf und ich sehe in ihnen dieselbe Kraft aufglühen. Er ist kurz vorm Höhepunkt. Wenige Augenblicke später überrollt ihn die Glückseligkeit und er findet zitternd seine eigne Erfüllung. Seine Arme hat er fest um mich geschlungen und sein Kopf sinkt auf meine Schulter.

Es vergehen einige Sekunden, bis sich unsere Atmung beruhigt hat. Eine leichte Brise küsst meine Schenkel und in mein Bewusstsein sickert, dass wir vollkommen entblößt im Wald stehen.

»So stelle ich mir eine Wilde Jagd vor«, keucht Zander und streicht mir zärtlich eine Strähne aus dem Gesicht.

Wir lösen uns voneinander, sammeln die Kleidung vom Boden auf und ziehen uns schnell an, bevor ein anderer Drache auftauchen kann. Ich gehe einige Meter vor und schiebe Äste aus dem Sichtfeld, um auf eine tiefer gelegene Ebene blicken zu können. Ich kenne diese Aussicht. Erst jetzt fällt mir auf, dass wir uns in der Nähe meiner Heimatstadt befinden, die von Zander zerstört und anschließend von Stürmen heimgesucht wurde, weshalb ich nie zurückkehren konnte. Sie liegt in dem roten Ring, wo die Stürme am gefährlichsten toben.

»Hörst du das?«, flüstere ich.

»Was?«

»Nichts.«

Es weht kein Lüftchen, obwohl in diesen Breitengraden zu dieser Jahreszeit während der vergangenen drei Jahre regelmäßig Stürme gewütet haben.

»Sturmstille«, sagt Zander bedächtig.

Die Ruhe klingt wie Musik in meinen Ohren.

»Ich hätte nicht gedacht, meine Heimatstadt jemals wieder so friedlich vorzufinden.« Auch wenn ich nun weiß, dass ich in den Südlanden geboren wurde, so habe ich die meisten Jahre meines Lebens hier verbracht und bin in dem kleinen Dorf mit den Strohdächern aufgewachsen.

Zander verzieht seinen Mund zu einem hinreißenden Lächeln. »Vielleicht haben wir vergessen, dass Veränderung möglich ist.«

Aus der feuchten Erde sprießen hellgrüne Grashalme. Das Leben gedeiht an diesem Ort, sucht sich seinen Weg. Hoffnung schwillt in meiner Brust und mein Herz pocht wie verrückt.

Ich bin nicht mehr das Mädchen, dessen Leben sich von einer Sekunde auf die andere komplett gewandelt hat, das alles und jeden gefürchtet hat. »Ich hatte vor vielem Angst«, gestehe ich. »Vor Stürmen. Vor Drachen. Davor meine Familie und mein Zuhause zu verlieren. Vielleicht habe ich mich sogar ein bisschen vor mir selbst gefürchtet.« Ich greife nach Zanders Hand. »Aber ich habe alles überstanden.«

Zander nickt und lächelt. »Die besten Geschichten, an die du dich noch viele Jahre erinnern wirst, sind die, vor denen du ein bisschen Angst hattest.«

Danksagung

Danke, dass du FIRE DRAGON CASTLE gekauft, geliehen und gelesen hast. Über eine Bewertung oder Rezension auf Amazon würde ich mich sehr freuen, denn so kann ich sehen, ob du dir mehr Geschichten wie diese von mir wünschst.

Ich nehme eure Bemühungen nicht als selbstverständlich hin und freue mich über jede Bewertung, die meinen Büchern mehr Sichtbarkeit verschafft, denn als Selfpublisherin habe ich keinen großen Verlag im Rücken.

An Marcel: Jedes Mal, wenn ich dachte, dieser Roman würde mich umbringen und ich würde es niemals schaffen, das Manuskript zu beenden, hast du mich wieder aufgerichtet und mich vom Gegenteil überzeugt.

Danke an mein großartiges Team und die Blogger, die mich bei jeder Veröffentlichung unterstützen.

Und an meine LeserInnen: Danke, dass ihr meinen Traum wahr werden lasst. Ich bin immer noch sprachlos und dankerfüllt angesichts eures Vertrauens in mich. Dank euch konnte ich endlich die Flügel ausbreiten und die Geschichte schreiben, dessen Idee vor mehr als fünf Jahren entstand.

Da Drae Isle, die anderen Drachenhöfe und die Lords noch viele Geheimnisse bergen, gehen die Abenteuer der Sturmreiter im Sommer 2024 weiter.

Alles Liebe
Everly

Über die Autorin

Everly Sheehan ist das Pseudonym einer jungen Autorin, die aus einem Ort stammt, der angeblich nicht existiert – Bielefeld. Während des Studiums entdeckte sie ihre Leidenschaft fürs Geschichtenschreiben. Da auch die Liebe magisch, unerklärlich und zauberhaft ist, begann sie, Romantasy Romane zu schreiben, die atemberaubend sinnlich, romantisch und einen Hauch düster sind. Sie faszinieren magische Wesen, außergewöhnliche Fähigkeiten und jede Schattierung dazwischen. Deshalb taucht sie beim Schreiben in verborgene Welten ein, denn wo Magie herrscht, ist alles möglich! Mit ihrem Roman Hades Academy wurde sie für den Kindle Storyteller Award 2023 nominiert.

Mehr Informationen:
www.everlysheehan.com
everlysheehan@gmail.com

Du findest mich

Website
www.everlysheehan.com

Melde dich für meinen **Newsletter** an und gewinne eine Buchbox!

Abonniere mich bei **Instagram**
@everlysheehan

Folge mir auf ***TikTok***
@everlysheehan

Klicke auf den **+folgen Button auf AMAZON** und verpasse keine Neuerscheinung!

Weitere Bücher der Autorin: Götter, Dämonen & Hexen

Hades Academy

Willkommen an der Hades Academy – hier wird dein Herz bluten!

Elaras Leben gleicht der Hölle, seitdem sie erfahren hat, dass sie an der Hades Academy ausgebildet werden soll, um das Gleichgewicht zwischen Ober- und Unterwelt zu bewah-

ren. Zwischen mystischen Legenden, magischen Wesen und talentierten Götternachfahren verfolgt Elara jedoch einen Plan: ihre Schwester ausfindig machen, die ein Jahr zuvor die Akademie betreten hat und seitdem spurlos verschwunden ist. Trotz aller Warnungen bricht sie dafür die oberste Regel: Gehe niemals einen Deal mit einem Hadessohn ein! Sie gerät in den Bann von Alexian und Cyprian, die verdammt sexy, aber auch höllisch gefährlich sind. Während ausschweifender Mitternachtspartys und nächtlicher Erkundungstouren durch das Schloss wachsen ihre Gefühle zu den beiden, doch je näher sie den unwiderstehlichen Halbgöttern kommt, desto größer wird die Gefahr. Und schon bald wird klar, dass die Hades Academy nicht nur einen legendären Ruf genießt, sie hütet auch dunkle Geheimnisse, die Elara in den Abgrund stürzen könnten.

Darling & Demons: Todesbotin

Spicy und fesselnd: New Adult trifft auf Romantasy

Als Calia erfährt, dass sie die Gabe einer Todesbotin

besitzt und dämonisches Blut durch ihre Adern fließt, bricht eine Welt für die Medizinstudentin zusammen. Mit nur einer Berührung ist sie in der Lage, den Tod eines anderen Menschen vorauszusehen. Von nun an wird sie Teil eines einflussreichen Dämonenclans, der sie beschützt und ihr Leben vollkommen auf den Kopf stellt. In einem abgeschieden gelegenen Anwesen in den verschneiten Rocky Mountains trifft sie auf weitere mächtige Todesboten. Besonders zu dem attraktiven und gleichermaßen mysteriösen Zayan, dem Erben des Baal-Todesbotenclans, fühlt sie gleich eine Verbindung. Doch als jemand auf dem Gelände sein Unwesen treibt und immer bedrohlichere Dinge geschehen, muss Calia sich fragen, wer es auf sie abgesehen hat. Dennoch darf sie ihre Mission nicht aus den Augen verlieren: Sie muss ihre dämonische Gabe loswerden. Und auf keinen Fall darf sie sich dabei in einen Dämon verlieben!

Seasons of the Wicked

Vier Hexenreiche, vier tödliche Aufgaben und eine verbotene Liebe, die alles verändern kann

Frühlingshexe Máirín ist als zweitgeborene Prinzessin von Wicked Springs entbehrlich – im Gegensatz zu ihrer Zwillingsschwester Morgayne, die ihr Leben lang auf den Wettstreit um den Thron der vier Hexenreiche vorbereitet wurde. Auf rätselhafte Weise kommt Máiríns geliebte Schwester in der Nacht vor Beginn des Wettkampfes ums Leben. Mit brennendem Kummer nimmt Máirín ihren Platz ein, doch was auf den ersten Blick verlockend erscheint, birgt ungeahnte Gefahren. Zwischen unheimlichen Wesen, riskanten Prüfungen, finsteren Flüchen und mächtigen Hexenzirkeln kämpft sie um den Sieg. Máirín ahnt, dass mit ihrem Konkurrenten, dem attraktiven Herbsthexer Nor, irgendetwas nicht stimmt. Doch je näher sie ihm kommt, desto stärker fühlt sie sich zu ihm hingezogen. Nicht nur, weil der Glaube an ihr bisheriges Leben ins Wanken gerät, sondern auch ihr Herz …

Printed in France by Amazon
Brétigny-sur-Orge, FR

20665431R00222